계약서부터 씁시다

계약서부터 씁시다

초판 1쇄 인쇄일 2016년 06월 22일
초판 1쇄 발행일 2016년 06월 27일

지은이 | 초절정진서방
펴낸이 | 김기선
편집장 | 김은지

펴낸곳 | 와이엠북스(YMBOOKS)
출판등록 | 2012년 7월 17일 (제382-2012-000021호)
주소 | 서울시 도봉구 노해로 379, 1005호(창동, 대성빌딩)
전화 | 02)906-7768 / **팩스** | 02)906-7769
E-mail | ymbooks@nate.com

ISBN 979-11-322-3809-6 03810

값 9,000원

계약서부터 쓰시다

초절정진서방
장편소설

YMBOOKS
ROMANCE
STORY

Y
BOOKS

차 례

프 롤 로 그

"뭐든지요?"

설아는 방금 전 당신의 말이 사실이냐는 얼굴로 물었고, 남자는 한 치의 거짓도 없다는 표정으로 그녀를 바라봤다.

두 사람이 마주친 시선 사이에 찌릿, 하고 스파크가 튀었다.

탁. 설아는 들고 있던 책을 테이블 위에 내려놓았다.

"네. 원하는 대로 다 해주겠다는 겁니다. 돈이 필요하다면 돈을 주고, 집이 필요하다면 집을 사드리겠습니다."

"자동차가 필요하다면?"

"사드리겠습니다."

"빌딩이 필요하다면?"

"노력해보겠습니다."

뭐든 돈으로 다 가능하시다, 이 말인가? 설아는 코웃음을 쳤다.

"당신이 필요하다고 하면 어쩔 건데?"

"……."

"돈, 좋지. 집, 자동차, 빌딩? 감지덕지지. 나 내숭 떨고 그런 여자 아니라서 사주면 사주는 대로 넙죽넙죽 잘 받을 수 있다고. 근데, 그거 다 받고도 당신이 필요하다고 하면 당신도 나 줄 거야?"

"그건……."

탁. 설아는 테이블 위에 올려놓았던 책을 펼쳤다.

"방금 전, 당신의 대사는 로맨스 소설에서 흔하게 볼 수 있는 작업 레퍼토리 중 하나거든? 봐봐, 이 책 12페이지를 읽어보면 그런 류의 대사가 줄줄이 나와. 그럼 여자들이 어떻게 반응하는 줄 알아?"

"웃, 차가!"

한 치의 망설임도 없이 물 잔을 들어 남자의 얼굴에 뿌렸고, 남자가 당황한 얼굴로 재킷에서 손수건을 꺼내 얼굴을 닦는 동안도 미안해하는 기색 따위 보이지 않은 채 담담하게 다음 말을 이었다.

"'어머, 내가 돈 때문에 이런 일을 하는 여자로 보여요? 사람 잘 못 봤어요. 다신 얼씬도 하지 마세욧!' 하고 소리를 지르며 카페를 박차고 나간다고. 그럼 남아 있는 남자는 '뭐 이런 황당한 여자가 다 있어? 하지만 이 느낌 뭐지? 나를 거부하는 여자는 저 여자가 처음이야. 왜 이렇게 설레고 두근거려? 제길, 사랑인 건가?' 한다고."

"그럴 일은 절대."

"없다고 하겠지. 그들도 다 그러거든. 자, 이 책 238페이지를 읽어보면 '단 한 번도 느껴보지 못했던 감정이다. 내가 미친 게 아닐까? 저 여잘 사랑하고 있어. 우린 계약으로 이뤄진 사이인데!' 당신이라고 뭐 다를 것 같아?"

"이봐요, 지금 너무 혼자만의 세계에 빠져 있는 거 아닙니까? 그쪽 말대로라면 내가 당신에게 사랑을 느끼게 될 거란 말입니까?"

"당연하죠. 당신 눈앞에 있는 여자가 어디 흔하디흔한 여자인 줄 알아?"

정후는 기가 막히다는 얼굴로 여자를 바라봤다.

그래, 너 흔하디흔한 여자가 아니라는 것쯤은 딱 보면 알겠다.

도대체 며칠을 감지 않으면 저렇게 떡이 지는 걸까. 모자 사이로 툭 하고 튀어나온 떡 진 머리와 푸석푸석한 얼굴. 거뭇거뭇한 눈 밑과 이제 막 자다 일어난 침 자국까지.

거울을 한 번이라도 봤다면 저렇게 당당하겐 말 못하겠지. 정후는 답답한 속을 가라앉히려는 듯 숨을 몰아쉬었다.

"그쪽이 생각하는 일, 절대 없습니다. 그러니까 걱정 말고 계약서부터 씁시다."

"싫다니까? 나는 그쪽이 마음에 안 들어요."

"그러니까 계약하자는 겁니다. 뭐가 문젭니까? 그쪽, 돈 좋아한다면서요. 돈도 차도, 그까짓 거 일만 잘하면 집 한 채 못 사주겠습니까? 그러니까 그쪽은 알바하는 셈치고 내가 필요로 할 때 나타나 일을 해결해주면 됩니다."

"이 책 309페이지를 보면 여자 주인공도 결국은 남자 주인공에게 빠지게 되거든요? 그러려면 나도 최소한 이상형에 맞는 남자와 계약을 해야 되지 않겠어? 그래야 나중에 사랑에 빠지게 되더라도 덜 억울할 거 아니냐고!"

"……아, 결국은 내가 당신 이상형이 아니기 때문에 계약서를 쓸 수 없다?"

"그거거든!"

설아는 그제야 말귀가 통한다는 듯 고개를 끄덕였다. 정후는 골머리가 아팠다. 이 여자, 정말 이상한 여자다. 로맨스 소설 광팬인가. 그렇지 않고서야 상황에 맞는 페이지를 찾아가며 조목조목 따질 순 없지 않겠는가.

첫 만남부터 피곤한 여자다. 그냥 다른 여잘 알아볼까? 이 여자, 왠지 너무 귀찮고 번거로울 것 같은데. 정후는 잠시 고민에 빠졌다.

"알았습니다. 아무래도 제가 잘못 생각한 것 같군요. 없었던 일로 합시다."

정후는 자리에서 일어났다. 자신이 생각하는 여자의 기준에는 적합했지만 이런 식의 실랑이가 계속되었다가는 견뎌내지 못할 것이다. 긴 한숨을 내쉰 그는 커피값을 계산하고 카페를 빠져나갔다. 남겨진 여자는 그러거나 말거나 아무 일 없었던 사람처럼 평온하게 책을 읽기 시작했다.

제 1 조

골치 아픈 여자와의 만남을 뒤로한 채 오피스텔로 돌아온 그는 오자마자 샤워부터 했다. 자신을 훑으며 점수를 매기는 듯한 여자의 불쾌한 시선이 온몸에 남아 있었기 때문이다. 몇 번이나 비누칠을 하고 나온 정후는 때마침 울리는 휴대폰을 귀에 댔다.

-이틀 후면 토요일인 거 알지? 사랑하는 우리 아들이 어떤 여자를 데리고 올지 너무나 기대되는구나.

"기대하지 마십시오."

-왜? 애인 대역해줄 여잘 못 찾았니?

뜨끔. 자신의 속을 꿰뚫어 보는 듯한 권 여사의 말에 정후는 거칠게 머리를 쓸어 올렸다.

-내 아들이지만 너도 참 힘들게 산다. 뭐, 어쨌든 약속은 약속이니 기다려보마. 대신 너도 약속 지켜. 이번 주까지 결혼할, 혹은 애

인이라도 데려오지 못하면 세연이랑 이번 달 안에 결혼하는 거야. 오케이?

"제가 뱉은 말은 지킵니다. 그러니까 전화하지 마십시오."

-호호, 애간장이 다 녹나 보구나. 재밌네, 우리 아들. 아무튼 끊으마. 열심히 찾아봐.

권 여사는 정후가 자신의 마음에 쏙 드는 며느리감을 찾아오지 못할 것이라 확신했다. 그렇게 되면 점찍어놓은 세강그룹 막내 여식과의 결혼이 일사천리로 진행될 것이다. 이 모든 것이 정후가 직접 내뱉은 권 여사와의 약속이었기 때문에 그 역시 뭐라 할 처지가 되지 못했다. 하지만 정후는 절대 권 여사의 계획에 놀아나고 싶지 않았다.

이제 이틀 남았다. 어떻게든 여자를 찾아야 되는데.

"……."

특별한 여자여야 한다. 예쁘고 늘씬한, 어딜 데리고 다녀도 멋이 나는 그런 여자 말고. 딱 보는 순간 '헐'이라는 말이 나올 정도로 후줄근한 여자여야 한다. 그뿐이겠는가. 약간 똘끼가 있는, 아무에게나 쉽게 제압되지 않을 만큼 힘이 넘치는 여자여야 한다. 정신세계가 복잡한 권 여사에게 주눅 들지 않고 한마디도 지지 않을 성격의 여자. 낙천적이다 못해 바보 아냐? 할 정도로 긍정적인 여자. 그런 여자여야 한다.

"널리고 널린 게 여자라던데."

왜 그런 여잔 없지.

정후의 주변엔 여자들이 넘쳤다. 쓸고 또 쓸어도 수북하게 쌓일 정도로 많은 게 여자였는데, 하나같이 다들 예쁜 척, 착한 척, 똑똑한 척을 해대는 여자들뿐이었다.

"아무리 봐도 그 여자가 딱인데."

그러고 보니 이름도 모르네. 연락처도. 다시 한 번 물어보고 싶어도 만날 수가 없으니 이거 참.

정후는 우연처럼 만난 그녀를 떠올렸다.

술병이 났다는 친구 녀석의 집에 들렀다가 돌아가는 길, 그는 편의점을 찾아 헤매고 있었다. 목이 마르기도 했고, 때마침 떨어진 담배 생각이 절실했기 때문이다. 다행히 친구의 집 근처에 편의점이 있어 쉽게 찾을 수 있었다. 반가운 마음에 걸음을 옮기려는데 소란스러운 소리가 그의 시선을 이끌고 이내 걸음마저 멈추게 했다.

"동네 창피하다고 했어, 안 했어? 그놈의 무릎 나온 바지 버리라니까! 게다가 슬리퍼는 뭐야? 국물 묻은 티셔츠는 또 뭐고?"

"찌개 끓이다가 두부가 없어서 잠깐 나온 건데 그럴 수도 있지. 이게 길거리에서 따져 물을 일이야? 왜 이렇게 소란을 피워? 기가 막혀서."

"이 여편네가, 말 다했어?"

"안 했다, 어쩔래! 왜? 한 대 치기라도 하게? 아이고, 억울해라. 동네 사람들, 이 양반 좀 보세요. 무릎 나온 바지 입었다고, 슬리퍼 신고 나왔다고 마누라를 치려 하네요. 아이고, 억울해. 아이고."

부부로 보이는 두 사람은 대낮부터 정말 별거 아닌 일로 목소리를 높이고 있었다. 그들의 주변엔 사람들이 모이기 시작했고, 다들 말릴 생각도 하지 못한 채 숙덕거리기만 했다. 정후는 한심하다는 듯 고개를 절레절레 흔들고 편의점으로 걸음을 옮겼다.

아┤, 옮기려고 했다. 반대편에 선 여자를 보지 못했더라면.

여자는 자못 심각했다. 부부싸움을 지켜보며 펜을 든 손을 수첩 위에서 바쁘게 놀리고 있었다. 고개를 끄덕거리기도 하고, 손사래를 치기도 했다. 그러다 찰칵찰칵, 사진도 찍었다. 만족스러운 결과물인 양 흐뭇하게 웃으며 말이다.

저래도 되나. 괜히 시비에 휘말리게 될까 걱정스러울 정도였다. 하지만 그러거나 말거나 여자는 부부에게로 다가갔다.

"저, 말씀 중에 죄송한데요. 지금 심정이 어떠신지 여쭈어도 될까요?"

헉. 정후를 비롯한 주위 사람들은 하나같이 입을 떡 벌렸다.

심정? 부부싸움 하는 데 심정?

"제가 보기에는 남편분께서 감정적으로 아내분을 몰아붙인다는 생각이 들어서 듣고 있는 내내 기분이 나빴는데요."

"아가씨 뭐야?"

"사랑하는 남편분을 위해 찌개를 끓이다 말고 달려 나오셨을 아내분을 생각하니, 흡. 마음이 아파서 저도 모르게 그만 편을 들었네요. 기분 나쁘셨다면 죄송합니다. 흡."

뭐, 뭐야, 지금? 여자는 눈물을 닦는 척, 눈가를 손가락으로 꾹꾹 눌렀다.

그러자 당황한 건 부부였다. 두 사람이 눈을 마주치며 시선을 나눴다. 뭐야, 이 여자?

"그러니까 아내분. 앞으로는 사랑하는 남편분을 위해 자신을 좀 가꾸시는 게 어떨까요? 가끔은 남편분의 카드를 들고 백화점에 가서 쇼핑을 하시는 걸 추천해드리고 싶은데요. 패션의 아이템이라고 할 수 있는 무릎 나온 바지와 통풍이 잘되고 무좀 예방에 앞장서는 슬리퍼를 싫어하시니 올 S/S 컬렉션으로 나온 신상 팬츠와 구두를 구입하시는 건 어떨까요? 아, 국물 묻은 티셔츠도 싫다 하셨으니 이참에 풀(full)로 지르시는 것도 나쁘지 않을 것 같은데."

"아, 그런 방법이."

여자의 말에 아내는 당황하던 것도 잠시, 고개를 끄덕이며 좋은 방법이라 박수를 쳤다. 그러자 황당한 건 남편 쪽이었다.

"아가씨, 너 지금 뭐 하는 거야?"

"남편분은 좋으시겠어요. 나이가 드셔도 남편분에게 예뻐 보이려 노력하는 사랑스러운 아내를 두셔서요. 부럽습니다."

장난하는 거냐며 달려들려던 남자는 사슴 같은 눈망울을 깜빡거리는 여자를 앞에 두고 말을 잇지 못했다. 지금 뭐 하는 거냐고, 늙은이들 놀려먹으니 재밌냐고 따져 묻고 싶은데, 뭐지. 진심으로 부러워하는 듯한 저 시선은.

부부는 어느새 여자에게 집중하고 있었다. 싸움이 끝난 건 오래전이었다. 뭐 때문에 이 대낮에, 사람 많은 이곳에서 싸우고 있었던 것인지도 떠오르지 않았다.

"존경의 마음을 표하며, 아내분 심정이 어떠신지 여쭤봐도 될까요?"

"심, 심정이요? 무슨 심정을 말하라는 건지."

"남편분께서 자신을 몰아세웠을 때의 기분과 지금의 기분이 어떠신지 말씀 좀 해주세요."

"아, 처음에는 사람 많은 데서 나를 이렇게 무시해도 되나 싶어서 속이 상했어요. 자식들 다 타지로 보내고 남은 건 둘뿐인데, 이 사람마저 날 무시하면 내가 무슨 낙으로 사나 했죠. 근데 지금은 괜찮아졌어요. 아가씨 말대로 내가 조금 더 신경 쓰면 우리 사이가 연애 때만큼은 아니어도 조금 달라질 수 있지 않을까 해서요."

여자는 고개를 끄덕이며 수첩에 무언가를 적고 있었다. 아내의 말에 집중하며 100퍼센트 수긍한다는 얼굴이었다. 정후는 그런 여자에게서 시선을 떼지 못했다.

"그럼 남편분은요?"

"음. 내가 좀 너무했단 생각이 들긴 하네. 아내가 날 그렇게 생각할 줄은. 너무 무심했나 싶기도 하고."

"당신, 정말 그런 생각이 든단 말이야?"

"음. 뭐, 이렇게 됐으니 기분 전환하고 싶으면 쇼핑이라도 해. 백화점은 좀 힘들고, 동네 장터라도 가서 원 없이 쇼핑해."

남편은 마음먹은 김에 지갑에서 카드를 꺼내 아내에게 건넸다. 그러자 아내는 눈물을 머금으며 남편의 품에 파고들었고, 남편은 어색하게 아내의 어깨를 두드렸다. 그 순간 주변에서 우레와 같은 박수 소리가 들렸다. '멋지다, 잘 어울린다'라는 인사치레가 오가자 부부는 어색하게 웃었다.

"두 분 좀 붙어보세요. 사진 한 장 찍을게요. 스마일~"

그 순간을 놓치지 않은 여자가 빠르게 사진을 찍고서는 방싯 웃었다. 남겨진 부부는 쑥스러워하며 걸음을 옮기려던 순간, '뭐지'라는 생각이 머릿속을 스쳐 지나갔다. 생각해보니 이 상황은 너무나도 어이가 없고 이상했다. 남편이 찍은 사진을 열심히 들여다보고 있는 여자에게로 성큼 걸어갔다.

"근데 아가씨, 아가씨는 뭐 하는 사람이요?"

"네? 동네 주민인데요."

"아니 그거 말고, 직업이 뭐냐고. 아까부터 뭘 그렇게 열심히 적고 찍어대는데? 설마 기자요? 부부싸움이 기삿거리가 될지는 모르겠지만 그거 초상권 침해, 뭐 그런 거 아니야?"

"그런 거 아닌데요. 두 분의 러브스토리에 감동한 동네 주민 정도로 생각하시고 저를 잊어주시면……."

"거, 사진 좀 봅시다. 수첩도 내놓고."

이제야 정신이 퍼뜩 든 남편이 여자에게로 손을 뻗자 그녀는 당황한 기색이 역력했다.

정후는 여자의 표정을 한시도 놓지 않은 채 주시했다. 아까까지만 해도 심각했다가, 감동했다가, 울었다가, 즐거워했다 하던 표정들이 이젠 당황이라는 감정으로 불쑥 튀어나왔다. 시뻘겋게 달아오른 얼굴에 부채질을 하며 여자는 시선을 하늘로 돌렸다. 그러자 그녀 앞에 서 있던 남편도 하늘을 올려다봤다.

그 순간이었다.

"튀어!"

에? 여자가 짐승 같은 목소리로 고함을 지른 후 부리나케 도망을 가자 그 주변에 모여 있던 사람들도 마치 한 패가 된 것처럼 갑자기 뛰기 시작했다. 뭐, 뭐야. 당황한 정후도 어떻게든 이곳을 빠져나가야겠단 생각이 들어 그녀가 사라진 곳을 향해 뛰기 시작했다. 남겨진 부부는 '거기 안 서? 너 잡히면 죽어!'라고 고함을 질렀지만 다행히 따라오진 않았다.

헉헉, 헉헉. 얼마나 달렸을까. 편의점 앞 골목에서 한참 떨어진 곳에 가서야 걸음을 멈춘 정후는 거칠게 숨을 몰아쉬었다.

얼마 만에 질주인가. 정후는 다리가 다 후들거렸다. 쉬어갈 만한 벤치를 찾아 두리번거리는데, 여자의 모습이 눈에 들어왔다.

여기까지 뛰어왔다고? 남자인 나도 겨우 왔는데, 당신은 멀쩡하게 서 있어? 정후는 경악했다. 일단 숨을 고르며 주변을 살피는 여자에게로 걸어갔다. 그녀는 보물이라도 되는 양 수첩과 카메라를 품 안에 꼭 안은 채였다.

"얘기 좀 합시다."

"네?"

다가온 정후의 기척을 느낀 여자가 그를 바라봤고 둘은 눈이 마주쳤다. 멀리서 볼 땐 몰랐는데 이 여자, 정말 프리하다. 머리부터 발끝까지 자유롭지 않은 곳이 없었다.

"아무리 돈이 없어도 그렇지, 남의 사생활을 기삿거리로 쓰는 건 너무하지 않습니까?"

"저기요. 아무리 세상이 각박해도 남을 이용해서 돈 벌어먹는 짓 하는 사람 아니거든요? 기레기 취급하실 거면, 가던 길 그냥 가세요."

여자는 공중으로 뻗은 손을 절레절레 흔들었다. 그 모습이 마치 '귀찮으니 당장 꺼져라' 하는 것 같아 정후는 기분이 상했다.

"그것도 아니라면 왜 그런 짓을 합니까?"

"뭐, 일종의 정보 수집이랄까."

"정보 수집?"

"알 거 없고요. 가던 길 가시라고요."

말은 아니라고 했지만 저 여자, 돈 되는 일을 찾고 있는 게 분명했다. 정상인이라면 절대 하지 못할 일을 아무런 거리낌 없이, 아무런 두려움 없이 할 리가 없었다. 정후는 그렇게 확신했다.

"혹시 시간적 여유가 있습니까?"

"저 무진장 바쁜 사람이거든요? 보면 몰라요? 지금도 공부하는 중이라고요."

백수로군. 전형적인 백수의 변명이야. 정후는 고개를 끄덕였다.

그렇다면 한번 해볼 만하다. 권 여사를 맞설 상대로 이 여자, 나쁘지 않다. 정후의 눈이 반짝였다.

"목이 좀 마를 것 같은데, 이 근처 카페 없습니까?"

"저렴하고 맛있는 커피를 찾으신다면 그쪽 뒤에 있는 카페로 가시면 되겠네요. 이 동네에서 저 집 커피만큼 맛있는 집 없어요."

"그럼 갑시다."

"왜요? 나도 사주게요?"

"커피, 싫어합니까?"

"아뇨. 저도 사주실 거면 좀 걷더라도 맞은편에 있는 카페로 가요."

"이 동네에서 저 집 커피만큼 맛있는 집 없다면서요?"

정후는 여자가 방금 전에 알려준, 자신의 뒤편에 있는 카페를 바라봤다. 하지만 여자는 고개를 절레절레 흔들었다.

"저 집은 제 돈 주고 사 먹을 때 맛있는 거고요. 얻어먹는 커피는 맞은편에 있는 카페에서 파는 커피가 훨씬 더 맛있어요."

정후는 고개를 갸웃거렸다. 두 카페의 차이점은 뭘까.

커피가 맛있다는 집은 테이크아웃 전문점으로, 인심 좋아 보이는 여자 주인이 운영하는 카페였고, 맞은편에 있는 얻어먹을 때 맛있다는 카페는 유명한 프렌차이즈였다. 전 세계적으로 유명하고 비싼 별 반짝 카페. 정후는 헛웃음을 지으며 확신했다.

저 여자 백수 맞아. 등골 빼먹는 여우 같은 백수. 후줄근한 외모에서 딱 알아봤어야 했는데. 뻔뻔한 데다가 막무가내이기까지 한 여자의 행동에 정후는 뒤통수가 쑤시는 듯한 느낌을 받아야 했다.

"갑시다. 맞은편 카페."

앗싸! 하는 소리가 그의 귀를 타고 들어왔지만 무시했다.

카페에 들어온 여자는 구석으로 들어갔다. 가장 큰 사이즈의 아이스 캐러멜 마끼아또를 주문한 채. 계산에 대한 단 1퍼센트의 생각도 하지 않고 즐겁게 걸어가는 뒷모습에 정후는 또 한 번 기가 막혀 웃음을 터트려야 했다.

정말이지, 특이한 여자야.

"마셔요."

"잘 먹겠습니다."

호로록, 호로록. 숨도 안 쉬고 단숨에 털어 넣는다. 그리고 얼음을 건져 아작아작 씹어 먹기까지 한다.

정후는 넋을 놓고 그녀를 바라봤다.

"나한테 뭐 할 말 있는 거 아니에요?"

허를 찔린 것 같은 그녀의 질문에 정후는 입이 떡 벌어졌다. 맹한 줄 알았더니 제법이다. 아예 둔치는 아닌 것 같아 다행이라고 해야 되나. 정후는 혼란스러웠다. 이 여자 정체가 뭐야.

"할 말 있으니까 쫓아오고, 이 비싼 커피까지 사준 거잖아요. 뭔데요. 빨리해요. 아까도 말했지만, 나 공부 중이라 바빠요."

"……."

"없어요? 그럼 간다?"

여자는 당장에라도 뛰쳐나갈 것처럼 움직였다. 정후는 일어나려는 여자의 손목을 잡으며 자리에 앉혔다.

"정신 사나워 죽겠으니까 얌전히 좀 있으십시오. 무슨 여자가 이렇게 산만합니까?"

"무진장 바쁜 사람이라니까, 그런 사람 앉혀놓고 뜸 들이면 어쩌라고요? 셋 셀 때까지 말 안 하면 나 간다! 하나, 두울."

"계약합시다."

시끄럽게 떠들던 여자가 말을 잃었다. 입을 다문 채 그를 뚫어져라 쳐다봤다. 이제야 좀 조용하네. 정후가 입을 열려는데 고새를 참지 못하고 여자가 달려들었다.

"혹시 길거리 캐스팅?"

"……."

"나 연예인 비주얼은 아닌데, 좀 의외다. 호호."

여자는 생글생글 웃었다.

"뭐, 길거리 캐스팅이라는 표현이 마음에 들면 그렇게 합시다. 틀린 말은 아닌 것 같으니."

"결국 그거네. 하지만 어쩌죠? 난 연예계에는 관심 없는데."

"안심해도 됩니다. 절대 그런 일은 일어나지 않을 것 같으니."

"그럼 뭐예요? 무슨 계약인데?"

금세 또 투덜거린다.

"음, 쉽습니다. 제가 곤란한 상황에 처할 때마다 저를 구해주면 되는 일입니다."

"곤란한 상황? 예를 들면?"

정후를 바라보는 여자의 눈빛이 날카롭게 빛났다.

"가장 급한 일은 이틀 뒤에 내 애인이 되어주는 겁니다. 이런저런 사정으로 인해 내가 곤란한 상황에 있습니다. 저희 어머니 앞에서 애인 행세를 해주시면 됩니다."

정후의 말에 여자는 잠시 침묵을 유지했다. 조바심이 나려던 찰나 여자는 배꼽을 잡고 웃기 시작했다. 그 웃음의 의미를 파악하기가 어려워 잠시 망설이던 정후는 마른침을 삼키며 입을 열었다.

"계약에 동의하는 겁니까? 그렇다면 계약서부터 씁시다."

정후는 씩씩하게 외쳤다. 그 순간 여자가 코웃음을 쳤다.

"누구 맘대로? 흥, 내가 당신과 계약을 하면 당신은 나한테 뭘 줄 건데요?"

"뭐든지. 원하는 걸 드리겠습니다."

여자의 눈이 또다시 빛났다. 하지만 그것도 잠시, 조그마한 가방에서 꺼내

든 정체 모를 책을 읊어가며 소리치는 여자의 모습에 정후는 백기를 들었다.

당장에라도 애인 행세를 할 것처럼 굴더니, 안색을 바꾸고 반말을 찍찍한다. 그것까진 그럴 수 있다 치자, 근데 뭐? 이상형이 아니라고?

그래, 말자, 말아.

벌러덩. 침대에 몸을 실은 그는 눈을 감았다.

이제 남은 건 이틀, 그 안에 그 여자보다 훨씬 더 기가 막힌 여자를 찾아야 하는데. 찾을 수 있을까. 그 여자보다 똘끼 충만하고, 뻔뻔하고, 약간 맛이 간 여자를 어디서 찾아? 제길. 제길!

권 여사의 비웃음 소리가 그의 귀를 간질였다.

안 돼, 안 돼. 어머니의 계획대로 흘러가게 놔둘 순 없어!

벌떡. 자리에서 몸을 일으킨 정후는 옷을 갈아입을 생각도 하지 못한 채 현관문을 박차고 나갔다.

"여기서 뭐 합니까?"

정후는 편의점 앞 테이블에 앉아 과자를 까먹고 있는 여자에게 물었다. 여자는 심드렁한 얼굴로 하품을 하며 과자 옆에 놓인 음료수를 꿀꺽꿀꺽 마셨다. 커피를 마시던 것처럼 거침없이 탄산을 목구멍으로 밀어 넣는 여자는 목이 따갑지도 않은지 그 한 캔을 다비우고 나서야 입을 뗐다.

"그쪽도 이 동네 살아요?"

묻는 말에는 대답도 하지 않고 자기 할 말만 한다. 정후는 여자의 맞은편에 자리를 잡으며 어깨를 들썩였다.

"아뇨."

"근데 왜 자꾸 나타나요?"

정후는 입을 다물었다.

너 때문이잖아, 이 여자야! 라고 외치고 싶었지만 대화를 시작하기 전에 심호흡부터 해야 했다. 이 여자랑 대화를 나누는 일은 엄청난 체력을 필요로 했다. 괜히 얕보고 달려들었다가는 짜증 나서, 혹은 화가 솟구쳐서 나가떨어지기 십상이다.

"웬만하면 남의 구역에 침범하지 말죠?"

"그런 게 어딨습니까? 이 동네가 그쪽 것도 아니잖습니까."

"그럼 그쪽 거예요?"

"그건 아닙니다만."

"후암."

금방이라도 달려들 것처럼 따져 묻더니, 이내 입이 찢어져라 하품을 한다. 도대체 어느 장단에 박자를 타고 춤을 춰야 할지 정후는 갈피를 잡지 못했다.

여자는 자리에서 일어났다. 정후와의 대화가 귀찮다는 듯 먹다 남은 과자에겐 눈길도 주지 않은 채 걷기 시작했다. 그러자 정후는 행여나 그녀를 놓칠까 부리나케 달려갔다.

"얘기 좀 합시다."

"싫은데요."

"잠깐이면 됩니다."

"졸려요."

"그럼 자면서 들으십시오."

"네, 저 잡니다. 드르렁드르렁."

여자는 걸으면서 눈을 감았다. 그러고는 입으로 코고는 소리를 내며 고개를 떨구었다. 박자를 타듯 머리를 양쪽으로 번갈아 흔들어대던 그녀는 꿈을 꾸듯 중얼거리기까지 했다. 정후는 기가 막혔다.

이 여자 정말 특이해. 이번 생에 다신 만나보지 못할 돌아이가 분명해! 정말이지 권 여사와 나란히 세워놓으면 볼 만하겠어.

"그쪽이 원하는 거, 하나도 빠짐없이 계약서에 넣어줄 테니, 못 이기는 척 넘어옵시다."

여자는 한쪽 눈을 뜨고서 눈썹을 삐죽거렸다. 여전히 감겨 있는 또 하나의 눈은 잠을 자는 듯 평온해 보였다. 이 여자, 별의별 기능을 다 갖고 있다. 1초마다 업그레이드되는지, 코가 막히고 귀가 막히는 상황들의 연속이었다.

"이봐요."

"말씀하십시오."

여자는 가던 길을 멈춰 섰다. 귀찮다는 듯 허리에 팔을 얹은 여자는 여전히 심드렁한 얼굴로 하품을 했다. 음, 충치가 좀 있네. 그 와중에도 여자의 입 안까지 살펴보던 정후였다.

"혹시 몇 년 후에 재회하기로 한 여자가 있어요?"

"갑자기 무슨 말입니까?"

"이 책 397페이지에 보면 이 남자에게는 사랑하는 여자가 있었는데, 집안의 반대로 몇 년간 외국에 나가서 생활하게 되죠. 그리고 마침내, 그 여자가 돌아오는 날이 얼마 남지 않았어요."

또 그 책이다. 망할 놈의 소설 책!

"휴. 그래서 그게 뭐 어쨌다는 겁니까?"

"계약의 이유를 알 수 없었던 여자 주인공은 그 여자가 돌아오는 동안 시간을 벌기 위해 자신을 이용했다는 것을 알게 되죠. 그렇게 두 사람에게는 갈등이 찾아옵니다. 크하, 이 얼마나 흥미진진하단 말인가!"

분명 편의점 앞 테이블에 앉아 있을 때까지만 해도 찾아볼 수 없었던 책이 어느새 그녀 손바닥 위에 활짝 펼쳐져 있었다.

이 여자, 로맨스 전도사야, 뭐야. 갑자기 무슨······.

"그쪽도 이런 빤한 스토리와 상관있어요?"

"없습니다."

"확신할 수 있어요?"

"네, 깔끔합니다. 여자 문제라면 걱정하지 않으셔도 됩니다."

"혹시 그럼, 다른 문제라도 있어요?"

"문제라니, 그건 또 무슨 말입니까? 눈은 왜 또 그렇게······."

여자의 눈빛이 수상했다. 실처럼 가느다랗게 뜬 눈으로 시선을 떨구고 있었다. 도대체 뭐야, 그 시선을 따라가던 정후는 경악했다.

"지금 어딜 봅니까?"

"부실한 것 같진 않은데. 하긴 크기와는 상관없는 문제일 수도 있으니까."

"부, 부실? 크, 크기? 당신 진짜!"

"혹시나 그쪽으로 문제가 있다면 부모님께 말씀드리기 쉽지 않겠죠. 음, 그럴 수도 있겠네. 보기에는 멀쩡한 것 같은데, 여자 문제가 깔끔하다니. 음, 이제야 조금이나마 그쪽의 심정을 이해할 수 있을 것 같네요. 마음이 살짝 움직여요."

이 여자가 진짜 무슨 소릴 하는 거야? 저, 저, 저 하는 짓 좀 봐!

여자는 무언가를 상상하는 듯 시선을 허공으로 돌린 후 입꼬리를 올리며 히죽거리고 있었다. 그러면서 손을 들어 자신의 이마에 댔다. 마치 CF의 한 장면을 따라하듯 자조적인 웃음을 지으려 애쓰는 것 같았다.

"때려치웁시다. 다 때려치우자고요!"

"왜요? 나는 이제 살짝 마음이 움직인다니까?"

"됐습니다. 다신 그쪽 찾아올 일 없으니까 이대로 헤어집시다."

정후는 가차 없이 돌아섰다. 세강그룹의 누구를 데려와도 상관없었다. 그깟 결혼? 하고 만다. 저런 여자랑 실랑이하며 고자 취급당하느니, 그냥 깔끔하게 호랑이 소굴로 들어가자.

에라이, 퉤퉤! 정후는 애꿎은 돌을 발로 차며 걸음을 옮겼다.

"어깨 좀 피고 살아요. 기능 하나 부족하다고 세상 끝나는 거 아니잖아요. 힘냅시다, 우리!"

빠직. 저 여자가 진짜.

정후는 결국 참지 못하고 뒤돌아섰다. 언제 또 저만큼 걸어갔는지 알 수 없을 정도로 멀어진 거리를 빠르게 좁혀갔다. 그의 눈썹이 거침없이 휘어 올라가고, 이마에 뿔이 솟았다.

"거기 서. 당장 거기 서란 말입니다!"

"싫은데?"

우다다다다다다. 그 순간 여자는 정후를 놀리기라도 하듯 빠르게 뛰어가기 시작했다. 정후 역시 놓치지 않으려 긴 다리를 이용해 달려갔지만 역부족이었다.

헉헉, 헉헉. 거친 숨을 내쉰 후 후들거리는 다리에 힘을 주며 겨우 몸을 일으켰을 땐 세상이 다 노랬다.

잘한다, 잘한다, 했더니 정말 못하는 게 없구나.

추진력 좋아, 연기력 좋아. 게다가 운동 실력까지 좋으니 웬만한 사람은 다 때려잡고도 남을 여자였다.

"젠장."

만나면 제일 먼저 물어보려 했던 이름, 나이, 연락처는 이미 그의 머릿속에서 싹 다 지워진 후였다. 도무지 뭘 생각하고 말할 틈을 주지 않는 여자다. 아, 정말 미치겠다.

오늘 하루, 딱 두 번 만났을 뿐인데 혼이 다 빠져나간 것처럼 기운이 없었다. 하늘이 노랗고 눈앞이 팽 돌았다. 어지러움을 느낀 정후는 터벅터벅 걸었다.

차를 어디다 뒀더라. 아, 편의점.

금방이라도 쓰러질 것 같은 몸을 이끌고 주차해놓은 차를 찾아 돌아왔을 때, 그는 또 한 번 경악했다.

"어라, 아직 안 갔나 봐요?"

언제 또 여기에 와 있어? 방금 전 그 난리를 피우고 사라진 여자가 편의점 앞에 서 있었다. 그러고는 심드렁한 얼굴로 아는 척을 한 후 그 안으로 쏙 들어가버리는 게 아닌가. 귀신에 홀린 얼굴로 한참을 서 있던 정후는 그녀를 따라 편의점 안으로 들어갔다.

"안녕."

"안녕하세요."

그녀는 능숙하게 컵라면 하나를 들고서 알바생에게 다가갔다.

"1200원이요."

"여기. 거스름돈은 너 가져."

늘 그렇듯 표정 하나 없이 무뚝뚝하게 계산을 하고 있던 알바생이 고개를 들어 여자를 바라봤다. 고작 거스름돈 300원을 선심 쓰듯 건네는 여자의 얼굴을 본 순간 그는 고개를 절레절레 저었다.

"왜? 쑥스러워서 그래?"

"아뇨. 300원 받으세요."

"부끄러움을 많이 타는구나? 훗, 됐다. 그럼 애쓰렴."

"아니, 그게 아니라."

300원은 누나에게 더 필요한 것 같은데요. 라는 말은 차마 건네지 못했다. 언제나 밝은 얼굴로 다가오는 단골에게 차마 상처 주고 싶지 않았다. 알바생은 여자의 거스름돈을 한 곳에 잘 모셔 두었다.

그 모습을 물끄러미 바라보던 정후는 계산대 옆에 있는 음료수 하나를 후다닥 계산하고 그녀를 쫓아 편의점 밖으로 나왔다. 눈을 감은 채 바람을 느끼고 있는 여자의 뒷모습이 보였다.

"음, 바람 스멜."

속이 타는 자신과 달리 너무나도 멀쩡하고 여유로워 보이는 모습에 정후는 기가 찼다. 혼자만 즐거워하는 모습에 약이 올라 탁, 음료수를 테이블에 내려놓으며 투덜거렸다.

"혹시 편의점에서 삽니까?"

그 순간 감고 있던 눈을 번쩍 뜬 여자는 주머니에 손을 넣은 채 자신을 물끄러미 바라보고 있는 남자와 눈을 마주했다.

아, 왜 이렇게 쫓아다녀? 이놈의 인기. 귀찮다고!

들리지 않아도 알 수 있는 눈빛이 정후에게로 꽂혀들었다. 그러나 여자는 속내를 감추며 태평하게 이야기를 꺼냈다.

"그러면 얼마나 좋겠어요? 언제든 마음껏 먹을 수 있잖아요."

'너한테 관심 없으니 저리 좀 가'라는 무성의한 말투가 날아들었다. 하지만 정후는 신경 쓰지 않으며 자신의 뒤편에 있는 편의점을 훑어보았다. 자신의 동네에 있는 것에 비하면 구멍가게 수준이었다.

그러고는 무언가를 결심한 듯 단호한 말로 내뱉었다.

"계약합시다. 계약서에 편의점을 넣어드리겠습니다."

"뭐, 뭐라고요?"

"통째로 사드리는 건 그쪽 취지와 맞지 않을 것 같고, 편의점 자유이용권 정도로 이해하면 쉬울 것 같습니다. 먹고 싶은 거, 마음껏 먹게 해드리겠습니다."

정후의 말에 여자의 눈이 휘둥글, 왕만 해졌다.

너 지금 뭐라고 했니. 무슨 이용권?

그 어떤 유혹에도 넘어가지 않을 것 같던 여자가 휘청, 하고 흔들렸다.

'마음껏 먹게 해드리겠습니다.'

정후의 입에서 흘러나온 한마디는 궁핍한 생활고로 인해 텅텅 빈 쌀독에 쌀이 가득 쏟아져 내리는 듯한, 넉넉한 쌀집 아저씨의 은혜를 받는 듯한 느낌이었다.

여자는 그동안 말도 안 되는 소리를 지껄이며 쫓아다녔던 이 남자가, 사지 멀쩡한데 중요한 기능 하나를 잃은 것으로 추정되는 이 남자가 이렇게 근사한 남자였던가를 묻고 또 물었다.

그러고는 다급하게 손을 움직였다.

"이 책 17페이지를 보면……."

17페이지가 어디지? 어디로 넘겨야 17페이지가 나오지? 여자의 손이 처음으로 떨렸다.

"여자가 7천만 원의 빚이 있어요. 근데 남자가 자신과 계약 하는 조건으로 그 빚을 갚아준다고요!"

그렇다면 너는 도대체 얼마의 빚을, 아니 얼마의 한도를 정해줄 건데? 라고 묻는 말이었다.

꼬르륵. 그 순간 여자의 배에서 요상한 소리가 흘러나왔다.

그것은 마치 나는 지금 몹시 배가 고프고 내일도 고플 것이며 이 다음 날은 허기로 쓰러질지 모른다! 라며 자신을 강력하게 어 필하는 것 같았다.

자, 이제 대답해봐! 어서! 여자의 눈이 반짝이는 것 같았다.

"가능하긴 합니까?"

"뭐가요?"

"이 작은 편의점에서 7천만 원을 쓰는 일이, 그쪽은 가능합니 까?"

꿀꺽. 그 말의 의미는?

여자는 눈앞의 근사한 남자보다 편의점을 자유롭게 이용할 수 있다는 기대감에 취해 있는 것 같았다.

"못할 건 또 뭐예요?"

"못하는 게 있긴 합니까?"

"그럴 리가. 보시다시피 이렇게나 완벽해서."

"됐습니다. 말을 맙시다. 2시간 후에 다시 여기서 만납시다. 계약서를 준비해 오겠습니다."

남자의 덤덤한 말이 들려왔다.

"두 시간 후입니다. 절대 늦지 마십시오!"

강조하는 남자의 말에 여자는 정신이 번쩍 들었다.

끄덕끄덕. 오케이, 오케이요!

격하게 고개를 끄덕이는 여자의 모습을 확인한 정후는 그제야 뒤돌아섰다.

"호로록, 호로록. 끅, 끅."

뒤편에서 터져 나오는 웃음을 참지 못하고 끅끅거리는 소리가 들려왔다.

얼마나 좋으면 저럴까. 하긴, 편의점 자유이용권이 하늘에서 뚝 떨어졌는데, 백수를 탈출한 것보다 더 기쁜 은혜일 것이다 생각한 정후는 한심하다는 듯 고개를 절레절레 흔들었다.

빠르게 걸음을 옮기려던 정후가 가던 길을 멈추고 다시 되돌아갔다. 여전히 라면을 먹느라 바쁜 여자가 눈에 보였다.

"이름이 뭡니까?"

"한설아."

"나이는?"

"스물여섯."

설아의 나이를 들은 정후는 잠시 멈칫했다.

여섯 살 차이라. 흠. 뭐, 상관없지 않은가. 어차피 진짜 연애할 것도 아닌데.

"연락처, 여기 적으십시오."

"휴대폰 없어요? 웬 메모?"

"차에 놓고 왔습니다."

정후가 건넨 메모지를 받아든 설아는 번호 몇 개를 적어서 건네주었다. 정후는 이게 진짜 번호냐고 몇 번이고 확인하고서야 안심이 되었는지 사라졌다.

그리고 정확히 두 시간 후 다시 편의점 앞에 나타났다.

"계속 여기 있었습니까?"

정후의 말에 설아는 고개를 끄덕였다. 언제 또 사온 건지 초콜릿 하나를 입에 물고 있었다.

"출력하기 전에 확인해보는 게 좋을 것 같아 노트북을 가져왔습니다. 천천히 읽어보십시오."

정후는 노트북을 펴 설아에게 건넸다. 설아는 초콜릿이 묻어 진득거리는 손가락을 바라보다 이내 바지에 쓱 닦고서는 모니터로 시선을 옮겼다.

뭐가 이렇게 많아.

"일에 관련된 계약서는 일이 생길 때마다 새로 쓸 겁니다. 그러니 그쪽, 아니 한설아 씨가 확인해야 될 것은 두 사람이 지켜야 할 사항이 기재되어 있는 한글 파일입니다."

"그럼 처음부터 그걸 열어줄 것이지, 왜 일을 두 번 해요?"

"······미안합니다."

생각이 짧았군요. 라는 말은 꾹 삼켰다.

설아는 그가 작성해온 수칙이 적힌 계약서를 확인하다 한숨을 내쉬었다.

"집중할 수 없습니까?"

"그쪽 계약서 내용은 볼 것도 없이 이 책 안에 다 있어요."

팔랑팔랑. 설아는 그의 앞에 책을 들이밀었다. 정후는 한숨을 내쉬었다. 한두 푼이 오고 가는 계약서가 아니다. 두 사람 각각의 목적을 위해 지켜야 할 수칙이 있다. 그런데 그걸 왜 소설책에서 찾는가? 정후는 황당했다.

"자, 이 책 72페이지를 확인해보면 계약 시 서로가 지켜야 할 사항에 대해 나와 있어요. 첫째, 갑과 을은 계약으로 묶여져 있는 사이라는 것을 제3자에게 발설하지 않는다. 발설할 시 그에 따른 책임을 져야 한다. 둘째, 갑이 명령한 일에 대해 을은 최선을 다해 임한다. 불성실한 태도를 보일 경우, 그에 따른 불이익을 감수해야 한다. 셋째, 을은 갑이 제시한 일을 완벽하게 수행했을 경우, 그에 대한 합당한 보상을 갑에게 받는다. 넷째, 갑과 을은 계약으로 묶여 있는 사이일 뿐, 그 이상도 그 이하도 아니다. 절대로 사생활에 개입해선 안 되고, 각자의 삶을 터치하지 않기로 한다. 맞죠?"

정후는 당황스러웠다. 분명 자신이 준비해 왔던 계약서의 내용과 별반 다름이 없는 내용이었다.

그녀가 들고 있는 책으로 시선을 돌렸다. 도대체 저거 정체가 뭘까? 모르는 게 없고, 안 나오는 게 없다.

"그거, 뭔지 물어봐도 됩니까?"

정후가 설아의 손에 들려 있는, 불쑥불쑥 끼어드는 책의 정체를 물었다. 예사롭지 않은 분위기를 풍겨대는 두꺼운 책자는 볼 때마다 신경을 거슬리게 했다.

"아뇨. 물어보지 마요. 괜히 다쳐요."

"다치더라도 일단 듣고 봅시다."

"닥친다니까요?"

"다, 닥. 뭐라고 했습니까?"

"아, 이건 실수."

설아는 장난처럼 배시시 웃었다. 물어보는 질문엔 대답도 안 하면서 닥, 뭐? 정후는 머리가 지끈거렸다.

"아무튼 추가하거나 삭제할 내용 없으면⋯⋯."

"나중에 내가 좋아지면 어쩔 거예요?"

설아의 당돌한 말에 정후는 결국 뒷목을 붙잡았다.

"말도 안 되는 소리 하지 말고."

"뭐, 내 이상형은 아니지만 어찌 되었건 우리에겐 연인 발전 가능성이 충분하다고요. 그러니까 마음의 준비를 하는 것도 나쁘진 않을 것 같은데?"

"제발, 그 말도 안 되는 소설 속의 이야기로 엮지 마십시오. 난 절대로 남자 주인공 같은 거 될 생각, 없습니다."

네가 좋아서 읽는 책인 것 같으니 할 말은 없다만, 그 속에 나를 넣지 마라! 내가 왜? 난 정상인과 연애하고 싶다. 라는 말이 목구멍까지 튀어나왔지만 꾹 참았다.

인내의 아이콘, 윤정후. 참자, 참아.

"후회할걸요? 질투나 독점욕으로 인한 사생활 개입은 어느 소설에서나 필히 나오는 명장면이에요! 나라고 뭐 좋은 줄 알아요? 나도 그쪽 별로거든요? 내 이상형 아니라는 소리, 잊었어요?"

"기억합니다. 아주 또렷하게!"

"흥, 나 좋다고 쫓아다니기만 해봐라."

"윽. 됐습니다. 제발 그만 좀 하십시오."

제발, 딴 길로 빠지지 마. 나는 한시가 급해! 당장 내일이면 권 여사를 만나러 가야 돼! 숙지할 사항이 한둘인 줄 알아?

정후는 답답함에 몸서리쳤다. 하지만 그러거나 말거나 설아는 말이 많았다.

원하는 일을 수행했을 때 성과가 좋으면 그에 따른 보너스를 챙 겨줄 것, 어떠한 일에서든 미리 말하고 명령하지 말 것. 갑과 을의 구분은 명확하겠지만 본인의 재능을 십분 발휘해 진행하는 계약 이니 자신을 존중해줄 것.

마치 대본이 있는 것처럼 설아는 줄줄 읊어댔다. 정후는 급격한 피로를 느끼며 잘하고 있는 것일까, 되뇌였다.

마침내 말을 마친 설아가 콜? 이라고 외치자 정후는 기계적으 로 고개를 끄덕였다.

"더 이상 수정할 사항 없으면 출력해 오겠습니다. 기다리십시 오."

정후는 벌떡 일어나 근처 문구점으로 향했다. 다행히 프린트를 해주는 곳이라서 빠르게 일처리를 할 수 있게 되었다. 기다리는 동 안 근처에 놓인 의자에 자리를 잡았다. 윽, 피곤해.

"……덫에 걸린 게 아닐까."

문득 그런 생각이 들었다. 설아는 의외로 치밀했다. 겉으로는 말 도 안 될 정도로 뻔뻔하고 말이 많고 시끄러웠지만 실속을 놓치지 않는 여자이기도 했다. 따지고 드는 것마다 모두 일리가 있었고, 굳이 들여다보면 문제를 정확하게 파악하고 진단내리고 있는 것 같았다. 보면 볼수록 알 수 없는 여자였다.

처음 계약과는 다르게 두툼해져버린 계약서를 들고 걸어온 정후는 휑하니 비워져 있는 테이블을 바라보다 주변으로 시선을 돌렸다. 그러자 멀리서 달려오는 설아가 보였다.

"어디 갔다 옵니까?"

"도장 가지러요."

"지장 찍어도 되는데 뭐하러 뛰어갔다 옵니까?"

"이거 봐요."

짜잔. 설아가 그의 앞에 도장을 내밀었다. 핑크빛 펄이 자글자글하게 박힌 옥도장이었다.

"계약할 일 생기면 멋지게 꺼내 쓰려고 아껴두었던 건데, 아직 한 번도 못 썼거든요. 내가 생각했던 계약서는 아니지만 뭐, 계약은 계약이니까."

"……."

"영광인 줄 아세요. 도장 파고 처음으로 찍어주는 거니까."

"아, 뭐."

정후는 머쓱함에 뒷머리를 긁적였다. 영광까지 찾아야 할 문제인가. 한참을 생각했지만 괜히 머리만 더 아파오는 것 같아 생각하기를 포기했다.

그사이, 설아는 들고 있던 도장에 인주를 묻히더니 성스러운 행위를 하듯 잠시 눈을 감았다. 그러고는 계약서에 도장을 찍었다. 단 한 번의 망설임도 없이 깔끔하게 찍혀진 도장을 확인한 정후는 만족스럽게 웃어 보이며 설아에게 손을 내밀었다.

"잘해봅시다."

"네. 그쪽만 잘하면 될 것 같기도 하고요."

"그쪽 아니라 윤정 니다. 윤정후."

"네, 잘 가세요."

아, 정말. 끝까지.

정후는 막대 사탕 하나를 입에 문 채 사라지는 설아의 뒷모습을 바라봤다.

"감당할 수 있을까."

저 여자, 뭔가 어마어마하고 무시무시하다.

범접할 수 없는 무언가가 있는데, 알고 싶지는 않다. 왠지 알았다가는 큰코다칠 것 같은 기분. 평소 같았으면 절대 상대해서는 안 되는 부류의 여자였지만 정후는 인내심을 발휘하기로 했다.

지금은 권 여사만 생각해, 권 여사만!

"휴."

정후는 피곤한 듯 차에 올라타며 긴 한숨을 내쉬었다.

집을, 자동차를 사준다고 했을 때도 큰 반응을 보이지 않는 여자였다. 오히려 정후가 본인의 스타일이 아니라며 박박 우겨대질 않았는가. 심지어 말도 안 되는 소설 내용을 운운하며 자신을 빤한 작업남으로 몰고 가기까지 했었는데. 고작 편의점에, 편의점을 통째로 내어주는 것도 아니고 그 안의 물건들을 원 없이 먹게 해준다는 말에 계약을 했다.

7천만 원? 말이 좋아 7천만 원이지, 이 작은 편의점에서 그 돈을 언제 다 쓸 수 있는데? 주구장창 사 먹어도 몇 년은 걸릴 것이다. 그러거나 말거나 이제 끝. 새롭게 시작이다.

정후는 이를 악물었다.

기다려라, 한설아. 이 계약이 모두 끝나는 날, 법전처럼 읊어대는 그놈의 책을 불태워버리고서는 동네가 떠내려가라 웃어줄 것이다.

로맨스? 혼자서 실컷 하시지! 정후는 미련 없이 액셀러레이터를 밟았다.

제 2 조

[내일 약속은 저녁 6십니다. 그 전에 준비해야 될 것들이 있으니 4시쯤 편의점 앞에서 만납시다. 윤정후.]

설아는 오징어 다리를 뜯으며 늘 품에 안고 다니던 책의 198페이지를 펼쳤다.

"그 전에 준비해야 될 것들이 뭐야? 처음 어른들을 만나 뵈러 가는 자리니까 숍에 들러 옷을 사고 화장이랑 머리라도 하겠다는 건가?"

소파에 누워 뒹굴거리던 설아는 뒤의 내용을 조금 더 읽다가 내려놓았다. 이것의 정체가 무엇이냐 묻던 정후의 말이 떠올랐기 때문이다.

어디서도 구할 수 없는 한정판 '쿵떡 찰떡 연애지침서'. 말 그대로 연애지침서, 즉 로맨스 소실책이다. 제대로 된 사랑 한 번 못해

본 작가가 써서 엉망진창이라는 그 책. 기승전막장은 두 말 할 것도 없고, 연애에 관련된 모든 조항을 담아놓은 것처럼 뒤죽박죽, 들쑥날쑥한 이야기. 그럼에도 불구하고 없는 게 없는 이상한 책이었다.

하지만 설아에게는 소중한 책이었다. 안고 있으면 위안이 되고, 기대고 있으면 잠이 솔솔 오는 그런 존재. 교과서처럼 늘 방향을 지시해주는 이 책이, 설아는 참 좋았다.

"너는 나의 데스티니."

포근하게 책을 품 안에 안고 있던 설아는 그와 만날 시간이 불과 한 시간밖에 남지 않았다는 걸 깨닫고 벌떡 일어났다.

"특별히 처음이니까 성의 표시는 해야지."

먹고 있던 오징어 다리를 밥상 위로 휙 던져버린 설아는 욕실로 들어갔다. 오랜만에 비누 스멜 좀 맡아볼까?

4시. 약속했던 편의점 앞에 차를 대고 기다리던 정후는 손목시계로 시선을 돌렸다.

분명 문자를 확인했을 텐데, 왜 아직도 안 나와?

정후는 조급한 마음에 차에서 내렸다. 어느 쪽에서 오려나, 사방을 둘러보는데 누군가가 편의점 문을 열고 나오며 손을 흔들었다.

"한설아?"

설아였다. 분명히. 약속 시간을 어겨놓고도 저렇게 뻔뻔한 모습이라니. 정후는 차 문을 꽝 닫고서 성큼성큼 그녀에게로 걸어갔다.

이게 무슨 냄새야? 거리가 좁혀진 설아에게서 어제와는 다른 향기가 났다.

"혹시 향수 뿌렸습니까?"

"네. 스멜 굿이죠? 나 이 향 너무 좋은 것 같아."

"……안 어울립니다."

"그죠? 그런 것 같더라. 캬캬캬캬캬. 캬캬캬캬캬."

헉. 순간 정후의 입이 떡 벌어졌다.

캬캬캬캬캬? 나 지금 제대로 듣고 있는 거 맞아? 이거 사람 소리야?

듣고도 믿을 수 없다는 표정으로 설아를 바라봤다. 하지만 당사자는 아무것도 모른 채 싱글벙글 웃고 있었다.

"향수 요놈, 오랜만에 뿌려줬더니 정신을 못 차리는구나. 네놈 주인이다. 정신 차리고 몸에 찰싹 달라붙어 고이고이 흩날려라."

설아는 웃음소리로 추정되는 그 해괴망측한 소리를 흩뿌리며 제자리에서 한 바퀴 돌았다. 그러자 그녀의 향수 냄새가 정후의 코 속으로 들어왔다.

지독히도 싫어하는 독한 로즈 향이 그의 머릿속을 헤집었다.

왜 이 여자만 만나면 안 아픈 곳이 없냐. 만난 지 5분도 채 되지 않아 혈압 상승의 기운이 느껴진다.

"화장도 했습니까?"

가관이다. 화장도 했다. 어제 봤던 그 얼굴이 아니다.

뭘 발랐는지 어제보다 조금 화사하고, 눈매가 또렷하고, 콧대가 우뚝 섰다. 그뿐이겠는가, 입술도 반짝반짝 윤기가 흘렀다. 그걸 발견한 정후는 '아, 사람이었구나'라는 생각이 들긴 했다.

"어디 선보러 갑니까?"

설아는 머리부터 발끝까지 자신을 훑는 정후의 모습에 어깨를 으쓱거렸다. 그리고 빠른 손놀림으로 가방에서 두꺼운 책을 꺼내는 여자가 눈에 보이자 정후는 아차 싶어 손을 뻗었지만 역부족이었다.

"이 책 401페이지를 보면, 평소 후줄근하던 여자가 어느 날 꾸미고 나오자 남자의 눈이 휘둥그레지죠. 생각지도 못했던 우월한 미모에 뻑가는 거예요. 그쪽도 지금 막, 가슴이 두근거렸죠?"

미쳤나 진짜. 정후는 자신도 모르게 주먹을 쥐고 있었다.

"절대, 절대, 절대 아닙니다. 그러니까."

"그래요. 아직은 잘 몰라요. 우리 관계로 치면 음, 100페이지 정도 진행이 된 셈이니까 그쪽은 아직 저에 대한 마음을 모를 때죠."

"이봐요. 한설아 씨."

확실히 짚고 넘어갈 건 짚고 넘어가자.

당신이 조금 꾸몄기로서니 난 절대 반하지 않아! 라는 말을 훅 내뱉으려는데 캬캬캬캬캬, 그 해괴망측한 소리가 또다시 들려왔다.

정후는 자신도 모르게 뒤를 돌아봤다. 혹시 누가 있나?

오른쪽, 왼쪽. 정신없이 훑어봐도 없다. 오로지 눈앞에 한설아만 있을 뿐. 아, 너였구나. 외계생물체가?

정후는 골치가 아프다는 듯 머리를 짚으며 낮은 목소리로 내뱉었다.

"뭔가 착각하는 거 아닙니까?"

"뭐가요?"

"내 어머니께 잘 보이고 싶은 여자, 예뻐 보이고 싶은 여자를 찾았던 게 아닙니다. 그런 여자라면 이 후진 동네까지 오지 않아도 널렸습니다. 내가 한설아 씨와 계약을 한 건 꾸미지 않는, 있는 그 대로의 후줄근한 모습이 마음에 들었기 때문입니다."

정후는 거칠게 머리를 쓸어 올렸다. 혹시 잘못된 선택일까? 특이하고 또 특이한 여자라 권 여사와 상대가 될 것이라 생각했는데, 이 여자도 결국 예쁜 척하고 고상한 척하는 여자였단 말인가? 그렇다면 3일을 끙끙 앓으며 쫓아다니지도 않았을 것이다.

남들을 판단하는 능력에 있어 자신해왔는데, 이런 실수를 하다니 한탄스러웠다. 정후는 설아를 바라봤다. 무슨 말이든 해봐! 라며 매섭게 노려보자 설아가 방싯 웃었다.

"그렇게 예뻐요?"

……뭐?

설아의 황당한 말에 정후의 긴장감이 일순 확 풀어졌다.

예쁘냐니, 지금 눈앞에서 너의 외모가 후줄근하다고 말하는 정후에게 예쁘냐고 묻는다.

"아주 그냥 예뻐서 어쩔 줄을 몰라 하네. 정말 이러면 곤란하거든요?"

"장난하는 거 아닙니다."

진지하게 지금의 사태에 대해 논하고 있는 정후를 슬쩍 바라본 설아는 풋, 하고 웃어버렸다.

"적어도 아들이 데려온 여자가 거지 행색을 하고 있으면 부모님들은 아닌 척해도 상처 받으신다고요. 우리 아들이 뭐가 부족한가 싶어서. 그러니까 효도는 못할망정 상처는 주지 맙시다. 오케이?"

설아의 생각지도 못한 말에 정후의 입이 떡 벌어졌다.

"저 차, 그쪽 거예요? 타면 돼요?"

대답을 듣지도 않고 정후를 지나쳐 걸었다.

설아는 쌔끈하게 잘빠진 차의 바디를 보고도 아무런 감흥이 없는지 조수석 문을 활짝 열어젖히고는 혼자서 쏙 들어가버렸다. 멍하니 자리에 서 있던 정후는 관자놀이를 꾹 누르며 그녀를 쫓아갔다.

"정말 알다가도 모르겠다."

생각이 없는 것 같다가도 의외로 생각이 깊기도 하고. 엉뚱하다가도 가끔은 소름 끼치게 진지하다. 게다가 실룩실룩 잘도 웃고 무척이나 씩씩하다.

뭐라 한마디로 정의가 안 돼. 복잡해.

길게 한숨을 내쉰 그는 운전석의 문을 열어 천천히 올라탔다.

"그쪽, 몇 살이에요?"

"서른둘입니다."

"와, 나이 많다."

그래, 그놈의 나이 때문에 내가 결혼에 대한 압박을 받고, 그 압박에서 벗어나고자 당신을 선택한 거 아냐?

"오늘의 요주 인물은 권유리 여사입니다. 저의 어머니이시죠. 취미가 '두 아들 궁지에 몰아넣기'십니다. 선한 얼굴로 웃으며 상대를 제압합니다. 제압당하는 그 순간은 길지 않습니다. 짧고 굵게 목덜미를 잡히는 순간 게임 오버입니다. 그러니 절대 긴장을 늦추지 마십시오."

"궁지에 몰아넣기?"

"요즘 가장 재미를 붙이신 것은 큰아들 윤정후의 결혼입니다. 전 어머니가 정해주신 상대와 결혼하고 싶지 않습니다. 정확히 말하면 결혼의 '결' 자도 듣고 싶지 않습니다."

"독신주의예요?"

"그렇게 됐습니다."

3일 전부터요.

결혼에 대한 부정적인 생각이 생긴 건 바로 이 여자를 만나고 나서부터였다. 세연이와의 결혼이 싫은 것이 가장 큰 이유이기도 했지만, 최근 본인 주변에 있는 여자들이 하나같이 유별난 모습을 보이며 그의 신경을 자극했다.

그는 여자라는 존재가 무섭게 느껴졌다.

"제가 한설아 씨를 선택한 이유는 간단합니다. 우리 아들이 얼마나 결혼이 하기 싫으면 이런 이상한 여자와 연애를 한다고 나설까, 혹은 이런 여자라면 절대 며느리로 받아들일 수 없으니 차라리 혼자 살게 하겠다. 라는 식의 반응을 가능케 하는 사람이 한설아 씨일 거라 생각했기 때문입니다."

권 여사 못지않은 어마어마한 무언가가 있기도 했다. 절대 권 여사 앞에서 기가 죽지 않을 것 같았고, 또 어머니의 흥미를 끌기에 충분한 여자라 생각했다.

정후는 생각보다 그녀를 선택한 이유가 구체적이고, 명확하다는 것을 깨닫고 스스로도 놀라워했다.

"이해가 됩니까?"

"그런 것 같네요. 후암."

"한순간이라도 진지할 수 없습니까?"

"나 지금 매우 진지합니다. 매우요."

더 듣기 싫다는 듯 얼굴에 지루함이 잔뜩 묻어 있는 설아를 바라본 정후는 한숨을 내쉬었다.

"근데요."

"뭡니까?"

"굳이 이런 방법을 쓰지 않아도 되지 않나요?"

좋은 방법이라도 있냐는 듯 묻는 얼굴에 설아는 고개를 끄덕였다.

"결혼을 원치 않는 이유를 말씀드려요. 사실은 기능 하나가 부족해서 한 여자를 과부로 만들고 싶지 않다든가."

빠직. 설아의 말에 정후는 잊고 있었던 오해의 씨앗이 떠올랐다.

기능이 부족하다니! 이 여자가 정말, 말이면 단 줄 알아?

"이보십시오, 한설아 씨. 확인되지 않은 사실로 이상한 상황 만들지 마십시오. 경고했습니다."

엄포를 놓는 정후의 말은 들리지 않는 사람처럼 설아는 힐끔거리며 정후의 하체로 시선을 옮겼다.

아니라고는 하는데, 확인할 방법이 없네. 쩝.

설아는 군침을 다시고는 시선을 돌렸다. 그 모습을 바라보고 있던 정후는 또 한 번 혈압이 상승하는 걸 느끼고 있었다. 뒷목을 움켜쥔 정후가 악다문 잇새로 으르렁거렸다.

"한설아 씨 머릿속에서 이뤄지는 상상까진 뭐라 하지 않겠습니다만, 그 이상은 참지 않을 겁니다."

"괜찮다고 했잖아요. 기능 하나 부족하다고 인생 다 끝난 거 아니라니까. 캬캬캬캬캬, 캬캬캬캬캬."

빠직, 빠직. 정후는 혼자만의 세계에 빠져든 설아가 마음에 들지 않았다. 가만히 있으니까 가마니로 보이고, 아니라고 말만 하니까 진짜 고자인 줄 아네?

"갑시다, 확인하러."

"뭘요?"

"한설아 씨가 말하는 기능 말입니다. 이상이 있는지, 없는지 확인시켜드리겠습니다."

정후는 자신을 바라보는 설아의 시선이 뺨에 와 닿는 걸 느꼈지만 무시한 채 액셀을 밟았다.

좋아, 이 계약이 얼마나 갈지 모르겠지만 한 번쯤은 기선 제압할 필요가 있다. 그게 오늘, 지금 당장이다!

"시간이 촉박하긴 하지만 한 시간이면 충분합니다."

자신만만한 그의 눈빛에 설아는 입을 꾹 다물었다.

"내리십시오."

호텔 앞에 도착한 그는 차를 버리듯 아무 데나 주차하고서 운전석에서 내렸다. 빠른 걸음으로 걸어와 조수석의 문을 열어 설아를 끌어내릴 때까지도 설아는 입을 다문 채 그의 행동을 지켜보았다.

"갑시다."

덥석. 그녀의 손목을 움켜쥔 정후는 한 치의 망설임도 없이 설아를 데리고 호텔 안으로 들어갔다.

대낮에, 사람들이 이렇게 많은 호텔에서 아무렇지도 않게 체크인을 하는 모습을 물끄러미 바라보던 설아는 고개를 절레절레 흔들었다. 뭐가 마음에 들지 않는다는 얼굴이었다.

"1009호입니다. 손님."

카드 키를 건네받은 정후는 놓았던 설아의 손목을 다시 잡았다. 엘리베이터에 오르고 10층에 도착해서도 설아는 말이 없다. 그 모습에 정후는 피식 웃었다.

얼었지? 놀랐지? 까불더니, 실전에선 아무것도 못하겠지?

정후는 장담했다. 룸 안으로 들어가는 순간 그녀가 눈물을 뚝뚝 흘릴 것이라고.

1009호의 문을 열고 들어가자마자 정후는 문 앞에 그녀를 가두며 팔을 뻗었다. 그 순간 설아의 눈동자가 커졌다.

"기대하십시오. 한 시간이면 세 번도 가능합니다."

정후는 입고 있던 셔츠의 단추를 풀었다. 그러고는 설아의 얼굴을 어루만지며 천천히 다가갔다. 입술과 입술의 공백이 점점 줄어들 때쯤 설아가 그의 가슴을 밀어냈다.

그 순간 정후는 쾌재를 불렀다. 설아가 백기를 들었다고 믿어 의심치 않았기 때문이다.

"자신, 없습니까?"

이미 게임이 끝난 상태임을 확인하기 위한 약간의 도발.

정후의 말에 설아는 고개를 푹 숙이고 바닥에만 시선을 두었다. 그 순간 정후의 입가에 승리자의 미소가 떠다녔다. 삐죽삐죽, 튀어 나오는 웃음을 참으려 애를 쓰고 있는데 설아가 얇고 가느다란 목소리로 조심스레 말을 꺼냈다.

"저, 사실은……."

정후는 무슨 말을 듣게 될지 유추해봤다.

저 사실은 처음이에요.

저 사실은 그냥 한번 해본 말이었어요. 이러실 줄은…….

저 사실은 무서워요.

뭐, 그 정도?

솔직하게 고백하면 몰아세우진 말아야겠다. 만난 지 얼마 되지도 않았는데 기선 제압한답시고 너무한 거겠지?

문득 설아가 안쓰러워진 정후는 아량을 베풀어야겠다며 어깨를 으쓱거리며 그녀 몰래 미소 지었다.

"뭡니까?"

"……싫어요."

음? 뭐라고? 개미 목소리만 한 크기로 이야기를 하는 설아 때문에 정후는 몸을 낮춰 그녀의 입가에 귀를 가져다 대야만 했다.

뭐라고? 다음 말을 묻는 정후에게 설아는 속삭였다.

"욕실이나 소파요."

"욕실이나 소파라니. 무슨 말입니까?"

"둘 중 하나 고르시라고요. 제일 먼저 어디서 할지. 전 욕실이 제일 좋은 것 같은데."

힐끔. 설아는 화려하게 반짝거리는 욕실을 바라보며 얼굴을 붉혔다. 정후는 무언가로 후려 맞은 것 같은 충격에 휩싸였다.

"어차피 세 번 하실 거라면 바닥도 상관없지만 이왕이면 욕실, 소파, 바닥순이 좋겠네요. 전 역동적이고 스펙터클한 걸 좋아하거든요."

방금 전 쑥스러워 고개를 푹 숙이고 있던 설아가 고개를 들더니 정후와 눈을 마주치며 의도적인 신음을 내뱉었다. 그러곤 야릇한 미소를 보이며 입가에 침을 바른다. 아무것도 못하고 방치되어 있던 팔도 그의 목을 감싼다. 그리고 다가온다, 다가와!

"악! 이러지 마십시오!"

정후는 참지 못하고 그녀를 가두었던 팔을 거둬 자신의 가슴 앞에 교차시켰다. 그러자 설아는 한층 더 음흉한 표정으로 한 걸음 다가와 춤추듯 눈썹을 움직였다.

"아잉, 왜요. 이왕 이렇게 된 거 힘써보자고요. 네?"

"뭐, 뭘 힘써봅니까?"

"알면서."

설아가 손가락을 뻗어 그의 가슴을 쿡 찌른다. 순간 전기에 감전된 것처럼 찌릿한 무언가가 정후를 스쳐 지나가자 경악에 입을 떡 벌렸다.

"음. 생각해보니까 그쪽 몸매, 나쁘지 않은 것 같아요."

"저, 저리 가십시오. 다가오지 마십시오!"

정후는 음흉하게 웃으며 천천히 다가오는 설아를 피해 뒷걸음질 쳤다.

"오랜만에 흥분된다. 갸르릉."

설아는 도망가는 정후를 쫓아가며 블라우스의 단추를 툭, 하고 풀었다. 한 개, 두 개, 세 개까지 풀자 그녀의 가슴골이 눈에 들어왔다.

제길! 뭐 하는 거야! 하는 순간 우당탕, 정후는 결국 바닥에 넘어졌다. 그걸 놓칠 리 없는 설아가 후다닥 다가가 넘어진 그의 다리 사이에 자리를 잡았다.

"한 시간 금방 가요. 세 번 하려면 집중하세요."

그러고는 천천히 몸을 움직인다. 그의 가슴과 그녀의 가슴이 맞닿고, 그녀의 입술이 그의 얼굴로 다가가는 순간 정후는 눈을 질끈 감고 설아를 밀어냈다. 반항하며 놀려댈 줄 알았던 설아는 순순히 물러나주었다. 마치 의도된 것처럼 피식 웃으며.

"왜요? 자신, 없습니까?"

그러고는 그가 물었던 질문을 똑같이 건네주었다. 그러자 정후는 당황한 기색이 역력한 채로 벌떡 일어나 옷매무새를 다듬었다.

"오, 오늘은 아닌 것 같습니다. 첫 계약이 성사되는 중요한 날인데 너무 성급했습니다."

"난 괜찮은데? 노 프라블럼!"

"노 프라블럼이든 프라블럼이든 일단 옷부터 잘 입으십시오."

정후는 고개를 돌리며 그녀의 블라우스를 가리켰다. 언제 풀었는지 단추는 모조리 다 풀어져 있고, 한쪽 어깨가 드러나도록 흘러내려간 후였다.

질끈. 눈을 감으며 상황을 어떻게 풀어가야 할지 고민하던 찰나, 반항적인 목소리 하나가 툭 끼어들었다.

"싫은데?"

싫어? 뭐가?

윽박이라도 지르고 싶은 마음이 들었지만 일을 시작한 것은 자신이니 뭐라 할 말도 없다.

"입으십시오!"

"입혀주든가요. 난 손에 힘이 풀려 못하겠으니."

이 여자가 정말! 그, 그 표정 좀 풀 수 없어?

여전히 음흉한 얼굴의 설아를 눈으로 확인한 정후는 당황스러움에 얼굴이 시뻘게졌다.

젠장, 당했다. 당했어. 윤정후, 너 지금 뭐 해? 뭐 하는 거냐고!

여자 벗은 몸 처음 봐? 벗은 것도 아니잖아. 눈앞에 보이는 저 하얀 천은 뭐야? 나신가, 뭔가. 아무튼 뭔가 입고 있는데, 왜 이렇게 벌벌 떨어? 젠장. 망했다, 망했어.

기선 제압을 하기는커녕 허점만 노출된 격이다.

진짜 기능에 이상 있는 남자로 생각하는 거 아냐?

"음? 어서요."

그나저나 이 여자, 왜 이렇게 겁이 없어?

불쑥 하고 내민 가슴을 바라보던 정후는 물러설 것 같지 않은 설아의 모습에 이를 악물고 손을 뻗었다. 떨지 않으려 애를 쓰며 그녀의 블라우스 단추를 밑에서부터 하나씩 채워주었다.

"한 개 정도는 놔둬도 돼요."

"목에 바람 들어가면 감기 걸립니다. 꼭 여미십시오."

괜찮다는데도 마지막 단추까지 꽉 채워준다. 정말 감기 걸릴까 걱정하는 게 아니라, 혹시라도 불쑥하고 달려들까 겁이 난다는 식의 행동이었다.

마침내 모든 일을 다 끝낸 정후는 아직 권 여사를 만나지도 않았는데 지쳐버렸다는 걸 깨달았다. 한숨을 푹 내쉰 그가 거칠게 머리를 쓸어 올렸다.

"갑시다. 시간이 많이 지체됐군요."

정후는 뒤돌아서 룸을 빠져나갔다.

"……픕, 푸하하."

남겨진 설아는 참고 참았던 웃음을 터트렸다.

몇 번 만나본 적 없는 남자와 덥석 손을 잡고 호텔 방에 들어왔다는 것만으로도 설아의 온몸이 긴장으로 벌벌 떨었다. 이런 상황은 처음이었기 때문이다. 하지만 의도가 빤히 보이는 남자의 행동에 설아는 장난기가 발동했다. 물론 진심으로 달려들었다면 기겁하고 도망갈 사람은 설아였겠지만 말이다. 안도의 한숨을 내쉰 설아는 룸을 빠져나오며 당황해하던 그를 떠올렸다.

무슨 남자가 저렇게 순진해? 서른둘이라며.

빨개진 얼굴과 축 처진 어깨, 터벅터벅 걸어가는 뒷모습을 보는 일이 생각보다 즐거웠다.

다시 차에 오른 두 사람은 말이 없었다. 한 사람은 온몸에 기운이 빠져나간 것처럼 넋이 나가 있고, 한 사람은 모든 기운을 빨아들인 것처럼 즐거워하고 있었다.

"출발합시다. 여기서 멀지 않으니 금방 도착할 겁니다."

설아는 시계를 들여다봤다. 약속 시간은 6시. 지금은 5시 20분이었다. 천천히 출발하는 움직임에 설아는 시트에 머리를 기댔다.

정후도 정후지만, 설아 역시 정후와의 만남이 피곤했다. 평온하고 조용하던 일상에 불쑥 끼어든 정후 덕분에 설아는 요즘, 숙면을 취하고 있었다. 기절 상태라고 해야 되나. 눕기만 하면 잠든다. 그만큼 에너지 소모가 큰 탓이겠지.

하지만 기분은 나쁘지 않았다. 앞으로 이 남자와의 계약이 어떻게 진행될지 궁금하기도 하고, 자신의 말 한마디 한마디에도 열띤 반응을 보이는 정후를 보는 게 나름 재밌고 신선하기까지 했다. 설아는 밀려드는 잠의 유혹에 고개를 떨구면서도 설핏 감도는 웃음을 참지 못했다.

정후는 손목시계를 바라봤다. 5시 40분. 정체가 심하지 않아 금방 도착했다. 본가에 도착해 지하주차장에 주차한 그는 잠들어 있는 설아에게로 시선을 돌렸다.

오는 내내 생각했지만 이 여자, 정말 한 치 앞을 알 수 없는 여자다. 남자와 단둘이 호텔방에 들어가서도 눈 하나 깜빡하지 않는다. 오히려 적극적이고 당돌하기까지 했다. 이 작은 덩치로 말이다.

사실 문과 자신의 사이에 서 있던 때, 설아가 생각보다 작고 가녀리다는 것에 내심 놀랐다. 늘 후줄근하고 까불기만 하는 데다가 워낙에 성격이 괄괄해서 신경 쓰지 못했는데, 그의 가슴팍까지 겨우 오는 키에 가녀린 어깨는 보호 본능을 일으키기 충분했다. 하지만 그건 잠시뿐이었다.

'욕실, 소파, 바닥순이 좋겠네요.'

순서까지 정해주던 설아의 모습이 떠오른 정후는 기가 찬 듯 웃었다. 아무리 그래도 그렇지, 취향 한번 독특하다. 여자들은 침대에 대한 로망이 있지 않나? 근데 이 여잔 욕실부터 하잔다.

"……."

강하다, 강해. 쉽게 무너져 내리는 여자들과는 차원이 다르다.

그래서일까. 정신없이 몰아치는 설아의 모습에 정후는 어지럼증을 느끼고 있었다.

무슨 일이 있어도 흔들림이 없는 천하의 윤정후가 어지럼증을 느끼는 상대라니. 쉽지 않다. 하지만 그럴수록 의지가 불타올랐다.

이 여자라면 자신의 문제를 해결해줄 수 있을 거라고, 권 여사의 마음을 온전히 돌려놓을 수 있을 거라 확신했다.

"일어나십시오. 다 왔습니다."

"아함. 벌써 다 왔어요?"

"정신 차리십시오. 한설아 씨가 지금 이곳에 왜 와 있는지를 기억해내란 말입니다."

"잊지 않았어요."

그의 어머니를 만나러 왔고 우린 연인 사이다! 급하게 떠올린 단편적인 기억이지만 절대 잊지 않았다는 것을 강조하기 위해 눈을 부라렸다.

"다시 말하는데, 절대 어머니에게 약점 잡히지 마십시오. 허점이 노출되는 순간 게임 오버입니다."

"오케이, 접수 완료!"

걱정스러운 표정이 가득한 정후의 시선이 연신 신이 난 듯 재밌어 보이는 설아의 얼굴로 향했다. 그러고는 긴 한숨을 내쉬었다.

걱정된다. 과연 이 여자를 선택한 게 잘한 일일까. 수없이 되뇌던 질문들이 이제야 수면 위로 떠올랐다. 하지만 어쩌겠는가, 이제 더 이상 물러설 곳이 없다. 정후는 마른침을 삼켰다.

두둥. 현관문을 열고 들어간 설아의 귓가에 울리는 소리가 바로 저것이었다. 두둥, 두둥!

외관에서부터 느껴졌던 어마어마한 재력은 집 안에서 더욱 빛을 발했다. 당연히 그럴 것이라 마음먹고 왔는데도 입이 떡 벌어진다. 이 정도의 규모, 이 정도의 분위기라면…….

"혹시나 해서 물어보는데요. 미안수르 정도 되는 재벌이에요?"

"아닙니다."

"근데 집이 왜……?"

"권 여사의 취향이라고 해두죠."

정후는 넋이 나갔는지 입만 달싹이는 설아를 바라보며 어깨를 으쓱거렸다. 자주 오진 않지만 올 때마다 놀라는 본가 풍경에 자신도 입이 떡 벌어질 정도인데 설아는 어떻겠는가. 언뜻 살펴본 거실은 마지막으로 들렀을 때보다 훨씬 더 화려하고 요란스러웠다.

"어머나, 큰도련님 오셨어요?"

부리나케 달려와 정후에게 알은체를 하는 여자에게 시선을 옮겼다. 앞치마를 두르고 있는 것으로 보아 주방에서 일하시는 분 같은데, 너무 곱다. 부잣집은 노는 물이 다르다, 이건가.

설아는 혼자서 구시렁거렸다. 그러거나 말거나 정후는 누군가를 찾으며 시선을 옮겼다.

"어머니는 어디 계십니까?"

"좀 전까진 수영장에 계셨었는데. 어머, 나오시네요."

아주머니의 말에 설아는 시선을 옮겼다. 2층 계단에서 누군가 내려오고 있었다. 설아는 순간 주위가 지우개로 지워진 것 같다는 생각이 들었다. 오로지 그분만 보이고, 그분만 선명했기 때문이다.

2층에서 내려오는 그 발걸음이 너무나도 가벼워 혹시나 날아가지 않을까 걱정이 될 정도의 발놀림을 가진 분이셨다. 멀리서 봐도 늘씬한 몸매의 소유자는 온몸을 감싸면서도 몸매를 잘 드러내는 순백의 드레스를 입고, 구두를 신었는지 또각또각 소리를 내며 걸어오고 있었다. 옮기는 걸음마다 기품이 느껴졌다.

설아는 순간 긴장했다. 뭐랄까, 분위기가 압도적이라고 해야 할까. 존재만으로도 주변을 모두 긴장시키는 아우라가 그녀에게 있었다.

"우리 아들, 왔니?"

뜨악. 목소리마저 곱디곱다. 혹시 천사는 아닐까 싶을 정도로 눈이 부셨다. 놀라움에 입을 다물지 못하던 찰나 우아한 목소리가 설아의 귀에 날아들었다.

"어머, 처음 보는 비주얼이네. 신기해라."

"……."

"안녕? 난 권유리. 이놈 엄마 되는 사람."

권 여사는 설아에게 손을 내밀었다. 그러나 그쪽으로 시선을 돌린 설아는 선뜻 그 손을 잡을 수가 없었다. 20대인 자신보다 훨씬 더 손이 고왔기 때문이다. 게다가 꽉 쥐지 않으면 미끄러질 것만 같은 매끄러운 자태에 설아는 침이 뚝뚝 떨어질 뻔했다.

툭. 정후는 넋이 나가 있는 설아의 팔을 쳤다. 그제야 정신이 돌아온 설아는 권 여사가 내민 손을 잡았다.

"안녕하세요. 한설아입니다."

"어머, 처음 듣는 목소리네. 신기해라. 몇 살?"

"스물여섯입니다."

"여섯 살이나 어린 아가씨를 데려왔단 말이야? 남자들은 어쩜 그렇게 연하에 사족을 못 쓰니? 도둑놈."

상냥하고 온화했던 권 여사의 눈빛이 한순간에 싸늘해졌다. 그리고 그 시선을 받는 사람은 설아가 아닌 정후였다. 그러나 정후는 당황해하지 않았다. 이런 일상이 당연하다는 듯 어깨를 으쓱이고는 신발을 벗고 집 안으로 들어갔다. 설아도 그의 뒤를 따랐다.

거실 소파에 앉은 세 사람은 묘한 그림을 그려내고 있었다. 정후는 테이블 위에 차려진 찻잔을 들어 차를 마셨고, 권 여사는 신기한 듯 설아에게서 시선을 떼지 않았다. 당황한 설아는 잠시 고민했지만 맞부딪쳐오는 시선을 피하지 않았다. 그들 사이에는 묘한 기운이 떠돌았다.

"설아야. 얘, 마음에 드니?"

권 여사가 맞은편에 앉아 있는 정후를 가리키며 물었다. 설아는 그를 힐끔 바라봤다. 정후는 차를 마시며 설아에게 시선을 주었다. '우리 두 사람은 지금, 연인이라는 걸 잊지 마십시오'라는 의미를 담아 지긋이 쳐다본 후 고개를 돌렸다.

"솔직히 말해봐. 마음에 들어?"

설아는 잠시 망설였다.

어떤 식으로 권 여사를 대해야 할지 갈피를 잡지 못했기 때문이다. 게다가 만나자마자 본인 아들이 마음에 드냐고 물을 줄이야.

권유리 여사의 외모부터 모든 말과 행동이 빠르게 날아와 깊게 꽂혔다. 빠져나갈 수가 없게끔 옭아매는 시선에서 설아는 고민했다.

"아직까진 괜찮은 것 같아요."

"오호라, 마음에 안 든다는 얘기네?"

"어머니 듣고 싶은 쪽으로 해석하지 마십시오."

정후가 급하게 끼어들었다. 하지만 권 여사는 아랑곳하지 않았다. 길고 긴 다리를 꼬더니 미묘한 웃음을 흘렸다.

"설아야, 우리 정후가 뭘 준다니? 집? 자동차? 아니면 빌딩이라도 사준다고 했니?"

"네?"

"계약서부터 씁시다. 하진 않았고?"

뜨끔. 설아의 눈에 당황의 빛이 맴돌았다.

"우리 아들이 좀 철두철미해. 물론 나한테는 쨉도 안 되지만."

권 여사의 시선이 날카롭고 매섭게 설아를 훑었다.

도대체 너 따위가 어째서 우리 아들 옆에 있는 거니. 라는 의미를 담고 있다는 것을 설아는 무의식중에 느끼고 있었다. 매섭다 못해 싸늘한 시선은 계속되었다. 그리고 무겁게 가라앉아 있던 공기를 더욱 냉랭하게 바꾸기 시작한 건 권 여사가 새로운 방법으로 설아를 고문하기 시작했을 때였다.

"우리 아들의 성의를 봐서라도 예의상 질문 몇 개 해볼까?"

상냥하고 온화한 말투의 끝이 칼날처럼 날카롭다. 설아는 마른침을 삼켰다. 매사 당당한 설아의 어깨가 잔뜩 굳었다. 정말 어떻게 해볼 수 없는 긴장감과 아우라다. 설아는 권 여사가 강적이라는 생각을 했다.

"부모님은 어떤 일을 하시니?"

두둥. 설아의 심장이 바짝 쪼그라들었다.

설아는 다시 한 번 마른침을 삼켰다. 자, 이제 드디어 내 차례.

떨지 마, 떨어선 안 돼. 편의점 자유이용권을 떠올려!

설아의 올곧은 시선과 권 여사의 매서운 시선이 공중에서 부딪쳤다.

"서점을 운영하고 계십니다."

"아, 도서 사업?"

권 여사의 말꼬리가 살짝 늘어지는 것을 알아차린 설아의 눈썹이 한껏 휘었다가 제자리로 돌아왔다. 분명 권 여사는 자신을 무시하고 있는 게 분명했다.

"네. 저희 고향에서는 제일 큰 규모의 서점이에요. 역사도 있고, 전통도 있는. 시내의 상징 같은 곳이죠."

"음, 그래?"

성의 없는 대답이 들려왔지만 설아는 권 여사의 시선을 피하지 않았다.

"학교는 어디 나왔어? 적어도 한국대 정도는 나와줘야 정후랑 수준이 맞을 것 같은데. 뭐, 딱 보니까 그 정도는 아닌 것 같고. 그렇지?"

권 여사의 말에 설아는 보이지 않게 주먹을 쥐었다.

수재들만 모아놓았다는 한국대. 그럼에도 불구하고 돈 없으면 못 간다는 재벌들의 학교. 돈 있고 똑똑한 사람들만 모아놓았다는 곳이 그곳이었다. 설아는 지방에서 대학을 나온 자신이 부끄러운 적이 없었고 지금 역시 마찬가지였다.

"네. 저는 지방에서 대학교를 나왔어요. 하지만 창피하지 않습니다. 저희 부모님께서는 저를 대학 보내시기 위해 열심히 일을 하셨고, 빚 하나 없이 4년 내내 공부에만 몰두할 수 있도록 해주셨습니다. 그 덕에 많은 걸 배우고 성장했습니다. 그것만으로도 자랑스럽고 떳떳합니다."

설아의 대답에 권 여사의 입꼬리가 살짝 올라갔다 내려왔다.

요것 봐라, 하는 얼굴이었다.

권 여사는 흥미있는 얼굴로 설아를 바라보았다.

"그래서 지금은 뭐 하는데? 자랑스럽고 떳떳하게 졸업한 그대가 하는 일은?"

어째 저렇게 하는 말마다 송곳처럼 날카로울까. 설아의 가슴을 푹 찌르는 한마디에 그녀는 잠시 말을 멈추었다.

"내세울 만한 일은 아닌가 보네? 뜸 들이는 게. 그렇지?"

"……네. 아직 이렇다 할 일을 찾지 못했습니다."

"그 나이 먹도록 아직? 스물여섯에 할 일을 찾지 못했다는 건 좀 한심한 말이네."

권 여사는 더 이상 별 볼일 없다고 느꼈는지 시선을 정후에게로 옮겼다. 도대체 너란 녀석은! 당장에라도 다그칠 것처럼 노려보았지만 정후는 모른 척 차를 마셨다. 설아는 이를 악물었다.

"애쓴 보람도 없다, 정후야."

더 이상 얘기할 가치도 없다는 것이었다. 권 여사는 자리에서 일어났다.

"세강그룹 쪽에 전화 넣으마. 상견례는 다음 주 정도가 좋겠지?"

"어머니!"

"우리 인연은 여기까지니 돌아가봐요, 아가씨. 애써 차린 저녁밥이 소용없게 됐네."

싸늘한 시선으로 설아를 노려보던 권 여사는 뒤돌아섰다. 하지만 걸음을 옮기지 못했다. 설아가 자리에서 벌떡 일어났기 때문이다.

"사과받고 싶습니다."

뭐? 권 여사가 설아에게로 시선을 돌렸다.

화를 참는 듯한, 부글부글 끓고 있는 무언가를 억누르는 듯한 표정의 설아가 보였다. 권 여사는 자격지심이라는 단어를 떠올리며 비릿하게 웃었다.

"무슨 사과?"

"물론 스물여섯이라는 나이가 한심하게 느껴질 수 있습니다. 아무것도 하지 않고 놀고먹는, 그런 한심한 사람처럼 비춰질 수 있습니다. 하지만 오늘 그렇다고 해서 내일도 그럴 거라고 장담하실 수 있습니까?"

"뭐?"

"꿈이 없는 게 아닙니다. 꿈을 찾아가는, 꿈을 향해 열심히 달리고 있는 스물여섯입니다. 아직 열정이 살아 있기에 편협한 세상과 타협하지 않는 것입니다. 현실에 맞춰 어영부영 몸에 맞지도 않는 옷을 입고 질질 끌려가는 삶이 아닌 내가 앞장서서 걸어갈 수 있는 삶을 살기 위해 고군분투 중입니다. 그러니 단정 짓지 마세요. 미래는 누구도 장담할 수 없습니다."

그 순간 거실에 정적이 흘렀다. 방금 전까지만 해도 얼어붙어 있던 설아의 입에서 흘러나온 말이 너무나 진지해서, 그 진지함 속에 진심이 가득 담겨 있어서. 권 여사와 정후는 놀란 눈으로 그녀를 바라보았다. 그리고 잠시 후 정후는 남모르게 피식, 하고 웃어버렸다.

의외였다. 매번 장난만 치고 요란한 설아에게 저렇게 진지한 모습이 있을 줄은. 아니, 세상 물정 모르고 하루하루 대충 살아가는 것 같던 그녀에게도 꿈이 있을 줄은.

정후는 설아의 올곧은 시선을 놓치지 않았다. 그리고 문득 궁금해졌다. 저 시선 안에, 저 가슴 안에 어떤 열정이 숨어 있을지. 그것이 얼마나 크고 단단한지, 아주 조금 궁금해졌다.

한참 동안 설아에게 넋이 나가 있던 정후는 흥, 하고 콧방귀를 뀌는 권 여사의 목소리에 시선을 옮겼다.

"그래서 나한테 미안하다고 사과라도 하라는 거야?"

"네. 누구나 실수는 합니다. 하지만 잘못한 걸 인정하지 않으면 똑같은 실수를 반복하게 되죠. 한 번은 실수여도 그 다음부터는 실수가 아닌 게 되니까요."

"당돌한 면이 있네."

'의외로'라는 말을 덧붙인 권 여사의 표정이 어째 처음보다 훨씬 더 나긋해졌다면 착각일까? 울컥 치밀어 오른 말을 내뱉고 나니 속은 후련한데 이게 잘하는 짓이 맞나 싶었다. 사삿하면 번의섬 자유이용권이 날아가는데, 신중치 못했어! 후회가 살짝 밀려오려던 찰나 권 여사가 상냥하게 웃었다.

"그래. 다시 보니 합격점에는 한참 모자라지만 나쁘진 않네."

권 여사는 설아를 다시 한 번 훑어보았다. 생각보다 재미난 상대였다. 조그마한 게 의외로 성깔도 있고 무엇보다 저 눈빛. 세상의 찌든 때가 하나도 묻지 않은 순수함 속에 담겨진 강한 눈빛. 그리고 그 안에는 열정과 에너지가 담겨 있는 것 같았다. 권 여사는 그 눈빛에 제압, 혹은 빨려 들어가고 있음을 알아차렸지만 내색하지 않았다.

"사과할게. 미안했어. 하지만 우리 아들 짝으로는 별로야."

흥, 이라는 소리와 함께 그녀는 매몰차게 돌아섰다.

남겨진 설아는 찝찝함을 느껴야 했다. 그리고 그때까지 아무런 말도 없던 정후가 거칠게 머리를 쓸어 올렸다.

"게임오버입니다. 일어나십시오."

"게임오버요?"

"퇴짜 맞았으니 끝난 겁니다. 실패했으니 계약이고 편의점이고 없던 걸로 합시다."

"편의점!"

악! 말도 안 돼! 나 지금 뭐 한 거야? 편의점 자유이용권! 그걸 눈앞에서 놓쳤어! 말도 안 돼!

설아는 그제야 놀라서 멈춰 있던 뇌가 살아 움직이는 것 같았다. 머리가 복잡하게 돌아갔다.

이용권을 얻을 것이라 확신하고 미리 외상처리 해놓은 것들이 얼마더라? 그리고 난 그것을 갚을 돈이 있던가? 설아는 자신의 통장 내역을 떠올리려 애썼다. 그리고 그 짧은 순간에 계산기를 두드렸다.

그러는 사이 정후는 자리에서 일어나 벗어놓았던 재킷을 들고 성큼성큼 현관문으로 걸어갔다. 그때까지만 해도 계산기를 두드리느라 정신이 없던 설아는 '뭐 합니까? 나와요!'라고 외치는 정후의 목소리에 권 여사가 사라진 방향으로 시선을 옮겼다.

우아하고 다소곳하게 느껴졌던 느린 걸음걸이가 지금은 다행이란 생각이 들었다. 아직도 2층으로 올라가기 위해 계단을 걷고 있는 권 여사의 뒷모습이 보였다.

안 돼, 이대로 끝낼 순 없어. 나의 편의점! 오, 마이 외상값!

"어머님!"

그리고 머리보다 입이 먼저 외쳤다. 간절하게 혹은 애절하게!

"당장 내려오세요! 어머님!"

이대로 편의점을 놓칠 순 없다. 질러놓은 외상값이 얼만데! 이대로 가다가는 돈 한 푼 없이 꿈도 이루지 못하고 고향으로 내려가야 한다. 기세등등하게 뛰쳐나왔던 그 집으로 다시 돌아가야 된다. 아무것도 없이, 그 무엇도 이루지 못한 채! 안 돼, 안 돼!

설아의 우렁찬 목소리에 놀란 권 여사가 천천히 뒤를 돌아보았다. 얼굴이 시뻘게진 채로 자신을 바라보는 설아의 시선에 권 여사는 흥미로운 얼굴로 팔짱을 꼈다.

"왜? 내 마음을 돌리지 못하면 아무것도 못 받는다 했나 보지?"

이미 다 알고 있는 눈치였다. 이왕 이렇게 된 거 어쩔 수 없다. 내 패를 까보여서라도 권 여사의 마음을 되돌려야 한다.

"네! 저는 절대 포기할 수 없으니 일단 내려오세요! 다시 대화를 나누고 싶습니다. 이대로 패배를 인정할 수 없어요!"

다양한 라면을, 다양한 간식들을 놓쳐야 된다니 말도 안 돼요. 헤어지고 싶지 않아요! 설아는 그 어느 때보다 진지했다.

권 여사는 피식 웃었다. 그러고는 계단을 내려오기 시작했다. 사실 마음에 들지 않는다고 돌아섰지만 자꾸만 뒤를 돌아보고 싶어 뒤통수가 근질거리던 차였다. 권 여사는 시시각각 다르게 변하는 설아가 너무나도 재밌었다.

그 누구도 자신을 상대로 목소리를 높인 적 없었을 뿐더러 자신에게 사과를 요구하고 훈계를 하는 사람은 더더욱 없었다. 심지어 눈을 똑바로 마주치는 사람도 없었다. 근데 저 아가씨, 한설아는 당당하다 못해 맹랑할 정도로 소신 있는 모습이었다. 권 여사는 이 즐거움을 놓치고 싶지 않았다.

"내려왔어. 무슨 대화를 나눌까?"

그리고 다시 한 번 시작되었다. 현관문에 서 있던 정후가 나가려던 발걸음을 돌려 두 여자를 바라봤다. 그러고는 두 사람 가운데에서 느껴지는 이상한 느낌에 몸서리를 쳤다.

"저희는 진지하게 만나고 있습니다. 앞으로도 그럴 거고요. 어머님이 생각하시는 그런 관계가 아닙니다."

"일단 그 어머님이란 소리 먼저 치워. 그 소리를 들을지 말지는 내가 결정할 테니."

"권 여사님!"

품. 정후는 순간 설아의 입에서 나온 단어에 웃음이 터졌다. 듣기 싫다는 단 한마디에 1초의 망설임도 없이 부른 단어가 '권 여사님'이라니. 정후는 기가 막혀 웃어버리고 말았다. 도대체 한설아라는 여자는 정말 종잡을 수가 없다. 고개를 절레절레 흔들던 찰나 설아의 우렁찬 목소리가 집 안을 가득 채웠다.

"우린 서로 사랑합니다. 절대로 헤어질 수 없습니다!"

응? 정후의 입이 떡 벌어졌다.

설아는 진심이었다.

편의점과 나의 사이가 얼마나 진득한지, 그 알바생과 쌓은 우정이 얼마나 깊은지. 어머님, 아니 권 여사님이 아십니까? 절대 헤어질 수 없습니다. 우린 운명 공동체 같은 사이란 말입니다! 고함이라도 지르고 싶었다. 우리 사이를 떼어놓지 말라고 울부짖고 싶었다.

"권 여사님께서 반대하셔도 결국엔 이루어지게 되어 있습니다. 510페이지에 보시면, 아, 아니 이건 좀 친해지면 말씀드리고요. 아무튼 결국 우린 해피엔딩이 될 겁니다!"

설아를 바라보고 있던 권 여사는 자꾸만 웃음이 튀어나오려고 했다. 누구보다 윤정후를 잘 아는 권 여사였다.

그런 아들이 며칠 만에 전혀 어울릴 것 같지 않은 여자를 데리고 왔는데, 그사이 사랑을 운운할 만한 무언가가 생길 리가 없지 않은가. 권 여사는 설아의 당돌함이 이젠 귀엽게 느껴졌다.

"좋아. 패기는 인정. 근데 우리 정후가 아가씨한테 뭘 주기로 했어? 내가 대신 주면 안 돼?"

이미 다 알고 있는데 뭘 돌아가랴. 권 여사는 단도직입적으로 물었다. 그러자 설아가 '아하!' 하며 무언가를 깨달은 듯 무릎을 탁 쳤다.

아, 그런 방법이. 굳이 저 인간에게 끌려 다니면서 구박당하느니 권 여사에게 편의점 이용권을 받는 것도 나쁘지 않겠다. 결심한 듯 이별을 고하려는 얼굴로 정후를 바라봤다. 그러자 정후는 이를 악문 채 살짝 고개를 저었다. 그러고는 손가락을 두 개, 잠시 후 세 개를 폈다.

무슨 의미지? 다시 그를 바라보자 정후는 주먹을 쥐며 아래로 찍어 내리는 시늉을 했다.

음? 찍어? 도장? 아! 권 여사와는 이번이 끝이겠지만, 정후와는 다르다. 두 번째, 세 번째의 계약이 가능했고 그때그때 보상도 따른다. 설아의 의지가 불끈하고 달아올랐다.

"절대 안 됩니다. 권 여사님께서는 줄 수 없는 거예요!"

"오호라, 내가 줄 수 없는 게 이 세상에 있을까? 뭔데 그래? 나 좀 알려줘봐."

권 여사는 소파에 앉았다. 여전히 그 몸짓이 우아하고 고와 정신을 잃게 만들었지만 그보다 편의점을 놓치고 그 이후의 보상들을 놓칠 위기에 놓인 설아는 정신을 바짝 차렸다.

"그, 그건."

"그건?"

설아는 멀리서 다가오는 정후를 바라봤다. 정후는 불안한 마음에 빠른 걸음으로 다가오고 있었지만 설아를 바라보는 권 여사의 눈빛만큼은 아니었다.

그래, 한설아. 결단을 내리자. 모 아니면 도야!

"한 시간에 세 번이 가능하다고 했습니다!"

우당탕. 그 순간 그녀의 뒤에서 거친 소리가 들렸다.

"윤정후, 괜찮아? 왜 갑자기 넘어지고 그래?"

권 여사가 물었지만 정후는 넘어진 채로 고개를 들지 못했다. 그러거나 말거나 설아는 두 주먹을 불끈 쥐고 외쳤다.

"도대체 얼마나 뛰어난 능력의 소유자이기에 한 시간에 세 번이 가능한지, 알고 싶습니다! 그걸 알기 전까지는 절대 포기할 수 없습니다!"

정후를 걱정하던 권 여사는 손가락으로 귀를 팠다.

맙소사. 잘못 들었나? 싶던 권 여사가 방금 전 설아가 던져놓은 말의 의미를 뒤늦게 이해하고서는 놀란 듯 그를 바라보았다.

"서, 설마 내가 생각하는 그거, 맞니? 우리 아들이 그게 가능하다고?"

"네! 분명 저한테 그랬습니다! 그러니 전 저 남자를 놓칠 수 없습니다!"

설아는 절실했다. 저 남자를 놓치면 편의점이고 뭐고 없다. 그녀의 미래는 고향으로 돌아가 백수놀이하며 구박받는 것, 그것이 될 것이다.

"호호호, 호호호, 깔깔깔깔깔."

잠시의 침묵이 이어져 지루함을 느끼려던 찰나 해괴망측한 웃음소리에 정후가 놀라 고개를 들었다.

웃고 있다. 권 여사가. 정 없기로 유명한 권 여사가 배꼽을 잡고 소파에 구르며 웃는다. 이게 가능한 일인가?

정후는 벌떡 일어나 소파 근처로 달려갔다. 두 눈으로 보고도 믿기 힘든 장면이었다.

찰칵. 찰칵. 그 순간이었다. 시선을 돌리자 옆에서 카메라를 든 채 사진을 찍는 설아가 보였다. 그녀는 웃느라 정신없는 권 여사를 찍고 있었다.

"뭐 하는 겁니까?"

"자료 수집이요. 이렇게 대단한 집에 살고 있는 분, 웃는 모습은 처음 보거든요."

정후는 고개를 돌렸다. 울 듯 웃는 권 여사나, 이 와중에도 사진을 찍는 한설아나. 도대체 정상인 사람이 없는 기분이다. 혼이 나가버린 것 같았다.

잠시 후 어느새 진정이 되었는지 눈가에 눈물을 닦는 권 여사의 모습이 보였다.

"아들, 너 진짜 임자 만났구나?"

"무슨 말씀입니까?"

"얼마나 설아가 좋으면 한 시간에 세 번이 가능하다는 공수표를 날리니? 어떻게 해서든 저 아가씨를 잡고 싶었던 거 아냐?"

"아, 그게……."

"그래. 정말 사랑하는 여자를 만나니 제법 사람답게 구는구나. 사랑 앞에서는 무슨 말을 못하겠니? 하늘의 별도 따주고, 달도 따줘. 한 시간에 세 번 하려면 그럴 정신이 있을진 모르겠지만. 호호호, 깔깔깔깔깔."

권 여사는 말 그대로 데굴데굴 굴렀고, 정후는 사색이 된 얼굴로 당황해하고 있었다. 그 와중에 설아는 여전히 두 주먹을 불끈 쥔 채 의지에 불타오르고 있었다.

"기특한 우리 설아. 웃겨서 눈물 나게 하는 아가씨는 네가 처음이야."

"칭찬이시죠? 감사합니다. 캬캬캬캬캬."

"방금 그거 웃음소리니? '캬캬캬캬캬'랜다. 아이고, 깔깔깔깔."

극강의 즐거움에서만 나온다는 한설아 특유의 웃음소리 캬캬캬캬캬, 역시나 극강의 즐거움에서만 나온다는 권 여사 특유의 웃음소리 깔깔깔깔깔. 이 해괴망측한 두 개의 웃음소리가 섞여 거실에 울려퍼지자 정후는 소름이 돋는 걸 느껴야만 했다.

뭐지, 이 데칼코마니 같은 느낌은.

묘하게 닮은 두 사람의 모습에 정후는 뒷목이 바짝 서는 걸 느껴야만 했다. 그런데 기분은 나쁘지 않다. 권 여사가 웃고, 한설아도 웃는다. 늘 조용한 클래식 음악이 흐르거나 적막이 흐르던 이 큰 집에서 웃음소리가 떠나질 않는다. 그 모습에 정후는 기가 차고 어이가 없었지만 자신도 모르게 미소를 띄우고 있었다.

"설아야."

"네, 권 여사님!"

"밥 먹고 가."

"정말요?"

설아는 존경의 눈동자를 발사했다.

마침 배가 고프던 찰나였는데 저녁을 먹고 가란다. 저녁을!

자취생활 1년 6개월 만에 집 밥이다! 설아는 쾌재를 불렀다.

"전주댁! 우리 설아 밥 좀 줘. 갈비찜이랑 잡채 좋아하니?"

"환장하게 좋아해요!"

"환장까지 해? 호호호호, 먹고, 갈 때 싸가. 알았지?"

"감사합니다."

후다다다다닥. 설아는 고개를 꾸벅 하고는 빠르게 주방으로 달려갔다. 마치 조금이라도 망설이면 밥그릇을 빼앗길까 걱정하는 사람처럼, 혹은 함께 온 윤정후 따위는 밥에 밀려 아예 잊은 사람처럼. 다시 돌아봤을 때 설아는 어느새 식탁 앞에 앉아 숟가락을 들고 있다.

정말 미치겠다, 한설아. 정후는 고개를 절레절레 흔들었다. 그 모습을 물끄러미 바라보던 권 여사가 의미심장하게 물었다.

"정후야."

"……네."

"정말 한 시간에 세 번이 가능하니?"

"어머니!"

"깔깔깔깔깔. 어쩜 그렇게 네 아빠랑 똑같니? 공수표를 날리지 않나, 어린 여잘 좋아하질 않나. 하여튼 윤씨 남자들 알아줘야 돼!"

홍. 권 여사는 돌아섰다. 그러고는 우아하게 걷기 시작했다. 마치 그녀의 주위로 고요한 클래식이 흐르는 것 같은 기분이 들 정도로 우아한 걸음이었다.

정후는 망설였다. 밥을 먹고 가라니, 마음에 든 건가? 아니면 그냥 흥미를 끄는 설아의 모습이 즐거워 선심을 쓴 건가? 판단을 내리기가 어려웠다.

"아 참, 아들?"

그 순간 권 여사가 돌아섰다. 고민을 하던 정후가 고개를 들자 권 여사가 씩 웃었다.

"우리 설아가 어머님 소리를 참 맛깔나게 잘하더라."

"네?"

"다음에 올 땐 권 여사님 소리 치우라고 전~ 해~ 라. 깔깔깔깔깔."

정후는 얼어붙었다. 지금 뭐라고요?

"이틀이든 3일이든, 만난 날이 무슨 소용이니. 사랑을 느끼면 그게 최고인 것을."

혼잣말을 중얼거리며 룰루랄라 하는 권 여사의 뒷모습은 누가 봐도 신이 난 사람 같았다. 그 모습을 보고 있던 정후는 놀라움을 금치 못했다.

권 여사를 제외하고 남자만 셋인 이 집. 남편은 사업하느라 밖으로 돌고, 큰아들은 따로 나가 살고, 그나마 집에서 같이 사는 둘째 아들은 집에 잘 들어오지도 않았다. 그래서인지 늘 서운함에 날을 세우던 어머니였다. 웃는 모습을 본 지가 언제인지.

웃어봤자 고작 호호 하는 상황에 맞춘 억지웃음이 전부였는데 오늘은 배꼽을 잡고 웃으셨다. 이게 말이 되는 일인가. 게다가 어머님 소리를 맛깔나게 한다고? 이건 또 무슨 의미야?

머리가 아팠다. 시선을 돌리자 식당에서 식사를 하고 있는 설아의 모습이 보였다.

뭘 저렇게 먹는지 양 볼이 터질 듯한데도 음식을 밀어 넣는다. 물을 건네는 전주댁에게 감사하다며 배시시 웃기까지 한다. 아무리 뻔뻔하고 철판이라고 해도 그렇지, 처음 오는 남자의 집에서, 처음 보는 사람들 앞에서 저렇게 편하게 밥을 먹는 일이 가능한가? 대단하다, 대단해. 정후는 박수를 쳐주고 싶었다.

근데 신기한 건 저 모습이 신기루처럼 느껴진다는 것이었다. 뭔가 단단히 홀린 기분. 불과 며칠 만에 혼이 다 빠져나간 것 같다.

"일단 동네로 가겠습니다."

"네~ 에!"

설아는 기분이 좋았다. 그의 집에서 밥을 얻어먹고, 뒤늦게 내려온 권 여사에게 와인도 얻어마셨다. 역시 돈이 좋다. 비싼 와인이라 그런지 목 넘김이 예술이었다. 게다가 맛은 어떠한가? 꿀맛이라는 표현이 바로 이걸 두고 하는 것인가를 깨달았다. 와인이 꿀맛

일 수가 있구나! 설아는 배시시 웃으며 넙죽넙죽 받아먹었다. 언제 또 먹어보겠냐며.

그러다 보니 살짝 취기가 올라 비틀거리자 권 여사는 자고 가라 며 방을 내줄 기세로 달려들었다. 그 모습에 기겁한 정후가 질색을 하는 바람에 전주댁이 싸놓은 반찬들을 들고 도망치듯 그의 차에 올라탔다. 오는 내내 대화는 없었지만 그 분위기마저 편안하게 느 껴지는 밤이었다.

어느새 동네에 도착한 그의 차는 편의점 앞에 멈춰 섰다.

"집이 어딥니까? 짐이 많으니 집까지 데려다드리겠습니다."

"여기서 내릴게요. 편의점 들를 일도 있고."

"그렇게 먹고도 더 사 먹을 게 있습니까?"

"네. 후식까지 챙겨 먹어주는 게 위에 대한 예의거든요. 딸꾹."

"아주머니가 과일까지 챙겨준 걸로 압니다만."

"후식에 대한 예의도 모르는 남자라니."

설아는 고개를 절레절레 흔들고는 손바닥을 펴 그에게 들이밀 었다.

"뭡니까?"

"주세요. 편의점 자유이용권."

"……"

"이 정도면 첫 번째 미션 성공, 맞죠?"

배시시. 설아가 웃었다. 그 모습에 정후는 잠시 말을 잇지 못하 다가 겨우 고개를 끄덕였다. 어찌 됐건 오버하지 않고, 무리하지 않는 선에서 권 여사를 즐겁게 해주었다. 덕분에 세강그룹과의 결 혼 이야기는 쏙 들어갔으니 정후에게도 나쁜 결과는 아니었다.

"일단 이걸로 후식 해결하십시오. 편의점 자유이용권은 제가 알아서 처리해놓겠습니다."

"이래놓고 모른 척하기 없기예요!"

"절대 그럴 일 없으니 걱정 마십시오."

설아는 그가 건넨 5만 원권을 들고 차에서 내리자마자 편의점으로 달려갔다. 원하는 물건들을 빠르게 쓸어 담은 그녀는 위풍당당하게 계산대 앞으로 다가갔다.

"3만 2500원입니다."

"여기."

"저번에 300원 두고 가신 거 빼고 3만 2200원 계산해드릴게요."

"됐어. 너 가져. 그리고 500원 너 용돈하고 1만 7천 원만 남겨줘."

알바생은 무심한 얼굴로 고개를 들었다. 5천 원도 아니고, 5만 원도 아니고 500원. 에휴, 도대체 왜 자꾸 잔돈을 주는 걸까? 알바생은 귀찮은 듯 1만 7천 원을 거슬러 설아에게 건넸다.

"아 참, 그거 알아? 나 이제 여기 VIP다?"

"축하드려요."

"앞으로 더 자주 볼 것 같은데, 우리 웃는 얼굴로 인사하자."

"아, 네. 하하."

외상값부터 갚으세요. 라는 말이 목구멍까지 차올랐지만 알바생은 내색하지 않으며 어색하게 웃었다.

정후는 창문 너머로 편의점에 들어간 설아를 지켜봤다. 알바생과 무슨 이야기를 나누면서 배시시, 배시시 웃는다.

"무슨 여자가 저렇게 웃음이 헤퍼?"

술을 마셔서 그런가. 왜 저렇게 웃어?

게다가 무슨 대화를 나누는지 알바생도 따라 웃는다. 정후는 그 모습을 놓치지 않고 바라봤다.

기분이 이상하다. 홀려도 단단히 홀린 기분은 여전했다.

잠시 후 간식거리가 한가득 담긴 봉투를 들고 나온 설아가 차에 올라탔다.

"출발해요. 우리 집이 어디냐면요."

차로 3분 거리쯤 가니 원룸 건물이 보였다. 가로등이 없어 조금 어둡고, 지은 지 오래된 낡은 건물이었다.

"이 원룸에 삽니까?"

"네. 일단 짐을 나눠서 들고 가야 할 것 같으니까 조금만 기다려 줘요."

설아는 편의점 봉투를 한 손에 들고 전주댁이 싸준 음식 보따리 중 하나를 다른 한 손에 들었다. 그러고는 성큼성큼 건물 앞까지 걸어가려 했다. 하지만 정후가 그 앞을 막아섰다.

"주십쇼. 사람이 둘인데, 뭐하러 혼자 두 번 일합니까?"

"우리 집까지 들어다주게요?"

"네."

"우리 집 와서 뭐 하게요? 흥, 커피 한잔 달라고 막 작업 걸고 그 럴 거예요?"

"절대 아닙니다."

정후는 정색을 하고서 설아 손에 들려진 보따리 하나를 뺏어 들었다. 그리고 차 안에 놓여 있는 다른 보따리까지 들고서는 설아 앞으로 걸어왔다. 그나마 제일 가벼운 봉투만 설아가 든 상태였다.

앞장서는 설아 뒤를 정후가 따라 걸었다. 신식 건물이 아니라 그런지 흔한 보안 장치도 되어 있지 않는 건물 안으로 성큼성큼 걸었고, 203호 앞에 섰다. 설아는 주머니에서 열쇠를 꺼내 문을 열었다. 정후는 인상을 구겼다. 고작 열쇠 하나로 문을 열고 닫는다니, 요즘 같은 세상에 너무 보안 관리가 허술한 거 아닌가?

정후는 무심결에 건물 내부를 살폈다. 오래된 건물이라 그런지 여기 저기 낡고, 퀴퀴한 냄새가 났다.

"줘요."

설아는 집 안으로 들어가 편의점 봉투를 내려놓고 왔는지 빈 손이었다. 정후는 그녀의 말대로 두 개의 보따리를 건네주었고, 그걸 건네받은 설아는 휙 돌아서며 문을 닫으려 했다. 짧은 인사말을 성의 없게 던지며 말했다.

"잘 가요."

그 순간 정후가 빠르게 닫히는 문을 낚아챘다. 그러자 설아의 눈매가 가늘어졌다.

"이럴 줄 알았어. 남자는 다 똑같다니까? 흥."

"……."

"다음에요. 위아래 속옷 맞춰 입은 날, 그쪽 것 멀쩡한지 확인해봅시다. 오늘은 위~ 아래~ 위~ 위아래~ 가 따로 노닐어서 이만."

"진지하게 생각하고 결정 내린 겁니까?"

"낭연하죠! 왜요? 나힌데 빈했어요?"

음흉하고 웃는 설아의 모습에 정후는 정신이 번쩍 들었다.

이 여자가 끄떡하면!

"그게 아니라, 편의점 말입니다. 편의점 이용권보다 집을 옮기는 게 낫지 않습니까? 여기 조금 위험한 것 같은데."

정후는 여전히 건물 내부를 살피고 있었다. 거미줄이 주렁주렁 걸려 있고, 금방이라도 쥐가 나올 것 같았다. 그뿐이겠는가, 그 흔한 CCTV도 없다.

"을의 상황까지 이해해주시는 갑님아, 정말 감사한데요."

"……."

"다음에는 강남 아파트를 사달라고 할지 모르니, 오버하지 말고 가십시오."

"……."

"그럼 안녕!"

뿅, 하듯이 설아는 203호 안으로 모습을 감췄다.

잠시 머뭇거리던 정후는 뒤돌아서 계단을 내려왔다. 운전석에 문을 열고 올라타기 전 정후는 2층으로 시선을 돌렸다. 괜찮겠지, 라는 말이 목구멍까지 타고 올라왔지만 계약으로 이루어진 사이일 뿐인데 그런 것까지 걱정할 필요 있나 싶어 생각을 털어내고 차에 올라탔다.

오피스텔에 도착한 정후는 피곤했다. 씻고 나와 냉장고에서 맥주를 꺼낸 정후는 꿀꺽꿀꺽, 단숨에 한 캔을 비워버렸다. 소파에 몸을 기대며 눈을 감았다. 그리고 오늘을 떠올렸다.

'우린 서로 사랑합니다. 절대로 헤어질 수 없습니다!'

사랑한다니, 아무리 계약에 얽힌 사이라지만 그런 말이 쉽게 나올 리가 없을 텐데. 아마 자신이 아닌 편의점의 음식들을 떠올리며 내뱉은 말이 아닐까? 그 여자라면 그럴 수도 있다.

'권 여사님께서 반대하셔도 결국엔 이루어지게 되어 있습니다. 510페이지에 보시면, 아, 아니 이건 좀 친해지면 말씀드리고요. 아무튼 결국 우린 해피엔딩이 될 겁니다!'

결국 또 그 책 이야기를 꺼내고 만 설아의 모습에 정후는 웃음이 툭 터져 나왔다. 도대체 그 책, 정체가 뭘까? 뭐기에 달달 외우고 다니는 걸까. 기회가 되면 한 번쯤 들여다보고 싶었다.

"웃겨, 하여튼."

아무리 생각해도 웃긴 여자다. 생각보다 말이 먼저 나가는 여자. 겁도 없이 당차고, 어떤 상황에든 굴하지 않는다. 보면 볼수록 대단하다는 말밖에 나오지 않는 한설아.

쿡쿡, 정후는 계속해서 떠오르는 설아의 모습에 웃음을 터트렸다.

윙윙, 윙윙. 그 순간 테이블에 올려놓았던 휴대폰이 부르르 춤을 췄다.

"왜."

-형! 여자 친구 데리고 왔었다며?

"그렇게 됐다."

-엄마 말로는 아주 물건이라고 하시던데, 어떤 여자야? 형이 집에 여잘 데리고 오다니, 대박! 이거 대박 맞지?

"시끄럽다. 목소리 좀 낮춰."

-언제 또 데리고 올 거야? 미리 말해줘, 우리 대기하고 있을게.

"우리라니?"

-아빠도 형 여친 못 봤다고 아쉬워하시거든. 미리 말해주면 시간 빼놓으신다고 하시네?

정후는 헛웃음이 흘러나왔다. 스물여덟이나 먹은 녀석이 아빠, 엄마라고 부르는 것도 웃긴데 언제 다시 데리고 올 거냐니. 그것도 한설아를? 글쎄, 그럴 일 없을 것 같은데. 한 번이면 충분했다. 권 여사가 마음에 들어 했으니 다른 여자와의 결혼 이야기는 당분간 나오지 않을 것이다. 그거면 이번 미션이 성공적이었다는 이야기다.

"뭐, 기회가 되면."

-뭐야, 뭐야! 알려줘. 알려줘! 안 되면 내일이라도 와!

"됐다. 시끄럽고, 끊어."

평소 같았으면 툭, 하고 끊어버렸을 전화인데 문득 밝게 웃던 권 여사가 떠올랐다. 그래서 분위기에 취해 살짝 운을 띄웠다.

"권 여사가 별말 안 해?"

-형이 형수한테 빠져서 사지 분간 못한다던데?

"뭐?"

-근데 그럴 만도 하대. 씩씩하지, 당돌하지, 똑똑하지, 소신 있지, 눈빛 맑지, 조그마한 게 귀엽지, 밥 잘 먹지, 잘 웃지, 또…….

"됐어, 그만, 그만."

더 듣고 싶지도 않았다. 권 여사의 오버스러움, 알아줘야 된다 싶었다.

-가장 중요한 게 남았어.

"뭔데?"

-러~ 브.

"뭐?"

-철벽남 윤정후가 사랑에 빠졌다. 그 이유 하나면 형수가 울 엄마의 며느리가 되는 건 게임 끝.

그런 거 아니다, 인마! 라고 대답하려다 정후는 입을 딱 다물었다. 진심이 어쨌든 권 여사가 완벽하게 속아 넘어갔으니 그거면 충분했다.

얼굴, 조건, 스펙. 다 따지고 드는 것처럼 보여도 권 여사는 남녀 관계에서 가장 중요한 것을 '사랑'이라 생각하는 사람이니까. 가진 게 많은 사람일수록 더 욕심낸다는 것은 권 여사의 인생에 없는 말이었다. 내가 가졌으니 되었다. 그리고 가장 본질적인, 가장 핵심이 되는 요소를 중요시 여기는 게 권 여사였다. 그게 사랑이고.

-우리 형이 사랑에 빠지는 날도 오네. 크하, 소주 한잔해야 되는 거 아닌감?

"자라."

사랑은 개뿔! 캬캬캬캬캬, 하고 웃는 여자를? 제멋대로, 뒤죽박죽인 여자를 사랑? 됐네요, 됐어!

더 길게 통화했다가는 날을 새울 것 같아 정후는 거칠게 종료 버튼을 눌러버렸다. 삐로록, 하는 소리에 동생의 목소리가 들리는 것 같았지만 무시했다. 그 후로 몇 번의 전화가 더 울렸지만 정후는 받지 않았다.

냉장고에서 맥주를 하나 더 꺼내온 그는 거침없이 캔을 깠다. 그 순간 진동이 울렸다. 이놈 아직도 포기 못했나 싶어 액정을 들여다보려는 순간 진동은 끝났다. 전화가 아니었나? 싶어 확인해보니 발신자가 한설아였다.

"멀티메시지?"

뭐지? 정후의 손이 빨라졌다.

"아……."

배꼽을 잡으며 웃는 권 여사의 모습이 담긴 사진 세 장이 눈에 들어왔다.

[권 여사님 웃으시니 겁나 예쁘죠?]

정후는 그 메시지를 한참 동안 들여다봤다.

밝게 웃는 자신의 어머니와 그 모습을 보고 예쁘다는 한설아. 그 사진과 메시지를 받고 멍해진 자신까지, 뭔가 기분이 이상했다.

그런데 겁나 예쁘다는 말이 무슨 말이지?

겁이 날 정도로 예쁘다는 건가?

제 3 조

  설아는 책상 앞에 앉아 있었다. 정확히는 구입한 지 오래되어 켜지는 게 신기할 정도로 굶은 소리를 내는 노트북 앞에.

  몇 날 며칠을 밤을 새운 터라 늦은 밤, 골목길을 거닐면 낯선 이가 친구 하자 할 정도로 그녀에게선 음산한 분위기가 맴돌았다.

  "아, 정말. 왜 이렇게 맛이 안 살아?"

  쓰고 지우고, 쓰고 지우고를 몇 번이고 반복했지만 커서는 늘 같은 자리에서 깜빡였다.

  이 생활도 벌써 1년 반째. 설아는 한숨을 내쉬었다.

  작가라는 사람이, 그것도 로맨스 소설 작가라는 사람이 정작 연애 한 번 못해본 사람이라는 걸 알면 독자들은 무슨 말을 할까?

설아는 인터넷 창을 열었다. 로맨스 소설을 연재하고 있는 사이트로 들어가 자신의 글을 검색했다. 한 편당 평균 조회수 100, 댓글 20. 죄다 재미없고 따분하다는 이야기뿐이었다.

"나도 알아요."

재미없다는 거, 빤한 스토리라는 걸.

하지만 어떡하니, 나도 글로 배운 로맨스인데.

보고 있자니 답답함만 생기는 노트북을 과감하게 닫은 설아는 옷걸이에 걸려 있는 겉옷을 챙겨 입고 모자를 푹 눌러쓴 후 집을 나섰다.

"당이 떨어져서 그래. 가서 아이스크림하고 초콜릿만 먹고 돌아오자."

설아는 당이 떨어졌다는 핑계로 오늘도, 당연히, 늘 그랬듯이 편의점으로 향했다.

"그나저나 이 남자는 왜 연락이 없어? 편의점 자유이용권은 사용할 수 있는 거야, 없는 거야?"

길을 걸으며 휴대폰을 꺼낸 설아는 멀티메시지를 보낸 후로 답이 없는 남자의 번호를 액정 위로 띄웠다.

전화를 걸어볼까 말까. 음, 전화 걸기엔 조금 늦은 시간인가?

액정 위 시계는 9시를 가리키고 있었다.

"몰라, 일단 질러."

여전히 갚지 않은 외상값에 몇 만 원 추가된다고 편의점 무너지는 일 따윈 없을 것이니 일단 가서 먹고 보자.

외상이라 해도 얼굴색 하나 변하지 않고 반기는 알바생이 있으니 이 얼마나 든든한 지원군이란 말인가.

고마움의 표시로 남겨주던 300원, 500원을 받으면서 행복해하던 알바생의 얼굴이 떠올랐다. 사실 큰 돈은 아니었지만 빠듯한 생활에서 그 정도의 호의도 쉽지 않은 설아였다. 하지만 나이도 어린데 늦은 시간까지 열심히 일하는 녀석이 어찌나 기특하던지. 머리라도 쓰다듬어주고 싶은 심정이었다.

아, 찬란하도다. 이 얼마나 아름다운 마음씨의 소유자인가. 난 정말 소금 같은 존재가 분명해. 나 같은 사람들이 많아야 이 세상이 아름다워질 텐데. 세상에 나쁜 놈이 참 많아. 지금처럼.

설아는 편의점 앞에 우뚝 서 주변을 살폈다.

"돈 없어, 없다니까?"

"야. 뒤져서 나오면 100원에 한 대다?"

"정말 없어, 악! 이러지 말라니까!"

익숙한 목소리가 으슥한 어딘가에서 들려오고 있음을 알아차렸다. 힐끔, 편의점 안을 살펴본 설아는 그 주인공이 남동생처럼 아껴왔던 알바생이라는 사실을 깨달을 수 있었다.

설아는 비릿한 웃음을 지으며 주머니에 손을 꽂고 설렁설렁 걸었다. 최대한 백수 티가 나지 않게, 음. 중고딩 때 좀 놀아본 언니처럼 행동하기 위해 껌도 씹지 않으면서 입을 오물거렸다. 침도 카악, 뱉는 시늉을 하며 슬리퍼를 질질 끌었다.

"어이, 자네. 돈이 궁하면 일을 해야지. 그런 식으로 밑작업 하고 그러면 안 돼야~"

"뭐, 뭐야?"

"뭐긴. 정의감에 불타오르는 이 동네 주민이지. 일단 그 손에 든 돈부터 내놔."

"아이고, 아줌마. 가던 길 가세요. 요즘 고딩이 얼마나 무서운 줄 모르세요?"

"어이, 아가야."

설아의 낮은 음성에 남자가 움찔했다.

"좋은 말로 할 때 돈 내놓고 다신 나타나지 마라. 누나가 이 편의점 VIP거든? 사장님 다음으로 지분이 많아요. 괜히 구설수 휘말려서 문 닫는 꼴 보고 싶지 않으니까 얌전히, 어깨 쭈~ 욱 내리고 꺼져주면 좋겠어."

싱긋. 설아가 웃자 남자의 몸이 굳어졌다.

"꺼, 꺼지려면 아줌마가 꺼지시지?"

"거, 말끝마다 아줌마, 아줌마 하는데. 너 진정한 아줌마 파워가 뭔지 아냐? 이를 테면 말이다."

윙, 윙. 윙, 윙. 그 순간 설아의 주머니에서 강한 진동이 울렸다. 설아는 액정 위의 이름을 확인한 후 씨익 웃었다.

"말도 안 되는 황금 인맥을 자랑한다는 것이다."

도대체 무슨 소리야? 라고 묻는 남자의 말을 싸그리 무시한 채 설아는 통화 버튼을 눌러 휴대폰을 귀에 가져다 댔다. 그러고는 동네방네 떠내려가게 소리를 질렀다.

"아이고, 윤 형사님~"

"……!"

"조직 폭력배를 한 시간에 세 팀이나 잡아 처넣으신다는 강력계의 검은 카리스마! 검은 손의 주인공 우리 윤 형사님 아니십니까? 아이고, 항상 저희 동네를, 그리고 저를 이렇게 걱정해주시니 몸 둘 바를 모르겠습니다. 아, 지금요? 저는 지금 편의점 뒤에서 이루어지고 있는 소위 고딩 삥 문제에 대해, 미래의 꿈나무들과 열띤 토론 중이었습니다. 암요, 암요. 아직 우리나라의 미래는 밝습니다."

설아는 주먹을 쥔 손을 하늘로 높이 들며 웅변하듯 외쳤다. 그러자 사색이 된 남자는 당황한 듯 주변 눈치만 살폈다.

힐끔, 그의 상태를 확인한 설아는 더욱 큰 소리로 외쳤다.

"아이고, 우리 윤 형사님께서 여기까지 오신다고요? 아이고, 그럴 필요까지야. 형사님 오셔봤자, 이놈들 경찰서 가는 일밖에 더 있어요? 에이, 우리들의 희망, 우리들의 밝은 미래를 짊어질 청소년들에게 그런 힘든 일을 시켜서 쓰겠습니까?"

"저, 저기요, 아줌마."

"들으셨죠? 결혼도 안 한 순진무구한 처녀에게 아줌마라며 모욕감 주는 이들의 용기 있는 모습, 얼마나 감동입니까? 아, 벌써 출발하셨다고요? 용감한 학생들을 보고 싶어 안달이 나셨군요. 아, 그래요? 미래의 꿈나무, 제가 잘 보살피고 있을 테니 천천히 오세요, 윤 형사님~"

뚝. 설아는 전화기 너머로 강력계의 카리스마! 검은 손의 주인공이 소리치는 것 같았지만 깡그리 무시한 채 종료 버튼을 눌렀다.

"들었지? 우리 윤 형사님께서 달려오신다니까 누나랑 편의점 가서 아이스크림 하나씩 먹고 있자. 이 얼마나 멋지니? 아, 난 정말 천사인지도 모르겠다."

"저, 저기요. 아줌, 아니 누나."

"어머, 너 자세히 보니까 무지장 잘생겼다?"

"아니요, 저, 그게요. 진짜 강력반 형사님이 오세요?"

"머리에 피도 안 마른 게 강력반 형사님 만나는 영광을 누리게 돼서 참으로 감동이겠구나. 정말 부러워. 내가 조금만 어렸더라면 그 영광을 먼저 누려보는 건데."

설아는 아쉬운 듯 입맛을 다셨다. 그러고는 갑자기 머리를 쓸어 올리며 사심이 가득 담긴 눈빛으로 남자를 바라보았다.

"혹시나 해서, 누나가 정말 정말 사심 하나 없이 물어보는 건데."

"뭐, 뭔데요?"

"혹시 머리에 피 마른 형제 있니?"

"네?"

"예를 들면 너보다 나이가 좀 많은 큰형이라든가, 그보다 조금 어린 작은형이라든가. 키가 크고 잘생겼는데 개념을 탑재한. 그런 형제 있니?"

남자는 당황한 듯 땀을 삐질삐질 흘렸다.

날씨가 더운 것도 아닌데, 왜 이렇게 온몸에 열이 나지.

"이, 있다면요?"

덥썩. 설아는 남자의 손을 잡았다. 그러자 그는 안절부절못하며 시선을 멀리 두었다.

"우리, 가족이라는 울타리에서 다시 한 번 만나보지 않을래?"

"네?"

"왜 자꾸 못 들은 척해? 아직 날 형수님으로 받아들일 준비가 되어 있지 않은 거야?"

"악! 악!"

남자는 결국 설아의 손을 뿌리쳤다. 그리고 냅다 달렸다. 그 모습을 물끄러미 보고 있던 설아는 배꼽을 잡고 웃었다.

"요즘 고딩들, 물 참 좋네.

"……."

"알바생아, 괜찮아?"

설아는 구석에 쪼그려 앉아 덜덜 떨고 있는 알바생에게 다가갔다. 그는 천천히 고개를 들었다.

"괜찮냐고. 일어설 수 있겠어?"

"조, 조금만 떨어져주세요."

"뭘 부끄러워하고 그래?"

설아는 알바생의 말대로 한 걸음 물러섰다. 그러자 알바생은 설아를 경계하며 자리에서 일어났다. 그러고는 꾸벅, 인사를 했다.

"어쨌든 고맙습니다."

"알바생아, 저런 놈들 오면 기죽지 마. 넌 누구보다 열심히 살고 있고, 누구보다 멋져. 난 그렇게 생각해. 그러니까 저놈들 무서워서 알바 그만두지 말고 열심히 일해. 알았지?"

싱긋. 설아가 방싯 웃었다. 그러자 알바생은 어색한 듯 머리를 긁적였다.

여자 혼자의 몸으로 학생이지만 남자를 상대하는 일은 쉬운 일이 아니었다. 몸싸움 하나 없이, 욕 한마디 오가지 않는 상태에서 단숨에 상대의 혼을 빼놓고 상황을 정리하는 설아의 모습에서 알바생은 처음으로 여자가 멋있다고 느끼고 있었다.

"커, 커피 드실래요? 제가 살게요."

"아이스크림 사주면 안 돼?"

보통 이 정도로 얘기하면, 방금 전 삥을 뜯긴 상황이니 본인이 사준다고 나서지 않나? 난 학생이고 당신은 어른이니까. 근데도 커피 말고 아이스크림을 사달란다. 알바생은 머리를 긁적이고는 고개를 끄덕였다.

"한 개만 드세요. 매번 두 개 이상 사가시던데, 오늘은 한 개만요."

"오케이!"

설아는 알바생과 편의점으로 들어갔다. 그리고 제일 좋아하는 초코맛 아이스크림을 먹으며 배시시 웃었다.

딸랑, 그 순간 편의점 문이 열렸다.

"괜찮습니까?"

정후였다. 숨을 헉헉거리며 달려와 설아의 안색을 살피는 남자는 분명 윤정후가 확실했다.

"여긴 무슨 일이에요?"

"윤 형사라고 사람 직업을 바꿔놓을 때는 언제고, 이제 와 모른 척하는 겁니까?"

설아는 자신도 모르게 네? 그래서 온 거예요? 하는 얼굴로 물었다.

장난처럼 내뱉은 말에 숨이 찰 정도로 달려와 안부부터 물어오는 이 남자의 자상함. 의외였다. 이렇게 다정한 남자였던가?

"한설아 씨."

정후는 당황스러웠다.

편의점 자유이용권을 쓸 수 있게 처리해놓았다는 말을 잊은 것 같아 늦은 시간임에도 불구하고 전화를 걸었었다. 그런데 다짜고짜 강력계의 카리스마, 검은 손이라며 자신을 윤 형사라 부르는 게 아닌가? 게다가 고딩 삥은 뭐고, 미래의 희망은 또 뭔가. 도대체 알 수 없는 소리만 늘어놓는 설아의 말을 무심코 지나치려다 혹시 위험한 상황에 처한 게 아닌가 싶어 헐레벌떡 차를 몰고 달려온 것이다. 근데 당사자는 너무 멀쩡하다. 심지어 자신을 이방인 취급하며 바라본다. 정후는 온몸에 힘이 풀렸다.

"휴대폰 어딨습니까?"

"여기요."

달랑달랑. 그녀의 손에 들려 있는 휴대폰을 낚아챘다. 그 흔한 비밀번호도 안 걸려 있는 액정을 들여다보며 빠른 손놀림으로 통화 내역을 검색했다.

"제가 전화를 걸었…… 이게 뭡니까?"

"또 뭐가요?"

"갑인 듯 갑 아닌 갑 같은 너님."

"아…….."

"제 번호가 등록되어 있는데, 혹시 이거 접니까?"

말이 끝나기도 전에 캬캬캬캬캬 한다.

정후는 길게 한숨을 내쉬었다.

나 여기 왜 와 있지, 도대체 무슨 생각으로 여기까지 온 거지.

"마음에 안 들면 그쪽도 바꿔요."

"뭘 말입니까?"

"'을인 듯 을 아닌 을 같은 설아 님'이라고."

'이상한 여자'라고 저장해놓은 설아의 이름을 떠올리며 고개를 흔들었다. 을이고 나발이고, 넌 그냥 이상한 여자야! 소리치고 싶었지만 꾹 참았다.

그런 그의 모습을 물끄러미 바라보던 시선 하나를 눈치챘을 때쯤 설아의 목소리가 툭 튀어나왔다.

"그나저나 그쪽도 한 패션 하네요?"

정후는 자신의 옷을 살폈다. 자려고 누워 있다 겉옷만 걸치고 뛰쳐나와 잠옷 차림이었다. 고급 소재로 된 유명 브랜드의 한정판 잠옷이었지만 그걸 설아가 알 리가 없었다. 물론 그 뒤에서 딸기맛 아이스크림을 물고 있는 알바생 역시.

아, 말을 말자. 이 여자한테 뭘 바란 거야.

정후는 설아에게 휴대폰을 건네고 돌아섰다.

"갑시다. 데려다줄 테니."

설아는 '아싸! 추운데 잘됐다'라고 소리쳤다. 그러고는 저번에 느꼈던 시트의 감촉을 떠올리며 씨익 웃었다.

정후가 앞장서 걸어 나가고 설아는 남겨진 알바생을 바라보았다.

"이거 누나 번혼데, 혹시 그놈 또 나타나면 전화해."

"이러지 않으셔도 되는데요."

"비상 연락망. 알지? 혹시 모르잖아. 아, 그리고 절대 알바 그만둘 생각 하지 마."

"……."

"사실 나, 너 때문에 편의점 오는 거야. 네가 '어서 오세요, 안녕히 가세요'라고 말해주면 참 반가운 기분이 들거든. 이 편의점 단골인 내가 안 오면 여기 금방 망한다? 괜히 독박 쓰고 싶지 않으면 알바 열심히 해. 도망갔나, 안 갔나 확인할 거야."

"네, 고맙습니다."

"그리고 이거, 용돈 해."

척, 설아는 주머니를 뒤져 500원을 꺼내 계산대에 올려놓았다. 알바생은 피식 웃었다.

"간다, 일 열심히 해."

설아는 손을 번쩍 들어 놀랐을 알바생의 머리를 쓰다듬어주었다. 그러고는 편의점을 빠져나왔다.

정후는 주차해놓은 차에 기대 그 모습을 지켜보고 있었다.

"저 알바생이랑 사귑니까?"

그리고 이내 궁금했던 질문을 툭, 하고 던졌다. 그러자 설아는 캬캬캬캬캬 하고 웃는다. 요즘 저렇게 웃는 일이 잦다.

"우리 알바생, 미성년자예요. 큰일 날 일 있어요?"

"……."

"또 모르죠, 키워서 잡아먹을지."

설아는 얼마 남지 않은 아이스크림을 먹으며 조수석으로 걸어가 무을 열고 쏙 들어가버렸다. 남겨진 정후는 편의점 안에서 기분 좋은 듯 웃고 있는 알바생을 물끄러미 바라보다 '안 가요?'라고 묻는 설아의 말에 운전석에 올라탔다. 차는 유연하게 골목길로 진입했다.

"근데 아까는 왜 전화했어요?"

"편의점 마음대로 이용할 수 있도록 조치해놨다고 말하려고 전화했었습니다."

"오예! 내일 외상값부터 갚고, 신나게 쇼핑해야지. 룰루."

"이 동네, 마트는 없습니까?"

"있어요. 걸어서 30분 정도 가야 하지만."

그럴 만도 했다. 인구가 그리 많지 않은 작은 동네에 있는 이 편의점은 언뜻 보기엔 구멍가게 같지만 있을 건 다 있었다. 그렇기에 굳이 마트가 들어올 필요가 없었던 것이다.

"별일 없으면 내일 저녁에 만납시다. 5시쯤 장 보고 저녁 먹으면 되겠군요."

"데이트 신청?"

"아닙니다."

설아가 물었다. 정후는 어느새 도착한 원룸 앞에 차를 세웠다.

"나 좋아해요?"

"아닙니다, 절대."

1초도 망설이지 않고 대답한다. 게다가 한 치의 거짓도 없다는 눈으로 자신을 똑바로 바라본다. 설아는 피식 웃었다.

"갑자기 만나자고 해서 그쪽이 저한테 반한 줄 알았잖아요. 뭐, 어차피 반할 거 빨리 반해버리는 것도 나쁘지 않을 듯?"

"절대 그런 일 없다고 말했습니다."

"어지간히 튕기시네. 튕기는 남자 별론데."

"저도 대놓고 꼬시는 여자 별롭니다."

"꼬셔요? 누가 누굴?"

"한설아 씨가 나를."

"어머나, 이 남자 좀 봐. 김칫국을 사발로 들이마시네?"

정후는 흥미롭다는 듯 시트에 팔을 걸치며 머리를 기대 자신을 바라보는 설아의 시선을 맞받아쳤다. 설아는 장난처럼 웃어댔고, 정후는 평소와 같은 표정 없는 얼굴이었다.

"잘 기억해둬야지. 다음에 나 좋다고 하면 마구 놀려줘야지."

그러고는 주섬주섬 주머니에서 뭘 꺼내더니 이내 찰칵, 하는 소리가 들린다. 아, 젠장. 넋 놓고 있는데 사진 찍혔다.

"그러고 보니 그쪽도 꽤, 한 인물 하네요?"

"그쪽 아니고 윤정 니다. 잊었습니까?"

"이거 봐요. 잘 나왔죠?"

정후의 말은 아예 듣지 못한 사람처럼 설아가 방금 전 찍은 사진을 정후 앞에 들이밀었다. 휴대폰으로 찍어서 카메라만큼의 화질은 아니었지만 분명 잘생긴 얼굴이 두둥 하고 떠 있었다. 잠시 넋을 잃은 표정이었지만 또렷한 이목구비가 잘 나와 그의 인상이 한층 세련되고 멋져 보였다.

'나 잘생긴 거 이제 알았습니까?' 혹은 '내 얼굴이 이 정도입니다'라는 반응을 기대했던 설아는 말없이 자신만 뚫어져라 바라보는 정후를 보며 투덜거리다 툭 내뱉었다.

"재미없어. 그럼 안녕히 가세요."

설아는 휴대폰을 주머니에 넣고 문을 열려 했다. 그 순간 정후가 급하게 손을 뻗어 설아의 손목을 잡아당겼다.

"왜, 또요? 아, 정말. 나 좋아 죽겠어요? 헤어지기 싫을 만큼?"

"절대 아니라고 했습니다."

"근데 왜요?"

"나도 한 장 찍읍시다."

"뭘?"

"그쪽 사진이요."

그러고는 설아가 했던 것처럼 주섬주섬 주머니에서 휴대폰을 꺼내 들었다. 설아는 뭐가 재밌는지 깔깔 웃고 있었다. 찰칵, 촬영음이 들리고 정후의 휴대폰엔 설아의 사진이 저장되었다.

"아, 뭐야. 예쁘게 포즈 잡으면 찍어야죠. 엽사 찍는 게 어딨어요?"

"됐습니다. 어차피 협박용이니 예쁘게 찍을 필요 없습니다."

"이래놓고 집에 가서 사진만 뚫어져라 보고 그러지 맙시다. 네?"

"그쪽이나 그러지 마십시오."

"큭큭, 캬캬캬캬캬. 캬캬캬캬캬."

"제발 그렇게 웃지 마십시오!"

정후는 결국 참지 못하고 소리를 질렀다.

제발 내숭 좀 떨어, 제발, 제발! 그놈의 캬캬캬캬캬! 잊을래야 잊혀지지 않는 그 목소리, 그 웃음소리! 제발 스탑!

"아, 내리십시오. 차라리 빨리 들어가버리십시오."

"윤정후 씨."

"……."

배꼽을 잡고 웃던 설아가 어느새 그 어느 때보다 상냥하고 선한 목소리로 이름을 부르자 그는 살짝 긴장했다.

"운전 조심해요."

"그럴 겁니다."

"좋은 꿈꾸고요."

"그럴 겁니다."

"갈게요."

"가버리십시오."

설아는 자꾸만 웃음이 튀어나왔다.

이 남자, 삐졌어? 뭔가 단단히 토라진 얼굴과 말투. 그 이유가 뭔진 모르겠지만 마냥 웃긴다. 조금 귀여운 데다, 의외로 자상하고 다정다감하다. 츤데레스러운 남자의 모습에 설아의 눈이 반짝였지만 그것을 미처 알아차리지 못한 설아는 터져 나오려는 웃음을 겨우 참으며 차 문을 열었다.

"나 진짜 간다아~?"

"가십시오."

"진짜다~ 진짜 간다아~"

"……"

"정후 씨~ 나 가요~ 진짜 마지막이다아?"

"가십시오. ……가라, 가!"

정후는 결국 손사래를 치며 밀듯이 설아를 차 밖으로 밀어냈다. 설아는 못 이기는 척 그의 손에 밀려나며 배시시 웃었다.

"진짜 갈게요. 굿나잇!"

놀리듯 손에 키스를 하고 정후에게 날리자 정후는 거칠게 액셀을 밟았다. 파킹 모드로 되어 있는 상태에서 액셀을 밟으니 차는 으르렁, 으르렁 소리를 냈다. 마치 자신의 마음이라 표현하는 듯한 정후의 행동에 설아는 문을 닫고 한 걸음 물러나 손을 흔들었다.

"정후씨, 정후야, 정후야~ 잘 가. 오겡끼데스까."

정후는 살짝 열려 있는 창문마저 꽉 닫았다.

오겡끼데스까는 무슨! 정후는 상황에 맞지도 않는 일본어를 구사하는 설아의 말을 무참히 씹고는 출발했다.

남겨진 설아는 캬캬캬캬, 하고 웃었다.

도대체 내게 무슨 마(魔)가 끼었기에 이런 일이 자꾸 일어나는 거지? 난 도대체 무슨 생각으로, 이 늦은 시간에 여기까지 달려온 거냐고. 게다가 잠옷. 아, 생각을 말자. 머리만 아프다.

초록 신호가 빨간 신호로 바뀌는 걸 확인한 정후는 브레이크를 밟아 정차했다. 그러고는 방금 전 찍은 설아의 사진을 확인했다.

아니 무슨 여자가 이렇게 헤벌쭉, 입을 크게 벌리고 웃어? 금방이라도 입에 파리 들어갈 것 같다.

사진을 보며 한참이나 구시렁거리고 있는데 어디선가 캬캬캬캬캬, 소리가 들려왔다.

"이게 무슨 소리야?"

설마 따라온 건가? 정후는 고개를 돌려 뒷좌석을 확인했다.

없다. 음? 뭐지? 백미러를 확인하고 차를 훑어보아도 없다. 근데도 계속 들린다. 그 해괴망측한 소리가!

"악, 진짜. 도대체 무슨 짓을 한 거야?"

그만해, 그만! 그놈의 웃음소리가 정후의 귓가를 간질였다. 한동안 만나지 말아야지, 무슨 일이 있다고 해도 얽히지 말아야지 다짐했다.

윙, 윙. 윙, 윙. 신호가 바뀌며 천천히 액셀을 밟던 그가 진동 소리에 휴대폰을 들었다. 블루투스로 연결된 차 내부의 버튼을 누르자 익숙한 목소리가 들려왔다.

-오빠.

"어, 세연아."

어릴 때부터 같이 자라온 세강그룹의 막내딸, 문세연. 권 여사의 며느리 1호 후보에 당당하게 자리 잡고 있던 세연이었다.

-집 아닌가 봐?

"음. 잠깐 일이 있어서."

-이 늦은 시간에?

그러게나 말이다. 그 여자가 어떻게 되든 말든 신경 쓰지 말걸, 뭐하러 나와서 이런 고생을 하고 있는지 나도 궁금하다.

목구멍까지 차오른 말을 내뱉으려다 꿀꺽 참아버리고 말았다. 어쩌겠는가, 내 스스로 뛰쳐나온 걸. 자제력을 잃은 다리몽둥이를 탓해야지.

정후는 긴 한숨을 내쉬었다.

"이 늦은 시간에 무슨 일 있냐?"

-여자한테 있냐가 뭐냐? 자상하게 대해주라고.

세연은 늘 그에게 여자이길 바랐다. 하지만 그에게 세연은 그저 오랫동안 알아온 동생일 뿐이었다.

-흥. 취임식 준비는 잘 되가? 이제 얼마 안 남았지?

"그래."

-후일 전자 사장님. 우리 오빠 멋지다.

"운전 중이야. 오래 전화 못해. 할 말부터 해."

-야박하긴. 권 여사님께 전해 들었어. 오빠 여자 생겼다며?

끼익. 결국 정후는 갓길에 차를 세웠다.

갑작스러운 설아의 이야기에 정신이 혼란스러웠기 때문이다.

벌써 세연의 귀까지 이야기가 들어간 걸 보니 한설아가 권 여사의 마음에 든 게 분명했나. 이설 좋아해야 할지 말아야 할지. 시도 때도 없이 튀어나오는 그 여자의 이름에 정후는 긴 한숨을 내쉬었다.

-약혼녀가 뻔히 있는 사람한테 애인이 생긴다는 게 말이 돼? 게다가 내가 모르는 오빠의 애인이라니. 나 지금 황당해할 타이밍 맞지?

음. 정후는 말을 잇지 못했다.

어릴 때부터 함께 자라왔고, 어렴풋이 잘 어울린다는 이야기를 듣다 보니 두 사람의 인연은 단순한 오빠 동생 사이가 아니었다. 정후는 부정했지만 정후에게 마음이 있었던 세연의 적극적인 행동에 양가 부모님들께서는 두 사람이 결혼할 운명이라고 입버릇처럼 말하곤 했다.

하지만 과연 운명 때문일까. 두 사람이 결혼했을 경우 두 집안에 가져올 시너지에 대해 많은 걸 염두에 두었을 거란 게 정후의 결론이었다. 아무리 누이 좋고 매부 좋은 일이라고 해도 자신이 사랑하지도 않는 세연과 결혼을 할 마음 따윈 정후에게 없었다.

-그 남자가 오빠라니까? 어릴 때부터 나한테는 오빠밖에 없었어. 근데 이건 무슨 배신?

"됐다. 피곤하니까 끊자."

-일방적인 통보는 받아들일 수 없어. 그러니 내가 오빠를 포기해야 될 이유를 명확하게 설명해주길 바라.

단 한 번도 세연에게 여지를 준 적이 없다. 어릴 때도, 나이가 들어서도 절대 남자로서 다가갈 일은 없을 거라 확신해왔었다. 그렇기에 늘 같은 패턴의 고집이 오늘은 좀 피곤하게 느껴졌다.

"납득이 되면 더 이상 그 재미없는 놀이, 손 뗄 거냐?"

-오빠. 결혼이 어떻게 놀이가 돼? 그리고 오빠와의 결혼은 내 인생을 거는 중대한 일이야.

직설적인 세연의 말에 정후는 결국 피식 웃고 말았다.

'어째 내 주변의 여자들은 하나같이.'

정후는 세연이 쉽게 물러설 리 없다는 걸 알고 있다. 20년을 넘는 시간 동안 자신만을 바라본 세연이었으니 이 상황이 황당하고 어이없을 만했다. 그렇기에 어물쩍 이 상황을 모면하려 든다면 분명 무슨 일이 일어나도 일어날 것이다. 정후는 결단을 내려야 했다.

"좋아. 만나자."

-올. 이제야 정신 차리고 데이트 신청하는 건가? 받아줘야 될까, 말아야 될까?

장난처럼 개구지게 말하는 세연의 목소리를 듣고 있던 정후는 뻐근한 어깨를 스트레칭하며 의지를 불태웠다.

"내가 선택한 여자이니 너의 마음에도 들었으면 좋겠다."

-무슨 의미야?

"말 그대로. 정식으로 내 여잘, 너에게 소개하겠다는 말이지. 기대해도 좋아."

암, 그렇고 말고. 정후는 이상하게 가슴이 두근거렸다.

잘난 맛에 사는 권 여사의 마음을 휘어잡은 여자는 이번엔 어떤 방법으로 세연을 멀리 쫓아내줄까.

조금 전, 한동안 한설아를 멀리하겠다고 마음먹은 것은 잊어버린 사람처럼 묘한 기대감에 웃음이 터졌다.

"날짜와 시간은 상의하는 내로 문자 넣어누바."

두 번째 계약서를 써야 할 때가 온 것 같다.

약속 시간보다 10분 먼저 도착해 휴대폰을 들여다보고 있던 정후는 벌컥 열리는 조수석으로 시선을 돌렸다.

막대 사탕을 오물거리며 자리에 올라타는 설아가 보였다.

"일찍 왔네요?"

조수석 문을 닫으며 안전벨트를 매던 설아가 물었다. 그는 작게 고개를 끄덕였다.

"내가 보고 싶어서?"

"아닙니다."

"생각 좀 하고 대답하는 건 어때요? 1초도 고민을 안 해."

삐죽 입술을 내미는 설아를 바라본 정후는 꺼두었던 시동을 걸었다. 어젯밤, 마트에 같이 가주겠다고 한 약속이 빈말은 아니었는지 오후 5시에 만나자는 메시지를 보내온 정후였다.

"이거."

투덜거리는 설아를 뒤로한 채 정후는 미리 준비해두었던 서류 봉투를 건넸다. 설아는 봉투를 열어 안의 내용물을 훑어보았다.

"계약서예요?"

"네. 이번 주말에 약속이 생겼습니다. 그곳에 한설아 씨가 동행해주었으면 합니다."

"또 애인놀이예요?"

정후는 고개를 끄덕였다.

"이번에는 뭘 줄 건데요?"

"원하는 걸 말하십시오."

설아는 고민에 빠졌다. 이번엔 뭘 달라고 해야 되나. 편의점 자유이용권만으로도 이미 그녀의 생활은 호화로워졌는데, 그 이상의 것이 필요할까 싶었다.

"내리십시오."

얼마나 달렸을까, 고민에 빠져 있을 때쯤 차는 어느새 백화점 앞에 도착해 있었다.

"여긴 왜요?"

"장 볼 겁니다."

"백화점에서요?"

설아는 행여나 정후를 놓칠까 싶어 빠른 걸음으로 정후의 뒤를 쫓았다.

백화점 안은 평일임에도 불구하고 북적거렸다. 식료품 코너가 있는 지하로 내려갈 줄 알았던 그는 어느새 위로 올라가는 에스컬레이터에 몸을 싣고 있었다, 놓칠세라 설아도 급하게 그의 옆에 섰다.

여성복 매장이 있는 층에 도착하자 정후는 자연스럽게 걸음을 옮겼다. 하지만 지나갈 때마다 뭐가 그리 바쁜지 발걸음을 재촉하는 사람들 속에서 설아는 방향을 잃고 주변을 살폈다.

"으앗."

정후를 찾기 위해 여기저기 살피던 순간, 누군가와 어깨가 부딪쳤다. 다행히 넘어져 쪽팔림을 당하는 불상사는 일어나지 않았지만 슬슬 이곳의 북적거림이 귀찮아지기 시작했다.

"도대체 어디 간 거야."

매너라고는 개뿔. 다리 길다고 잘난 척하는 거야, 뭐야? 그렇게 휙휙 가버리면 나는 어쩌라고? 본인이야 백화점이 익숙할지 모르겠지만 난 아니라고!

"인간미가 없어요. 정이라고는 눈곱만큼도 찾아볼 수가 없다니까?"

처음부터 알아봤어. 저 남자는 내 스타일이 아니야! 무슨 남자가 저렇게 무뚝뚝하고 재미가 없어? 자로 잰 듯 행동하고 불필요한 것들엔 관심도 없고.

"계약서 쓰자고 할 때나 찾고. 정말 안습 넘어선 계쑵이다, 계쑵."

설아는 툴툴거리며 제멋대로 걷기 시작했다.

될 대로 되라지. 백화점, 네가 아무리 크고 복잡하다 한들 날 미아로 만들 수 있을 것 같으냐? 그런다 한들 우린 다시 만나게 될 거다! 음하하. 지구는 둥그니까 앞으로 걸어가다 보면 우린! 엇? 저기 온다, 저기 와! 성질이 난 것 같이 붉으락푸르락하는 계쑵 씨가.

"왜 안 옵니까?"

제멋대로 여기까지 끌고 와서는 휙휙 가버린 사람이 누군데? 라는 얼굴로 레이저를 뿜어내자 정후는 거칠게 머리를 쓸어 올리며 그녀의 손목을 턱 잡았다.

"놓치지 말고 잘 따라오십시오. 알겠습니까?"

오마나, 이거 왜 이런대?

"왜 손을 잡고 그래요?"

"잃어버릴까 그럽니다."

뭐, 뭐지? 애완 설아가 된 것 같은 이 기분은?

설아는 낯선 감각이 느껴지는 손목으로 시선을 옮겼다. 크고 우직한 손. 성격만큼이나 무뚝뚝할 것 같은 그의 손은 의외로 부드럽고 매끄러웠다.

정후는 또 그녀를 놓칠까 싶어 잡은 손을 놓지 않고 성큼성큼 걸었다. 그리고 그 층에서 가장 크고 화려한 여성복 매장으로 설아를 데려간 정후가 툭 내뱉었다.

"골라보십시오."

"뭘요?"

"옷 말입니다. 최대한 자신을 예쁘게 꾸밀 수 있는 것으로 고르면 좋겠군요."

"혹시 만나는 사람이 여자예요?"

"그렇습니다."

먼 곳을 바라보며 대답하는 정후의 시선을 집요하게 따라붙던 설아는 홍, 하고 콧소리를 냈다. 정후의 행동으로 보아 주말에 만날 여자가 보통내기가 아닐 것이란 기분이 들었다. 스펙터클한 그녀의 인생에서 눈을 부라려줄 조연이 나올 때가 되었다 하며 깔깔 웃어 보였다. 설아는 천천히 걸음을 옮기며 주위를 살폈다.

"자, 그럼 계씁 씨를 뿅 가게 해볼까?"

여자도 여자지만 지금 이 타이밍에 가장 중요한 것은 저 남자를 나에게 반하게 하는 것! 갈아입고 나오는 자신을 보며 엄지를 척 들어줄 수 있게끔 완벽한 변신을 할 타이밍이었다. 설아는 두 손을 맞잡으며 의지를 불태웠다.

"계씁 씨?"

살못 들었나?

정후가 물었지만 설아는 이미 직원을 따라 반대편 쪽으로 가버린 후였다. 남겨진 정후는 비치되어 있는 의자에 앉았다. 여자들은 쇼핑할 때 시간이 꽤 걸린다는데, 뭘 하고 있어야 되나.

잡지라도 찾아 볼 요량으로 시선을 돌리는데 불쑥, 하고 무언가가 눈앞에 나타났다.

"이거 어때요? 이건, 요건?"

어느새 양손 가득 옷을 골라와 방싯방싯 웃는 설아가 보였다.

"예쁩니다. 마음에 들면 입어보십시오."

생각보다 센스가 있는지, 그녀가 골라온 옷들은 그를 만족시키기에 충분했다. 설아는 어깨를 들썩이고는 옷을 들고 탈의실로 들어갔다. 잠시 후 옷을 갈아입은 설아가 탈의실 문을 열고 나왔다. 거울 앞에서 옷매무새를 다듬고는 정후 앞으로 성큼 걸어왔다. 잡지를 읽고 있던 정후가 시선을 들어 설아를 바라봤다.

살구빛이 감도는 원피스는 한눈에 봐도 여리여리한 여성의 이미지를 연상시켰다. 조신하고 단아한 느낌.

"좀 크지 않습니까?"

정후는 자리에서 일어났다. 평소에는 편한 옷을 입고 다녀서인지 몸매에 대해 상상조차 할 수가 없었다. 호텔 방에서 그녀의 몸이 작고 가녀리다는 것 정도는 알아차릴 수 있었지만 지금처럼 치마 밑으로 쭉 뻗어 있는 다리가 숨 막힐 정도로 뽀얗고 날씬할 줄은 꿈에도 몰랐다. 정말이지 명품 다리다. 그뿐인가, 잘록한 허리를 유연하게 받치고 있는 골반의 굴곡까지.

이렇게 훌륭한 몸매를 가지고 있으면서 왜 늘 그런 옷을 입고 다녔던 거지? 정후는 문득 후줄근한 설아의 모습을 떠올렸다.

아무리 생각해도 종잡을 수 없는 캐릭터란 말이지.

"허리가 좀 큰 것 같은데."

망설임 없이 성큼 다가간 그는 살짝 남는 것 같은 허리를 덥석 안으며 물었다. 생각지도 못한 남자의 박력에 당황한 직원이 얼굴을 붉히며 대답했다.

"제일 작은 사이즈인데, 고객님께서 워낙 날씬하셔서……."

정후는 직원에게서 시선을 돌려 설아를 바라봤다.

제일 작은 사이즈인데도 허리가 남는다고? 너무 말랐군.

"다른 옷을 입어보십시오. 잘 어울리지만 너무 큰 것 같군요."

설아는 고개를 끄덕이고 탈의실로 들어갔다. 그사이 정후는 매장 내를 걸어 다니며 옷을 고르기 시작했다.

음, 어떤 옷이 좋을까. 설아가 고른 옷과는 다른 느낌의 옷들을 훑어보았다. 그리고 직원들은 하나같이 정후의 움직임을 눈으로 좇고 있었다. 방금 전 들고 있던 잡지책에서 툭 하고 튀어나온 것 같은 외모와 몸매를 가진 그의 행동이 뭇 여성을 설레게 하고 있었기 때문이다.

딸깍, 그 순간 탈의실의 문이 열렸다. 정후는 성큼성큼 그녀 앞으로 다가왔다.

"갈아입으십시오. 그렇게 노출 많은 옷은 질색입니다."

설아는 힐끔, 거울 속의 자신을 바라봤다.

음? 노출? 노~ 오~ 출? 어디? 어디?

몇 번이고 살펴봤지만 그가 말하는 '노출'의 흔적은 찾아볼 수가 없었다. 아, 혹시 여긴가? 살짝 파여 있는 넥 라인이 눈에 들어왔다.

"난 이 옷, 마음에 드는데요?"

탐탁지 않아 하는 그의 말투에 설아는 거울 속 자신을 살펴보았다.

무릎보다 한참이나 올라가 있는 블랙의 원피스는 팔과 치마 끝 부분이 플라워 레이스로 처리되어 있어 고급스러우면서 여성스러운 분위기를 연출하고 있었다. 게다가 플라워 레이스가 부착되어 있는 탓에 그다지 짧은 기장의 느낌을 주진 않았다. 물론 브이넥으로 파져 있는 가슴 부분이 조금 섹시해 보인다는 것이 그가 말하는 노출에 해당되는 것 같았지만 언뜻 보면 전혀 문제될 것 없는, 지극히도 자연스러운 라인의 원피스였다.

은근한 섹시미를 강조하면서도 가벼워 보이지 않고, 고급스러운 느낌까지 전해주는 이 원피스가 설아는 마음에 들었다.

"여성분에게 잘 어울리시는 것 같아요. 작고 여리신 데 비해 볼륨감이 있으신 편이라 옷을 잘 소화해내시네요."

"거봐요."

직원의 말에 설아는 어깨를 으쓱거렸다.

거봐, 내가 집에만 처박혀 있어서 그렇지. 보는 눈은 있다니까? 흥. 여자 옷에 대해 쥐뿔도 모르는 게? 하는 눈으로 흘겼지만 정후는 여전히 마음에 들지 않는다는 얼굴로 설아를 바라봤다. 그러거나 말거나, 설아는 매장을 훑었다.

원피스 위에 걸쳐 입을 재킷과 목에 두를 목걸이, 뽀얗고 가느다란 발목을 더욱 가녀리게 만들어줄 굽 높은 힐과, 포인트가 되어줄 클러치 백까지. 완벽한 룩을 완성한 설아가 모든 것을 장착한 채 거울 앞에 서서 요리조리 스타일을 체크했다.

"나 이거 할래요."

"정말, 마음에 듭니까?"

"뭐 해요? 계산해요."

설아는 도도하게 걸으며 탈의실로 들어갔다.

"계산해주십시오."

정후는 직원에게 카드를 내밀었다.

잠시 후 원래의 한설아로 돌아온 그녀는 기분이 좋은지 직원이 건네는 쇼핑백을 들고 매장을 나섰다.

"왜 안 와요?"

신이 난 설아와는 달리 기분이 별로인 정후는 걸을 생각을 하지 못하고 있었다. 그러자 설아가 걸어가 그의 손목을 턱, 하고 잡았다.

"잃어버릴까 잡은 거니까 놓치지 말고 잘 따라오세요. 오케이?"

애완 계씁 씨. 뒷말은 꾹 참으며 킥킥거렸다

원래의 목적이었던 식료품 매장까지 들러 장까지 본 두 사람은 트렁크에 짐을 싣고 차에 올라 백화점을 빠져나왔다. 저녁을 먹으러 간다는 정후의 말에 고개를 끄덕인 설아는 수첩을 꺼내 무언가를 적었다. 아무래도 자료 수집인가 뭔가 하는 거겠지. 기분이 그다지 좋지 않은 정후는 평소처럼 묻지 않았다.

잠시 후 도착한 식당으로 들어간 두 사람은 따로 준비된 룸 안에 자리를 잡았다. 미리 예약해놓은 음식들이 테이블 위에 세팅되자 설아는 반갑게 웃으며 식사를 시작했지만 정후는 들고 있던 젓가락을 내려놓으며 진지하게 물었다.

"그 옷, 정말 마음에 듭니까?"

"네. 딱 내 스타일이던데?"

"그럼 혼자 입으십시오. 주말에 입을 옷은 내가 준비하겠습니다."

"너무 예뻐서 그래요? 캬캬캬캬캬."

그놈의 캬캬캬캬캬. 정후는 백화점에서의 설아를 떠올렸다.

정말 의외였다. 웬만한 여자들도 소화하기 힘든 원피스를 설아는 완벽하게 소화해냈다. 매일 군것질만 하는 그녀이기에 숨겨놓은 뱃살이 툭 하고 튀어나오면 어쩌나 싶었던 게 바보 같을 정도로 그녀는 군살 하나 없는, 심지어 글래머러스한 몸매를 가지고 있었다. 그뿐인가. 햇빛을 자주 보지 않아서인지 창백할 정도로 하얀 피부였다. 만져보고 싶을 정도로.

"……."

어느새 전투적으로 먹고 있는 설아를 넋 놓고 바라보고 있는 자신을 발견했다.

신기한 여자. 정말 이상한 여자.

동네에서 만나면 그 뽀얀 피부가 반짝일 틈도 없이 후줄근하고 꾀죄죄한데, 동네 밖만 나오면 달라졌다.

생각해보면 권 여사를 만날 때도 그랬다. 평소에는 전혀 찾아볼 수 없는 말끔함이 그날엔 있었다. 게다가 오늘은 또 어떤가? 짜면 기름이 뚝뚝 떨어질 것 같던 머리카락은 새 삶을 만난 것처럼 윤기가 흘렀다. 게다가 벗어버린 후줄근한 트레이닝복 대신 입고 있는 얇은 티셔츠와 재킷, 청바지까지. 화장만 안 했을 뿐이지, 분명 설아는 멀쩡한 모습을 하고 있었다.

"그 뜨거운 눈빛, 부담스러워 밥을 못 먹겠네."

투덜거리면서 마지막 남은 밥을 숟가락으로 긁어 입 안으로 밀어 넣는다. 어느새 그녀 앞에 놓인 반찬 그릇들도 새 것처럼 깨끗해져 있었다.

"어엇, 닦아요. 눈에 뭐 묻었어요."

"음?"

"꿀 묻었어요, 꿀."

꿀이라니? 정후는 의미를 모르겠다는 얼굴로 물었다.

"날 바라보는 그대의 눈빛이 얼마나 진득한지. 유후, 꿀 떨어지는 줄 알았네. 캬캬캬캬캬."

윽. 저놈의 캬캬캬캬캬. 시도 때도 없이 그의 귓가를 울리던 그 웃음소리! 정후는 멀어졌던 정신을 차리며 물 한 모금을 마셨다.

"아 참, 주말에 만난다는 여자는 어떤 분이에요?"

"어릴 때부터 함께 자라온 동생입니다."

약혼녀라고 빡빡 우기고 있는, 정후라면 안달복달 못하는 여자입니다. 라는 말을 하려다 꾹 참아버렸다.

과연 설아가 어떻게 세연을 상대할지 궁금하기도 했지만 이상하게 입이 떨어지지 않았다. 그럴 기분도 아니었고. 정후는 열심히 밥을 먹고 있는 설아를 물끄러미 바라보았다.

어딜 가든 밥 한 톨 남기는 법이 없다. 씩씩하고 긍정적이고, 매사 열심이다. 게다가 오늘 보니 꽤 예쁘장한 얼굴인 것 같기도 하다. 몸매는 말할 것도 없고.

'……그래서 뭐?'

어차피 계약으로 이루어진 사이인데 얼굴이 예쁘고 몸매가 근사하면 어쩌라고? 나랑 무슨 상관인데?

정후는 고개를 절레절레 흔들었다.

"어릴 때부터 함께 자라왔으면 정후 씨에 대해 모르는 게 없겠네요."

설아의 말에 정후는 고개를 끄덕였다.

"재밌겠네요. 기대돼요."

나도 그렇습니다. 라고 말을 하려다 그만두었다. 이건 어디까지나 생각으로만 끝내야 하는 말이라는 것을 알아차려 다행이다 싶다.

식사를 마치고 두 사람은 나란히 차에 올라탔다. 출발하기 전 정후는 설아에게 말을 걸었다.

"계약서부터 씁시다."

설아는 고개를 끄덕이며 시트 안쪽에 넣어두었던 그것을 꺼내들었다. 차에 앉아 이동하는 내내 읽었던 계약서의 내용을 떠올리며 핑크 펄이 자글자글 박힌 도장을 꺼내 꾹 찍으려 했다.

그러다 문득 '두 번째 계약까지 할 필요가 있나?' 하는 의문이 스쳐 지나갔다. 이미 첫 번째 계약으로 인해 삶은 풍요로워졌다. 먹고 자고 글을 쓰는 설아에게 그 이상의 것은 필요치 않았다. 그런데도 굳이 이 계약서에 사인을 해야 할 이유가 있을까.

설아는 고개를 들어 정후를 바라보았다. 자신의 결정을 기다리는 남자의 눈빛은 그 어느 때보다 진지했다. 그 눈빛에 이끌리듯 설아는 도장을 꾹 찍었다. 그리고는 입 밖으로 내지 못할 혼잣말을 중얼거렸다.

'어릴 때부터 함께 자라온 여자라니 조금 궁금하기도 하고, 이 모든 것이 언젠가는 소설의 데이터가 되어준다 생각한다면 재밌

는 일이 될지도 몰라.'

설아는 확신에 찬 고갯짓을 하며 만족스럽게 웃었다.

"원하는 걸 말씀하십시오. 뭐든 노력해보겠습니다."

"이미 받은 걸로 할게요. 오늘 산 것들로 충분하니까."

편의점 자유이용권에 비해 한없이 약소한 것인데, 이것으로 만족한다고? 정후는 물음이 담긴 얼굴로 그녀를 바라봤지만 대답을 들을 순 없었다. 대신 다른 질문이 치고 들어왔다.

"한 가지 물어봐도 돼요?"

"뭡니까?"

"사람 한 번 만나는데, 왜 이렇게 많은 돈을 써요? 단순히 돈이 많아서? 늘 이 정도의 씀씀이로 살아왔기 때문에 그쪽한테는 별거 아닌 돈이에요?"

"그럴 리 없습니다."

돈이라는 게 그렇다. 없는 사람이야 없으니까 그러려니 하지만, 있는 사람들은 하루에도 몇 번씩 바뀌는 통장 잔고를 매번 확인하고 체크한다. 그 돈들이 어떻게 쓰이는지, 어떤 방법으로 움직이는지에 대해 신경을 곤두세우게 된다.

"그만큼의 값어치가 있으니 투자하는 겁니다. 나도 한설아 씨를 통해 얻는 게 있으니까요."

"뭘 얻었는데요?"

설아의 물음에도 정후는 입을 열지 않았다.

"나중에 기회가 되면 말씀드리겠습니다."

"나중엔 안 궁금해할 거예요."

"출발하셨습니까. 안전벨트, 맸습니까?"

진작에요. 설아의 말을 듣자마자 정후는 액셀러레이터를 밟았다.

설아를 데려다주고 오피스텔로 돌아온 정후는 씻지도 않고 침대에 벌러덩 누워버렸다. 언제부턴가 한설아만 만나면 기분이 이상했다. 혼이 빠질 정도로 정신없이 소란을 피워대서 그런가? 집으로 돌아오면 허무할 정도로 조용한 분위기가 낯설었다.

그녀의 웃음소리가 귓가에서 떠나질 않았고. 엉뚱할 정도로 당황스러운 말을 툭툭 내뱉는 모습이 눈가에 맴돌았다. 게다가 오늘은, 휴.

꾸미는 것 자체를 하지 않던 여자가 조금 꾸미니 달라 보이는 거지. 그게 뭐? 지나가던 누구를 데려다놔도 같은 반응일 것이다. 알아, 안다고. 근데 이 기분은 뭐야.

"왜 자꾸 생각나냐고."

그 말도 안 되는 소설 속의 주인공이 되지 않기 위해, 금방이라도 홀려버릴 것 같은 그녀의 말들에 현혹되지 않기 위해 정신 줄을 붙잡느라 애쓰는 그의 노력을 설아는 알까.

됐다, 생각해서 뭐해. 머리만 아프지. 어차피 우린 계약으로 묶여진 사이잖아? 게다가 절대 사랑에 빠지지 않겠다고 장담하기도 했고. 남자가 한 번 내뱉은 말은 책임을 져야지! 정신 똑바로 차려라, 윤정후.

스스로를 다그치며 정후는 자리에서 벌떡 일어나 욕실로 들어갔다. 하지만 그가 머물렀던 자리에는 이상 미묘한 감정들이 넘실거리고 있었다.

며칠 후.

"으으윽, 으어어억."

온몸이 다 쑤셨다. 오랜만에 컴퓨터 앞에 앉아 날을 세운 설아는 아우성치는 몸을 두들기며 주방으로 걸어갔다. 냉장고를 열어 물 한 모금을 마시고 소시지를 꺼내 입에 문 채 침대로 향했다.

이틀에 한 번씩 연재 사이트에 글을 올리던 설아는 재미도 없고, 인기도 없던 그 소설을 놓지 못한 채 여전히 끙끙거리고 있었다. 판을 엎어, 말아? 몇 날 며칠 고민하다 보니 날을 새우는 일이 많아져 피곤했다.

"이제 좀 자볼까."

정후와의 주말 약속이 내일이니 오늘은 피부 관리 좀 해야지. 푹 자고 일어나서 맛있는 걸 먹고 좀 쉬자. 설아는 침대에 벌러덩 누웠다. 1분도 되지 않아 잠이 들었다. 단잠에 빠져 물고 있던 소세지를 툭 하고 떨어뜨릴 때쯤, 위잉. 위잉. 귀찮은 진동 소리가 들렸다. 설아는 신경질적으로 더듬거리며 휴대폰을 찾아 귀에 댔다.

"여보세요."

-한설아 씨 되십니까?

"그런데요."

반기절 상태라 상대의 목소리가 흐릿하게 들렸다. 분명 저거 내 이름 맞지? 설아는 정신을 차리지 못하고 헤롱거렸다.

-여기는 세강백화점 비서실입니다. 저희 사장님께서 한설아 씨와 통화를 원하십니다.

설아는 삼십에도 피식, 웃었다.

보이스피싱인가. 신종 수법이네.

"아, 백수그룹 한설아 사장님이요?"

-네?

"우리 사장님이 돈은 많은데 시간이 없으셔서 그쪽 같은 사람과 통화 못 하시거든요. 그리고 수법이 되게 촌스러워요. 캬캬캬, 좋은 하루 되세요. 피싱님."

뚝. 과감하게 종료 버튼을 누른 설아는 또다시 30초 만에 깊은 잠에 빠져들었다. 하지만 그것도 잠시, 위잉. 위잉. 반복적인 진동 소리가 다시 울렸다.

징하네, 징해. 어제부터 이놈의 휴대폰은 왜 이렇게 울려대는 것이다냐.

"수법 바꾸라니까요. 안 속아요."

대뜸 따져 물었다. 그러자 상대는 별말이 없다. 설아는 정곡을 찔렀다는 생각에 히죽히죽 웃었다.

"좋은 말로 할 때 전화 그만해라. 잠자는 사자의 코털을 건드리면 큰일 나는 법이다. 어흥."

이번에도 종료 버튼을 누르려는데 다급한 여자의 목소리가 불쑥 들려왔다.

-문세연이라고 합니다.

음? 뭐라고? 누구? 문세연?

방금 전까지만 해도 침대와 한 몸이 되어 깊은 잠과의 조우를 기대하던 설아였지만 상대의 목소리가 진지하다는 것, 그리고 이름을 밝혔다는 점에서 단순 보이스피싱이 아니라는 결론이 나왔다. 자세를 고쳐먹고 다시 물었다.

"누구라고요?"

-정후 오빠 약혼녀요.

뭐? 누구의 뭐? 설아의 눈썹이 사납게 일그러졌다. 그러다 피식 하고 웃음이 터졌다.

그래, 그래. 돈 많고 잘생긴 남자와의 연애가 순탄할 리 없지.

어느 로맨스 소설에서든 악녀나 라이벌이 등장하곤 하니까. 근데 어쩜 이렇게 토씨 하나 틀리지가 않니? 462페이지의 상황을 떠올리며 설아는 살포시 웃음을 터트렸다.

"제가 알기로 윤정후 씨는 저 외에 다른 애인이 없는 것으로 알고 있는데요?"

-말 안 했을 줄 알았어요. 내일 만나기 전에 따로 둘이 만났으면 해요.

세연의 말에 설아는 귀찮다는 듯 귀를 후볐다.

내가 왜? 안 그래도 잠이 부족해죽겠고만! 약혼녀라는 귀신 씻나락 까먹는 소리나 하고! 됐다, 됐어. 아무리 상대가 근사하고 멋진 남자라고 한들! 내 인생에 다시 없을 남자라고 한들 나는 일단 잠을 자련다.

"제가 문세연 씨와 만나야 할 이유는 없는 것 같네요."

귀찮게 물세례 같은 거 받고 싶지도 않고. 게다가 문세연이 윤정후의 진짜 약혼녀라고 할지언정 그건 두 사람이 해결해야 할 문제이므로 자신이 나설 필요는 없다.

-드릴 말씀이 있어요.

우린 어릴 때부터 함께 자라왔고, 우리의 약혼은 당연해요! 우리 사이에 끼어들지 마세욧! 낭상 사라셔봇! 이 남자는 내 거예요!

라는 말씀? 아니면 사실 그 남자는 친아들이 아니에요! 라는 말씀? 음? 후자는 뭔가 좀 이상한데? 뭐 어쨌든.

빤히 그려지는 그림에 설아는 고개를 절레절레 저었다.

"들을 이야기가 있다면 주말에 들으면 되겠군요. 이만 끊을게요."

-잠시만요! 이야기 좀 들어봐요! 성질 한번 보통 아니네.

은근 귀찮은 스타일이네. 설아는 스멀스멀 올라오는 짜증을 꾹 누르며 이를 악물었다.

"저기요. 난 지금 이 통화가 달갑지 않거든요? 생전 만나본 적도 없는 여자가 다짜고짜 전화를 걸어와 기분이 상한 것도 모자라, 내 전화번호는 어떻게 알았어요? 개인 정보를 함부로 다루시네. 이거 불법인 거 알죠?"

-…….

"경고 하나 할까요? 대개 똥줄 타는 쪽이 제일 만만한 여자 붙잡고 협박하고 따져 묻고 눈물 찍어 내리는데, 그거 나한테는 안 통해요. 수법 좀 바꾸세요. 그리고 할 말이 있으면 당사자인 윤정후 씨와 직접 해결하세요. 괜히 애먼 사람 피해주지 말고요, 알았어요?"

예의가 없어도 너무 없어. 싫다는데 왜 이렇게 집착하고 난리야? 네가 윤정후 약혼녀면 약혼녀지, 내 약혼녀는 아닐 거 아냐?

"다시는 이런 전화, 받지 않으면 좋겠군요. 끊습니다."

뚝. 가차 없이 종료 버튼을 누른 설아는 긴 한숨을 내쉬었다. 잠은 이미 싹 달아나버린 후였다. 설아는 치밀어오르는 화를 참을 수 없어 던져놓았던 휴대폰을 다시 잡아 들었다.

-아니, 이게 지금 뭐 하는 거예요?

"뭐가 말입니까?"

서재에 앉아 서류를 훑어보고 있던 정후의 수화기 너머로 울분에 찬 설아의 목소리가 들려왔다. 생전 먼저 전화를 걸어올 일이 없던 설아에게 전화가 걸려온 것도 신기한데, 다짜고짜 따져 물으니 그 이유가 궁금했다.

-약혼녀가 있었어요? 아니 주말에 만날 그 여자가 그냥 동생이 아닌 약혼녀예요?

툭. 손에 쥐고 있던 펜이 서류 위로 떨어졌다.

"세연이를 만났습니까?"

-어쭈. 한 번에 그 이름이 튀어나오네요?

"아, 그게……. 어쨌든 약혼녀는 아니니까 오해하지 마십시오."

-성격 같아서는 육두문자의 신세계를 만나보게 해줄까 하다가 꾹 참았어요. 아니 어떻게 생겨 먹은 여자기에 남들 잠잘 시간에 전화해서 시비를 걸어요? 저랑 나랑 만나긴 왜 만나? 혹시 윤정후 씨, 여자들끼리 싸워서 쟁취당하는, 뭐 그런 거 좋아해요?

음? 도대체 무슨 말을 하는지 하나도 모르겠다. 정후는 뭐라 대답할 타이밍을 놓치고 말았다. 그러자 설아의 폭포수 같은 이야기가 쏟아졌다.

-한 시간에 세 번 할 수 있다고 꼬실 때부터 알아봤어! 한 번만 더 새벽 같은 시간에 약혼녀인가 보이스피싱녀인가한테 전화받는

일 없게 해요! 주변을 깨끗하게 정리하라고요를!

"훗."

-웃어요? 웃어? 지금 웃음이 나와?

정후는 이 말도 안 되는 상황에서 웃음이 피식 하고 터졌다.

어쩜 이렇게 말 한 마디 한 마디가 주옥같을까. 목소리는 기차 화통을 삶아먹었나 싶을 정도로 우렁찬데 시끄럽게 들리지 않는다. 오히려 재미있다고 해야 할까. 게다가 세연에게 질투를 하고 있는 것처럼 느껴져 꽤 신선한 기분이었다. 정후는 따져드는 설아의 목소리를 몇 번이고 새겨들으며 남몰래 웃었다.

"진정 좀 하십시오."

-진정하게 생겼냐고요!

"전후 사정은 잘 모르겠지만 세연이가 설아 씨에게 실수한 것 같군요. 다시는 이런 일 없도록 조치할 테니 화 좀 푸십시오."

-흥, 앞으로 잘해요! 안 그러면 국물도 없어!

무섭네, 무서워. 정후의 눈매가 한껏 휘어졌다.

"이제 막 자려고 하는 겁니까?"

정후의 시선이 벽에 걸린 시계로 향했다. 새벽 시간이라는 표현을 한 것으로 보아 이제 막 잠이 들려고 했는가 보다. 백수의 생활이라는 게 워낙 규칙이 없으니 그럴 만도 하겠지.

-누구 때문에 잠 다 깼다고요!

"그 누구가 누군데? 나는 아니지 않습니까?"

-……흥, 뭐 어쨌든요.

"마치 알아달라고 투정부리는 것 같군요. 어린애같이."

-뭐요? 어린애?

"금방 흥분하고."

-아니거든요!

"아니면 진정하고 한숨 자십시오. 내일 중요한 계약이 있지 않습니까?"

-알거든요!

"잘 자요."

에라이! 하는 목소리가 정후의 귀에 들렸지만 모른 척했다.

쿡쿡, 끊어진 전화기를 보고 한참이나 웃음을 지었다.

다음 날.

"왔습니까?"

설아는 못마땅한 얼굴로 차에 올라탔다. 약속 시간은 6시라면서, 왜 3시부터 나오라고 하는 거세요. 묻고 싶었지만 그러려니 했다. 내가 을이니 갑님의 말에 따라야지, 하며.

설아가 시트에 앉자 정후가 의아한 얼굴로 물었다.

"왜 사준 옷 안 입었습니까?"

그랬다. 정후가 마음에 들지 않던 그 옷. 전혀 노출이 없는데도 불구하고 제 눈에만 노출이 심하다고 했던 그 옷.

"그쪽 약혼녀 만나러 가는데 예쁘게 꾸며 뭐하게요?"

"약혼녀 아니라고 했습니다."

"확실히 말해요. 약혼녀 아니에요?"

"아닙니다."

"그럼, 지금 이 여자가 혼자 정후 씨에게 매달리고 있다, 이건가요? 이번 만남은 그 여자를 떼어내기 위한 목적이고?"

설아의 물음에 정후는 짧게 고개를 끄덕였다. 틀린 말은 아니니까. 그러자 설아가 의미심장한 미소를 지었다. 이를 테면 '다 죽었어'라는 얼굴?

"그렇다 이거죠? 됐고요, 그럼 시간 남았으니까 다시 백화점으로 가요."

"살 거 있습니까?"

"네."

설아의 말에 정후는 더 이상 묻지 않고 차를 출발시켰다.

한 번 와본 적이 있어서 그런지 오늘의 쇼핑은 어색하지 않았다. 잠시 매장을 둘러보던 설아는 마음에 드는 옷을 꺼내 정후에게 건넸다.

"이거 입어봐요."

"나, 말입니까?"

"네. 그 옷 당장 벗고요."

정후는 자신의 옷을 훑어보았다. 평소라면 편하게 입고 나갔을 자리지만 설아를 여자 친구로 소개하는 자리이자 세연의 마음을 단념시키기 위한 자리였다. 그렇기에 격식이 필요하다는 생각에 정후는 오늘 고급 슈트를 꺼내 입었었다. 하지만 설아는 그게 마음에 들지 않는 듯 한번 훑어보고는 당장 벗으란다.

"오늘 우린 세상 누구보다 닭살스러운 커플이 될 거예요."

모든 소설에서처럼 상대에게 기죽지 않고 눈만 부라린다고 해서 될 상대가 아니라는 것쯤은 잘 안다. 소설은 소설이고, 현실은 현실이니까.

"미리 얘기하는데요, 오늘 내가 어떤 행동을 해도 절대 당황하지 마요. 알았죠?"

설아만의 새로운 방식으로 문세연을 몰아낼 참이었다.

밉고 악랄한 악녀만 있나? 범접할 수 없을 만큼 사랑스럽고 귀여운 악녀도 있는 법! 설아는 희미하게 웃었다.

제 4 조

　"오빠."

　"왔어?"

　약속된 시간을 조금 넘어서 세연이 나타났다.

　푸른빛의 블라우스, 와이드 팬츠, 빨간 하이힐을 신은 그녀는 생각했던 이미지와는 전혀 다른 사람이었다.

　'외국 사람인가?'

　이국적인 얼굴에 화려한 분위기. 실로 다가가기 어려운 타입이었다. 호텔 라운지로 들어서던 그녀는 한 치의 망설임도 없이 정후에게로 걸어와 활짝 웃었다. 설아는 순간 긴장했다.

　"오랜만에 보는 것 같네? 하루 걸러 보던 우리였는데, 좀 섭섭하다."

　"섭섭하긴. 앉아라."

새초롬한 얼굴로 그에게 눈을 흘긴 세연은 정후의 맞은편에 자리를 잡았다.

"인사해. 여긴 내 여자 친구 한설아. 설아 씨, 이쪽은 문세연."

"안녕하세요?"

세연은 그제야 설아에게로 시선을 돌렸다. 관심 없는 것을 보는 것처럼, 따분하고 무미건조한 얼굴이었다. 설아의 인사에도 아무런 대답조차 하지 않은 채 고개를 끄덕인 세연은 다시 정후에게로 시선을 돌렸다. 설아는 피식 웃어버렸다.

"오빠, 나 오랜만에 봤으니까 맛있는 거 사줘. 음, 자주 먹던 코스는 어때?"

애교가 뚝뚝 떨어지는 목소리로 방긋방긋 웃는 세연은 마치 두 사람만이 존재하는 것처럼 대화를 이어갔다.

"설아 씨는 어떤 게 좋겠습니까?"

"정후 씨가 골라줘요. 난 잘 모르겠으니."

그럼에도 불구하고 정후는 낯선 환경에서 설아가 당황하지 않게 살뜰하게 챙겨주었다. 그 모습에 세연의 표정이 조금 일그러졌지만 웨이트리스가 다가오자 앞서 주문을 하기 시작했다.

"여기 A코스 셋 주세요. 아참, 남자분의 코스에는 와인을 빼주실래요? 알코올 알레르기가 있거든요."

사람 좋은 얼굴로 웃으며 주문을 하자 웨이트리스가 고개를 끄덕이며 사라졌다. 의기양양해진 세연이 '너는 이런 거 알고 있니?'라는 얼굴로 설아를 바라보았다. 잠시 주춤하는 설아의 모습을 확인한 세연이 훗, 하고 콧웃음을 치고서는 정후에게로 시선을 돌렸다.

"그나저나 안 본 사이에 스타일이 좀 달라졌네? 좀 유치한 것 같기도 하고. 풋."

사실 그녀가 말하는 유치함은 '스타일'의 문제가 아니었다. 슈트를 입었을 때는 찾아볼 수 없었던 편안함, 그리고 발랄해 보이는 모습이 생기 있어 보일 정도였지만 문제는 두 사람의 모든 것이 커플이라는 것. 그것이 세연을 짜증나게 했다.

"오빠, 내년이면 서른셋이야. 아무리 연애하는 재미가 쏠쏠하다 해도 이건 좀 오버다 싶어. 풋."

호호호, 비웃음 가장한 하이톤의 목소리가 들리자 설아는 만족스러운 듯 미소를 띠웠다.

1단계 성공. 그거거든. 보기만 해도 유치하고 달달해 보이는 모습. 내년이면 서른셋이 될 이 남자가, 이렇게 사람 많은 곳에서 여자와 같은 옷을 입고 나오는 게 쉬운 줄 아니? 그게 바로 사랑에 빠진 증거란다, 문세연아.

설아가 여유롭게 웃자 세연의 눈매가 한껏 날카로워졌다.

잠시 후 웨이트리스가 다가와 음식을 준비해주고 돌아서자 세연이 가식적인 얼굴로 설아에게 말을 걸어왔다.

"설아 씨, 많이 먹어요."

이미 먹고 있는데요. 그쪽이 걱정해주지 않아도 잘 먹으니 너나 잘 드세요. 라는 말이 목구멍까지 타고 올라왔지만 입 안 가득 맴도는 육즙에 설아는 이미 황홀경에 빠져 있었다.

녹는다, 녹아. 스테이크의 육즙은 입과 몸을 하나로 연결해주듯이 설아를 녹이고 있었다.

"입에 맞아요?"

그때였다. 세연이 쉴 새 없이 고기를 썰어 입에 넣고 있는 설아에게 불쑥, 말을 걸어온 것은.

"너무 맛있게 드시기에 이런 말씀 드리기가 좀 그렇긴 한데 오늘따라 고기 특유의 냄새가 좀 비리게 나는 것 같아서. 나만 그래? 왜 이렇게 질기고 맛이 없지?"

질기고 맛이 없어? 내 치아는 돌도 씹어 드시는 강철 치아인가? 질기다는데, 왜 이렇게 살살 녹아?

그러거나 말거나 설아는 고기 한 점을 크게 썰어 입에 넣으며 오물거렸다. 이렇게 맛있는데, 괜한 트집은.

"맛있게 드시는 걸 보니 여자 친구분은 괜찮으신가 보네. 아니면 이런 걸 자주 안 드셔보셨나? 차이를 못 느낄 정도로?"

그러고는 쿡, 하고 웃는다. 정말 소설책에서나 나오는 그 이상한 웃음소리를 낸다. 쿡, 쿡이란다. 설아는 속으로 낄낄거렸다.

"입에서 살살 녹는 고기더러 질기다고 하신 걸 보니 치아가 별로 안 좋으신가 봐요? 치아도 타고나는 복 중 하나라던데. 아이고, 안쓰러워라. 젊은 나이에 안됐네요."

쯧쯧. 고개를 절레절레 저으며 또 한 번 쯧쯧. 그러자 당황함에 얼굴이 시뻘게진 세연이 질 수 없다는 듯 달려들었다.

"뭐, 뭐라고요? 지금 뭐라고 했어요?"

"젊은 나이에 귀까지 안 들리시면 심각한데."

에휴, 또 한 번 고개를 절레절레 흔들며 에휴, 한다.

그러자 세연이 손바닥을 들어 손 부채질을 연신 했다.

그사이 설아는 고기 한 점을 크게 썰어 보란듯이 입 안에 넣고 오물거렸고 정후는 모르는 척 미소 짓고 있었다.

"음. 맛있어."

기선 제압도 상대 봐가면서 시도해라. 괜히 애꿎은 고기 핑계 대고 배곯지 말고. 아, 맛있어. 난 삼시 세끼 고기만 줘도 행복할 거야. 어흥!

세연은 당황한 듯 정후를 바라보며 화제를 돌렸다.

"오빠. 다음 달에 나 파리로 출장 가는데, 갖고 싶은 선물 없어? 아, 예전에 시계 바꿀 때 된 것 같다고 하지 않았나?"

"됐어. 지금도 충분해."

"에이, 그러지 말고. 봐봐, 음?"

세연은 정후의 손목을 덥썩 잡아당겼다. 그러자 설아의 시선이 그쪽으로 향했다.

우와, 저게 얼마짜리야?

한눈에 보기에도 비싸고 화려해 보이는 시계가 '나 얼마게?'라며 반짝반짝, 자태를 빛냈다. 오버스러울 정도로 알이 많이 박힌 시계를 놀라 듯 바라보고 있던 설아는 신경을 거슬리게 하는 움직임에 고개를 들었다.

조물딱조물딱, 시계를 본다는 핑계로 정후의 손을 쉴 새 없이 만지며 놀리듯 설아를 바라보는 시선과 눈이 마주쳤다.

이 문둥이 가스나! 감히 어디다 손을 대?

설아는 보이지 않게 으르렁거렸지만 당황하지 않으려 애쓰며 숨을 나눠뱉었다.

침착해, 침착해. 저 페이스에 놀아나면 안 돼.

"흠."

여자의 적은 여자라더니, 문세연, 제법인데? 의외의 강적이야.

설아를 은근히 무시하면서도 본인에게 불리한 상황이 되면 혹 빠져나간다. 그뿐인가? 두 사람의 친분을 이용해 거리낌 없이 그를 만지며 애교를 부린다. 게다가 무슨 일이 있어도 상대의 페이스에 놀아나지 않던 설아의 심장을 덜렁이게 했다.

찌릿. 설아의 시선이 이글이글 타올랐다.

"지금 차고 있는 것도 예쁘긴 하다."

조물딱조물딱. 네 이년! 자신도 모르게 이를 악물었다. 질투가 온몸을 감싸 그녀를 뒤흔들었다. 아, 정신 차려! 정신 차려. 아무리 외쳐봐도 소용이 없었다.

잠깐! 지, 질투? 질투라고?

내가 지금 질투를 느끼고 있다고오?

설아는 당황했다. 그 어떤 상황에서도 철면피처럼 살아남고, 그 어떤 상황에서도 당황하지 않으며 포커페이스를 유지하던 자신이 질투라는 감정 때문에 온몸과 마음이 통제되지 않는다. 심지어 흔들흔들 위태롭게 흔들리기까지 한다.

그뿐인가? 이 상황이 유쾌하지도, 즐겁지도 않다. 오히려 화가 나고 열이 받는다. 금방이라도 문세연의 멱살을 잡아당기고 싶을 정도로! 오, 마이 갓. 오, 마이 갓!

"으억."

설아는 자신도 모르게 입을 틀어막았다.

지금 이 감정 뭐야? 다정해 보이는 저 두 사람을 떼어놓고 싶어서 안달이 난 이 손가락의 움직임은 뭐고? 작은 스킨십 하나에도 눈에서 불이 나고 가슴에서 화딱지가 스멀스멀 올라와. 이거 도대체 무슨 감성이야? 설마, 아니지?

그 순간 설아의 머릿속에서 '사랑은 봄비처럼 내 마음 적시고~'라는 멜로디의 가사가 동동 떠다녔다.

질투로 알아차린 설아의 마음속에서 정후의 기억들이 하나씩 스쳐 지나갔다. 다정했다. 세심한 것 하나하나에도 신경을 써주며 설아를 배려해주었다. 먼저 나서서 설아를 지켜봐주고 설아가 필요한 것을 챙겨주려 애썼다.

그동안은 느끼지 못했었던 그의 자상함을 알아차린 순간, 설아는 온몸에 전율이 일었다. 소름이 돋을 정도로 정확한 감정이 설아를 잠식시켰다.

"미쳤어, 미쳤어!"

태어나서 처음으로 느껴보는 감정. 어색하기 짝이 없는 이 감정을 이해하고 받아들이자 민망함에 온몸을 주체할 수가 없었다. 화르륵화르륵, 빨간 홍당무처럼 그녀의 얼굴은 타올랐다.

"괜찮습니까?"

다가오며 안부를 묻는 정후의 모습에 설아는 시선을 피하며 얼굴을 감쌌다. 모르는 사이에 흠뻑. 어쩌면 그 말이 맞는 말일까 싶었다. 그의 어머님 앞에서 연인 행세를 하고, 서로를 알아가는 일상들은 계약이라는 것을 잊게 만들 정도로 자연스러웠다.

그래서일까. 지금 내 옆에 앉아 있는 남자가 정말 내 남자인 것 같은 착각을, 너무나 당연한 관계라 생각했던 모양이다.

설아는 당황스러웠다. 전혀 인식하지 못했던, 전혀 의심조차 하지 못했던 자신의 감정이 제3자에 의해 들춰지자 마치 그게 무슨 일이라도 된 양 안절부절못했다.

"설아 씨, 괜찮은 거 맞습니까?"

정후는 걱정스러운 듯 그녀의 이마에 손을 올렸다. 열은 없는데. 작게 속삭이는 말이 들려오는 와중에도 설아는 정신을 차리지 못했다.

"오빠, 전화 오는데?"

그 순간, 찬물을 끼얹듯 날카로운 소리가 설아의 귓가에 파고들었다. 아 참, 문세연! 이 문둥이 가시나가 여기 있었지?

끝까지 설아를 걱정하던 정후는 괜찮다는 그녀의 말을 몇 번이고 확인한 후 휴대폰을 들고 라운지를 빠져나갔다.

남겨진 설아와 세연의 시선이 부딪쳤다.

방금 전까지만 해도 애교를 부리며 착한 동생처럼 굴던 세연이 의자에 몸을 기대며 팔짱을 꼈다. 거만한 태도였다.

"조금 긴장했다는 건 인정할게요. 근데 생각보다 너무 후진 상대라 싸워볼 가치를 못 느끼겠다. 초면에 미안한데, 지금 하는 일이 뭐예요? 보아하니 그렇게 잘난 일을 할 것 같진 않은데."

"굳이 알려줘야 하나요?"

"훗. 말하지 못할 사정이란 게 있나 봐? 혹시 백수는 아니죠? 그 청춘에 백수면 오빠 얼굴에 똥칠하는 거지."

부르르. 설아의 주먹에 힘이 들어갔다.

"작가예요. 글 쓰는 작가."

"대표작은 뭐예요? 내가 들으면 알 만한 건가."

설아는 망설였다. 장르 자체가 로맨스이다 보니 유명세를 치른 작품이지 않는 이상 사람들은 그 누구에게도 쉽게 작가라 칭해주지 않을 것이다.

"지망생, 뭐 그런 건가? 표정이 딱 그러네. 흥, 대표작도 없는데 작가는 무슨."

"말 좀 가려서 하죠?"

설아의 말투가 싸늘해졌지만 세연은 아랑곳하지 않았다.

"후져도 너무 후져. 감히 후일그룹 장남 짝으로 작가가 말이 돼? 말이 좋아 작가지, 백수잖아. 안 그래요?"

"후일그룹 장남이라니, 누가. 설마……."

"남친이라면서 그것도 몰라요? 딱 갖고 놀 정도로만 만나나 보네. 정후 오빠, 후일그룹 장남이자 곧 후일 전자 사장님이 되실 분이에요."

잘못 들은 게 아니라면 분명히 '후일그룹'이라고 했다.

우리나라 일등 기업인 후일그룹. 전 세계적으로 제품을 수출하는 글로벌 대표 그룹! 국내에서도 단연 1위를 달리는 그 후일그룹의 장남이었다니. 윤정후가!

재벌 중에서도 상, 상, 상재벌이다. 이건 말도 안 돼. 입이 떡 벌어졌다.

"수준에 맞게 놀아요. 네? 이건 아니잖아."

설아의 가슴이 찌릿찌릿, 고통으로 일그러졌다. 하지만 지금은 참아야 했다. 설아는 길게 숨을 고르며 물 한 모금을 들이마시고 냅킨으로 입가를 닦았다. 그러고는 누구보다 더 싸늘하고 차가운 눈빛으로 세연을 바라봤다. 그러자 세연이 움찔했다.

"그래? 후진 상대에게 뒤통수 맞고 울고불고할 네 모습이 얼마 남지 않았다는 걸 잊지 마."

"누가? 내가? 천하의 문세연이?"

"이봐, 문세연. 진정한 고수들은 말이지, 초반부터 기세를 펼치지 않아. 왜? 상대를 파악할 시간이 필요하니까."

"……."

"적을 알고 나를 알면 백전백승. 들어는 보셨나?"

"훗. 웃겨."

"웃을 수 있을 때 마음껏 웃어. 울고 싶어도 울지 못할 상황은 곧 올 테니까."

"기대할게."

가소로워 죽겠네. 라는 말을 덧붙이며 세연은 입을 삐죽거렸다.

통화를 끝내고 돌아온 정후는 미묘하게 달라진 분위기를 느끼며 설아에게로 시선을 돌렸다.

'내가 어떤 행동을 하든 당황하지 마요'라고 말하던 그녀는 그 이후, 식사가 끝날 때까지도 별다른 행동을 보이지 않았다. 뭐지, 도대체. 어떤 일이 일어날지 알 수가 없어 조금 불안했다.

"아 참, 오빠. 이번 주에 부모님 한번 찾아뵈려는데, 시간 괜찮으실까?"

다시 착하고 귀여운 여자로 돌아온 세연은 설아 보란듯이 말을 내뱉었다.

거참, 그 오빠 소리 무척이나 거슬리네. 게다가 저 코맹맹이 소리는 뭐야? 감기 걸렸으면 의사 오빠한테나 가볼 것이지. 왜 정후 오빠에게 저 난리야? 음? 오빠? 정후 오빠? 나쁘지 않네?

두 사람이 대화를 나누는 동안 설아는 혼자 무슨 말을 읊조리며 입을 달싹였다.

"굳이 찾아올 필요까지 있을까 싶다."

"왜? 어차피 오빠랑 나랑 결혼할 사이잖아. 자주 찾아뵈어야 결혼하고 나서도 어색하지 않지."

"문세연."

순식간에 공기가 싸늘해졌다. 거기까지만 해, 라고 경고를 하는 정후의 시선을 무시한 탓이었을까. 세연은 매서운 기세에 움찔했다. 하지만 지고 싶지 않다. 세연은 설아에게로 시선을 돌리며 정면 돌파를 시도했다.

"나, 오빠랑 결혼할 거예요. 어릴 때부터 그렇게 알아왔고, 단 한 번도 오빠 아닌 다른 남자를 생각해본 적 없어요. 지금이야 새로운 여자 만나서 흥미로운 시기일 수 있어요. 하지만 얼마나 갈 것 같아요? 3개월? 6개월?"

"세연아. 난 한 번도 널 여자로 생각한 적 없어. 앞으로도 그럴 거고. 그러니까 다신 그런 말 하지 마라. 오빠 동생 사이가 껄끄러워지는 걸 원치 않아."

"아니, 난 오빠를 남자로 갖고 말 거야. 연애, 하고 싶으면 해. 대신 결혼은 나랑 해."

"문세연."

"그러니까 그쪽은 적당히 놀고, 얻을 거 얻고, 사라져주면 돼요. 3개월짜리 연인치고 꽤 후한 대접이죠?"

세연이 물었다. 마치 목적이 있어 접근한 사람 취급하는 저 눈빛과 말투. 두 사람의 세계와 설아의 세계는 다른 것처럼, 그렇게 설아를 비웃고 있었다.

설아는 두 팔을 하늘로 올리며 찌뿌듯한 몸을 풀었다. 긴 하품을 끝에 달아주는 것도 잊지 않은 채.

슬슬 2단계로 넘어가보실까.

"정후 오빠, 문세연 씨 좋아해요?"

그리고 물었다. 정후에게. 그의 표정이 당황으로 굳어졌다.

오, 오빠? 지금 나더러 오빠라고 부른 거 맞아?

"좋아하지만 동생 이상의 감정은 아닙니다, 절대!"

"역시. 우리 오빠가 양다리 걸칠 남자라곤 생각 안 했어요. 근데 문세연 씨 말은 좀 아프네요. 마치 내가 오빠에게 빌붙어먹는 꽃뱀이라도 되는 것처럼 말하잖아요. 힝, 속상해."

훌쩍. 설아는 눈가를 톡톡 누르며 울먹이는 시늉을 했다.

세연은 기가 찬 듯 헛웃음을 지었고, 그 와중에 정후만 놀라 어쩔 줄 몰라 했다.

설아가 운다고? 한설아가?

눈물 한 방울 없이 울먹이는 시늉을 하는데도 그것을 알아차리지 못한 정후는 설아의 모습이 충격으로 다가왔다. 평소 설아를 아무리 두드려도 깨지지 않는 단단한 결정체라 생각했던 모양이다.

충격을 주고 무시하고 괴롭혀도 슬픔을 느끼지 못할 여자라 생각했다. 그런데 그녀가 운다고? 정후의 심장이 덜컥 내려앉았다. 그리고 그 순간 그녀를 울게 한 장본인이 세연이라는 사실에 화가 치밀어 올랐다.

"세연아, 네가 말이 심했다. 당장 사과해."

설아는 꼿꼿하게 허리를 세운 세연을 바라보며 더욱 슬픈 표정을 지었다. 그러자 정후는 화를 참으려 애쓰는 사람처럼 이를 악물었다.

"세연아, 화내기 전에 사과해라. 방금 전의 말은 내가 들어도 충분히 기분 상할 수 있는 말이었다. 당장, 설아 씨에게 사과해."

"……미안해요."

세연은 들릴 듯 말 듯 사과했다.

설아는 그의 손목을 잡으며 고개를 절레절레 흔들었다.

"아니에요. 내가 조금 예민했던 것 같기도 해요. 사랑을 매도당해서 조금 속상했는데, 사과 받으니 괜찮아졌어요. 응? 정후 오빠아~ 화내지 않기?"

"정말 괜찮아진 겁니까?"

배시시 웃으며 그의 팔에 안겨들었다.

설아는 생각했던 것보다 '오빠'라는 소리가 달짝지근하면서도 입에 착착 달라붙는 게 만족스러웠다. 게다가 생각지도 못한 정후의 황홀한 표정이라니.

내색하지 않고 있지만 자꾸만 그의 입꼬리가 올라가는 걸 설아는 눈치채고 있었다.

그놈의 오빠 소리! 남자들은 사죽을 못 쓰지! 흥.

묘한 질투가 일어나는 동시에 알 수 없는 쾌감이 설아를 감쌌다.

이왕 이렇게 된 거 끝까지 달려보자 싶었다.

"역시 우리 오빠가 최고!"

설아는 엄지를 척 들며 외쳤다. 그 순간 정후의 입이 떡 벌어졌다.

"뭐, 뭐라고 했습니까?"

"우리 오빠 최고라고요. 멋져, 멋져!"

쪽. 그리고 쪽쪽.

"서, 설아 씨."

정후의 얼굴이 시뻘게졌다.

오빠 소리도 놀라운데 이렇게 사람이 많은 공간에서 정후의 볼에 입을 맞추다니! 이런 면도 있었나? 요란스러운 거 인정. 의외로 진지하고 꿈이 있는 여자라는 것도 인정. 그런데 이건 뭐야? 귀, 귀여워? 애교가 넘쳐?

전혀 알지 못했던 또 다른 설아의 모습에 심장이 터질 것만 같았다.

"다정하고 멋진 울 오빵. 내가 이래서 울 오빠를 넘나 넘나 좋아한다는 거 알죠옹?"

점점 오버스러워지는 설아의 모습이 좋으면서도 한편으로는 당황스러워 설아 씨, 혀에 뭐 묻었습니까? 할 뻔했다. 그러다 문득 이게 처음 경고했던 그 말이라는 것을 깨달았다. 그녀의 계획이라는 것에 내심 아쉬운 감정이 들었지만 그럼에도 불구하고 설아의 혀 짧은 소리가 너무나 귀엽게 느껴졌다.

'미치겠다.'

한껏 달아올랐다. 얼굴도 심장도. 저 장난스럽게 웃는 얼굴을 보고 있자니 가슴이 터질 것만 같다.

윤정후, 너 미쳤어? 제발 진정해! 라며 스스로를 다독일 때쯤.

"우리 오래오래 예쁜 따랑 해요~ 알았띠요?"

정후는 결국 백기를 들었다.

제길, 예뻐. 귀여워. 사랑스러워. 도대체 왜 이렇게 매력적인 거야?

정후의 심장이 덜렁덜렁, 위태롭게 흔들렸다.

"그럴 겁니다. 걱정 마십시오."

"오빠도 설아가 최고 좋지요? 오빠 눈엔 설아밖에 안 보이는 거 맞지요?"

설아의 말에 정후는 고개를 끄덕였고 설아는 그의 끄덕임에 세상을 다 가진 듯, 눈앞에 문세연을 물리친 듯 행복함을 느끼고 있었다. 물론 이 남자 하나를 지키겠다고 혀를 말고, 콧소리를 팡팡 흘려대는 자신이 낯설었지만. 정말 내가 미친 게 아니냐고, 누군가에게 묻고 싶었지만 어쩔 수가 없었다.

"당연합니다. 설아 씨뿐입니다."

"캑캑."

정후의 단호한 대답에 맞은편에 앉아 있던 세연이 당황했는지 캑캑거렸다. 얼굴이 시뻘게질 정도로 한참 동안 기침을 내뱉던 그녀는 '너 돌았니?'라는 얼굴로 설아를 바라봤다. 하지만 설아는 어깨를 으쓱일 뿐이었다.

내 남자를 지키기 위해서는 무슨 짓을 못해? 여우 짓은 너만 해? 흥, 잘 보고 배워라. 이게 진짜 여우라는 거다! 라고는 했지만 설아도 온몸이 간질거려 두 번은 못할 짓이다 싶었다.

"일말의 걱정도 하지 마십시오. 난 정말 설아 씨밖에 없습니다."

하지만 문제는 윤정후다, 윤정후. 분명 어떤 상황이 와도 놀라지 말라 단단히 일러두었건만 이것이 연기라는 걸 까마득하게 알아차리지 못한 얼굴이었다.

너무 심취하셨네, 울 오빠.

하지만 좋아하는 모습을 보니 이 재미난 행동을 멈추고 싶지 않다는 생각까지 들었다. 기가 막혔다.

"힝, 고마워요. 그런 의미로다가."

뿌잉뿌잉. 볼에 바람을 넣기도 하고 눈을 깜빡이기도 했다. 그러자 정후가 이를 악물며 웃음을 참는 것이 보였다.

에라, 모르겠다. 설아는 마지막 카드를 들었다.

"나도 울 오빵밖에 없또요~ 캬캬캬캬캬."

마지막 대사를 날리자 세연은 물을 벌컥벌컥 마시고서는 자리에서 벌떡 일어났다.

도대체 이게 무슨 상황이야? 이해가 되지 않았다. 처음 세 사람 사이의 불청객은 설아인 줄 알았다. 하지만 그건 세연의 착각이었다.

처음부터 정후의 시선은 한설아에게 가 있었고, 그 여자만 따라다녔다. 자신이 무슨 말을 하든 오로지 저 여자뿐이었다. 손짓을 하고 말을 걸어도 대답조차 하지 않는 그의 모습에 세연은 가슴이 문드러졌다.

차라리 욕을 하고 머리채를 뜯겼더라면 덜 아팠을까? 고작 행동 하나에, 말 한마디에 온 마음을 빼앗긴 사람처럼 구는 정후를 바라만 봐야 하는 자신이 너무 한심했다. 그리고 깨달았다. 윤정후는 절대 문세연의 것이 될 수 없음을.

세연은 허탈하게 웃었다.

한설아, 저 여자는 정말 대단했다. 무시하고 짓밟아도 꿈쩍도 않는다. 자존심 상하는 말을 아무리 내뱉어도 얼굴색 하나 변하지 않는다. 게다가 저 이런 지밑졌니. 싱내빙를 틸시야서나 씩여 내리시 않았다. 오로지 윤정후가 자신에게 반하게 하는 일에 최선을 다했다.

덕분에 정후는 설아에게 정신없이 빠져들었고, 사랑하는 남자가 다른 여자에게 반해버린 모습을 보고만 있어야 했던 세연은 마음의 상처를 입었다.

윤정후 마음속엔 문세연은 없다. 그러니 더 이상 다가오지도 말고, 더 이상 마음을 키우지 말라는 확실한 메시지. 그건 설아가 의도한 칼날 같은 경고였던 것이다.

차라리 허황된 꿈을 좇는, 돈에 눈이 먼 여자라면 그 신랄한 표현들이 먹혀들어갔을지 모른다. 하지만 저 여자는 너무 맑고 하얗다. 그 어떠한 색이 섞이더라도 모든 것을 맑게 만드는 그런 여자. 세연은 받아들이고 싶지 않은 패배를 곱씹으며 가방을 챙겨 들었다.

"가게?"

정후의 물음에 세연은 이를 악물며 순진하게 자신을 올려다보는 설아에게로 시선을 돌렸다.

얄밉다, 아주 얄미워. 미워 죽겠는데 사납게 달려들 정후가 무서워 한마디도 꺼낼 수가 없다.

"피곤해져서. 나 먼저 갈게."

세연이 등을 돌리자 앉아 있던 설아가 자리에서 일어나 그녀의 이름을 불렀다.

"세연 씨."

듣기 싫은 목소리. 당장에라도 떼어놓고 싶어 죽겠는, 저 미운 여자의 목소리에 세연은 굴욕감을 참으며 몸을 돌렸다. 그러자 설아가 방긋 웃으며 인사를 건네왔다.

"조심히 가요. 앞으로 어떤 인연으로 만나게 될지 모르겠지만, 그때는 웃으며 만나요."

사근사근하고 낭랑한 목소리. 승자만이 흘릴 수 있는 목소리였다. 세연은 기가 찬 듯 웃었다.

데칼코마니처럼 느껴지는 두 사람의 커플룩이 끝끝내 세연의 눈에 가시처럼 느껴졌다. 분노가 끓어오를 때마다 패배감은 더욱 짙어졌다. 그래, 잘났다, 잘났어.

세연은 설아의 인사에 대답도 하지 않은 채 돌아서 걸어 나갔다.

"설아 씨."

설아는 정후의 목소리에 천천히 고개를 돌렸다.

조금은 들떠 보이는, 조금은 설레 보이는 정후와 눈이 마주치자 설아의 가슴이 이상한 박자로 뛰기 시작했다.

누군가를 지켜내기 위해 열과 성을 다하는 일은 오랜만이었다. 설아 역시 그의 눈빛처럼 조금은 설레고, 조금은 재미있었던 순간이었던 것 같다. 그런데 이상하게 개운치가 않다.

그게 무엇인지는 알 수 없지만 환한 얼굴로 자신을 바라보는 그의 얼굴 위로 알 수 없는 감정이 떠다녔다. 그게 뭘까, 자신의 이름을 거듭 불러오는 정후의 목소리에 고개를 절레절레 흔들어보았지만 뭔가가 석연치 않게 남아 설아의 가슴을 콕콕, 찔러댔다. 설아는 세연이 도망치듯 나가버린 문 쪽으로 시선을 돌렸다.

"나, 되세 나쁜 여사가 뇐 것 같아요."

움직이는 차 안에 앉아 창문을 바라보고 있던 설아가 정후에게 시선을 주지 않은 채 말을 꺼냈다. 그 말에 정후는 영문을 알 수 없다라는 얼굴로 그녀를 바라보았다.

"무슨 말입니까?"

"……."

방금 전의 상황들을 떠올리던 설아는 마음이 좀 이상했다.

정후와의 계약 내용대로 충실히 이행했다. 낯설고 당황스러웠지만 분명 정후에 대한 관심도, 마음도 깨닫게 되었다. 즐거웠고 통쾌했다. 하지만 뒤돌아서 도망치듯 나가는 세연의 뒷모습이 이상하리만큼 가슴에 박혀서 설아를 심란하게 만들었다.

로맨스를 만드는 일을 하고 있는 자신이, 누군가의 로맨스를 아프게 하는 사람이 되었다는 사실. 그게 소설 속의 내용이 아니고 현실이라는 점에서 마치 설아가 악역이 된 것처럼, 나쁜 사람이 된 것처럼 느껴지게 했다.

"……."

정후는 혼자만의 생각에 빠져 있는 설아의 모습에 마음이 쓰였다. 아무런 문제없이 잘 해결된 상황이었던 것 같은데, 설아는 왜 기분이 상했을까? 궁금증이 일어남과 동시에 정후 쪽은 쳐다보지도 않는 설아의 모습이 신경을 자극시켰다.

"……이야기 좀 합시다. 어디로 가는 게 좋겠습니까?"

"우리 동네 공원이요. 어차피 데려다줘야 되니까 할 일 덜었죠?"

장난처럼 말하는데도 목소리에는 영 힘이 없다.

무슨 일일까. 정후는 걱정스러웠다.

잠시 후 동네에 도착한 정후는 공원 주차장에 주차를 한 후 시동을 껐다. 그리고 설아 쪽으로 시선을 돌렸다. 생각에 빠져 있는지 한참이나 말이 없는 설아를 바라보며 잠시 생각에 빠졌다.

'분명 빠져들지 않을 거라 생각했는데.'

그랬다. 무슨 일이 있어도 절대 한설아에게 빠져들지 않을 거라 장담했었다. 그런데 어느샌가부터 이 요란스러운 여자가 당돌하고, 귀엽고, 사랑스럽게 느껴졌다. 서서히 자신을 잠식해오던 감정들이 오늘에서야 폭발하듯 터져 나왔다.

아무런 말 없이 창밖을 바라보고 있는 여자의 시선을 빼앗아오고 싶다. 단순히 피곤해서, 단순히 고돼서 쉬고 있는지도 모른다. 그럼에도 불구하고 여자가 자신을 바라봐주었음 했다.

"오늘 미안했습니다."

어떤 말이 좋을까 싶다가 툭 하고 튀어나온 말은 '미안해'였다. 혹시라도 설아의 기분을 상하게 한 게 세연의 말실수인가 싶어서였다. 앞뒷말 댕강 자르고 나온 소리에 설아는 그제야 시선을 정후에게로 돌렸다.

"뭐가요?"

"아주 어릴 때부터 함께 자란 가족 같은 동생입니다. 그래서 농담처럼 오고 가는 혼인 이야기를 단속하지 못한 게 제 불찰입니다."

"어차피 이러려고 계약한 거잖아요. 괜찮아요."

괜찮다고는 하지만 설아의 가슴은 마냥 편안하진 않았다.

'지망생, 뭐 그런 건가? 표정이 딱 그러네. 흥, 대표작도 없는데 작가는 무슨.'

'후져도 너무 후져. 감히 후일그룹 장남 짝으로 작가가 말이 돼? 말이 좋아 작가지, 백수잖아. 안 그래요?'

주마등처럼 스쳐 지나가는 세연의 말이 가시처럼 설아의 가슴을 찔렀다. 하지만 그것은 잠시였다. 현실적으로 틀린 말이 하나도 없기에 설아는 상처 입고 말고 할 것도 없었다.

기분이 상하는 건 잠시이지만 마음이 상하고 상처 입는 건 꽤 아픈 일임을 그녀의 뒷모습을 보고 깨달았다. 그리고 처음으로 이 계약을 해버린 자신에게 회의감이 들었다.

"단순히 계약 관계라면 이런 사과 안 했을 겁니다. 다른 의미로 하는 사과이니 받아주십시오."

정후는 정중하게 고개를 숙였다. 한 치의 거짓도, 한 치의 가식의 모습도 보이지 않았다. 누가 봐도 진심이 느껴지는, 절박한 사과였다.

설아는 물끄러미 정후를 바라봤다.

늘 매사 진중하고 무게가 느껴지는 남자. 반듯한 자세를 잃지 않고 늘 침착한 남자. 장난기 많고, 말도 안 되는 푼수 끼를 보이는 자신을 함부로 하는 법이 없고, 후일그룹의 장남임에도 불구하고 거만하거나 거드름을 피우지 않는다. 그리고 지금 이 순간, 자신의 잘못을 뉘우치며 진심으로 고개 숙일 줄 알고 알량한 자존심을 내세우지 않는다.

이런 남자를 누가 싫어할 수 있을까. 자신도 빠져버렸는데, 오랫동안 함께해온 문세연이라면 오죽할까.

"앞으로 이런 실수 하지 않을 겁니다. 설아 씨 상처 주는 일 없을 겁니다."

"그런 걸로 기분 상할 내가 아니에요. 그러니까 더 이상 사과하지 않아도 돼요."

계약 관계라는 것은 갑과 을이 서로의 목적을 취하기 위해 성립된 잠시의 관계였다. 그 관계를 이용해 한 사람의 마음을 상처 주는 일. 그게 잘한 일일까 싶다.

그리고 실컷 아프게 해놓고, 실컷 괴롭혀놓고 이런 생각을 하는 모습도 황당하고 기가 찼다. 하지만 이미 일은 벌어졌고 이제와 후회를 하고 있다. 설아는 굳게 다짐한 사람처럼 입을 악물었다.

"정후 씨."

"……."

"우리 이제 그만해요."

아무런 감정이 들어 있지 않은 눈동자가 정후를 바라보았다. 그 순간 정후의 가슴 속에서 무언가가 퉁 하고 떨어지는 것과 같은 아찔함을 느껴야만 했다. '우리, 이제, 그만'의 말이 마치 사형선고를 내리는 것처럼 느껴져 고통스러웠다.

이제 와 알게 된 감정이고, 이제야 확실해졌는데 그만하자고?

"처음 시작이야 뭣 모르고 그랬다 치지만, 이젠 그만하고 싶어졌어요. 누군가에게 상처 주게 될 줄 알았더라면 하지 않았을 것인데. 제가 경솔했어요."

"……설아 씨."

"많은 공부가 되고 도움이 되었던 시간이에요. 하지만 더 이상 계약 관계를 이어가고 싶지 않네요. 그만할래요."

처음부터 말노 안 뇌는 일이었는지 모른다. 욕심내지 말걸. 이렇게 될 줄은 상상도 못했지만. 걸어오는 도발에 맞장구치는 일이 얼마나 유치한 것인지, 사랑하는 사람의 애인을 앞에서 지켜봐야 하는 일이 얼마나 곤혹스러운 일이었을지, 무슨 심정으로 뒤돌아섰을지. 복합적인 감정들이 얽히자 그 화살은 모두 설아에게로 꽂히듯 날아들었다.

나쁜 의도는 아니었다. 어쨌든 설아에게도 돌파구가 필요했고, 이 계약으로써 조금 더 넓은 시각을 보고자 했었다. 실제로 정후와의 관계를 이어가며 꽤 많은 정보를 수집할 수 있었고, 그로 인해 다양한 상황들과 감정들을 글에 녹일 수 있었다.

그러니 이걸로 충분했다. 더 이상 다른 사람의 마음을 아프게 해가면서 로맨스 작가를 하겠다는 어리석은 짓은 하지 말아야 한다.

설아는 씁쓸한 미소를 지으며 정후를 바라보았다. 일방적인 말에 기분이 상했을까 걱정했던 것과는 달리 정후는 살며시 웃고 있었다. 그러고는 손을 뻗어 설아의 머리를 쓰다듬었다.

"네. 그만둡시다, 우리."

그 목소리의 높낮이가 너무 낮아 못 들을 뻔했다.

순간 설아의 가슴에서 찌릿한 통증이 일었다.

먼저 그만두자고 했고, 그러길 원했다. 그런데 기다렸다는 듯 대답하는 정후의 말이 생각보다 아프다. 그 짧은 시간 동안 얻은 다른 무언가가 있었던 모양이다. 오늘에서야 알게 된 그 뜨거운 감정. 그것 때문인지 가슴은 한참 동안이나 절절 끓듯 설아를 괴롭혔다.

"좋게 헤어지게 되어서 다행이네요."

방금 전 대화는 마치 사랑하던 연인이 헤어진 것처럼 느껴져 아차 싶었다. 좋은 헤어짐이라는 게 세상에 있기는 한가. 쩝.

쓸쓸한 입가를 어루만졌다.

잠시 정후는 말이 없었다. 그저 웃을 뿐.

"그럼, 안녕히 가세요."

더 어색해지기 전에, 괜히 마음이 이상해지기 전에 돌아서자 싶었다. 여전히 머리를 쓰다듬는 손이 아쉽게 느껴졌지만 가야 했다. 설아는 그의 손을 잡아 내리고서는 몸을 돌려 차 문을 열려 했다. 그 순간 정후의 낮은 음성이 귓가에 들렸다.

"처음엔 황당하고 어이없었지만, 지금은 좋습니다. 한설아 씨의 성격 말입니다."

정후는 살며시 미소를 지었다.

귓가에 맴도는 그 웃음소리도 한때는 시끄럽게 느껴졌던 때가 있었다. 뻔뻔한 무대포 정신의 한설아가 기가 막히다는 생각이 들 때도 물론 있었다.

하지만 그것들이 없으면 허전해지는 순간이 왔다. 그 웃음소리가 저를 미소 짓게 하고, 말도 안 되는 상황에서도 기세를 펼치는 용감함에 자신 역시 통쾌함을 느끼게 되었다. 그로 인해 답이 없는 여자였던 설아에게서 답을 찾게 되는 자신을 발견한 순간이 오고야 만 것이다.

이 여자, 갖고 싶다. 놓치고 싶지 않다. 라는 마음이 든 순간, 계약이고 뭐고 다 잊고 이 여자와 연애를 해야겠단 생각만이 그의 머릿속을 지배하고 있었다.

생각지도 못한 정후의 말에 설아는 어색하게 웃었다.

침착해, 한설아. 웃으면서 헤어져. 웃으면서 마무리!

"네. 언젠가는 빠져들 거라고 했잖아요. 중독성 강한 성격이라서요. 아무튼 조심히 가세요."

"연애합시다."

차 문을 열려고 하는 순간 정후의 목소리가 설아의 귓가에 박혀들었다. 뭐? 뭘 하자고?

"계약 관계, 그런 거 다 집어치우고 연애합시다, 우리."

이젠 잡아야겠다. 꽁무니 빼고 도망가려는 이 여자를 옆에 두어야겠다. 도망만 가려는 이 여자를 놓치지 않을 것이다.

정후는 확신과 동시에 조바심이 일어 그녀의 손을 덥석 잡았다.

"무슨 소릴 하는 거예요?"

"정말 못 들은 겁니까?"

꿀꺽. 설아는 마른침을 삼켰다.

"들었네요. 그러니 빼지 말고 연애합시다. 나 설아 씨 좋아하게 됐습니다."

우르르, 쾅쾅! 그 순간 설아의 머릿속과 가슴속에서 천둥 번개가 치듯 소란한 소리를 냈다.

신이시여, 지금 이 남자가 무슨 소리를 하는 겁니까? 나 지금 고백받은 거야?

대답을 기다리듯 자신을 뚫어져라 바라보고 있는 정후의 모습에 설아는 정신을 차리려 애썼다. 그 모습에 정후가 걱정스러운 얼굴로 설아에게 다가왔다.

"왜 그럽니까?"

사실 설아는 지금 이 상황에서의 고백이 어울리는 것인가에 대해 생각하는 중이었다. 방금 전까지만 해도 누군가의 사랑을 짓밟는 일이 얼마나 힘든 것임을 알아차렸고, 그러지 않기 위해 마음을 다잡으려 했다. 그런데 고백이라니. 그 고백에 설레듯 가슴이 떨리는 자신은 또 어떻고.

"설아 씨?"

그럼에도 불구하고 내미는 손을 덥석 잡고 싶어진다. 걱정스레 물어오는 눈빛을 안도하게 해주고 싶어진다. 그럴 자격이 있을까.

아니, 어쩌면 진짜 애인이 된다면 괜찮지 않을까? 상처를 주었다고 생각되는 건 어디까지나 계약관계이기 때문일지 모른다. 속이고 있다는 감정 때문에 찝찝한 기분이 남아 사라지지 않는 것인지 모른다. 그렇다면, 내 마음 가는 대로 움직여도 될까.

진짜 연인이 되어 내 남자를 지키는 여자가 되어도 되는 걸까.

"정후 씨."

좋아한다. 아니 좋아하게 됐다. 어느 순간이라고 정할 순 없지만 그렇게 됐다. 그와의 일상이 자연스러워 좋고, 나누는 한마디 한마디가 정겨워 좋다. 웃을 수 있어 좋고, 새로운 나를 발견할 수 있어 좋다. 이 남자로 하여금 내가 설레고 있었다.

그거면 충분하지 않을까?

설아는 살며시 미소 지었다.

"눈에 뭐 묻었어요. 닦아요."

"또 꿀 묻었습니까?"

"아뇨, 눈곱이요."

정후는 맥이 풀린 듯 피식 웃어버렸다.

어떤 상황에서든 위트를 잃지 않는 설아의 센스에 잔뜩 굳어 있던 어깨가 스르륵 풀렸다. 갑작스럽게 찾아온 나른한 기분. 그건 정후를 기분 좋게 만들어주기 충분했다.

"농담이에요."

"진심 같았습니다."

"삐졌어요?"

"아닙니다."

"에이, 삐졌는데?"

"삐졌다고 하면 어쩔 겁니까?"

"글쎄? 풀어줘야 되나?"

설아가 모른 척하며 묻자 정후는 고개를 끄덕였다.

"풀어줘야 된다고요? 어떻게요?"

"시도 때도 없이 불쑥불쑥 꺼내들던 책, 오늘은 뭐 합니까? 모르면 찾아보십시오. 삐진 남자를 어떻게 풀어줘야 하는지, 안 나옵니까?"

설아는 못 이기는 척 시선을 하늘로 향했다. 책은 가져오지 않았지만 머릿속엔 이미 가득했기 때문에, 그 내용을 떠올리려 애썼다.

"기억났어요. 삐진 남자 풀어주는 방법."

"뭡니까?"

그러자 설아의 눈매가 장난처럼 삐죽거렸다.

"진한 입술 박치기, 혹은 침대 위에서의……."

"됐습니다."

"더 들어봐요."

"아닙니다. 그러니 그 생각 다시 접어두십시오."

순식간에 정후의 얼굴이 시뻘게졌다. 설아가 피식 웃자 정후는 화제를 돌리려는 듯 궁금했던 말을 조심히 내뱉었다.

"작가라고 들었는데 그때 그 책, 혹시 한설아 씨가 쓴 책입니까?"

"……."

"연애 백과서 정도 될 것 같은데. 한설아 씨는 연애를 많이 해본 모양입니다? 줄줄 외우고 있는 걸 보니."

흠. 정후의 말에 설아는 입을 다물었다. 연애는 개뿔! 개나 주라 그래! 순수한 처녀에게 어울리지 않는 단어야! 윽.

"좋을 대로 생각해요."

"그 책, 나도 읽어봐도 됩니까?"

"왜요?"

"한 번쯤은 읽어보고 싶습니다."

"이 책, 대여료가 비싸요."

"얼맙니까?"

이 남자, 농담으로 내뱉은 말에 죽자고 달려든다. 어느새 지갑을 꺼내 든 정후의 눈동자는 어느 때보다 반짝였다.

"돈 가지고 안 돼요."

"그럼?"

"진한 입술 박치기나 침대 위에서의……."

"됐습니다."

포기도 빠르다. 후다닥, 지갑을 주머니에 넣는 정후의 모습에 설아는 또 한 번 웃었다.

"연애하고 싶을 때가 있잖아요. 그런데 처음 하는 연애는 어떻게 해야 될지 방향을 잡지 못할 때가 있죠. 그럴 때 연애백서가 있으면 좋겠다 싶어서 그 책을 쓰게 된 거거든요."

"……."

"그런데 저자인 내 자신도 숨이 꼴깍꼴깍 넘어가고, 애간장이 녹아내리는 연애를 해보지 못했으니 그런 연애가 그려지겠어요? 절대 아니죠. 그러다 보니 늘 수순처럼 밟고 지나가는 빤한 상황들이 말도 안 되는 구성으로 담겨지게 된 거죠. 읽다 보면 웃겨요. 정말 유치하고 빤해서."

정후는 말없이 설아를 바라봤다. 장난스러운 설아 특유의 분위기가 전혀 느껴지지 않는 진솔한 모습에 정후의 마음이 크게 요동쳤다.

"난 글 쓰는 게 좋아요. 근데 타고난 끼가 없어요. 아무리 많은 책을 섭렵하고 상상해도 좋은 그림이 나오질 않아요. 매번, 매해 늘 그 자리죠. 그래서 요즘은 고민해요. 다른 길을 찾아볼까 하고요."

자신 없는 목소리. 조금 서글퍼하는 목소리. 그 모든 게 정후의 가슴으로 와 닿았다. 찌릿했다가 욱씬했다가, 찡 하고 울렸다.

늘 당당하고 씩씩한 설아에게도 말 못할 고민이 있었다는 게 의외였지만 숨기지 않고 편하게 털어놓는 모습에서 두 사람의 관계가 전보다 조금 더 유연해지지 않았나 싶었다.

"포기하지 마십시오. 방법은 있을 겁니다."

"에이, 끼가 없다니까요, 끼가."

"있습니다. 내 눈에는 충분히 보입니다."

"위로하지 마요. 나는 내가 제일 잘 알아요."

설아는 부끄러운 듯 고개를 숙이며 손사래를 쳤다. 하지만 정후의 눈빛은 어느 때보다 진지했다.

"한설아 씨, 충분히 매력 있는 여잡니다. 말 한마디, 행동 하나 예측 가능한 것이 없고 제멋대로 통통 튀어 다니지만 그 모든 게 재밌고 유쾌합니다."

"……."

"그러니까 본인이 주인공이라 상상하고 글을 써보십시오. 부담감을 내려놓고 평소 하던 대로, 평소 한설아 씨 그대로의 모습을 담아본다면 분명 재미있는 글이 될 겁니다."

"……."

"내가 도움이 될 수 있다면 언제든 돕겠습니다. 그리고 믿으십시오. 분명 잘해낼 겁니다. 장담합니다. 그러니 나랑 연애합시다."

두근. 설아는 잠시 잊고 있었던 고백을 떠올리자 얼굴이 빨갛게 달아올랐다,

"으악. 창피해."

설아는 두 손을 들어 얼굴을 가렸다. 쥐구멍이라도 있으면 숨고 싶다. 얼굴로 오르는 열을 가라앉히려 손 부채질을 해봤지만 소용없었다. 쿵쾅거리는 심장과 바짝 마르는 입술. 순식간에 자극으로 다가온 그의 눈빛까지. 설아는 온몸에서 요동치는 시끄러운 감각에 정신을 차릴 수가 없었다.

"한설아 씨."

그 순간, 정후가 그녀의 손목을 잡아당겼다.

"에에?"

"키스, 해도 됩니까?"

에에에에에에에에?

설아가 놀란 듯 입을 떡 벌렸다. 온몸이 굳고 당황해 당장에라도 뛰쳐나가고 싶은 심정이었다. 그런 그녀를 알아차린 정후는 설아의 어깨를 잡아 자신의 쪽으로 당겼다. 그리고 한 손으로 벌어진 입을 다물게 하더니 살포시 웃었다.

"키스, 합니다."

어? 뭐? 뭐라고?

어어어어어어어어어억.

망설임 없는 정후의 입술이 설아의 입술 위로 내려앉았다.

오, 마이, 갓!

설아는 최대한 이 상황에 집중하려 애를 썼다.

자신의 입술 위에 내려앉은 정후의 입술은 별다른 움직임을 보이지 않은 채 시간만 흐르고 있었다.

어떻게 해야 될지 모르는 당혹스러움에 돌이 되어버린 설아는 정신이 없는 와중에도 '키스' 해도 되냐면서 '뽀뽀'만 하고 있네. 라는 생각을 했다. 그렇게 짧았던 입맞춤은 금세 끝이 났다. 정후의 입술이 멀어지는 걸 느낀 설아는 눈을 번쩍 떴다.

으아아아아아아, 창피해!

맞은편에 앉아 이글이글 타오르는 눈동자로 자신을 바라보고 있는 정후의 시선을 피하기 위해 평소에는 관심도 주지 않았던 차 내부를 훑었다.

"하하, 차가 참 깨끗하네요."

시선은 제멋대로 굴러다녔고, 상황에 맞지 않는 대화는 허공을 둥둥 떠다녔다.

"아, 날씨가 참. 크하하하하."

정후는 뽀뽀 한 번에도 어색해서 어쩔 줄 몰라 하는 설아를, 얼굴이 붉어진 채로 눈도 못 마주치는 설아를 흥미롭게 바라보았다.

"다했습니까?"

"뭐, 뭘요?"

"크하하하, 호호호, 낄낄낄낄. 그거 말입니다."

"네?"

"엄청 어색합니다. 게다가 평소 웃음소리랑 전혀 다릅니다."

누가 봐도 어색하고, 누가 봐도 당황스러운 웃음소리였다. 하지만 정후는 그 모습마저도 예뻐 보였다. 알고 보면 순수하고 맑은 여자. 딱 설아를 위한 표현 같았다.

"어, 어색하긴 누가요!"

"정말 괜찮습니까?"

"당연하죠. 겨우 뽀뽀 한 번에 무슨."

"아하, 겨우?"

정후는 또 한 번 여유롭게 웃었다. '겨우'라고 표현하기에 그대 얼굴이 불타는 고구마 같소. 라는 의미를 담은 웃음이었다. 그러면서도 사랑스러워 죽겠다는 듯, 눈을 떼지 않았다.

"그럼요, 제 나이가 몇 인데. 이 정도의 뽀뽀는 뭐, 노 프라블럼!"

아하. 노 프라블럼? 정후는 고개를 끄덕였다.

그날도 그랬었지. 노 프라블럼이라고.

'어차피 세 번 하실 거라면 바닥도 상관은 없지만 이왕이면 욕실, 소파, 바닥순이 좋겠네요. 전 역동적이고 스펙터클한 걸 좋아하거든요.'

'난 괜찮은데? 노 프라블럼!'

그렇게 당당하게 외치던 설아의 모습은 온데간데없었다.

"괜찮으면 한 번 더 합시다."

"네. 네? 뭐, 뭘요?"

"합니다."

이번에도 합니다. 란다. 으악, 이러지 마. 안 돼! 안 된다고!

……안 돼, 돼, 된다고, 된다고!

또 한 번 다가오는 남자의 입술에 놀라 큰 눈을 동그랗게 뜨면서도, 두 팔을 가슴 앞에 교차시키며 방어 태세를 갖추면서도 눈은 자연스럽게 감겼다. 설아는 자신의 감출 수 없는 욕망을 꾸짖으면서도 어느새 입술까지 내미는 과감함을 보였다.

거, 촉촉하던데 한번 맛봅시다 같은 심정이랄까.

어느새 자신의 뇌도 통제 범위를 넘어선 후였다.

"한설아 씨."

그 순간, 오라는 입술은 안 오고 부드러운 목소리만 들려온다.

으억. 뻘쭘. 젠장, 한설아, 이 꼴통아. 제발 나대지 말고 가만히 좀 있어! 주뎅이, 주뎅이 당장 넣어!

조심스레 눈을 뜬 설아는 자신을 바라보고 있는 정후와 눈이 마주쳤다.

왜, 뭐? 무, 무슨 말을 하려고 그렇게 뜸을 들여? 무서워 죽겠네.

설아는 침이 꼴깍 넘어갔다.

"왜요, 뭐요!"

결국 참지 못하고 성질을 냈다. 창피함을 가장한 화(火)였다.

"왜 이렇게 귀엽습니까?"

뜨.억. 귀, 귀엽? 네? 저요? 저 말입니까?

리얼리? 트루? 혼또니? 설아는 주변을 살폈다.

"예쁩니다."

사랑스럽고요.

악, 설아는 뜨겁게 타오르는 양쪽 귀를 문질렀다.

귀야, 너 잘 붙어 있니? 너무 놀라 떨어지면 안 된다.

요란스러운 가슴 한쪽도 문질렀다.

심장아, 너 잘 뛰고 있니? 너무 놀라 떨어지면 안 된다.

쿵쾅, 쿵쾅. 쿵콰르르르르 쾅!

나 죽는 거 아냐? 심장에서 자꾸 시끄러운 소리가 나. 이런 잡음, 처음이야.

"이번엔 진짜 합니다."

으악, 미쳐어버리겠네! 설아는 두 주먹을 불끈 쥐었다.

그 순간 말캉말캉하고 촉촉한 입술이 쪽 하고 소리를 냈다. 이번에도 끝났구나, 하려는 순간 그의 크고 단단한 손이 그녀의 목덜미를 낚아챘고 잠시 멀어진 입술은 맹렬하게 다가와 부딪쳤다.

"읍."

아, 정말 이 소리가 나는구나. 책 속에서, 눈으로만 읽었던 키스신에서 늘 나오던 이 소리. 설아는 새로운 세계를 경험하고 있었다.

그사이 정후는 톡톡, 문을 두드려도 반응이 없는 설아 때문에 애가 탔다. 입술을 열어달라 아무리 구애를 해봐도 요지부동이었다.

자신만만해하던 말과는 달리 설아의 몸은 딱딱하게 굳어 있었다. 정후는 천천히 설아의 등을 쓰다듬었다. 그러자 부끄러운 듯, 간지러운 듯 몸을 요리조리 비틀던 설아가 정후의 손길에 천천히 긴장을 풀었다.

정후는 설아의 두 팔을 잡아당겨 그의 목을 감싸게 했다. 조금 더 편안하고, 조금 더 가까워진 자세에 설아는 당황한 듯 입을 벌렸다. 그 순간을 놓치지 않은 정후는 그녀의 입 안으로 불쑥, 들어갔다. 그때부터였다. 두 사람의 속도가 빨라진 것은.

그녀의 입 안으로 들어간 정후의 혀는 쉴 새 없이 그녀의 말캉한 혀를 괴롭혔다. 부드럽게 감싸 안으며, 때론 거칠게 몰아붙이며 그녀의 혼을 빼놓았다. 입 안 구석구석을 살피기도 하고, 치열을 훑자 설아는 몸을 부르르 떨었다. 생경한 감각에 어찌할 바를 모르고 있는 것이다.

정후는 설아를 가까이 당겨 얼굴을 감쌌다. 그러자 조금 더 깊이, 조금 더 가까워졌다. 그들 사이에 틈은 거의 없을 정도로 가슴과 가슴이 부딪쳤다.

"아아……."

설아는 자신도 모르게 신음을 내뱉었다.

정후의 혀는 지독히도 자극적이었고, 지극히도 야릇했다. 이게 정말 입 안에 있는 게 맞는 걸까. 모든 것을 다 앗아갈 듯 맹렬하게 움직이고 있었다. 고개가 이리저리 꺾이고, 그때마다 열에 들뜬 신음이 흘러나왔다. 게다가 쉴 새 없이 자신을 쓰다듬는 그 손은 어떤가. 어딘가를 쿡 찌르기도 하고, 어딘가를 간질이기도 했다.

자꾸만 부딪치는 서로의 몸과 끓어오르는 체온에 설아는 이것이 정녕 그 어떤 행위보다 더 짜릿할 수 있다는 것을 느꼈다. 그 안엔 뭐가 있을까, 이보다 더 진한 걸 나누면 어떤 느낌일까. 자꾸만 궁금증을 불러일으키게 만드는, 애간장이 다 녹아내리는 키스였다. 설아는 필사적으로 그의 목에 매달렸다.

설아만큼이나 흥분한 정후의 신음 소리도 간혹 들려왔다.

무뚝뚝한 남자도 열에 들뜨니 매혹적인 소리를 내뱉었다. 그 소리를 들을 때마다 설아는 온몸이 타들어가는 것만 같았다.

키스는 한참이나 계속됐고, 떨어지는 순간에도 아쉬워 어쩔 줄을 몰라 했다.

"괜찮습니까?"

평소보다 조금 더 낮은, 흥분에 가라앉은 목소리가 설아의 귀에 들리자 그녀의 온몸이 시뻘게졌다.

너무나도 섹시하고, 너무나도 자극적인 목소리. 마치 유혹하는 것처럼 들려 몸 둘 바를 몰랐다. 설아는 손을 들어 얼굴을 가렸다.

악, 부끄러워 미칠 것 같아.

그런 설아의 머리 위로 그의 손이 다가왔고, 몇 번 쓰다듬더니 결국 그는 그녀를 그의 품 안으로 파묻었다.

"한설아 씨."

"……."

"설아야, 라고 불러도 됩니까?"

흡. 설아야, 라니. 엄마, 내 귀가 미쳤나 봐. 닭살스럽고 민망할 줄 알았는데, 저 소리가 너무 달달하고 싱그러워. 게다가 섹시하기까지. 악, 미쳤나 봐!

"설아야."

으아아아아악.

"우리, 연애해봅시다."

으아아아아아아아아아아악.

"부족하지만 내가 노력하겠습니다."

정후는 진지했다. 태어난 지 서른두 해 만에 처음으로 온 마음을 다해 하는 고백이었다. 조급해하며 그녀의 대답을 기다렸다. 제발, 거절이 아니기를. 거절한다고 해도 포기할 마음은 없었지만, 그래도 거절은 아니기를. 조바심이 나는 마음을 겨우 달래며 기다리자 설아가 고개를 짧게 끄덕였다.

그리고 잠시 후. 탁, 벌컥. 우다다다다. 소리가 순서대로 들려왔다. 뭐, 뭐야? 당황한 정후가 시선을 돌리자 이미 차 밖으로 뛰쳐나가버린 설아의 뒷모습이 보였다.

"으아아아아아악."

그 시각 설아는 공원을 뛰듯이 걷고 있었다. 뒤에서 누가 쫓아오기라도 하는 사람처럼 빠르게 걷고 또 걸었다.

"미쳐, 미쳤나 봐. 으악, 이건 말도 안 돼."

설아는 악 소리를 지르면서도 동네 주민의 면모를 잃지 않으려 손바닥을 서로 부딪치고 허리를 비틀고 있었다. 가끔은 제자리에서 허리 돌리기를 하고, 양팔을 위로 뻗어 스트레칭도 했다. 그 누가 봐도 운동하러 나온 여자처럼 보이기를 간절히 바랐다.

"흐미, 미추어버리것네."

이건 뭐 고민이 1퍼센트도 들어가지 않은 반사적인 행동이었다. 차 안에 멍하니 남겨져 있을 정후의 모습이 떠오르자 미안한 마음이 들었지만 그녀 역시 정신을 차리는 게 쉬운 일은 아니었다. 키스만으로도 온몸이 통통 부은 것처럼 아파오는데, 고백이라니. 설아는 얼굴이 붉어졌다.

"짐승! 짐승, 한설아!"

연애라니. 연애라니! 으아아악. 생각만 해도 온몸이 부들부들 떨리고, 말캉말캉한 무언가가 가슴속에서 피어오른다. 내 몸이 내 몸이 아닌 것처럼 통제가 되지 않는다.

달려드는 그의 입술을 보며 침을 흘리던, 쓰다듬는 그의 손길에 넋을 놓아버리던 그 순간, 설아는 짐승처럼 그를 원했다.

'조금만 더, 조금만 더. 흐미.' 소리가 절로 나올 정도였다.

"……그 남자, 목욕탕 같은 매력이 있어."

아줌마들이 목욕탕에서 몸을 지질 때 '흐미, 좋은 것. 오메'라고 소리를 내지르지 않는가. 딱 그 느낌이었다. 온몸이 나른해지면서 따뜻하고, 녹아내릴 듯 편안해지는 느낌! 애가 타는 키스와 다정한 손길. 열에 들뜬 고백과 타오르는 눈동자. 그 모든 것이 '흐미, 좋은 것, 오메'를 가능하게 했다.

"으억. 이 돌대가리."

그래놓고, 좋아 죽겠으면서 뛰쳐나올 건 또 뭐냐고?

연애하자는 말에 '좋아요, 호호호' 하면서 앙승맞게 대답을 했어야지! 아니면 뭐, '생각해볼게요. 꺄르륵.' 하면서 튕기든가!

"문을 박차고 나오다니."

이 한심한 것아. 그러니 네가 연애를 못하지. 그 무거운 책을 들고 다니는 이유가 뭐냐, 이 돌탱아.

걷다 지친 설아가 눈에 보이는 벤치에 몸을 실었다. 그러자 마치 준비라도 한 것처럼 공원 내에 노래가 울려 퍼지기 시작했다.

-루~ 저, 외톨이, 센 척하는 겁쟁이~

나를 위한 선곡인가요. 이 시간에, 이 어둠 속에서?

"마음껏, 마음껏 비웃어라, 세상아. 캬캬캬캬캬."

이젠 나도 모르겠다. 설아는 벤치에 기대며 눈을 감았다.

하지만 평화는 오래 가지 않았다.

"한설아!"

번쩍. 감고 있던 눈을 뜬 설아가 자신을 부르는 소리를 찾아 시선을 돌렸다. 자신과 조금 거리가 떨어진 곳에서 거친 숨을 내쉬는 정후가 보였다.

"거기 가만히 있으십시오. 도망가면 안 참습니다."

"아, 안 참으면 어쩔 건데요?"

호기롭게 대답은 했지만 다가오는 정후의 모습에 입이 바짝 말랐다. 설아는 주변으로 시선을 돌린 후 벌떡 일어나 뛰기 시작했다.

"거기 서십시오!"

"오지 마요, 오지 마!"

이게 웬 달밤에 체조냐고요. 늦은 시간이라 사람들이 없어 다행이지, 있었더라면 분명 미친 커플이라 욕했을지 모른다. 설아는 필사적으로 뛰었다. 정후의 얼굴을 볼 자신이 없었다.

"안 놓칠 겁니다. 그러니까 포기하십시오."

"안 포기할 겁니다. 그러니까 오지 마십시오!"

정후는 달리면서도 꿋꿋이 대답하는 설아의 모습에 피식 웃음이 나왔다. 열심히 뛰고 있는 그녀의 뒷모습이 너무나도 필사적이어서 더욱 잡고 싶다는 걸 그녀는 모르는 것일까?

"귀여워 죽겠습니다."

정후는 자신도 모르게 내뱉고 있었다. 그녀의 귀엔 닿지 못한 속삭임이었지만.

철컥.

헉헉, 헉헉. 설아는 현관문을 걸어 잠그며 주저앉았다. 결국 뛰고 또 뛰다 보니 집 앞이었다. 따라오는 그의 기색이 사라진 지 오래였지만 설아는 잠시도 쉬지 않았다. 집 안으로 들어오고 나서야 널브러지듯 바닥에 누워버렸다.

거친 숨소리가 좁은 방을 가득 채우고 어느새 이마엔 땀이 송골송골 맺혀 있었다.

"오랜만에 운동했네."

그것도 전력 질주. 설아는 천천히 일어나 냉장고에서 물을 꺼내 마셨다. 그제야 좀 진정이 된 듯했다.

띠링. 그 순간 그녀의 휴대폰이 울렸다.

[잘 들어갔습니까?]

"캑캑."

설아는 사레가 걸린 사람처럼 캑캑거리며 주변을 살폈다.

ㄴㄴ ㅣ ∨ 타노 널나흫은 서아! 어넣게 일아!

띠링.

[오늘은 보내줬지만 내일부터는 절대 도망가게 놔두지 않을 겁니다.]

[푹 주무십시오. 아무 생각 하지 말고. 문단속 잘하고.]

연속으로 이어지는 문자 메시지를 멍하니 바라보았다.

[아, 잊지 마십시오. 우리 오늘부터 연애하기로 한 겁니다.]

[내 꿈 꾸십시오. 갑니다.]

마지막 문자로 추정되는 그 메시지를 본 설아는 휴대폰을 품에 안고 데굴데굴 굴렀다.

"으아아악."

또다, 또! 얼굴이 붉어지고 심장이 바운스, 바운스 널을 뛰는 것이.

"가만히 좀 있어."

쿵쾅, 쿵쾅. 쿠르르르르, 쾅쾅!

천둥 번개를 동반한 설렘과 두근거림이 있을 예정이오니 주인님은 각별히 신경 쓰십시오. 라는 경고를 날리는 것 같았다.

"크크크크."

연애다, 연애. 그것도 저렇게 잘난 남자와의 연애.

소설 속에서나 주구장창 읽었던, 주구장창 상상만 했던 그 남자 주인공이 진짜 내 남자 친구가 되었단다. 가능한가? 전생에 나라를 구한 게 틀림없다. 설아는 콧노래가 저절로 나왔다.

룰루랄라, 랄라리 랄라. 엉덩이를 흔들며 덩실덩실 춤도 추었다. 그러다 거울 앞에 비춰진 자신의 모습을 본 설아는 배꼽을 잡았다.

"캬캬캬캬캬, 캬캬캬캬캬."

머리부터 발끝까지 멋들어진 국보급 자태에다가 훤칠한 키는 물론 잘생긴 페이스까지. 그뿐이겠는가, 점잖고 예의 바르고 개념까지 꽉 차 있다! 게다가 그 남자는 섹시합니다! 키스도, 추릅, 잘합니다! 게다가 한 시간에 세 번⋯⋯.

"캬캬캬캬캬."

언젠가는 우리 다시 만나리~♬

아잉. 몰라, 몰라.

설아는 살짝 맛이 간 상태로 뒹굴거렸다.

오늘 밤, 잠이 올 것 같지 않았다.

그 시각, 잠을 이루지 못하는 사람이 한 명 더 있었다.

새벽 1시가 훌쩍 지난 시간임에도 불구하고 그는 침대에 누워 휴대폰만 들여다보고 있었다.

이미 헤어진 지 몇 시간이 흐른 후였고, 마지막으로 메시지를 보낸 것 역시 한참 전이었다. 그런데도 그는 답장을 기다리는 중이었다.

"⋯⋯문자 하나 정도는 보내줘도 되지 않습니까?"

두 사람 사이에 허튼 감정이 생기면 안 된다고 다그쳤을 때만 해도 참을 만했는데, 막상 마음을 인정하고 나니 감정들이 물밀듯이 밀려와 정후를 잠식시켰다.

문자 하나에도 애가 타고 또 애가 탔다.

정후는 몇 번이고 메세지함을 들어갔다 나왔다 반복했다.

분명 읽었을 텐데, 왜 답이 없지.

애꿎은 액정만 두드렸다. 아무래도 오늘은 답이 오지 않을 것 같다.

"음……."

포기하자. 해놓고 휴대폰을 내려놓은 지 얼마 되지 않아 다시 손에 쥐었다.

[잡니……]

쓱쓱.

[좋은 꿈꾸고 있……]

쓱쓱.

[보고 싶……]

에라잇. 정후는 몇 번이고 쓰고 지우던 휴대폰을 침대맡으로 던져버렸다.

"원래 이런 겁니까?"

헤어진 지 얼마 되지도 않았는데 보고 싶고, 연락 한 통 없을 뿐인데 은근히 섭섭하고, 뭐 하고 있는지 궁금하고, 자꾸만 연락하고 싶은 게 연애고 사랑입니까?

사람 마음이라는 게 참 이상하다. 절대로 빠지지 않을 거라고 장담했던 게 언제였는지 기억도 나지 않는다. 정말 인생이라는 게, 연애라는 게 책에 나온 그 내용처럼 흘러갈 수밖에 없나? 라는 의문이 들 정도였다. 하지만 어쩌겠는가, 이미 알아차려버린 감정인 것을.

"예쁩니다."

어느새 던져놓은 휴대폰을 손에 든 정후가 설아의 사진을 띄워둔 채 히죽거렸다.

예쁘다, 한설아. 밝게 웃는 얼굴도, 늘 씩씩한 모습도, 조잘조잘 떠들어대는 모습도. 처음에는 마냥 시끄럽고 요란스러운 줄 알았는데, 들으면 들을수록 중독성 있는 표정과 말투, 웃음소리는 한시도 그의 곁을 떠나지 않았다.

피식, 피식. 자꾸만 웃음이 터져 나왔다. 결국 정후는 참지 못하고 몸을 일으켜 액정을 두드리는 손가락에 속도를 높였다.

[도대체 나한테 무슨 짓을 한 겁니까?]

잠도 못 자고 자꾸 한설아 씨만 떠오릅니다. 어떻게 해야 됩니까? 덧붙이고 싶었지만 꾹 참으며 전송 버튼을 눌렀다. 그러고는 벌러덩 누워버렸다. 답장이 올 리 없다는 걸 알면서도 기대되고, 기다려졌다.

잠들어 있다면 아마 아침에나 확인하겠지. 일어나서 보고 웃어주면 좋으련만. 그런데 그 순간, 위잉 하고 휴대폰이 울렸다. 정후는 벌떡 일어났다.

[잠 안 와요? 숙면엔 꼴라가 최고예요.]

설아였다. 안 자고 있었나? 시계로 시선을 옮기자 어느새 2시가 넘어가고 있었다.

[안 잡니까?]

빠르게 손을 움직였다. 타자 치는 일에 소질이 있는 줄은 처음 알았다. 전송 버튼을 누른 지 얼마 되지 않아 또 한 번 진동이 느껴졌다.

[자고 있어요. 쿨쿨.]

정후는 소리 내 웃었다. 안 자고 있으면서 눈을 감고 자는 척하고 있을 설아가 떠올랐다. 길 가다가도 자는 척하는 여자이니 이 뻔뻔스러운 답장이 어색할 리 없었다.

[안 자면 안 됩니까?]

아차. 전송 버튼을 눌러놓고 후회했다.

여섯 살이나 어린 연인에게 잠들지 말고 나랑 놀아달라 떼쓰는 것 같아 얼굴이 붉어졌다. 하지만 창피함은 잠시 답장이 오지 않을 것 같은 불안한 예감에 조바심이 났다.

[농담입……]

후다닥 정신을 차리고 답장을 보내려는데 윙, 하는 소리와 함께 그녀의 답장이 도착했다. 그는 안도의 한숨을 내쉬었다.

[안 재우고 뭐 하려고요? 응큼해.]

음? 응큼, 내가 생각하는 응큼 맞습니까?

키스 한 번에 부끄러워하며 도망가는 사람이 응큼이라니. 막상 앞에 있으면 얼굴도 못 들면서 문자, 말로는 연애 고수처럼 구는 모습이 떠올라 자꾸만 웃음이 터졌다.

[응큼한 거 좋아하나 봅니다?]

정후는 훅 치고 들어갔다. 잠시 후 휴대폰이 울렸다.

[캬캬캬캬캬.]

이젠 하다 하다 문자로도 캬캬캬캬캬 하고 웃는다. 돌겠다.

정후는 기가 막혀 손바닥으로 이마를 탁 때렸다.

[응큼 정후 씨. 이상한 생각은 안드로메다로 보내시고 주무세요. 굿나잇, 핵꿀잠 포 유!]

답장을 보내기도 전에 진동이 먼저 울렸다.

이제 그만 보내라는 뜻인가?

정후는 몇 번이고 설아와의 메시지를 눈으로 확인하고 입으로 읽으며 웃었다. 그러고는 침대에 몸을 뉘였다. 문자를 하는 내내 침대 위에 서 있었다는 사실이 황당했지만 큰 문제가 되지 않았다.

휴대폰을 가슴 위에 올려놓고 눈을 감은 그의 입가엔 미소가 떠나질 않았다.

제 5 조

타닥, 타닥. 고요한 서재 안에 키보드 두드리는 소리가 반복적으로 울려 퍼졌다. 이내 커피 한 모금 마시는 소리, 쓰윽쓰윽 펜으로 사인하는 소리 등. 무언가 바쁜 움직임들이 계속되었다. 그러다 결국 탁, 하는 소리와 함께 보고 있던 서류를 내려놓은 정후는 피곤한 눈가를 지그시 눌렀다.

후일 전자의 새로운 사장으로 취임할 날이 얼마 남지 않았다. 그렇기에 미리 업무를 파악하는 손길이 빨라졌다. 시간이 부족할 정도로 바쁜 나날들이었지만 이상하리만큼 집중이 되지 않았다. 자꾸만 떠다니는 누군가의 얼굴 때문에. 정후는 결국 일을 내려놓고 말았다.

설아는 정말 다양한 모습을 가진 여자였다.

가끔은 놀랄 정도로 현명했다.

처음 권 여사를 만나는 자리에서도 예의를 지키며 싹싹한 면모를 보여주었고, 세연을 만나는 자리에서도 선을 넘지 않는 대화를 이끌어가며 센스 있게 상황을 종료시켰다. 그녀는 겉모습뿐만 아니라 보이지 않는 곳까지 올곧다는 것을. 어떠한 것에도 흔들리지 않을 만큼 단단하다는 것을 알아차렸다.

있는 그대로의 자신의 모습을 아낄 줄 알고, 남들에게 피해주지 않되 도를 넘는 자들을 단숨에 제압하는 카리스마를 가진 여자가 바로 한설아였다.

"도망도 잘 가고."

운동 실력도 좋은 것 같았다. 언제나 상황을 요리조리 잘 피해가는 센스마저도 예쁜 여자였다. 아, 일일이 말하기도 힘들다. 좋은 점을 말하라면 밤이라도 새울 수 있을 것 같았다.

천하의 윤정후가 이렇게 팔불출이 될 줄이야.

정후는 며칠 사이에 한설아라는 여자에 빠져버린 자신이 어색하면서도 마냥 좋았다.

"한설아……."

두 사람의 관계가 나란해지면서부터 느낄 수 있는 생소한 감정들은 그를 새로운 사람으로 만들기에 충분했다. 예를 들면 툭 하고 튀어나오는 농담, 생각지도 못했던 솔직한 고백 같은 것들 말이다. 단 한 번도 생각해본 적 없는 간지러운 행동들이었다.

시도 때도 없이 보고 싶고, 예쁘고 귀엽고. 그러면서도 내일이 기대되는 것은 모두 한설아 때문이다.

정후는 휴대폰을 들었다. 어느새 배경화면으로 자리 잡고 있는 설아의 웃는 얼굴. 보고 또 봐도 보고 싶은 그 얼굴을 보며 히죽 웃었다.

"백수가 꼭 나쁜 직업만은 아닌 것 같습니다."

언제부터 집에서 놀고먹는 일이 직업이 되었는지 알 수 없지만 의외의 생각에서 존경심이 일었다. 보고 싶으면 언제든지 달려갈 수 있고, 시간에 구애받지 않고 데이트를 할 수 있는, 자유로운 느낌이 부러웠다.

힐끔. 정후는 컴퓨터 책상에 늘어놓은 서류들로 시선을 돌렸다.

일을 하긴 해야겠는데 자꾸 얼굴이 아른거려 집중은 안 되고. 이걸 어떻게 할지 고민하다가 결국 자리에서 벌떡 일어섰다.

"그래, 곧 바빠질 테니."

조금이라도 한가할 때 많이 봐두자 싶었다.

정후는 일말의 망설임도 없이 서재를 박차고 나갔다.

설아는 반복적으로 울리는 진동 소리에 눈을 떴다.

지난밤, 재미없고 지루하다는 평이 난무했던 글을 과감하게 삭제하고 새로운 소재로 글을 쓰기 시작했다. 연애를 시작해서인지 몰라도 좋은 기운이 가득 담긴 글을 쓰게 되어 기분이 좋았던 새벽녘이었다. 그 기세를 몰다 보니 결국 날을 새우고 말았다. 피곤함에 겨우 떠진 눈도 다시 감기려던 찰나, 진동 소리는 지독하게 설아를 괴롭혔다.

"……여보세요."

보이스피싱이면 죽인다. 이글이글 타오르는 목소리로 전화를 받았다.

-너무 일찍 전화했습니까?

생각지도 못한 목소리에 설아는 침대에 파묻고 있던 얼굴을 번쩍 들었다. 그러고는 발신자를 확인했다. 보고 또 봐도 분명 정후다, 윤정후! 설아는 슬쩍 액정 윗부분의 시계를 확인했다. 보고 또 봐도 분명 8시다. 밤도 아닌 아침! 잠든 지 겨우 한 시간이 지난 시간. 끙, 하고 앓는 소리가 절로 나왔다.

-어디 안 좋습니까?

네. 아니요. 뭐라고 대답해야 된다니. 설아는 헝클어진 머리를 쓸어 올리며 목소리를 가다듬었다.

"아니에요. 이제 막 잠에서 깨서 그래요."

잠든 지 얼마 안 됐다고 하면 전화를 끊을 것 같아 설아는 후다닥 대답했다.

-좋은 꿈 꿨습니까?

설아의 심정을 알 리 없는 정후는 기대감에 찬 목소리로 물었다. 그나저나 이 남자, 원래부터 이렇게 목소리가 나긋나긋하고 자상했나? 들으며 들을수록 빠져드는 그의 목소리는 묘하게 섹시했다. 피곤하고 짜증 났던 기분은 어느새 사라지고 난 후였다.

"네. 정후 씨는요?"

-저도 그렇습니다. 아침에 설아 씨 목소리 듣는 거 꽤 기분 좋은 일이군요.

피식, 설아는 웃고 말았다. 살살 녹아내리는 것처럼 설아의 귀로 스며드는 정후의 말 한마디에 설아는 온몸이 간질거렸다.

"못살아, 정말. 그나저나 아침부터 무슨 일이에요?"

-식사는 했습니까?

"아직요."

-음, 별일 없으면 아침 먹으러 갑시다.

가, 갑자기 무슨 아침을?

-별일 없으면 점심도 먹고, 저녁도 먹으러 갑시다.

에? 당황한 설아는 그의 빠른 말에 대답할 타이밍을 놓치고 있었다. 이 남자, 이렇게 신속 정확한 남자였나?

-바쁘지 않으면 잠깐 나오겠습니까?

"어딜요?"

-음. 거의 다 와갑니다.

거의 다 와간다는 게 어디 만큼인지 모르겠지만 설아는 무의식적으로 창문으로 달려가 커튼을 살짝 젖혔다. 빼꼼 눈만 내민 채 주위를 둘러보니 그의 차로 추정되는 외제차가 떡하니 골목에 서 있었다. 저번에 탔던 차와는 다른 차라 그의 것이 맞나 잠시 고민했지만 1년 6개월을 살면서 이 동네에 고급 차가 들어오는 것을 본 적이 없다. 그렇기에 설아는 그 차 안에 정후가 있을 거라 확신하고서는 커튼을 닫았다.

언제부터 와 있었을까? 그래놓고 거의 다 와간다는 건 또 뭐야? 혹시 무작정 찾아와 내가 당황할까 봐 배려해준 것인가?

두근두근, 설아의 심장이 격하게 뛰었다.

-도착해서 연락할 테니 미리 나오지 마십시오. 아침 공기가 찹니다.

오메, 자상한 것. 설아는 온몸이 베베 꼬였다.

진작부터 와 있었으면서 이러기 있어요?

"알았어요. 금방 준비할게요."

-천천히 해도 괜찮으니 서두르다 다치지 마십시오.

"치. 내가 무슨 칠칠이 줄 알아요? 외출 준비하다가 다치게?"

피식, 하는 소리가 들려왔다. 기분 좋은 웃음은 전염되는지 설아의 얼굴에도 미소가 떠돌았다.

"아무튼, 조심해서 와요."

-알겠습니다. 곧, 봅시다.

잠시 후 전화를 끊은 설아는 침대에 누워 데굴데굴 굴렀다. 쑥스러운 감정과 좋아 죽을 것 같은 감정이 뒤섞여 온몸을 전율하게 만들었기 때문이다.

"여우 같은 것."

연애를 하면 여자는 여우가 되는 모양이다. 생전 들어본 적 없는 자신 안의 여자 목소리에 설아는 스스로도 어이가 없었다.

'조심해서 와요'라니. 곰인 줄 알았는데 알고 보니 여우과였던 한설아는 꼬리를 살랑살랑 흔들고 있었다.

"오래 기다렸어요?"

이미 도착해 있던 차에 올라탄 설아는 따뜻한 실내 온도를 느끼며 운전석에 앉아 있는 그를 바라봤다. 정후는 설아가 차에 올라타기도 전에 반쯤 몸이 그녀에게로 넘어가 있었고, 눈이 마주치자마자 히죽거렸다.

"이리 와보십시오."

그럼에도 불구하고 두 사람의 거리가 마음에 들지 않는 듯 손을 뻗어 설아를 품에 안았다. 토닥토닥, 잘 잤습니까? 보고 싶어 죽을 뻔했습니다. 라는 속삭임이 들리는 것 같아 설아의 심상이 누근서렸다. 그 순간, 그녀를 품에서 빼낸 정후가 재빠르게 설아의 입술 위로 날아들었다.

쪽, 그리고 쪽쪽. 정후는 방싯 웃었다.

"아침 뽀뽀가 건강에 좋답니다."

음? 그런 얘기 처음 들어보는데? 의심스러운 얼굴로 노려보자 그는 호탕하게 웃으며 그녀의 머리를 쓰다듬었다.

"정신 건강에 말입니다. 그러니 자주자주 합시다."

"흥, 이상하게 선수 스멜이 난단 말이지."

"그렇게 평가해준다니 기쁩니다. 나 잘하고 있는 거 맞습니까?"

"칭찬 아니거든요!"

"아니라고 하기엔 목소리가 너무 달달했습니다. 그러니 난 칭찬 으로 들을 겁니다."

방싯. 이 남자, 왜 이렇게 잘 웃어? 아주 그냥 눈이 닳아 없어지 겠네. 하면서도 설아 역시 배시시 웃고 있었다.

"근데 잠을 잘 못 잤습니까? 피곤해 보입니다."

정후의 손이 설아의 눈가에 닿았다.

겨우 하루 날을 새운 것뿐이고, 사실 티가 나지 않을 정도로 화장도 했다. 그런데도 정후는 그녀의 피곤함을 단번에 알아차 렸다.

"새로운 글을 쓰기 시작했어요. 오랜만에 글 쓰는 재미에 푹 빠 져 늦게 잠들었더니 조금 피곤해요."

"잘했습니다. 그렇게 조금씩 해나가면 됩니다. 내가 옆에서 언 제든 도울 테니 설아 씨는 열심히 글을 쓰십시오. 대신, 잠은 자는 걸로. 피곤해하는 모습은 마음이 쓰입니다."

아아, 정말 왜 이러는 겁니까요. 설아의 마음이 흐물거렸다. 정신이 나가버릴 것처럼 달콤한 이곳은 천국인가요.

"열심히 한 설아 씨를 위해 맛있는 걸 사주고 싶습니다. 먹고 싶은 거 뭐든 말해보십시오."

윤정후, 너님을 삼켜버리고 싶으십니다요. 아, 정말 미칠 것 같아. 이 남자 앞에만 서면 내 귀는 내 귀가 아닌 것 같고, 내 심장은 내 것이 아닌 것 같아. 쿵쾅거리는 단계를 넘어서서 이건 뭐, 지진이고 테러야!

심지어 저 말투, 저 손길, 저 눈빛! 왜 느끼하지가 않냐고! 왜 오글거리지가 않냐고! 정말이지, 난 콩깍지가 씌었나 봐. 너무 좋아. 흐엉, 좋아 미칠 것 같아.

철컥. 그때 차 문이 닫히는 소리가 들렸다.

"왜 문을 잠가요?"

"왠지 방금 설아 씨 표정이, 문을 박차고 나갈 것만 같았습니다. 도망가는 건 한 번이면 충분합니다."

그러고는 가슴을 쓸어내린다. 그의 고백을 받고서 뛰쳐나간 설아의 모습이 그에게는 나름 충격이었나 보다.

"이제 밥 먹으러 갑시다."

설아의 머리를 쓰다듬던 정후가 아쉬운 듯 손을 떼며 시동을 걸었다. 차는 유연하게 좁아터진 골목길을 빠져나갔다.

정후는 설아가 생각했던 것보다 훨씬 더 다정하고 정이 많은 남자였다. 무뚝뚝하고 재미없을 거라 단정 지었던 이 남자는, 운전을 하는 내내 설아의 손을 놓지 않았고 설아가 추울까 실내 온도를 몇 번이고 체크했다. 또 심심하지 않게 말을 걸어주었고, 차가 범

출 때마다 그녀를 바라보며 웃었다.

설아는 그런 정후의 모습을 놓치지 않으려 애썼다. 눈에도 담고, 가슴에도 담으며 두근거리는 지금의 설렘을 만끽했다.

좋았다. 이른 아침임에도 불구하고 흐트러짐 하나 없이 멋진 남자가 자신만을 바라보고 있는 이 느낌. 담아두었던 마음을 아낌없이 쏟아부어주는 이 느낌. 사랑받고 있다는 것, 사랑하고 있다는 것. 그 모든 것이 어제와는 다른 세상에 살고 있는 것 같았다.

"자, 갑시다."

어느새 식당에 도착했는지 차를 주차장에 주차한 정후가 조수석의 문을 열어주었다. 피식 웃으며 그의 호의를 받아들인 설아는 내리자마자 뻗어오는 정후의 손을 바라봤다.

"잡으십시오. 이젠 안 놓칠 거라 하지 않았습니까?"

혹여나 도망갈까, 단단히 겁이 나셨군. 설아는 그의 손을 잡았다. 크고 단단한데 따뜻하고 사랑이 넘치는 그 손의 무게와 온도가 설아의 기분을 들뜨게 만들었다.

미리 준비되어 있는 룸으로 들어온 두 사람은 조용한 분위기에서 대화를 나누며 식사를 끝냈다. 후식으로 커피가 두 사람 앞에 놓여지고, 설아는 무언가가 생각났는지 그를 올려다보았다.

"아 참, 문세연 씨는 어떻게 됐어요? 정리 잘 된 거예요?"

"음. 그러고 보니 아직 통화도 못 해봤습니다. 어제 저도 제정신이 아니었던 터라."

그의 신경은 온통 설아에게만 꽂혀 있었다. 당장에라도 연애를 시작하지 않으면 안 될 사람처럼 설아에게 집중했다.

"모쪼록 정리 잘하시길 바랄게요. 이왕 연애하기로 한 거, 앞으로는 불미스러운 일이 없었으면 좋겠어요."

"압니다. 설아 씨 걱정 안 하도록 신경 쓰겠습니다."

설아의 눈이 활처럼 휘었다. 의외로 순종적인 면도 있네. 설아는 손을 뻗어 어젯밤 정후가 했던 것처럼 그의 머리를 쓰다듬어주었다.

"윤정후 씨."

"말씀하십시오."

"왜 이렇게 귀엽습니까?"

설아는 어디선가 들었던 달콤한 말이라는 생각을 했다. 그 이야기를 들은 정후의 반응 역시 설아와 별반 다르지 않았다는 걸 깨닫자 더욱 환한 웃음이 흘러나왔다.

"나 말입니까?"

"여기 윤정후 씨 말고 누구 또 있어요?"

"아이 참, 부끄럽습니다."

어머머머머.

정후는 두 손을 들어 얼굴을 감쌌다. 붉어지는 얼굴을 감추려는 듯 보였지만 이건 분명 의도된 행동이다! 설아는 기가 찼다.

"예쁘기도 합니까?"

덧붙이기까지. 악, 이 남자. 정말!

"안 예뻐! 윽, 징그러!"

"징그럽다니. 말이 너무 심한 거 아닙니까?"

"으아아아아아. 그 불쌍한 표정, 저리 치워요!"

설아는 발악했고, 정후는 재밌는 듯 크게 웃었다.

"역시 귀여운 건 설아 씨에게 더 잘 어울립니다."

"윽. 닭살 좀 봐."

"좋아합니다. 앞으로 더 좋아질 것 같습니다."

그러니 잘 부탁합니다.

정후의 말에 설아의 눈이 커지고 조용했던 심장이 다시 널뛰고 있다는 걸 알아차렸다.

"다 먹었으면 일어납시다."

정후의 얼굴 역시 살짝 붉어졌다면, 그건 기분 탓일까? 설아는 일어서서 재킷을 걸치는 남자를 바라봤다. 몇 초의 시간이 흘렀을까? 설아는 넋이 나간 것처럼 정신을 차리지 못했다.

"설아야."

으악, 낮은 목소리. 그럼에도 불구하고 깊은 울림이 그녀의 귓가를 파고들었다. 번쩍! 정신이 든 설아가 자리에서 일어나 문을 향해 성큼성큼 걸었다.

"같이 가자, 설아야."

으아아아아악.

"설아야. 설아야? 설아야."

오글오글, 육글육글, 칠글칠글이닷!

설아는 신발을 신고 후다다다닥 식당을 빠져나갔다.

정후는 그녀의 뒷모습을 보고 한참을 웃었다.

재미있는 하루였다. 아침부터 만나서 밥도 먹고 영화도 봤다. 배가 고파질 때면 점심을 먹고 간식도 먹고 커피도 마시며 수다를 떨었다. 또 출출해지면 저녁을 먹고 산책도 했다.

이미 밤은 깊어 주위가 어두워졌는데 이 남자, 도무지 집에 갈 생각을 하지 않는다. 아쉽다는 듯 설아의 집 앞에 주차를 해놓고 잡은 그녀의 손을 놓아주지 않는다. 설아 역시 그것이 좋아 마냥 헤어짐을 늦추는 중이었다.

"그나저나 도대체 무슨 생각으로 그런 겁니까?"

"뭐가요?"

"오빵~ 오빵, 정후 오빵. 그 소리 말입니다."

정후는 그날이 떠오르는지 입에 미소를 그득 담으면서도 오소소 솟아오르는 닭살을 쓸어내렸다.

"오빠 소리 안 좋아해요?"

"그건 아닙니다. 설아 씨가 불러주는 오빠만 좋아합……. 쿨럭."

귀여움이 줄줄 흘러내리던 설아의 모습을 떠올리자 정후는 헛기침이 튀어나왔다. 그날을 상상하는 것만으로도 가슴이 벌렁거려 진정이 되질 않는다.

"근데 한 번 더 해줄 순 없습니까?"

"뭘요?"

"정후 오빵~ 그거 말입니다."

"안 해요! 그 낯간지러운 소리를 설마 또 할 거라고 생각한 건 아니죠?"

반짝반짝. 돌아본 정후의 눈빛이 너무 반짝여서 설아는 손을 들어 눈을 가려야만 했다.

아니, 무슨 남자 눈빛이 이렇게 깊고 청초해?

"난 좋았습니다."

"조, 좋았어요?"

"네. 설아 씨 입에서 흘러나오는 그 소리. 의외로 들으면 들을수록 귀에 착 감깁니다. 맛깔스러운 그 말들은 언제 들어도 좋을 것 같습니다."

"다른 여자가 해줘도 좋을 것 같다고 들리는데요?"

무의식적으로 내뱉는 설아의 말에 정후의 입꼬리가 슬쩍 올라갔다 내려왔다. 그러더니 몸을 돌려 그녀를 지그시 바라보았다.

"질투?"

"누가요? 내가요?"

"왜 이렇게 자꾸 예쁜 짓을 하려고 합니까? 안 해도 예쁘다니까. 이제 막 연애 시작했는데 초반부터 너무 당깁니다. 푹 빠져버리게."

"아, 완전 닭살! 원래 이런 캐릭터였어요?"

"나도 처음이라 잘 모르겠습니다."

30년이 넘는 세월을 살아오면서 단 한 번도 감정이 흐트러진 적 없는 그였다. 어떠한 일에도 냉정하게 움직이던 그가 설아의 말 한마디, 행동 하나에 바보처럼 히죽거리게 된다.

"좋아요, 기분이다. 내가 선심 쓸게요."

"선심?"

"오빠."

"……!"

"정후 오빠아."

장난처럼 앞에서 몸을 배배 꼬는 설아의 모습에 정후는 심장이 덜컥, 내려앉는 걸 느껴야만 했다. 제대로 뛰고 있는 게 맞나 싶을 정도로 요란 법석을 떠는 낯선 감각에 숨이 잘 쉬어지지 않았다.

윤정후, 너 진짜 미쳤냐? 오빠 소리 하나에…….

정후는 주먹을 움켜쥐었다. 그녀의 입에서 흘러나오는 그 '오빠'라는 소리는 정말 황홀할 정도로 달콤했다. 꿀을 발라놓았나. 쿡 찍어 먹어보고 싶은 목소리였다.

"우리 키스할래요?"

참고 참았던 이성의 끈이 툭, 끊어졌다. 심장에 이어 정신까지 온전히 빼앗아 가버린 설아의 괘씸함에 정후는 어찌할 바를 몰랐다. 그리고 또 한 사람, 정신이 나가버릴 것 같은 설아는 방금 전 자신이 했던 말을 떠올리며 입술 안쪽을 깨물었다.

굶주렸냐, 굶주렸어? 얼굴만 보면 달려들고 싶어 미치겠어?

26년이라는 세월 동안 단 한 번도 맛보지 못했던 수컷의 모든 것에 애간장이 녹는 모양이다. 필터를 거치지 않고 튀어나온 말에 정후의 표정이 심상치 않다. 설아는 먼 산을 보며 머리를 긁적였다.

이거, 취소해, 말아? 아, 젠장. 모른 척해달라고 할 수도 없고. 여러 고민이 오고 가는 사이 정후가 거칠게 다가와 설아의 입술을 삼켜버렸다.

"읍!"

탁한 신음 소리가 이어졌다. 끊어졌다 싶으면 다시 이어지고, 겨우 숨을 쉬었다 싶으면 다시 호흡이 곤란해졌다. 차 안에서 두 사람은 지독히도 긴 키스를 나눴다. 하지만 정후는 그럴수록 더욱 심한 갈증에 시달렸다. 이럴 수 있는 걸까, 싶을 정도로.

"설아 씨."

그도 사내다. 혈기 왕성한 20대만큼은 아니지만, 분명 불끈불끈 솟아오르는 힘을 주체할 수 없는 남자였다. 미칠 듯 타오르는 이 감정이 설아를 다치게 할까 겁이 나는 남자이기도 했다.

무서웠다. 이렇게 맹렬하게 빠져드는 사랑이 처음이라, 조절이 되지 않는다. 내 마음대로, 내 생각대로 되지 않아 겁이 났다. 그래도 안고 싶다. 눈앞에 있는 이 여자를, 열에 들떠 자신을 바라보며 방싯 웃는 이 사랑스러운 여자를 안고 싶다.

하지만 참아야겠지. 너무 빠르니까, 너무 이르니까. 혹시나 자신의 진심이 왜곡될까 걱정이 되었다.

정후는 사랑스러운 설아를 품에 안으며 마음을 진정시켰다. 어서 이 참기 힘든 고통이 지나가버리기를 간절히 바랐다.

설아는 그의 품 안에서 열에 들뜬 신음을 내쉬었다.

어쩌면 좋지, 어쩌면 좋아. 이 품에 안긴 순간을 놓치고 싶지 않다는 생각이 들었다. 쉬운 여자라 생각하면 어쩌지, 너무나 가벼운 여자라 생각하면 어쩌지 하는 걱정이 들었지만 연애에 속도는 중요치 않다. 마음 가는대로, 흘러가는 대로 용기 낼 수 있는 것이 가장 중요할지 모른다. 적어도 설아는 모든 감정에 솔직하고 싶었다.

"이만 올라가보십시오. 떨어지기는 싫지만 피곤해 보이는 설아 씨 보니까 마음이 쓰입니다."

"……."

"하루 종일 데이트를 핑계로 괴롭힌 사람치고 너무 염치없는 말입니까? 생각해보니 그런 것 같네."

"그런 거 아니에요."

"그럼 다행입니다. 얼른 올라가보십시오."

여전히 아쉬운 듯, 헤어지기 싫은 듯 한참이나 머뭇거리던 그가 설아의 손을 놓아주었다. 설아는 그 모습이 너무나도 고맙고 설레었다.

"정후 씨. 뭐든 처음은 힘든 것 같아요."

"무슨 말입니까?"

"나에겐 이 연애가 처음이라 모든 상황들이 낯설어요. 어떻게 해야 할지, 어떤 게 좋은지 고민의 연속이에요."

"……."

"템포를 어디서 늦춰야 하는지, 아니면 언제 밀고 당겨야 하는지. 그것도 어렵고 복잡하고 그러네요. 그래서인가, 감정 조절이 잘 되지 않아요."

"음. 어떻게 도와주어야 할까?"

정후 역시 처음이기에, 이렇게 혼을 빼놓는 아찔하고 설레는 연애가 처음이기에 두 사람은 속도에 대한 부담을 느끼고 있는지 모른다. 그러니 처음부터 많은 대화를 나누고 또 나눠야 한다는 걸 알고 있다. 그러고 싶었고 그래야만 한다 생각했다.

"정말 도와줄 거예요?"

설아가 물었다. 토끼같이 큰 눈으로.

정후는 그 모습이 귀여워 피식 웃었다.

"우리의 연애니 서로 도와야 하는 건 당연합니다. 그러니 어려운 게 있으면 말해도 됩니다."

"그럼."

그리고 뜸을 들인다. 도대체 뭐기에.

"오늘, 나랑 있을래요?"

생각지도 못한 아찔한 고백에 정후의 표정이 굳어졌다.

그 말을 내뱉은 후에도 설아는 많은 고민을 했다.

연인이라면 언제든지 찾아올 수 있는 순간이고, 그 모든 것은 자연스러운 본능이다. 그럼에도 불구하고 이렇게 고민이 되는 건 아마 본인이 여자라는 불리한 조건에 놓여 있기 때문은 아닐까 생각했다.

계약이라는 명분으로 만난 지는 두 달의 시간이 다 되었다지만 연인이라는 관계가 형성된 건 얼마 되지 않았다. 또한 계약이라는 틀 안에서 갑과 을의 관계였으며 좋아하는 감정을 느끼게 된 것도 최근의 일이었다. 그럼에도 불구하고 빨라도 너무 빠른 두 사람의 관계 변화가 이대로 흘러가도 괜찮은 것인지, 아니면 한 템포 늦춰야 할 필요가 있는 것인지 고민이 되었다.

한편으로는 모든 걸 다 잊은 채 이 남자의 품에 안겨 사르륵, 녹아버리고 싶었다. 그러면서도 이 순간을 후회하는 날이 오면 어쩌지, 라는 마음이 요란하게 충돌하고 있었다.

하지만 확실한 건 정후를 이대로 보내고 싶지 않다는 것이다.

"설아 씨."

정후는 조심스레 설아의 이름을 불렀다. 자신이 이해한 의미가 당신이 말한 의미와 같은 것이냐는 뜻이었다. 그러자 설아는 무언가를 결심한 사람처럼 고개를 끄덕였다.

"진심, 입니까?"

정후의 조심스러운 질문에 설아는 고개를 끄덕였다. 그때까지만 해도 확신이 없던 정후는 참고 참았던 욕망과 기대감으로 온몸에 전율이 일었다. 찌릿찌릿, 온몸을 타고 흐르는 감각에 정신이 아찔했다. 그 순간 설아가 손을 뻗어 그의 목을 감쌌다.

"한 시간에 세 번 가능하다는 말. 믿어도 돼요?"

이 작은 행동 하나에도 정후는 눈앞이 아찔해졌다.

설아는 정후의 표정을 놓치지 않으려 애썼다. 자신만을 담고 있는 저 눈빛. 간절히 원하는 저 눈빛. 이 남자라면 자신을 진심으로 사랑해줄 것임을 믿어 의심치 않았다. 또 어떠랴, 그 후 생각지 못한 결과가 찾아오더라도 이 순간, 그의 품에 안겨 사랑을 나누고 싶었다.

"최선을 다해보겠습니다."

신음을 억누른 남자의 목소리가 설아의 귓가를 때렸다.

잠시 후 긴장감에 숨을 내쉴 때쯤 정후는 차에서 내렸다. 그리고 조수석의 문을 벌컥 열어 설아를 번쩍 안았다. 뛰듯 날아온 203호의 문이 열리고 두 사람은 빨려 들어가듯 자취를 감췄다.

문이 닫히기도 전, 살며시 혹은 조금 거칠게 설아의 입술을 삼켜오는 정후가 느껴지자 소용돌이에 휘말리는 것처럼 온몸이 저릿거렸다. 단순히 키스로 끝나지 않을 것임을 알기에 미리부터 시동을 거는 것일까? 머리부터 발끝까지 열이 피어오르기 시작했다.

정후는 설아의 윗입술과 아랫입술을 혀로 훑고서 잘근잘근 깨물었다. 그러고는 순식간에 그녀의 입 안으로 들어갔다. 늘 조심스럽게 행동하던 그가 조금은 거칠었다. 평소 느끼지 못했던 또 다른 매력에 설아는 묘한 흥분을 느끼고 있었다.

"음……."

정후의 입에서 탁한 신음 소리가 흘러나왔다. 처음과는 다른, 더욱 깊고 야릇한 소리였다. 설아는 깜짝 놀라 눈을 번쩍 떴다. 그 반응을 알아차린 정후가 천천히 입술을 떼며 설아의 눈을 바라봤다.

"무슨, 문제 있습니까?"

천천히 아주 느릿하게 물어오는 그 목소리에 설아는 얼굴이 시뻘게졌다. 열에 들뜬 그의 목소리는 생각했던 것보다 훨씬 더 섹시하고 훨씬 더 야했다.

"절대! 노 프라블럼!"

"계속, 해도 됩니까?"

으아아아악. 설아는 눈을 질끈 감았다. 그러자 정후의 입술이 다시 날아들었다. 하지만 이번엔 입술뿐만 아니었다. 길고 가느다란 손가락이 설아의 머리를 쓰다듬고서는 천천히 아주 천천히 방향을 바꿔 내려갔다. 턱을 살짝 쥐어 올리면서 두 사람의 키스는 더욱 깊어졌다. 입술과 입술이 만나 그 이상의 것들이 얽히는 순간. 누구라고 할 것 없이 서로를 쓰다듬기 시작했다.

설아는 그가 주는 입술과 손의 감각을 놓치지 않으려 애를 쓰며 열심히 손을 움직였다. 쉴 새 없이 파고드는 입맞춤과 부드러운 손길에 홀려 자신이 무슨 짓을 하고 있는지조차도 판단하기 어려울 때쯤 정후의 입에서 윽, 하는 소리가 들려왔다.

"왜, 왜요?"

놀란 설아가 묻자 정후는 이글이글 타오르는 눈으로 그녀를 바라봤다. 참기 힘든 신음을 겨우 억누르며 입을 열었다.

"설아 씨."

"네?"

"손이."

손이? 순간 설아의 시선이 자신의 손으로 향했다.

"으, 으악!"

너, 너 지금 거기가 어디라고 가 있는 거야?

망할 놈의 손구녕. 누가 한설아 거 아니랄까 봐 거기서 본능에 충실하고 있니? 응?

어느새 그녀의 한 손은 정후의 맨가슴을 만지고 있었고, 나머지 한 손은 그의 중요부위 근처를 맴돌고 있었다.

"적극적인 설아 씨, 좋습니다."

네? 저, 적극적인 설아 씨라뇨? 으악!

당황한 건 설아인데 얼굴이 시뻘게지며 고개를 돌리는 건 정후였다. 당황한 설아가 두 팔을 공중에서 흔들며 강하게 자신의 의견을 피력해봤지만 정후에겐 들리지 않는지 다시 한 번 입술을 맞춰왔다. 대신 전보다 빠르게 속도를 내고 있었다.

"정후 씨."

정후는 이를 악물었다. 그녀의 입에서 흘러나오는 그의 이름이 이토록 달콤하게 들릴 줄이야.

부끄러워 몸을 뒤로 빼려는 설아의 움직임을 알아차린 정후는 그녀의 등을 감싸 안았다. 절대 도망가게 놔두지 않겠다는 소유욕이 담긴 손길이었다.

"왜……."

밀 한마니 아는 게 왜 이렇게 힘늘고 어렵지. 성후는 생각했다.

"왜 이렇게 예쁩니까. 도대체가."

"도대체가?"

"안 예쁜 곳이 없습니다."

열에 들뜬 신음 소리와 한껏 달아오른 몸은 그녀를 갖고 싶다는 욕망에 그 어떤 생각도 할 수 없게 만들었다.

"선수 맞죠?"

설아는 삐죽 하고 투덜거렸다. 귀를 녹이고 마음을 녹이는 그의 달콤한 말에 설아는 황홀하다는 기분이 무엇인지를 처음으로 느끼고 있었다.

"뭐든 좋습니다."

이 남자, 제정신이 아니구만. 설아는 피식 웃었다.

처음 이 남자를 만났을 때, 계약을 하자고 쫓아다니던 이 남자를 놓쳤더라면 이런 기분을 느낄 수 있었을까? 장난처럼 우린 연인이 될 거라 외쳤지만 이렇게 아찔하면서도 퐁당퐁당한 기분의 연애를 할 수 있을 거란 생각은 전혀 하지 못했다.

가슴이 떨리고, 머릿속이 어지러운 그런 기분. 이 남자로 하여금 처음 느껴보는 이 어지럼증은 다신 놓치고 싶지 않은, 혼란처럼 휘몰아치는 기분이기도 했다.

"서툴지도 모릅니다. 하지만 최선을 다할 겁니다."

사랑 고백마저도 윤정후스러웠다. 사랑을 나누는 일뿐만 아니라, 우리들의 연애가 그럴지 모른다. 서툴고 어려워도 서로에게 최선을 다하는 일. 그건 앞으로 두 사람이 노력해야 할 과정일 것이다. 설아는 고개를 끄덕였다.

열락에 빠져 또 한 번 어지럼증에 휩쓸릴 때쯤 발끝에 걸리는 불편한 감각에 설아의 눈썹이 삐죽거렸다.

'우이씨. 너 왜 안 떨어지고 거기 걸려 있냐?'

발끝에 걸린 그녀의 속옷이 눈에 들어왔다. 존재 이유에 대해 묻자 녀석은 설아를 놀리기라도 하듯 대롱대롱 매달려 있었다.

설아는 천천히 발을 공중에서 흔들었다. 대충 이렇게 하면 떨어지지 않을까? 싶었지만 반대로 다리를 타고 올라오는 게 아닌가? 이런 낭패가! 설아는 조금 더 힘을 주었다.

"으음."

설아의 바쁜 행동을 알아차리지 못한 정후는 그녀의 가슴에서 배로 입술을 옮기고 있었다. 설아의 마음이 급해졌다.

'아, 왜 안 떨어져? 거추장스러워 죽겠네!'

다리를 살짝 밑으로 내리자 속옷은 다행히도 발쪽으로 돌아왔다. 마지막으로 탁 하고 차내면 게임 오버! 설아는 군침을 삼키며 발을 허공으로 날렸다.

"윽!"

우당탕탕탕. 그 순간이었다.

"정후 씨!"

정신을 차리고 시선을 돌리자 바닥에 널브러져 있는 정후가 눈에 들어왔다.

으, 으악. 넌 또 왜 거기에?

정후의 머리 위에 떨어진 속옷이 눈에 보이자 설아는 몸을 벌떡 일으켜 그에게 다가갔다.

"괘, 괜찮아요?"

소심스레 묻자 정후는 말이 없었다.

"어디 봐요, 어디 봐!"

설아는 급하게 정후의 목을 살폈다.

으, 으악! 빨갛다 빨개! 조준 실패다. 조준 실패!

속옷을 발로 차내려다가 각도가 너무 높았던지 그녀의 배 쪽에서 움직이고 있던 정후의 목을 차버린 것이다. 그것도 강 스파이크로. 윽, 망했다.

"정후 씨……?"

"괜찮습……. 윽."

윽? 윽! 정후는 욱신거리는 목을 한 손으로 감싸고는 움직여봤지만 편치 않은지 인상을 썼다.

설아는 울고 싶었다. 아니, 이게 무슨 시추에이션이냐고요!

한참 분위기 좋았는데 망할 놈의 빤쓰! 너 이 자식!

설아는 여전히 정후의 목에 걸려 있는 그 물체를 거칠게 잡아당겼다.

"악!"

그 순간 또 한 번 들려오는 소리에 설아는 양손을 번쩍 들었다. 그러자 툭, 하고 속옷이 바닥으로 떨어졌다.

"미, 미안해요!"

하필이면 정후의 머리카락까지 잡아당길 게 뭐야? 설아는 힘없이 떨어진 속옷을 노려보며 이를 갈았다.

"정후 씨, 괜찮아요?

"괜찮습니다. 그러니까 진정하십시오."

"괜찮긴 뭐가 괜찮아요? 목은 시뻘겋고, 머리는 새집이 됐는데!"

씩씩거리며 따져 묻는 설아의 모습에 정후는 피식 웃었다.

정후는 한 손으로 아픈 목을 쥐고 한 손으로는 이불을 끌어당겨 설아의 몸에 감싸주었다.

"감기 걸립니다."

음? 으악! 그제야 자신이 아찔한 다리를 긴 티셔츠로 겨우 가리고 있었다는 것을 알아차린 설아는 얼굴이 시뻘게졌다. 그러고는 황급히 정후가 건네준 이불로 몸을 돌돌 말았다. 여전히 목이 불편한지 어색하게 움직이는 그의 모습에 약간의 죄책감이 느껴진 것도 잠시, 시선은 천천히 밑으로 내려갔다.

꿀꺽. 침을 삼킬 때마다 움직이는 저 목울대.

꿀꺽. 움직일 때마다 크게 요동치는 넓은 어깨.

꿀꺽. 비록 티셔츠로 가려져 있지만 군살 하나 없어 보이는 저 매끈한 몸매.

그리고, 그리고 꿀꺽.

"아쉽습니까?"

고개를 들자 정후의 얼굴이 불쑥 하고 설아의 앞으로 달려들었다. 그 순간 설아는 놀라 양팔을 휘저으며 사실을 강하게 부정했다.

"아쉬우면 다시……."

"으악."

쿠당탕탕.

벌떡 일어난 설아는 온몸에 돌돌 담긴 이불의 무게를 견디지 못하고 뒤로 벌러덩 넘어졌다. 설아의 눈앞에 무언가가 번쩍였다.

"설아 씨!"

"아이고, 나 죽네."

정후가 빠르게 다가가 그녀의 머리를 감쌌다. 그 짧은 순간에 혹이 날 정도로 심하게 부딪친 설아가 걱정이 되었다.

"괜찮습니까?"

정후가 물어오는 말이 들리지 않는지 설아는 팔을 들어 이마를 가렸다. 하여튼 평범하게 넘어가는 법이 없지. 이게 뭐야.

설아는 지금의 모습이 황당하면서도 어이가 없었다.

"픕, 푸하하하."

그 순간 설아가 목젖을 내보이며 웃기 시작했다. 기가 찬 상황에 헛웃음을 지어 보이자 영문을 알 수 없는 정후가 자리에서 벌떡 일어나 바지를 챙겨 입었다.

"당장 병원에 가야겠습니다. 아무래도 설아 씨, 머리를 심하게 다친 것 같습니다."

"캬캬캬캬캬, 캬캬캬캬캬."

"설아 씨, 끝까지 정신 차려야 합니다. 무슨 일이 있어도 내가 지켜줄 테니."

"……."

"물론 지금 정신에 무리가 온 것 같은데, 그래도 절대 포기하지 않고 난 설아 씨 곁에 있을 겁니다."

응? 무슨 소리야? 정신에 무리가 오다니? 머리에 통증이 있는 것 외에는 별다른 이상은 없는데……. 설아는 어리둥절한 얼굴로 그를 바라봤지만 설아는 그가 건네준 옷을 끼워 입느라 정신이 없었다.

잠시 후, 정후가 그녀의 양손을 맞잡았다.

"괜찮습니까? 아프면 말하고 참지 마십시오. 그리고 무슨 일이 있어도 설아 씨, 절대 포기 안 할 겁니다."

찡. 설아는 이 말도 안 되는 상황에서 정말 더더욱 말도 안 되는 '감동'이라는 걸 느끼고 있는 중이었다. 정신이 나간 여자일지언정 절대 놓치지 않겠다는 확신을 주는 남자. 시선만으로도 믿음을 주는 이 남자의 진지한 얼굴이 너무나도 좋았다. 설아는 손을 뻗어 남자의 머리통을 와락 안아버렸다.

"윽."

아차! 아직 목이⋯⋯. 당황한 설아가 목을 빼내려다가 허리로 감겨오는 그의 손길에 홀린 듯 그를 더욱 세게 안았다.

뭐, 어쩌겠는가. 이렇게나 좋은 걸. 미치광이가 되고 말지. 후훗!

"정후 오빠, 내가 그렇게 좋나?"

"그렇습니다."

"나 없인 못 살 정도로?"

"아마, 그럴 것 같습니다."

"캬캬캭. 내 어디가 좋은데요?"

"엉뚱하지만 의외로 개념 있고, 철없는 듯 보이지만 의외로 생각이 깊고, 씩씩하고 당돌하고 건강합니다. 게다가 의외로 얼굴과 몸매가 정말이지, 예쁩니다."

무진장 구체적이네.

'설아 씨이기 때문에, 존재만으로도 좋습니다'라고 할 줄 알았는데. 그게 로맨스 소설의 정해진 답 아닌가?

"결국 내가 예뻐 죽겠단 말씀?"

설아가 묻자 정후가 고개를 끄덕이며 허리를 더욱 세게 감싸 안았다.

"설아 씨는 어떻습니까?"

"뭐가요?"

"나 말입니다."

"아하, 정후 오빠?"

설아는 장난처럼 혀를 꼬아 말했다. 일부러 침을 꿀꺽 삼키며 마른 입술을 혀로 축이기도 했다. 그러자 정후의 목울대가 크게 움직였다.

"우리 정후 오빠는 섹시해서 좋아요."

"세, 섹시?"

"나를 바라보는 눈빛이, 참 섹시하고."

쪽. 정후의 눈가에 설아의 입술이 닿았다.

"나에게 고백하는 입술이, 참 섹시하고."

쪽 ,그리고 쪽쪽.

"무엇보다 오빠의 목소리는 정말 킹왕짱 섹시미 터짐!"

쪽, 그리고 하악.

설아는 정후의 목덜미에 입을 맞추고 혀로 장난을 쳤다. 그 순간 정후가 설아를 안고 벌떡 일어났다.

"어머낫! 거친 당신의 야성미는 나를 달아오르게 해엣!"

그러고는 드라마 속 앙큼한 여우처럼 소리를 질렀다.

처음이기 때문에 막연하게 느꼈었던 불안함과 걱정은 어느새 날려버린 후였다. 누구보다 진심으로 자신을 사랑해주는 이 남자 앞에서 이젠 창피함도, 두려울 것도 없다. 게다가 이미 온몸을 구석들이 맡긴 남자 아닌가? 한설아답게 그에게 다가가고 싶었다.

"확인합시다."

"뭘요?"

"한 시간에 세 번이 가능한지."

"오호?"

"그리고."

정후는 주변을 살폈다. 그리고 만족스럽게 웃었다.

"순서는 욕실, 소파, 바닥순으로."

장난처럼 내뱉었던 그 말을 떠올리며 정후는 설아를 번쩍 들었다.

이 남자, 힘도 좋아. 오홍홍.

설아는 욕실로 향하는 다급한 정후의 발걸음에 캬캬캬캬 하고 웃었다. 어쨌든 작긴 해도 이 집에 욕실도 있고 소파도 있고 바닥도 있지 않은가? 정말 이 좁은 욕실에서 가능할까?

잠시 후 쾅, 하고 닫힌 욕실 안에서 열에 들뜬 신음 소리가 한참 동안 계속되었다.

"아이고, 나 죽네, 나 죽어."

다음 날, 설아는 냉장고 문을 열며 욱신거리는 허리를 다독였다.

이 짐승 같은 남자가, 한 시간에 세 번이 가능한지 확인해보자고 하더니, 이건 뭐!

욕실에서 시작된 첫 사랑은 시간이 가는 줄도 모르고 서로에게 달려들었다. 잠시 쉬는 듯싶더니 그는 소파에서, 그리고 바닥에서. 진득하니 설아를 가지고 또 가졌다. 그뿐이겠는가? 외로워 할 침대에게 예의가 아니라며 침대에서까지 설아를 마음껏 가졌 다.

그러고도 애가 타는지 한참 동안 설아를 놓아주지 않았다. 입술 부터 시작된 붉은 기운은 온몸에 상처처럼 남아 기분 좋은 고통을 이어갔다.

"처음이라면서 왜 이렇게 잘해?"

이 남자, 정말 못하는 게 뭘까. 분명 그는 연애도 처음, 관계도 처음이라고 했다. 욕실에선 조금 서투른 모습을 보이는가 싶더니 침대에선 프로도 그런 프로가 없었다. 손길 하나, 몸짓 하나 완벽 한 모습으로 설아에게 맞추고 또 맞춰주었다.

생수 하나를 꺼내 마신 설아는 출출해졌다. 시간을 보니 어느새 오후 3시. 어젯밤 저녁 식사를 끝으로 아무것도 먹지 못한 채 사랑 만 나누다 잠들었으니 그럴 만도 했다. 설아는 컵에 물을 담아 잠 들어 있는 정후에게로 걸어갔다.

허리춤에 이불을 돌돌 말고 잠들어 있는 그의 모습에 설아는 군 침을 삼켰다.

'이 남자가 내 남자란 말이지. 으흐흥. 새벽 내내 시달렸어도 보 기만 해도 군침이 도는구나. 아웅, 사랑스러운 것!'

피곤한지 미동도 없이 잠들어 있던 정후가 차가운 느낌에 천천 히 눈을 떴다.

"음, 설아 씨?"

"배고프지 않아요?"

"웃. 차갑습니다."

설아는 컵에 담긴 물에 손을 적셔 그의 넓은 가슴 위로 톡톡 흘리듯 뿌렸다.

"얼른 일어나요. 배고프단 말이야."

"……비켜주셔야 할 것 같습니다만."

그의 허리에 떡하니 앉아 있으면서 일어나란다. 설아의 모습에 정후는 피식 웃었다. 왜 이렇게 하는 행동마다 귀엽습니까. 어흥!

뭐든 시작이 어렵지, 그 후로는 수월한 법이다. 정후는 설아의 손에 들린 잔을 내려놓으며 그녀의 허리를 낚아채 침대 위로 눕혀 버렸다.

"배가 고픈 건 나란 말이에요. 그러니까 그만 좀 잡아먹죠?"

"잡아먹는다고 안 했습니다. 우리 설아, 얼마나 예쁜지 자세히 보려고 그러는 겁니다."

그러면서 옷은 또 왜 벗겨? 이 능구렁이 같은 남자!

"어젯밤, 힘들었습니까?"

"힘들었다고 하면 그 입술 치울 거예요?"

아뇨. 쪽쪽. 정후의 입술이 설아의 입술 위에서 한참 동안 머물렀다. 그런 뒤 정후는 설아의 턱 밑을 간질이며 깨물었다.

"그거 압니까?"

"흐응."

"설아 씨 성감대가 여깁니다. 턱 밑. 여길 깨물면 방금 전처럼 야한 소리가 흘러나옵니다. 아주 미칠 것 같습니다."

"아이, 진짜아! 흐응."

득이해도 이렇게 득이할 수가. 성감대가 보통 귀 밑, 가슴, 뭐 그런 곳 아닌가? 분명 로맨스 소설 속에서는 그랬는데? 설아는 고개를 갸웃거렸다. 확실해? 의문 섞인 눈빛으로 묻자 그는 연신 그곳을 깨물었고 설아는 그때마다 뒤로 넘어갔다.

"그뿐 아닙니다. 여기도."

"흐응!"

"여기도."

"흐읏!"

어젯밤 완벽하게 파악한 설아의 성감대를 자극하자 설아는 숨도 쉬지 못하고 야릇한 소리로만 대답했다.

"짐승! 아주 능구렁이 같아!"

쪽, 쪽쪽. 정후는 밤새 나누었던 입맞춤이 지겹지도 않은지 설아의 입술 위에서 쉴 새 없이 노닐었다.

"설아야."

"네?"

"설아야, 한설아."

불렀으면 말을 해! 웃지만 말고!

그는 말없이 웃으며 그녀의 머리를 쓰다듬어주었다.

"밥 먹으러 갑시다. 뭐 먹고 싶습니까?"

"음, 뭐 먹을까."

"혹시 나?"

"에?"

"아닙니다."

이 남자가 진짜! 설아는 기가 막혔다. 능구렁이가 분명해! 당장에라도 이름을 바꿔야겠어! 능글 정후라고.

싫다고 싫다고 하는데도 끝끝내 같이 샤워를 해야겠다고 우기는 정후에게 설아는 결국 그의 뜻대로 모든 것을 맡기고 난 후 겨우 집을 나설 수 있었다. 맛있는 걸 먹으러 가자는 정후의 말에 설아는 고개를 저으며 편의점행을 선택했다. 두 사람은 맞잡은 손을 앞뒤로 흔들며 골목길을 빠져나갔다.

"안녕? 알바생? 오랜만이지?"

편의점에 도착해 먹을 것을 고른 후 계산대 앞에 내밀며 인사를 하자 알바생은 편의점 밖 테이블에 앉아 있는 남자에게로 시선을 돌렸다.

"내 남친. 어때, 멋져?"

"네."

그는 설아의 말에 무미건조한 말투로 대답하며 산더미 같이 쌓인 음식들을 하나하나 바코드로 찍고 봉투에 넣어주었다.

"여기요."

"아, 이건 네 거!"

설아는 햄버거와 콜라, 초콜릿을 알바생에게 건넸다.

"안 주셔도 되는데."

"나의 편의점을 지켜주는 수호신 같은 너인데 내가 챙겨야지. 많이 먹고 열일해!"

알바생의 머리를 쓰다듬고서는 큰 봉투를 들고 밖으로 나왔다. 그러자 테이블에 앉아 팔짱을 끼고 있는 정후와 눈이 마주쳤다.

"저 알바생 마음에 안 듭니다."

"난 괜찮은데?"

"그러니까 문젭니다. 다른 남자와 친하게 지내지 마십시오. 싫습니다."

"미성년자도 남자로 쳐요? 거어차암, 질투 한번 연령 가리지 않고 하네."

"어려도 남자는 남잡니다. 명심하십시오."

찌릿. 소유욕 강한 눈빛이 설아에게로 박혀들었다.

옴뫄, 멋있어. 나 이런 거 짱짱 좋아하는데. 데헷!

남자는 역시 적당한 소유욕과 집착을 겸비해야지! 그래야 진정 사내 아닌가? 암 그렇고말고! 설아의 온몸이 배배 꼬였다.

"캬캬캬캬캬. 명심하겠습니다앗!"

설아가 거수경례를 하자 정후는 만족스러운 듯 웃었다.

"그나저나 글 쓰는 건 잘되갑니까?"

호로록. 설아는 라면을 먹으며 고개를 끄덕였다.

"엄청요! 전작과는 비교도 할 수 없을 만큼 인기가 좋아요. 글도 글이지만 제 작가명을 기억해주는 독자들도 많이 생겼다니까요? 아, 정말 꿈만 같아요!"

"잘됐군요. 어디 가면 볼 수 있습니까? 설아 씨 글."

"왜, 왜요?"

캑캑. 설아는 다급하게 물었다. 그러자 정후가 별일 아니라는 얼굴로 그녀를 바라봤다.

"나도 설아 씨의 글을 보고 싶습니다."

"안 돼요! 절대, 절대!"

"왜, 안 됩니까?"

"부끄러워요! 쑥스럽단 말이에요! 절대 안 보여줄 거예요!"

"우리의 지난밤을 기억하십시오. 온몸을 나눈 사이인데 더 이상 부끄럽고 쑥스러울 게 뭐 있습니까?"

"그런 거랑은 다른 감정이에요! 절대 내 글에 관심 갖지 마세요!"

설아의 말에 정후는 심통이 난 얼굴로 컵라면을 내려놓았다.

"좋습니다. 설아 씨가 당당하게 보여주고 싶을 때를 기다리겠습니다. 그런데 관심 갖지 말라는 그 말은 취소하십시오."

"기분, 나빴어요?"

"네. 난 설아 씨의 모든 것에 관심을 쏟을 겁니다. 작은 것 하나라도 놓치고 싶지 않습니다."

설아는 배시시 웃었다. 아이, 좋아. 얼굴이 빨갛게 타올랐지만 기분 좋은 느낌이었다. 설아는 구름 위를 나는 것 같았다.

"착하네, 우리 정후 오빠."

설아가 손을 뻗어 정후의 머리를 쓰다듬자 정후는 피식 웃었다. 살짝 웃는 모습도 얼마나 멋진지, 설아의 가슴이 두근거렸다.

멋져, 멋져! 브라보! 아임 위너!

"오늘도 자고 가도 됩니까?"

삼각 김밥 하나를 입에 문 정후가 무심하게 툭 하고 내뱉었다. 그 말이 너무나 자연스러워서 설아는 못 듣고 지나갈 뻔했다.

"정후 씨에게 너무 좁지 않아요?"

"더 좁으면 좋겠습니다. 잠시라도 떨어지지 않게."

설아는 온몸에 닭살이 돋는 기분이었다. 거칠게 팔을 쓰다듬으며 혹시나 주변에 들은 사람 없나 하며 주위를 살폈다.

"하룻밤만 더 재워주십시오."

설아는 고개를 끄덕였다. 만리장성도 쌓을 만큼 쌓았고, 이렇게나 떨어지기 싫은데 뭐 어떠랴. 당분간은 연애 초반에만 느낄 수 있는 알콩달콩함을 누리기로 했다.

두 사람은 편의점에서 거하게 한 끼를 때우고, 갈 때와 마찬가지로 서로의 손을 잡고 설아의 집으로 돌아왔다.

작고 낡은 소파였지만 두 사람이 함께이니 그보다 안락한 곳은 없었다. 작은 TV를 켜 함께 웃으며 시간을 보내고, 출출할 땐 간식을 만들어 먹기도 했다. 어둑어둑해지는 밖을 바라보며 커피를 마시기도 했고, 쉴 새 없이 입술을 부딪치기도 했다.

"이리 오십시오."

한 번 불타오른 열정과 욕망은 두 사람을 떼어놓질 못했다. 입술만 부딪치면 온몸이 반응했다. 열렬하게 서로를 껴안고 물고 놓아주질 않았다. 어느새 두 사람의 옷차림이 가벼워졌음에도 불구하고 추위를 느끼지 못할 때쯤이었다.

딩동, 딩동.

이제 막 사랑을 나눈 두 사람이 옷도 챙겨 입지 못하고 서로를 쓰다듬고 있을 때쯤 초인종이 울렸다. 시계를 바라보니 8시였다.

"누구지? 이 시간에?"

"기다리십시오. 제가 나가보겠습니다."

"정후 씨가요?"

"혹시나 취객이 잘못 찾아온 거라면 위험할 수 있습니다. 기다리십시오."

정후는 바닥에 널부러져 있는 옷을 대충 끼워 입고 현관문 앞으로 걸어갔다. 그때까지도 초인종 소리는 계속되었다.

정후는 천천히 현관문을 열었다.

"누구십니까?"

누구냐고 묻는 그의 말이 채 끝나기도 전에 퍽, 하는 소리와 함께 정후가 뒤로 넘어졌다.

제 6 조

정후는 엉덩이에서 느껴지는 통증에 인상을 구겼다.

싸움에 소질이 있는 건 아니었지만 그렇다고 누군가에게 맞고 다닐 위인도 못 되었다. 그런 그가 주먹질 한 방에 나가떨어지다니. 평소 정후답지 않았다.

하지만 어쩌겠는가. 부실한 식사를 하면서도 열정적으로 체력을 소모했던 그가 아닌가. 그도 사람이니 힘에 부칠 만도 했다.

"누구십니까? 그러는 너야말로 누군데?"

주먹을 움켜쥐고 다가오는 남자는 거칠게 으르렁거렸다. 정후는 자리를 털고 일어나며 가볍게 목운동을 했다. 설아와 시간을 보낼 때는 인지하지 못했던 통증들이 여기저기서 아우성거렸다.

"감히 이 시간에 여자 혼자 사는 집에서 떡하니 문을 열고 나와? 너 뭐 하는 자식이야?"

"목소리를 낮추는 게 좋을 겁니다."

"내가 지금 목소리 낮추게 생겼어?"

정후가 표정을 지운 얼굴로 차갑게 그를 내려다봤다.

"내 입에서 거친 소리 나오기 전에 입 다무십시오. 당신 말대로 여자 혼자 사는 집입니다. 소란을 피워 이웃 주민들로 하여금 손가락질받는 일, 만들지 마십시오. 경고합니다."

두 남자의 시선이 공중에서 날카롭게 대립했다.

남자는 위압적으로 자신을 내려다보고 있는 정후에게서 시선을 떼지 못했다. 본인도 큰 키에 속했는데, 이 남자는 더 크다. 게다가 분위기 자체가 일반인들과는 다른 느낌이다. 뭐지.

"한설아! 한설아 어딨어? 없어?"

남자가 소리를 지르자 정후가 콧방귀를 뀌었다.

'말귀 못 알아듣네'라는 차가운 말을 내뱉으며.

정후는 비릿하게 웃으며 남자를 바라봤다. '한설아'라고 부른다는 것은 분명 이 남자는 설아의 거처를 미리 알고 있었다는 것을 의미했고 9시를 향해가는 시가에 불쑥 찾아오다는 것은 그만큼 친분이 있다는 이야기였다. 정후는 기분이 상했다.

"설아 씨를 찾기 전에 대답부터 하십시오. 당신, 누굽니까?"

정후의 목소리는 음산할 정도로 낮고 진하게 울렸다.

언제부터였을까. 설아에 대한 마음을 알아차린 순간부터 그는 조금씩 남자의 본성을 찾기 시작했다. 32년간 알지 못했던 여자에 대한 소유욕이 불쑥불쑥 찾아와 정후를 어지럽게 만들고 있었다. 지금이 딱 그렇다. 사내의 눈빛을 하고 달려드는 이 정체 모를 남자에게서 정후는 위험 신호를 느끼고 있었다.

"박태건?"

그 순간, 멀리서 들려오는 설아의 목소리에 정후와 남자의 시선이 같은 곳을 향했다.

으르렁거리는 서로의 모습을 알아차리지 못했는지 설아는 남자를 바라보며 반갑게 웃으며 걸음을 옮겼다. 넓지 않은 방 안이기도 했지만 그것과는 상관없는 발걸음이 두 사람의 사이를 빠르게 좁혔다.

"인마, 잘 지냈냐?"

와락. 남자의 품 안으로 빨려 들어간 설아를 본 정후의 눈매가 사납게 휘었다.

"언제 돌아온 거야?"

"지금, 방금."

"내가 여기 있다는 건 어떻게 알았고?"

"너에 대해 내가 모르는 게 있을 것 같아? 한설아, 보고 싶었다."

품에 안은 설아를 놓치지 않겠다는 듯 태건이 팔에 힘을 주었다. 그리고 보란듯이 맞은편에서 영문을 모르고 서 있는 정후를 향해 한껏 비웃어주었다.

그의 의도를 알아차린 정후가 불편한 목을 천천히 움직이며 주먹을 쥐었다 폈다를 반복했다. 슬슬 인내심의 한계를 느끼던 찰나 분노를 숨긴 거친 손길이 설아의 손목에 닿았고, 두 사람 사이엔 거리가 생겼다.

"소개, 안 시켜줄 겁니까?"

정후는 악다문 입에서 겨우 말을 토해냈다.

설아는 그제야 정신이 돌아온 사람처럼 정후에게로 시선을 돌렸다. 화가 났는지 평소와는 전혀 다른 매섭고도 낮은 목소리였다.

"내 정신 좀 봐! 오락가락한다니까? 자, 일단 태건아, 인사해. 이쪽은 내 남자 친구 윤정후 씨."

"……."

"……."

"그리고 이쪽은 박태건. 내 오래된 친구예요. 남자들끼리는 불알……. 나, 나는 없지만 뭐 어쨌든 그런 친구예요. 한 동네에서 같이 태어나고 같이 자란."

소개시켜달라고 한 정후나 소개를 받은 태건이나 서로 맹렬하게 노려볼 뿐 말이 없다. 당황한 설아가 정후의 눈앞에 손을 가져다 휘휘 저었고, 태건의 앞에서도 같은 행동을 반복했지만 두 사람은 여전히 서로에게서 시선을 떼지 못했다.

"저, 혹시 두 사람, 첫눈에 반한 거 아니죠? 누, 눈빛이 무진장 강렬하네. 마치 이루어질 수 없는 서로의 운명을 안타까워하는 것처럼."

불청객이 된 건 설아인 듯 여전히 두 사람만의 시간은 계속되었다. 두 사람을 위해 자리를 비켜줘야 하는 걸까. 태건과 오랜만에 만난 건 자신인데 왜 연인 사이를 방해한 기분이지?

두 남자의 마음도 모르고. 설아는 머리를 긁적였다.

"마실 거라도 가져올게요. 일단 두 사람, 좀 앉아요. 태건이 너도 앉고."

설아는 후다닥 냉장고로 걸어갔다.

"일단 앉으십시오. 대화는 따로 합시다."

"내가 원하는 바야."

"박태건 씨, 우리 초면인데 주먹질은 둘째치고 뒷말이 짧은 건 예의가 아니지 않습니까?"

정후의 시선이 날카롭게 태건에게 파고들었다. 태건도 물러날 기색이 없는지 그의 눈빛을 피하지 않았다.

"페어플레이 하려면 예의 정도는 지키십시오."

"페어플레이?"

"보아하니 보통 친구 눈빛은 아닌 것 같은데, 틀립니까?"

"좋을 대로 생각하세요."

맞군. 정후는 그를 향한 알 수 없는 불쾌함이 질투에서부터 비롯된 감정이라는 것을 깨달았다. 누가 알려주지 않아도 본능적으로 알게 된 이 남자의 속내에 정후의 심기가 살짝 틀어졌다.

"박태건, 어떻게 된 거야? 지금쯤 미국에 있어야 하는 거 아냐?"

설아는 오렌지주스가 담긴 잔을 두 개 들고 와 테이블 앞에 내려놓았다.

"오늘부로 미국 생활, 완전히 정리했다."

"사업한답시고 홀연히 사라질 땐 언제고, 설마 너 쫄딱 말아먹은 거 아냐?"

"그, 그럴 리가."

설아가 추궁하는 눈빛으로 묻자 태건이 하하, 하고 웃으며 그녀의 시선을 피해 허공을 바라봤다. 애꿎게 시계 디자인이 예쁘다고 칭찬을 늘어서는 모양새가, 그녀가 말한 대로 쫄딱 망한 모양이다. 정후는 흥미롭게 그를 지켜보았다.

"우리 한 작가님 근황이나 들어볼까?"

"너처럼 말아먹진 않았으니까 걱정 마시지! 옛날부터 말했지만, 내 글에 신경 꺼! 한우풍 녀석들의 관심도 귀찮아 죽겠으니까!"

"여전히 댓글로 사랑을 전하나 보지? 그만 한 동생들도 없으니까 신경 써. 요즘 전화 한 통 없다고 섭섭해하더라."

"섭섭은 개뿔!"

우풍은 또 누구야? 정후는 묵묵히 두 사람의 대화를 듣고만 있어야 했다. 그러고 보니 설아에 대해 모르는 것투성이다. 글을 쓴다는 것 외에 정보가 없었다.

몸과 마음을 나눌 정도로 두 사람의 사이는 깊어졌는데, 정작 가장 기본적인 것은 아는 것이 없었다. 물론 처음부터 호감은 아니었기에 관심이 없었다 치더라도, 혹은 물어볼 틈도 없이 혼을 빼놓는 상황들의 연속이었더라도 설아에 대해 아는 것이 너무 없다. 정후는 처음으로 설아와의 관계에 대해 심각해졌다.

"그나저나 오늘은 어디서 자? 바로 내려갈 거야?"

"아니. 며칠 서울에서 지낼 거야. 볼일도 있고, 겸사겸사 관광 좀 할까 하고."

"팔자 좋네."

"너만큼 팔자 좋은 사람 있을까? 관광 가이드 해줄 거지?"

"하는 거 봐서."

"튕기기는. 여전하네, 그 상큼함."

"웩. 지랄도 병이다! 눈 구녕 똑바로 안 뜰래? 완전 느끼하거든!"

연신 윙크를 날려대는 태건의 모습에 설아는 오버스럽게 토악질을 하는 시늉을 했다. 그 모습이 귀여운지 태건의 눈에선 하트가 쏟아져 나왔다. 하지만 오래가진 못했다. 엉덩이를 털며 자리에서 일어난 태건은 옷매무새를 다듬었다.

"시간이 늦었으니까 오늘은 이만 가봐야겠다. 재워줄 분위기도 아닌 것 같으니."

태건이 슬쩍 정후를 바라보며 피식 웃었다.

페어플레이? 페어플레이 좋아하시네! 누구 맘대로? 상대가 될 것 같아? 웃기지 마. 한설아와의 세월이 얼만데.

태건은 콧방귀를 끼며 현관문 쪽으로 걸음을 옮겼다.

"볼일 보고 연락할게. 24시간 딱 대기해라."

"나 한가한 사람 아니거든?"

"잠은 좀 자고. 피곤해 보인다."

톡톡. 설아의 머리를 쓰다듬어준 태건이 방싯 웃었다. 설아는 귀찮다는 듯 쳐냈지만 싫지 않은 기색이었다.

"가."

"자라. 간다."

태건이 정후에겐 인사도 없이 문을 나섰다. 설아가 태건과 인사를 마치고 궁시렁거리며 뒤를 돌자 큰 그림자가 서 있었다. 놀란 가슴을 쓸어내리며 정후를 올려다보니 그는 설아를 뒤로한 채 현관문을 박차고 나갔다. '편의점에 다녀오겠습니다'라는 말과 함께.

"박태건 씨."

태건을 따라 나온 정후는 앞서 걷는 남자가 뒤를 도는 순간 주먹을 날렸다. 윽, 하는 소리와 함께 바닥으로 곤두박질친 태건은 입가를 닦으며 정후를 바라봤다.

"놓고 간 것 같아서."

정후는 그 어느 때보다 침착하고 냉정한 모습으로 태건을 바라봤다. 태건은 기가 막힌 얼굴로 엉덩이를 털며 일어났다.

"샌님인 줄 알았더니, 주먹은 좀 맵네요? 운동 좀 하셨나 봐?"

입 안이 터졌는지 피가 맺혔다. 퉤, 하고 침을 뱉는 태건을 바라보고 있던 정후는 무서울 정도로 표정이 없다.

"받은 건 꼭 돌려주는 성격이라. 조심히 가십시오."

"설아랑 얼마나 만났어요?"

"말, 해야 합니까?"

"난 26년을 알았어요. 내 마음의 크기 역시 함께 자라온 시간만큼 절대 뒤지지 않을 겁니다."

"그래서? 얼마나 많은 시간 동안 서로를 알아왔는지는 나에게 중요하지 않습니다. 왜? 그래봤자 지금의 난 연인, 박태건 씨는 친구니까."

"……."

"우리의 관계가 변할 일은 없을 겁니다."

그러니 친구 이상의 감정은 알아서 정리하십시오.

경고 같은 메시지를 태건에게 보냈다. 정후의 눈빛이 차갑다 못해 시려 태건은 쉽사리 입을 열지 못했다.

"조심히 가십시오."

정후는 일말의 미련도 없는 사람처럼 뒤돌아 설아의 집으로 향했다. 정후의 뒷모습을 물끄러미 바라보고 있던 태건의 눈이 기분 나쁘게 일그러졌다.

현관문을 닫고 들어오자 설아가 소파에 앉아 있었다.

"에이, 편의점 간다더니 왜 빈손이에요? 설마, 혼자 먹고 오는 중?"

"먹고 싶은 거 있습니까? 지금이라도 사다주겠습니다."

설아가 고개를 들어 정후를 바라봤다. 감정 없는 얼굴과 말투. 웃지 않는 평소의 얼굴과 크게 다를 것 없는 모습이었지만 뭔가가 달랐다. 설아가 일어나 그의 손을 침대로 이끌었다.

어느새 한 침대에 누워 있는 모습이 어색할 것 없는 두 사람이었지만 이상하게 설아는 눈치가 보였다.

"혹시 태건이 때문에 기분 상했어요?"

조심히 물었다.

"네. 기분, 상했습니다."

"말해줄래요?"

"아무리 친한 친구라지만 다른 남자와 서슴없이 지내는 모습은 생각보다 좋은 기분은 아니었습니다. 설아 씨는 섭섭해할지 몰라도 난 그랬습니다. 이해해달라고 말하진 않겠습니다. 내가 마음이 넓지 못한 탓일 테니까요."

설아는 정후의 눈을 똑바로 바라보았다.

이 남자는 기분 나쁘다는 말을 참지 않고 서슴없이 한다. 자존심이랍시고 참고 또 참으며 혼자 삭이려 들지 않는다. 설아는 그의 솔직함이 좋았다.

"질투했어요?"

"네. 난 설아 씨가 욕심납니다. 오로지 내 사람이었으면 하고, 그만큼이나 설아 씨가 간절합니다."

닭살이야! 하고 외칠 만도 한데 정후의 목소리에서 느껴지는 진한 울림이 설아의 가슴에 깊게 파고 들어왔다. 절대 가볍지 않은 마음의 무게가 전해져 몸이 배배 꼬이며 얼굴이 붉어졌다.

"친구 사이인데 그 정도도 이해 못해주냐고 말해도 설아 씨를 미워하진 못할 겁니다. 하지만 나에게 설아 씬 그 정도로 의미 있는 사람이니까, 오로지 나만 바라보게 하고 싶은 사람이니까 그렇습니다. 그러니 오해는 말아주십시오."

"가끔 보면 무진장 애기 같은 거 알아요? 정후 씨만 보라고 떼쓰는 애기. 그러면서 어른 흉내 내는 애기."

"살다 살다 애기 같다는 말은 처음 들어봅니다. 이 얼굴과 덩치를 보고 그런 말이 나옵니까?"

"귀여워. 마구 뽀뽀해주고 싶어져."

설아는 쪽, 쪽. 그의 입술에 입을 맞췄다.

그는 설아의 마음을 이해하려 애쓰는 듯 보였지만 툭 튀어나온 입술은 '심통 났소'라고 말하는 것 같았다. 서른두 살의 남자가 질투를 하고 심통이 난 모습이라니.

대화, 그리고 감정이라는 게 받아들이는 것에 따라 다르게 느껴진다. 이 남자가 왜 이렇게 쫌생이처럼 굴어? 라고 생각해버리면 그렇게 되어버리는 거였다. 하지만 설아가 정후의 마음이 진심이라는 것임을, 누구보다 자신을 여자로 좋아해주고 있다는 뜻으로 받아들이자 그 모습이 마냥 사랑스럽고 귀엽게 느껴질 수밖에 없었다.

"나도 오빠만큼, 오빠를 좋아하고 있어요."

그리고 그 마음에 보답해주는 것. 때를 놓치지 않고 진심을 전해주는 것. 그것이 연인으로서 해줄 수 있는 최소한의 예의였다.

"오빠의 모습 하나하나가 내 마음을 마구 요동치게 해요. 이런 감정이 좋아하는 거라면, 울렁거리는 기분마저도 설렌다면, 나 정말 정후 씨를 많이 좋아하고 있는 거 맞죠?"

"……어지럽습니다."

"네? 어디 아파요?"

"설아 씨의 고백이 날 어지럽게 합니다. 좋아 죽겠다면 믿을 겁니까?"

"죽을 만큼 좋아요?"

"그런 것 같습니다. 어느새, 이만큼이나."

좋아하게 되었습니다.

정후는 방금 전까지 느꼈던 질투와 불안감이 어느새 사라져버린 것 같았다. 그리고 새삼 느끼게 되었다. 이 여자와의 만남이 짧지 않을 것임을. 짧게 끝나버릴 마음이 아닐 것임을 알고 있기에 박태건이라는 26년지기 친구도 받아들여야 한다는 것을. 물론 친구 관계일 때겠지만. 어쩌면 두 사람은 떼려야 뗄 수 없는 사이일지 모른다. 그만큼의 시간을 공유했다는 건, 그만큼의 설아를 안다는 것을 의미하기도 한다.

태건은 사내의 눈으로 설아를 바라봤지만 설아는 친구 이상의 감정은 아닌 것 같았다. 그렇다면 설아를 믿고 태건을 제 편으로 만드는 수가 가장 현명한 대응일 것이란 생각이 들었다.

"박태건이라는 친구, 서울 구경하고 싶다고 하지 않았습니까?

조만간 내가 시간을 마련하겠습니다."

"그래도 돼요?"

"네. 설아 씨에게 소중한 친구면 내게도 소중합니다. 그러니 내가 잘 챙길 겁니다."

"왜 자꾸 멋져져요? 사람 떨리게."

"윤정후가 상상 이상의 남자일 거라 말했던 거, 기억 안 납니까?"

뉘예, 뉘예. 설아는 고개를 끄덕이며 귀를 팠다. 장난스러운 제스처에 정후가 피식 웃으며 설아의 머리에 땅콩을 주었지만 두 사람은 재밌다는 듯 웃어 보였다.

그 순간 설아의 미소 하나만으로 정후는 마음이 편해진다는 것을 깨달았다. 이 여자, 생각했던 것보다 훨씬 더 크게, 마음도 모자라 온몸과 정신을 지배하고 있는 것 같다. 어느새 이렇게 빠져들었지?

정후의 눈매가 짙어졌다.

"앞으로 설아 씨에 대해서도 많은 걸 알아갈 겁니다. 좋아하고 사랑하는 만큼 많은 걸 알고 싶습니다."

"뭐든요. 속속들이 다 알려줄게요."

"아, 한우풍은 누굽니까? 동생들이라고 하는 것 같던데."

"네, 맞아요. 우린 삼남매예요. 한설(雪)아, 한우(雨)아, 한풍(風)아. 눈, 비, 바람이란 뜻이죠. 우아와 풍아를 줄여 우풍이라고 부르고요. 둘은 이란성 쌍둥이에요."

아. 정후는 감탄의 눈으로 설아를 바라봤다.

"이름이 특이하죠? 제 이름은 눈처럼 예쁜 아이라는 뜻인데, 슈

백의 눈처럼 맑게 자라 사사로운 감정들은 흩날리고 누구보다 단단히 자라길 바라서 지으신 이름이래요. 또 눈은 피하지 않고 맞으며 행복해하니까, 존재만으로도 행복해지라는 의미로."

정후는 손을 뻗어 설아의 머리를 쓰다듬었다.

雪. 한 번도 생각해보지 못했던 눈의 의미. 가볍게 흩날려 설레게 하기도 하고, 뭉치면 그 어느 것보다 단단해진다. 많은 양의 눈이 내려도 굳이 우산을 쓰지 않고 맞을 수 있는. 누구에게는 하늘을 보게 하고, 누구에게는 행복을 느끼게 해주는 눈. 참 예쁜 이름이었다.

"설아 씨와 잘 어울리는 이름입니다."

"그나마 제 이름은 부르기도 쓰기도 괜찮은 이름인데, 우풍이들은 싫어해요. 특히 풍아요."

"특이한 것 같긴 합니다."

"만나면 놀랄걸요? 특이를 넘어선 약간 똘……. 우리 집 유전자가 좀 스페셜하거든요. 베리 베리 스페셜!"

설아 씨만 봐도 압니다. 라는 말은 꿀꺽 삼키며 정후는 흐뭇하게 웃었다.

"그 말은 가족들에게 날 소개하겠다는 의미, 맞습니까?"

"하는 거 봐서요. 캬캬캬캬캬."

티끌 하나 없이 깨끗한 얼굴로 웃는 설아의 모습에 정후의 가슴이 두근거렸다. 예쁜 이름만큼이나 예쁜 설아, 볼 때마다 깜짝깜짝 놀랄 정도로 매력이 넘치는 설아. 무엇보다 자신을 웃게 하는, 태어나 웃어볼 일이 별로 없었던 자신에게 쉼 없이 행복을 전해주는 설아. 가슴 벅차게 자신을 설레게 하고 두근거리게 하는 설아. 평생 곁에 두고 싶을 만큼 좋은 설아. 그 모든 것이 엉켜들어 정후의 가슴을 벅차게 만들었다.

"그럼 좀 이르지만……. 우리, 결혼하는 건 어떻습니까?"

"캑캑. 뭐, 뭘 해요?"

설아는 당황했다. 한참 좋아라 실실 웃고 있는데 툭 하고 던진 말이 너무나 자연스러워 '그래요.'라고 대답해버릴 뻔했다.

결혼이라니. 연애한 지 얼마나 됐다고?

"당장은 아니더라도 결혼을 전제로 연애합시다. 한 3개월 정도?"

"3개월 후에는?"

"예쁜 드레스 입혀주겠습니다."

으악! 설아는 손사래를 치며 고개를 절레절레 흔들었다.

"싫어요!"

"……나랑 결혼하기 싫습니까?"

정후의 표정이 살짝 굳어졌다. 사실 '결혼'이라는 단어 자체가 그에게는 생소한 일이있다. 그럼에도 불구하고 성급하게 느낄 고백을 하게 된 것은 그녀와 평생 함께하고 싶은 욕구가 강렬하게 샘솟았기 때문이다. 상상만 해도 얼마나 좋은가, 사랑하는 설아를 매일 볼 수 있고 그와 그녀를 닮은 아이들이 마당에서 뛰어노는 모습을 보며 즐거워할 수 있다는 게.

미래를 그리기 시작하자 정후의 마음은 금세 조급해졌지만 설아는 그렇지 않은 것 같아 못내 섭섭한 기분이 들었다.

"아무리 좋아도 벌써 결혼을 이야기할 시기는 아닌 것 같거든요? 흥! 지금은 좋아 죽더라도 3개월 후에 헤어질지 누가 알아요?

게다가 내 나이 스물여섯 살이라고요! 난 서른 넘어 결혼할 거예요!"

"장담합니다. 절대 우린 헤어지지 않을 겁니다."

그렇게 내버려두지 않을 거니까.

정후는 소유욕이 가득 담긴 눈빛으로 설아를 바라봤다.

이렇게 사랑스럽고 예쁜데, 날 놔두고 먼 길 가게 할 것 같습니까? 절대 안 돼! 안 되지, 그럼! 정후는 확고했다.

"그런다고 해도 안 돼요! 4년 정도 기다려요!"

"어차피 4년 후에 할 거면 일단 도장부터 찍읍시다."

"이 남자가 정말! 계약서 쓰자고 달려들 때 알아봤어야 돼! 도장은 무슨 도장! 안 해, 안 할 거예요."

"핑크 펄이 자글자글 들어간 그 옥도장. 난 기억합니다. 도장 찍는 맛에 계약서를 쓰는 설아 씨 아니었습니까? 설아 씨의 취향을 존중……."

퍽. 그 순간 정후의 얼굴로 베개가 날아들었다. 설아가 벌떡 일어나 침대 밑으로 내려가서는 씩씩거렸다.

"분명히 말했어요! 또 결혼하자고 하면 물어버릴 거야!"

"어제도 물고, 오늘 아침에도 물고, 아까도 물지 않았습니까? 이젠 면역이 돼서 괜찮……."

퍽. 베개가 두 개였던가? 정후는 안면으로 날아드는 통증에 눈을 질끈 감았다 떴다. 무게가 느껴지지 않는 물건이었지만 이상하게 코가 얼얼했다.

"쉿. 입 다물어요! 진짜 마지막 경고야."

"설아야."

멈칫. 정후의 다정한 목소리에 설아의 행동이 멎었다.

아, 저 남자 정말! 내 약점을 너무 잘 알고 있어. 언제부턴가 약점이 되어버린 저 대사. '설아야' 달달함을 넘어선 간지러움에 설아는 묶인 몸처럼 아무것도 하지 못했다.

"오빠가 잘할 겁니다. 그러니까 설아는 그냥 오면 됩니다."

"악! 안 들려, 안 들려, 안 들려! 오빠래. 저 남자 이상해. 흐엉. 제발 한 캐릭터로 정착해요. 자꾸 바뀌니까 적응이 안 돼! 어지러워! 호흡곤란!"

"양파 같은 남자라 좋다고 할 땐 언제고?"

"됐거든요! 저리 가, 어어어? 일어나지 마. 오지 마. 오지 말래도!"

"설아야? 설아야. 설아야."

악, 안 돼. 그만해, 그만! 설아가 좁은 방을 마구 뛰어다니자 정후는 장난처럼 설아의 이름을 부르며 뒤를 쫓아다녔다. 잠시 후 아래층에서 천장을 두드리는 소리가 들려왔지만 두 사람은 껴안고 웃느라 그 소리를 듣지 못했다.

다음 날 아침, 정후는 헤어지기 싫은 발걸음을 옮기며 설아의 집을 나섰다. 자신의 집에 놀러와 하루이틀 놀다 가면 어떻겠냐며 설아를 설득했지만 그녀는 그의 호의를 정중히 거절했다. 정후는 살짝 섭섭해하는 듯 했으나 그건 아쉬운 마음에서 비롯된 것이니 더 이상 떼를 쓰진 않았다. 대신 몇 번이고 안아주고, 몇 번이고 입을 맞춘 후 한참을 머뭇거리다 돌아갔다. 오늘은 중요한 일이 있다고 했다.

떨어지지 않는 발걸음을 억지로 떼는 그 모습이 얼마나 귀여웠는지. 컴퓨터 앞에 앉은 설아는 시간 가는 줄 모르고 히죽였다.

오늘따라 늙은 컴퓨터에서 들리는 오래된 소리가 멜로디처럼 귓가를 울렸고, 타자를 칠 때마다 들리는 키보드의 삐걱거림도 설아에게는 마냥 즐거운 일처럼 느껴졌다.

요즘 들어 글을 쓰는 일이 즐거웠다. 한 번 펼치면 몇 시간이고 앉은 자리에서 일어나지도 않을 만큼 일에 몰두할 수 있었다.

한 편당 200개가 넘는 댓글이 달리고, 다음을 기다리는 독자들의 메시지가 들려올 때마다 설아는 마음이 벅찼다. '성공'이란 단어의 크기가 클 필요 있겠나 싶다. 이렇게 많은 독자들이 알아주고 기다려준다는 것 자체가 성공이고 행복이지 않을까 싶은 요즘이었다.

설아는 남은 커피를 단숨에 입에 털어 넣었다.

윙, 윙. 얼마나 시간이 지났을까? 진동 소리에 고개를 들어보니 어느새 점심시간이 훌쩍 지난 후였다.

"여보세요?"

-이제 막 여보라고 부르는 겁니까?

"정후세요?"

-큭, 윤정후입니다. 설아야, 밥 먹었습니까?

"아직요. 근데 그냥 설아 씨 하든지 밥 먹었어? 라고 하든지 하나만 해요. 되게 안 어울려요."

-그게 내 매력 포인트라 생각하십시오. 마음 편해질 겁니다.

하여튼 한마디를 안 져요. 가끔 보면 말을 조리 있게 잘한다니까? 내공이 보통 내공이 아니야. 어떤 캐릭터를 앞에 두어도 절대 당황하거나 물러서지 않을 초특급 클래스가 확실해!

-밥도 안 먹고 일하는 겁니까? 몸 상합니다.

"곧 먹을 거예요. 정후 씨는?"

-방금 먹었습니다. 오전 내 바빴지만 보고 싶습니다.

바빴지만 보고 싶은 건 또 뭐야? 기, 승, 전, 보고 싶음이야? 설아는 날이 갈수록 특이해지는 그의 대화에 웃음이 터졌다.

"헤어진 지 몇 시간 안 됐거든요?"

-내 맘입니다. 보고 싶은 것도 내 맘대로 안 됩니까?

"알아서 해요. 나란 여자를 보고 싶어 하지 않는 것도 힘든 일일 테니. 훗."

-혹시 내 방으로 작업실을 옮길 생각 없습니까?

"무슨 말이에요?"

-보고 싶으면 언제든 보게. 사장실에도 설아 씨 방 하나 만들고, 내 집에도 설아 씨 방 만들고. 주인만 허락하면 바로 공사 들어갈 겁니다.

"거절할게요."

-……1초라도 생각 좀 합시다.

"완전 거절. 탈락입니다."

설아의 단호한 말에 정후는 말이 없다. 농담처럼 건넨 말이겠지만 '그럴게요!'라고 답을 하는 순간 정후는 정말 인부들을 부를 것 같았다.

-힘 빠집니다. 내 맘대로 되는 게 하나도 없는 것 같아.

"그게 내 매력 포인트라 생각해요. 마음이 편해질 테니."

-여우.

"어머나, 나요?"

-마음을 다 홀려놓고 쏙 빠져나가기만 하고.

"안 바빠요?"

-바빠도 설아 씨와 통화할 겁니다.

"일해도 돼요."

-무슨 일이 있어도 설아 씨가 1순윕니다. 내가 일을 하고 돈을 버는 것도 다 마찬가집니다. 사랑하는 사람을 지키기 위해, 사랑하는 사람에게 부족함이 없는 남자가 되기 위해 일을 하는 것이니 사랑보다 일이 먼저일 순 없을 겁니다.

못 살아. 로맨스 소설 책을 들고 다니면서 줄줄 외우는 건 내가 아니라 정후 씨인가? 손발이 오그라드는 대사도 남자 주인공이 하면 근사해 보이는 것처럼 이 남자의 목소리는 정말이지 사람을 빨아들이는 엄청난 흡입력이 느껴졌다.

"그런 의미로다가 나도 열심히 일해야겠어요."

-설아 씨의 멋진 모습 응원합니다.

"고마워요. 능글 정후 씨."

-이쯤에서 능글 정후는 물러갑니다. 여우 설아 씨도 열심히 일하십시오. 이따 다시 통화합시다.

여우 설아래. 미쳐, 정말.

설아는 피식 웃었다. 정말 좋다. 이런 기분.

아쉬운 전화를 끊고 다시 컴퓨터로 집중하려는 순간 딩동, 딩동 울리는 초인종 소리에 설아는 몸을 일으켜 현관문으로 걸어갔다. '누구세요?' 하며 문을 열자 헬멧을 쓴 남자가 눈에 들어왔다.

"맛잇게 드세요."

그러고는 설아의 앞으로 불쑥 내민다. 엉겹결에 받아 든 종이백을 들고 들어와 소파에 앉은 설아는 내용물을 꺼내보았다.

뜨끈뜨끈한 국물과 함께 배달된 도시락 그리고 쪽지가 딸려 나왔다.

[지금도 예쁘지만 살 좀 찝시다. 많이 먹고 힘내십시오. 예쁜 내 설아 씨.]

"닭 되겠어, 정말."

설아의 투덜거리며 헤죽거렸다.

사랑받고 있다는 기분, 누군가가 자신보다 자신을 더 많이 아껴주는 기분, 예쁨 받고 이해받는 기분. 그건 말로 형용할 수 없는 감동이었다. 쉴 새 없이 가슴이 벅차오르고 시도 때도 없이 뭉클뭉클해지는 것. 요즘 설아가 그랬다.

이래도 될까. 가진 거라고는 씩씩한 몸과 마음뿐인 설아를 마치 세상에서 제일 값진 사람처럼 대해주는 이 남자의 사랑에 한없이 녹아내려도 될까. 정신없이 휘몰아치는 이 감정에 몸을 맡겨도 되는 걸까. 정말 괜찮을까.

너무 좋아 꿈처럼 사라질까 두려워지는 순간이기도 했다. 놓치고 싶지 않지만 혹시나 그런 상황이 온다면 정말 모든 빛을 잃을 것처럼 겁이 나기도 했다.

설아는 대립하는 순간에도 따뜻하게 달궈진 가슴을 쓸어내리며 도시락을 먹기 시작했다.

정후는 한참 회의가 진행되고 있는 회의실 안에서 프리젠터의 이야기에 집중하고 있었다. 회의실 분위기는 삭막할 정도로 조용했고, 그 어느 누구도 움직임을 보이지 않은 채 오로지 프리젠터의 말에 집중하고 있었다.

그 순간 위잉 하고 울리는 휴대폰을 꺼냈다. 평소 같았으면 도로 넣었을 물건이었지만 발신인을 확인한 정후는 슬며시 웃었다. 사진이 첨부되어 있는 설아의 메시지였기 때문이다.

[짜잔, 잘 먹었습니다. 이렇게 기특한 생각도 하고, 우리 윤정후 씨 참 잘했어요. 그런 의미로다가 선물!]

정후는 사진으로 눈을 돌렸다. 빨간색 립스틱을 바른 채 입술을 쭉 내민 설아의 사진이었다. 제대로 뜨지도 못한 눈으로 방싯방싯 웃으며 뽀뽀를 하는 듯한 모습에 정후는 회의 중이라는 것도 잊고 액정에 입을 맞췄다. 애틋하고 애절한 입맞춤이었다.

"그, 그러니까, 음."

앞에서 프레젠테이션을 진행하던 남자가 한눈을 파는 정후의 모습에 말을 머뭇거렸다. 취임식 전, 업무를 파악하느라 날카로울지 모르니 심기를 거슬리지 말라는 상사의 말이 떠올라 잔뜩 긴장한 모습이었다. 그 마음을 아는지 모르는지 휴대폰을 바라보며 히죽이던 정후가 고개를 들었다.

"괜찮으니 진행하십시오."

그제야 안도하는 얼굴로 남자는 말을 이어갔다.

잠시 후 정후는 또다시 도착한 메시지로 시선을 돌렸다. 이번엔 동영상이 첨부된 메시지였다.

[이건 나중에, 쉬는 시간에 봐요. 절대 사람들 있는 데서 보면 안돼.]

경고가 담긴 설아의 메시지. 하지만 정후는 자신도 모르게 플레이 버튼을 눌러버렸다. 그 순간.

-띠리리, 띠리리. 영구 옵따아. 푸하하하, 웃기죠-

설아의 목소리가 회의실에 크게 울려 퍼졌다. 다들 경직된 얼굴로 정후를 바라봤지만 그는 김을 이에 끼고 영구 흉내를 내는 설아의 모습에 빠져들었다.

-능굴 씨. 내 배 빵빵해진 거 보여요? 살이 이렇게 많은데, 어딜 또 찌래? 욕심은. 바쁠 때일수록 미소 잃지 말아요. 정후 씨는 은근 무표정한 얼굴이라 모르는 사람이 보면 겁먹을지 몰라. 그러니까 씨익 웃어요. 오늘도 기분 좋은 하루 되기. 음, 사랑한다 말할까 말까아? 메에롱! 어어? 주먹 내려놓아요. 음메, 무서운 것! 캬캬캬캬캬.

당연히 진하게 사랑한다고 해야지! 이 여자가!

정후가 심통난 얼굴로 끝나버린 동영상을 노려보다 피식 웃고 말았다.

예뻐 죽겠다, 아주. 눈에서 그녀에 대한 애정이 뚝뚝 떨어졌다. 그 상황을 지켜보던 직원들이 하나둘씩 쑥덕거리기 시작했다. 취임식 날짜가 얼마 남지 않았지만 이미 정해진 수순처럼 비공개 활동을 시작한 예비 사장 윤정후는 후일그룹 맏아들로, 감정을 잘 드러내지 않는 사람으로 소문나 있었기 때문이다. 그런 그가 회의 시간에, 연인의 메시지를 받고 웃는 모습이라니. 그에 대한 편견이 와장창 깨지는 순간이었다. 더불어 뭇 여성들의 가슴을 휘몰아치는 순간이기도 했다.

정후는 따가운 시선들이 정수리에 박히는 걸 느끼고 고개를 들었다.

"아, 정말 미안합니다. 아주 중요한 메시지라. 계속하십시오."

어머나, 중요한 메시지래. 여자들은 설레는 얼굴로 입을 가리고 웃었다.

정후는 프리젠터에게 사과의 손짓을 했다. 잠시 주위가 산만해져 집중력을 잃었던 팀원들이 다시 회의에 집중하기 시작했다. 정후도 마찬가지였다.

"이번 일반인들을 대상으로 열었던 공모에서 1차로 합격한 작품 20작입니다. 획기적이고 창의적인, 다신 없을 특별한 신제품에 대한 다양한 의견들을 엿볼 수 있었는데요. 제약을 두지 않아서인지 아이디어가 꽤나 독창적입니다."

출시 예정인 후일전자의 새로운 TV, 'Art'는 하나의 예술이자 문화로 자리 잡게 될, 기존의 상식을 완전히 깨버리고 새로운 트랜드를 만드는 것이 목표였다. 실용성을 강조한 기존의 TV를 넘어서고 예술적 가치 또한 인정받을 수 있는 독창적인 제품을 만들어내기 위한 기획이기도 했다. 이 제품은 정후가 사장이 되고 나서 처음으로 세상에 선보일 첫 작품이기 때문에 귀추가 주목되고 있는 상황이었다.

자사 제품을 만드는 데 있어 전문가들로 국한하지 않고 폭넓게 아이디어를 공모했다는 점. 그게 일반인들이자 소비자라는 것. 그누구나 후일전자의 제품을 만들 수 있는 기회를 가진다는 것은 브랜드 자체에 대한 인식을 바꾸게 할 것이다.

그 안에서 보석을 찾아내는 젊은 감각. 윤정후만의 새로운 트랜드. 그게 바로 경쟁업체들을 긴장시키고 있는 주 요인이었다.

정후는 넘어가는 슬라이드를 꼼꼼히 체크했다.

"틀을 깨주니 다양한 시각의 접근이 가능하군요. 이런 것입니다. 지금까지 해왔던 시도들은 늘 똑같지만 절대 실패할 일 없는 안전한 결과물들이었습니다. 하지만 'Art'는 다릅니다. 사람들은 누구나 예쁘고 멋진 것에 열광하고 그것을 갖기 위해 마음을 투자합니다. 그 마음을 얻는 것, 그게 이번 후일전자가 꺼내놓으려는 방향이라는 걸 잊지 마십시오. 그 메시지를 가장 잘 이해한 작품을 찾는 것이 저희 일이라는 것 역시."

방금 전까지 메시지에 빠져 주의를 잃었던 남자라는 게 믿기지 않을 정도로 날카로운 말이었다. 다들 내색하진 않았지만 놀라우리만큼 정갈한 그의 목소리에 고개를 끄덕이며 메모를 했다. 정후는 의자에 기대며 천천히 지나가는 슬라이드를 바라보고 있었다.

"잠깐. 방금 전 작품 다시 볼 수 있습니까?"

"네! 이 작품 말씀이십니까?"

섬세하고 꼼꼼한 디자인 스케치는 전문가의 손길이라 해도 믿을 정도였다. 게다가 기존 TV 기능의 단점을 속속들이 지적하고 대안을 제시했다. 정말 필요한 게 무엇이고, 불필요한 것이 무언인지를 정확하게 캐치했다.

시선을 이끄는데도 불구하고 질리지 않는 디자인과 실용성을 갖춘 최고의 아이디어란 생각이 머릿속을 스쳐 지나갔다.

"지원자, 이름이 뭡니까."

"아, 박태건 씨입니다."

박태건?

"……"

설마 그 녀석일 가능성도 있나? 자신에게 주먹을 내리꽂던, 내 연인의 26년 지기 친구.

동명이인이 얼마나 많은데. 생각했지만 모든 아이디어는 주인을 따라가기 마련이다. 짧은 시간이지만 그가 태건에게서 느낄 수 있었던 다양한 감정들이 스케치에 묻어 있었다. 정후는 그 슬라이드를 한참 동안 바라보았다.

제 7 조

    설아는 손에 든 아이스크림을 먹으며 맞은편에 앉아 있는 남자에게로 시선을 돌렸다. 배가 고팠는지 허겁지겁 먹어치우는 컵라면의 개수가 늘어날수록 그에 대한 의문이 커졌다.

"말아먹었지?"

"밥? 아직."

"그거 말고. 발명가놀이 하던 거 있잖아."

    태건은 모르는 일이라며 후루룩, 후루룩 라면을 먹었다. 하지만 설아는 알 수 있었다.

    어릴 적부터 생각이 남다른 태건이었다. 그릴 수 있는 것이라면 무엇이든 그려냈고, 어느 날이면 그것은 실체를 갖춘 물건이 되어 있기도 했다. 늘 참신했고 독특했으며 추진력 또한 빨랐다.

    자신의 이름을 건 브랜드를 만들고 싶다던 큰 포부를 안고 미국으로 홀연히 떠났을 때, 가족들은 모두 걱정의 말을 덧붙일 정도로 그는 정이 많았다. 그것이 유일한 장점이자 단점이었다.

해외에서 크게 성공할 때까지는 돌아오지 않겠다고 외치고 떠난 그가 돌아왔다. 아무것도 없이 빈털터리로.

"돈벌이가 안 되다 보니 같이 일하는 사람들끼리 트러블이 생기더라고. 돈을 벌려면 몸을 써야 하는데, 몸이 고되니 아이디어가 나오질 않잖아. 그러다 보니 하고 싶은 일은 뒷전으로 밀려 진도가 안 나가고 매일 같은 일상이 반복되면서 회의감이 들더라."

"……."

"그래서 아이디어로만 승부할 수 있는 가장 기본적인 도전을 해 보기로 했어. 좋은 기회가 생기기도 했고."

설아는 빨간 스크류바를 돌돌 돌려 먹으며 태건을 바라보았다. 거짓말은 아닌 것 같다. 자신의 미래를 두고 장난하는 놈은 아니니까. 설아는 주머니에 꼭꼭 숨겨두었던 소시지를 건넸다.

"소시지계의 황태자님이시다. 특별히 치즈 들어 있는 거니까 먹고 힘내라."

"네가 먹을 걸 양보하고 웬일이냐? 나 그렇게 꼴이 엉망이냐?"

"먹기나 해."

태건은 잠시 설아를 바라보다 먹는 일에 집중했다. 하지만 그것도 오래가진 않았다.

"그 남자, 무슨 일 해? 직업 있을 거 아냐?"

"음."

설아가 뜸을 들였다. 뭐라고 해야 될까, 싶어서.

"취업 준비생이라고 해두면 되나?"

그러자 태건이 들고 있던 젓가락을 테이블 위에 내팽개치며 씩 씩거렸다.

"그 나이에 백수라고? 미쳤냐, 너?"

"왜? 취업 준비생이랬지, 백수라곤 안 했다."

"그게 그거지! 뭐가 다른데?"

"백수는 일할 생각 없이 노는 사람이고, 취업 준비생은 먹고살 려고 애쓰는 사람이지."

"콩깍지가 씌였고만? 그것도 단단히!"

태건이 달려들자 설아는 귀찮다는 듯 귀를 팠다. 그는 그녀의 손을 낚아채며 잔소리를 퍼부었다.

"너 임마, 연애하려면 제대로 된 놈이랑 하라고 했지? 안 될 것 같으면 아예 시도조차 하지 말라고!"

"후루룹."

"지금 아이스크림이나 먹고 있을 때가 아니라니까? 당장 정리 해. 백수랑 연애는 무슨 연애?"

"잘 어울리지 않아? 백수 커플. 캬캬캬캬캬."

"미쳤구만, 아주! 너 내가 아줌마한테 전화한다?"

"라면 남았어? 한 입만 먹을까나?"

"야, 한설아!"

말을 들어라, 좀! 태건이 말렸지만 설아는 이미 젓가락을 들고 입맛을 다셨다. 음, 라면 스멜. 언제 맡아도 좋은 라면 스메엘! 설아 는 호로록, 국물을 마시며 어깨춤을 추었다.

"늦게 배운 도둑질에 밤새는 줄 모른다더니. 너 딱 그 짝이다?"

"여자 주인공 친구는 무게감이 좀 있어야 돼. 조언과 충고를 구분할 줄 알아야 한다고. 지금처럼 다그칠 게 아니라! 나중에 혹시라도 있을 두 사람의 오해를 풀어주는, 그런 키워드적인 인물이 되어야 하는 게 네 역할이라고!"

"뭔 소리야?"

"로맨스 소설 394페이지에 보면 나와. 두 주인공이 서로 오해를 해서 헤어지는 위기에 봉착한다고! 그럼 짜잔 하고 나타나서, '저, 사실은 오해예요. 여주는 그런 아이가 아니에요!'라고 해야 한다는 거지."

"너!"

"확 갈아치워버릴까 보다!"

설아가 눈을 흘기자 태건이 깨갱 했다. 우라질, 저 소설책을 아직도 들고 다닌단 말이야? 태건이 힐끔 책으로 시선을 주자 설아는 보물이라도 되는 양 품에 넣으며 남은 라면 국물을 모조리 마셔버렸다. 그러고는 태건에게 건네주었던 소시지를 빼앗아 한 입 물었다.

"줬다 뺐냐?"

"쓸데없는 소리 하는 놈은 소시지 먹을 자격이 없다고 전해라, 짜식아."

"어디 가는데?"

"난 할 일 다 했으니까 컴백 홈 해야지. 서울 구경은 이걸로 됐지?"

"이게 무슨 서울 구경?"

"몰라서 그러나 본데. 이 편의점, 서울에서 유명한 맛집이야. 어때? 라면 맛 끝내주지? 영광인 줄 알아, 인마!"

"야, 이 촌동네를 무슨!"

퍽. 설아의 주먹이 태건의 이마를 갈랐다. 윽, 하는 소리와 함께 태건이 눈을 감자 설아는 반절 남은 소시지를 건네며 배시시 웃었다.

"우정이여, 영원하라. 뽀에버!"

"침 다 묻었잖아. 더러워!"

"어? 박태건, 저거 봐. 저거 뭐야?"

"뭔데? 윽, 야! 한설아!"

설아가 가리킨 하늘로 시선을 돌리는 순간 침이 덕지덕지 묻은 소시지가 태건의 입 속으로 쏙 들어왔다. 정신을 차리고 시선을 돌린 순간 우다다닥 뛰어가는 설아의 뒷모습이 보였다.

우라질, 저게! 씩씩거리며 달려가려다 테이블 위에 놓인 음식들이 아까워 결국 의자에 털썩 앉아버리고 말았다.

"하여튼, 크질 않아요. 개구쟁이 같은 녀석. 저걸 누가 데려가?"

피식. 태건은 슬며시 웃었다.

아직도 어린아이처럼 순수한 설아. 어릴 때부터 봐왔던 그 모습을 그대로 간직하고 있는 설아. 태건은 변함없는 설아가 참 좋았다.

탁.

"합석 좀 합시다."

태건이 옆에 놓인 삼각 김밥을 까고 있는데, 누군가가 커피 한 잔을 내려놓으며 말을 걸어왔다. 그 목소리가 낮이 익어 고개를 들자 익숙하지만 익숙하고 싶지 않은 얼굴이 눈에 들어왔다.

"싫은데요."

"싫어도 할 수 없습니다. 이 편의점, 내 애인이 VIP라 싫으면 그쪽이 일어나시는 수밖에."

"그쪽 애인이면 내 친구이기도 하거든요."

"맞습니다. 그쪽 친. 구."

"……."

친구라는 단어를 강조하며 커피를 마시던 정후는 태건의 씩씩거림을 들으며 살며시 미소 지었다.

설아의 26년 지기인 이 녀석은 잘 보면 설아와 많이 닮아 있었다. 장난치고 웃는 모습, 서로에 대해 아무런 거리낌 없이 행동하는 모습들이 정말 친한 친구처럼 느껴져 정후는 약간의 질투가 일었다. 하지만 어디까지나 그녀에게 그는 친구일 뿐이다. 그렇게 받아들이고 나자 정후는 다른 시각에서 그를 볼 수 있게 되었다.

물론 두 사람의 대화를 멀리서, 한참 동안 지켜보던 정후는 내심 태건이 부럽기도 했다. 자신은 고작 몇 달 알게 된 모습인데, 26년간 저 예쁜 모습을 눈에 담았을 그가 부러웠던 것이다. 하지만 괜찮다. 앞으로 함께할 날이 더 많으니. 저 예쁜 모습은 앞으로 천천히 오랫동안 기억할 거니까.

"시간 어떻습니까? 서울 구경, 도와주겠습니다. 맛있는 것도 먹고 좋은 시간 보냅시다."

"남자랑 데이트할 생각 없어요."

"혹시 성별을 딱히 가리지 않는 자유로운 연애주의자입니까? 보통 남자들끼리는 데이트라는 단어, 안 씁니다."

"절대! 네버! 난 여자 좋아해요. 환장할 정도로!"

"아하? 환장?"

태건은 머리를 쥐어박았다. 이 막말하는 주둥이를 어떻게 좀 해봐! 소리 없는 외침은 목 밖으로 나오지 못했다.

"나도 시간 내기 어렵습니다. 그러니 그만 튕기고, 거 데이트라는 거 한번 해봅시다."

"내가 왜요? 가이드는 한설아한테 부탁했으니 그쪽은 맘 접죠?"

"쉽게 접어질 것 같진 않으니 박태건 씨가 내 말대로 합시다."

빠직. 보이지 않는, 태 나지 않는 경계의 스파크가 공중에서 흩날렸다. 쳇, 죽어도 한설아와 단둘이는 안 두겠다는 이야기구만? 태건이 중얼거렸다.

"남자들끼리 무슨 재미로?"

"진짜 재미는 남자들끼리 뭉쳤을 때 나오는 법입니다. 잔말 말고 갑시다."

정후가 태건의 손목을 덥석 잡아당겼다.

"아, 뭐야! 왜, 왜 손을 잡고 그래요? 징그럽게!"

짜증을 내며 손을 놓자 먼저 걷던 정후가 그의 손목을 다시 잡아당겼다. 순식간에 얼굴이 빨갛게 달아오른 태건의 모습에 정후는 살며시 웃었다.

"연애 취향은 존중하지만, 나한테 반하는 건 사절입니다."

"미쳤어요?"

"네. 난 이미 한설아 씨한테 미쳐 있습니다. 그러니까……."

"내가 왜 이 이상한 커플에 휘말려야 돼? 안 가요, 안 가! 서울 구경 안 해!"

"본인이 싫다는데 강요할 순 없고. 그럼 내 부탁 하나 들어줍시다?"

정후의 눈빛이 반짝였다.

윤성호텔 바로 자리를 옮겨 술을 마시기 시작한 지 얼마 되지 않아 태건은 취하기 시작했다. 점점 머릿속이 어질어질했고, 속은 메스꺼웠다. 그만 먹어야 할 것 같은데 눈앞에 놓인 양주가 워낙 유명하고 비싼 거라 쉽사리 포기가 되지 않았다.

"부탁이 뭔데 이렇게 비싼 술을 먹여요? 딸꾹."

"별거 아닙니다. 묻는 말에만 대답해주면 됩니다."

"살살 물어요. 아프면 대답 안 할 거예요."

취했군. 알코올 알레르기가 있는 정후는 시원한 물을 들이켜며 기분 좋게 배시시 웃는 태건을 바라봤다.

생각했던 것보다 순수하고 유쾌한 남자. 세상의 때가 묻지 않아 맑은 느낌을 갖고 있는 설아와 잘 어울리는 부류의 남자. 물론 친구.

"설아 씨 사진, 갖고 있는 거 있습니까?"

"왜 그걸 나한테 찾아요? 한우풍 녀석들한테나 물어볼 것이지."

"보여주십시오."

"없다니까요?"

하면서 지갑을 꺼내 든다. 주섬주섬, 작은 사진 한 장이 나왔다. 아주 어릴 적 사진은 아니지만 중학생? 고등학생 정도 되어 보이는 앳된 얼굴이었다. 정후의 눈이 사르륵 녹아내렸다.

"한설아가 의외로 사기 캐릭인 거 알아요? 딸꾹. 저렇게 성격이 이상한데 공부도 잘하고 운동 실력도 좋고 심지어 사교성도 좋아요. 물론 오지랖이 넓다는 것은 빼고. 그래서인지 고딩 때 인기가 얼마나 많았는지 모르죠? 진짜 웃겨. 저게 뭐 볼 거 있다고 그렇게 졸졸졸, 남자들이 쫓아다녔나 몰라."

"박태건 씨도 쫓아다녔던 거 아닙니까?"

"아니지. 난 친구니까. 베프 알죠, 베프! 그거니까 같이 다녀준 거지. 아무튼 한설아는 나 없었으면 이상한 남자들한테 꼬였을 게 분명해요. 딸꾹, 내가 방패막이 되어준 거야. 뭐, 친구 사이를 빌미삼아 내 욕심을 채우기도 했고."

음. 정후는 고개를 끄덕였다. 그러니까 이 사진은 고등학생 한설아의 모습이로구만. 앳되지만 예쁜 얼굴. 청순하면서도 개구짐이 묻어 있는 사랑스러운 얼굴. 정후가 좋아하는 그녀 얼굴.

"아무튼 귀하게 모신 친구니까 취업준비생님께서 넘볼 생각 하지 마세요. 네?"

"취업, 준비생?"

"그쪽 백수라면서요. 근데 무슨 자신감으로 우리 설아를 꼬셨대?"

"그쪽 설아 아니고 나의 설아입니다. 우리, 라는 말은 좀 아껴두십시오."

"별걸 다! 에라이, 이 바퀴벌레 커플! 다 박멸해버릴 테다!"

그러고는 딸꾹, 한다. 정후는 말없이 양주를 한 잔 따라주었다.

"생각해보면 웃겨. 돈도 못 버는데 무슨 양주? 수상한데."

"몇 달 모은 돈으로 쏘는 거니까 부담 갖지 마십시오."

정후는 장난처럼 웃었다. 그러자 태건이 덥석 정후의 손을 잡았다.

"몇 번 보진 못했지만 그쪽, 이상한 사람 아닌 건 알겠어요. 근데 설아는 포기하세요. 네? 우리 설아, 아, 그래. 인심 써서 그쪽 설아는 행복해야 돼요. 부잣집 도련님 만나서 먹을 거 마음껏 먹고, 하고 싶은 거 마음껏 하면서 살아야 된다고요."

"……"

"한우풍 녀석들한테 치여서 우리 설아가 얼마나 눈칫밥을 먹었는데. 이젠 어깨 펴고 살 때도 됐단 말이에요."

"눈칫밥이라니, 무슨 말입니까?"

"출생의 비밀, 뭐 그런 걸 상상하면 오버고요. 나이도 어린데 한 놈은 앞길 창창한 공무원, 한 놈은 잘 나가는 모델이니 부모님이 얼마나 예뻐하겠어요? 그런데 설아는 스물여섯 되도록 작가 한답시고 돈도 안 되는 글을 쓰며 용돈을 축내니……."

처음 듣는 말이었다. 눈칫밥이라는 단어가 모난 돌처럼 툭, 하고 끼어들어 마음의 생채기를 냈다. 자신에겐 한없이 귀하고 소중한 사람인데 그런 상처가 있을 줄이야. 하지만 설아에겐 그늘을 느낄 수 없었다. 매사 당당하고 긍정적인 모습. 그게 설아 아닌가.

"에휴. 내색 좀 하면 어디가 덧나, 해괴망측한 웃음으로 가리면 가려지는 줄 알아요."

"무슨 뜻입니까?"

"캬캬캬캬, 그렇게 웃잖아요. 설아, 그렇게 웃으면 눈물이 쏙 들어간대요. 어릴 땐 안 그랬어요, 어느 순간부터 그랬지. 아, 됐고, 됐고. 그러니 설아를 배부르게 해주지 못할 윤정후 씨는 휘이, 물러가세요. 알아들었죠?"

"박태건 씨는 설아 씨, 포기한 겁니까?"

정후가 묻자 태건은 긴 한숨을 내쉬었다.

"한 번도 욕심낸 적 없어요. 난 설아를 배불리 해줄 수 있는 남자가 못 되거든요. 한설아, 고게 먹는 걸 오죽 좋아해야 말이지. 웬만한 직장인 월급 가지고는 감당이 안 된다니까요?"

태건은 고개를 절레절레 흔들었다.

한설아, 좋다, 좋다. 근데 감당은 안 된다. 그녀를 위해 해줄 수 있는 게 없다. 괜한 욕심을 부려 친구 사이도 멀어질까 싶어 태건은 단 한순간도 설아를 욕심낸 적 없었다. 그러니 정후가 말한 페어플레이가 가능할 수 없는 것이었다. 하지만 그렇다고 손 놓을 태건도 아니었다.

어떻게 지켜온 녀석인데! 백수한테는 절대 안 보내지!

"그쪽이나 나나 피차일반, 도긴개긴이에요. 그러니까 설아는 포기하세요. 내가 도시락 싸들고 다니면서 말릴 거야······!"

쿵. 정후는 테이블 아래로 고개를 떨군 태건을 물끄러미 바라봤다. 아직 제대로 된 대화를 나누지도 못했는데, 그는 바(bar)에 들어온 지 30분 만에 취해 나가떨어지고 말았다. 아쉽지만 예쁜 설아의 사진을 받아낸 것만으로 만족해야 했다.

정후는 먼지라도 묻었을까 애지중지하며 사진을 지갑 속에 넣은 후 재킷 안주머니 속에 고이 간직해두었다.

-둘이 연애해요?

취한 그를 부축하느라 불편해진 어깨를 공중에서 휘이 돌리며 통화를 이어가던 정후는 날이 선 목소리로 달려드는 실아의 목소리에 피식 웃었다.

"무슨 말을 그렇게 심하게 합니까?"

-근데 왜, 박태건이가 거길 가 있냐고요! 나도 한 번 못 가본 곳에?

정후는 힐끔, 손님방을 바라봤다. 거나하게 취한 태건을 데리고 자신의 오피스텔로 온 정후는 그의 거처를 알 수 없을뿐더러 혹여나 술에 취해 설아에게 찾아갈까 싶어 자신의 공간에 두기로 했다. 그러면 마음이 좀 놓이겠거니와 이 남자에 대해 점점 알고 싶은 마음도 있었기 때문이다. 비단 그녀의 친구라는 관계 말고 조금 더 공적인 시각에서.

"설아 씨에게는 언제든 열려 있습니다. 언제든 오십시오."

-싫어! 안 가요!

"심술, 났습니까?"

정후는 입꼬리에 미소를 달고 히죽거리며 소파에 앉았다. 듣고만 있어도 보고 싶은 목소리. 정후는 그녀의 얼굴이 상상되자 자꾸만 웃음이 터져 나왔다.

-당연하죠! 아주 웃겨. 나만 쏙 빼놓고 데이트를 하질 않나. 하다 하다 이젠 동침? 아이고, 뒷목이야. 박태건 이 자식, 옛날부터 내 밥 뺏어 먹던 놈이라 경계했어야 했는데. 남자 친구를 뺏길 줄 누가 상상이나 했어? 당장 태건이 바꿔요!

"지금 잡니다."

-악! 그런 대사 하지 마요. 상황이 이상하잖아. 그 대사는 남자 주인공의 내연녀가 현 여친 속 뒤집을 때 쓰는 말이라고요!

"그렇습니까? 근데 자는 걸 뭐라고 해야 될지."

-나쁜 놈! 감히 친구의 애인을 뺏어가? 가만두지 않겠어. 주소 불러요! 당장 갈 테니까.

그렇게 오라고 오라고 꼬셔도 안 온다더니, 연적이 나타나니까 단번에 달려온단다.

-손끝 하나 건드리지 말고 있어요! 가만 안 둬!

"아, 그게, 설아 씨?"

뭐지, 이 기분은? 정후는 이유 없이 조마조마했다.

딩동. 전화를 끊은 지 30분도 채 지나지 않아 오피스텔의 문이 벌컥 열렸다. 설아였다. 얼마나 급하게 달려왔는지 안 봐도 빤하다.

"이 자식, 어딨어? 감히 내 남친의 오피스텔에서 잠을 자? 가만 안 둬!"

"설아 씨."

"윤정후, 너님도 딱 기다려요! 알았어요? 삼자대면하자고!"

사, 삼자대면 말입니까? 아니, 도대체 뭘 말입니까?

정후가 얼이 빠져 있는 동안 설아는 방의 문이란 문은 다 열어젖히며 태건을 불렀다. 마침내 찾아냈는지, 설아는 거침없이 방으로 들어가 침대에 널브러져 있는 태건의 멱살을 낚아챘다.

"이 나쁜 놈아! 내가 널 얼마나 믿었는데? 응? 피를 나눈 형제보다 더 믿었어, 이 자식아! 근데 네놈이 감히 내 남친 오피스텔에서 대자로 누워 잠을 자? 너 죽고 나 죽자! 당장 눈 못 떠?"

뭐, 뭐지. 자꾸만 안절부절못하게 되는 이 느낌은?

설아 씨, 실아 씨의 대사도 이상합니다.

마치 설아를 두고 박태건과 바람이라도 난 것 같은 묘한 기분이 정후의 등골을 오싹하게 만들었다. 윽, 박태건이라니. 저렇게 예쁜 여친을 놔두고 내가 미쳤나. 농담으로라도 딱 싫다!

"으음, 아…… 파. 그…… 만."

"닥치고 일어나, 이 자식아!"

퍽, 퍽. 퍽, 퍽. 거침없는 소리가 들려왔지만 정후는 눈을 질끈 감아버릴 뿐이었다.

"한…… 설아? 윽, 물 좀 줘. 목 타."

"타 죽어라, 이 자식아! 정신 차리고 일어나랬지?"

"악, 아프다니까!"

태건이 벌떡 일어났다. 하지만 금세 다시 고꾸라졌다. 양주, 이 죽일 놈. 이라고 중얼거리며. 설아는 잠시 무언가를 찾는 듯하다 방에서 빠져나왔다. 그러고는 손에 든 무언가를 그의 얼굴에 뿌렸다. 촤악! 하는 소리와 함께 태건의 눈이 번쩍 떠졌다.

"악, 차가워!"

"감히 어딜 넘봐? 당장 일어나! 이 나쁜 것!"

"한설아. 옷 다 젖었잖아. 너무한 거 아냐?"

"그러게 누가 내 거 넘보래?"

"정신이 어떻게 된 거 아니냐? 넘보긴 뭘 넘봐? 이게 진짜!"

퍽, 퍽. 퍽, 퍽. 치고 박고 싸운다, 아주.

태건은 설아의 주먹을 피하면서도 설아에게 베개를 던지는 일을 멈추지 않았다. 요란스러운 난타전이 이어지면서 베개 하나가 설아의 얼굴 안면을 가격함과 동시에 설아가 뒤로 넘어지려 했다. 와락, 그 순간 정후가 달려가 설아를 뒤에서 안으며 안도의 한숨을 내쉬었다.

"괜찮습니까?"

설아는 이를 갈며 정후의 손을 밀어냈다.

"선택해요. 나예요, 박태건이에요?"

네? 뭐, 뭘 선택하라고요? 정후의 눈에 당황스러움이 스쳐 지나
갔다.

"말 안 해요?"

"설아 씹니다. 무조건."

"그럼 이 인간 당장 쫓아내요!"

일단 외쳤다. 설아라고. 그러지 않으면 내가 쫓겨나가게 생겼으
니까.

"설아 씨, 일단 진정합시다. 26년 지기라면서 이렇게 매몰차도
됩니까? 술을 많이 마셨습니다. 지금 보낸다면 길거리에서 잠들기
밖에 더하겠습니까? 그러니까 박태건 씨는 여기에 재우고, 우린
우리들의 침실로 갑시다."

"흥."

"나 안 보고 싶었습니까? 점점 섭섭해지려고 합니다. 같이 있
자고 초대할 땐 와주지도 않더니, 친구 일에는 한걸음에 달려오
고 그것도 모자라 난 찬밥 신세고…….. 조금 마음이 아프려고 합
니다."

설아는 방금 전까지도 치열하게 싸워대던 녀석은 술기운에 겨우
발악했던 것임을 깨달았다. 살기 위해 방어태세로 달려들다가 공격
이 잠잠해지자 고꾸라지듯이 침대에 고개를 박고 잠이 든 듯했다.
그 모습을 물끄러미 바라보던 설아가 정후에게로 시선을 돌렸다.

상처 받은 얼굴로 사슴처럼 자신을 바라보고 있는 정후의 눈빛

에 설아는 잠시 흔들렸다.

"갑시다, 설아야."

윽. 홀린 듯 남자가 이끄는 손목의 힘을 따라가던 설아는 자신도 모르게 태건이 잠든 방문을 살며시 닫고 있었다. 그리고 정후가 이끄는 침실 안으로 밀려 들어갔고, 다가오는 입술을 받아들여야 했다. 몇 번의 키스. 몇 번의 손길에 진한 신음 소리가 흘러나왔다. 그리고 정후가 급하게 설아의 손길을 막아섰다.

"설아 씨, 안 됩니다. 저쪽 방에 박태건 씨가."

"쉿. 그러니까 정후 씨가 소리 내지 마요."

"은근히 스릴을 즐기는 타입입니까?"

"나를 이렇게 만든 사람이 누구였더라?"

익살스럽게 웃으며 정후의 맨가슴을 만지고 정후의 엉덩이를 주물럭거리는 설아 때문에 그는 터져 나오는 신음을 참으려 애를 썼다. 그러고는 이 당황스러우면서도 만족스러운 느낌을 어떻게 견뎌야 할지 벌써부터 고민이 되었다.

"이, 이러면 안 됩, 흡."

이 여자가, 왜 이렇게 갈수록 박력 있어? 한 치의 망설임도 없는 손길에 정후는 맥없이 끌려가고 있었다.

설아는 정말 대단한 여자였다. 단추 하나 풀지 않았는데도 섹시하고 매력적이다. 금방이라도 숨이 넘어갈 듯 애를 태우는 스킬이 예사롭지 않다. 정후는 두근거리는 심장을 주체하기가 어려울 정도였다.

"설아 씨."

하지만 판단을 내려야 한다. 거실을 가로지르면 잠들어 있긴 하지만 박태건이 있다. 아무리 친분이 있다고 해도 이건 경우가 아니지 않은가? 아, 근데 왜 이렇게 좋아? 이 여자 진짜! 앗, 거긴 안 된다고! 정후는 발악했지만 인정해야 했다. 태건 때문에 조심스러웠지만 한편으로는 묘한 스릴이 느껴졌다.

도대체 이 여자와의 연애는 뭐가 이렇게 맛깔스럽고 간질간질한지. 매 순간 애간장이 녹고 매 순간이 설레었다.

"정말 계속, 진행할 겁니까?"

나오지도 않는 말을 겨우 내뱉으며 흔들리는 눈동자로 설아를 바라봤다. 설아는 조용히 고개를 끄덕였다.

이 여자의 대담함이란. 정후는 이왕 이렇게 된 거 설아의 기대에 부응하고 싶었다. 입술을 부딪쳐오는 설아를 살짝 밀어낸 정후가 거침없이 입고 있던 티셔츠를 벗었다.

꿀꺽, 그래. 소리만 안 나면 괜찮을지 몰라. 이렇게나 서로를 원하고 있잖아? 꿀꺽.

"갑시다."

"네?"

"가자고요. 우리만의 세계로."

난 준비가 되었습니다. 이글이글 타오르는 얼굴로 설아를 바라보자 설아는 만세를 외치듯 두 손을 들었다. 그리고 양손을 쫙 펴더니 찰싹, 하고 정후의 맨가슴을 때렸다. 그러자 그 자리가 시뻘겋게 달아올랐다.

"서, 설아 씨?"

"날도 추워 죽겠는데 왜 혼자 벗고 난리래? 열이 많은가 본데, 냉수마찰이나 실컷 하세요! 바람둥이 씨!"

벌컥, 그리고 쾅!

설아는 망설임 없이 침실 문을 열고 나가버렸다.

그와 동시에 남겨진 정후의 귓가엔 휘잉, 하는 바람 소리가 들리는 것 같았다. 난 누구이고, 여긴 어디인가. 정후는 침대 위로 털썩 주저앉아 비련의 여주인공처럼 얼굴을 감쌌다.

바람둥이라니. 온니 설아를 외치는 자신에게 바람둥이라니.

"하여튼 한설아."

잊고 있었다. 뛰는 정후 위에 나는 설아가 있다는 걸.

절대 긴장을 늦춰서는 안 되는 사이라는 걸.

정후는 그녀의 말대로 냉수마찰이 시급해 보였다. 천천히 몸을 일으켜 침실 안의 욕실로 들어가는데 그녀의 절규가 들리는 듯했다.

"원수야, 이 원수! 감히 내 남자를 탐해?"

정후는 결국 피식 웃어버렸다. 설아도 질투를 하는구나 싶어서.

물론 상대가 늘씬한 여자가 아닌 사지 멀쩡한 남자라는 게 조금 황당했지만 열을 내며 달려드는 모습이 꽤나 귀엽고 신선했다.

"그거 압니까?"

정후는 멀리서 들리는 설아의 목소리를 들으며 중얼거렸다.

"이 말도 안 되는 상황에서도……."

설아 씨가 좋습니다. 설아 씨의 생각, 설아 씨의 행동. 그 어느 것 하나 평범할 것 없는 모든 것들에서 사랑을 느낍니다.

정후는 가슴 한편이 따뜻해져오는 것을 알 수 있었다.

"으악, 말도 안 돼! 이게 진짜란 말이야? 말도 안 돼. 맙소사, 맙소사!"

시끄러운 소리에 눈을 뜬 정후는 벽에 걸려 있는 시계를 바라봤다. 새벽 다섯 시. 아직 해가 뜨지도 않은 시간인데 손님방에서 잠든 남자는 벌써 깨어난 모양이다. 정후는 잠들어 있는 설아가 깰까 이불을 덮어주며 카디건을 찾아 입고 침실에서 빠져나왔다.

똑똑. 가볍게 노크를 하고 손님방의 문을 열자 반쯤 정신이 나가 있는 태건이 보였다.

"무슨 일 있습니까?"

술에 취해 떡실신했던 어제를 알려주듯 태건의 얼굴은 퉁퉁 부어 있었다. 그뿐이겠는가. 머리는 산발에, 꾀죄죄한 몰골은 못 봐줄 지경이었다. 정후는 술 냄새가 풍기는 방 안 공기를 휘이 저으며 코를 틀어막았다. 그때까지도 휴대폰을 들여다보고 있던 태건이 벌떡 일어나 정후를 품에 안았다.

"합격이래요, 합격! 오후에 있을 2차 프레젠테이션에 참석하래요! 우하하하하."

얼씨구나 절씨구나 하며 어깨춤을 추는 태건을 물끄러미 바라보던 정후는 차마 그 몰골로는 오늘 좀 힘들지 않겠습니까, 라는 말을 꺼낼 수가 없어 입을 다물었다.

그 순간 퍽, 하는 소리와 함께 날아간 태건의 모습에 놀란 정후는 뒤를 돌아봤다.

"이게 아침부터 죽을라고. 정신 들었냐?"

"한설아? 네가 왜 여기에 있어?"

"내 애인 집에 내가 있겠다는데 뭐! 남의 남친 집에서 뻔은 게 누군데?"

태건은 어리둥절한 얼굴로 정후를 바라봤다. 정후는 어깨를 으쓱하고는 한 발자국 물러섰다. 본인은 아무런 죄가 없다는 뜻이었다. 태건은 빠르게 머리를 굴려봤지만 떠오르는 게 없어 당황스러웠다.

"술이 원수다, 하면서 봐줄까 했는데, 이건 또 뭐냐? 어디 신성한 정후 씨를 품에 안아? 너 솔직히 말해봐. 또 그 이상한 취미 돋은 거 아니냐?"

"야! 됐거든? 비켜, 비켜. 나 지금 나가봐야 돼."

"또 어딜 나가? 이판사판 공사판이야, 너!"

"야, 한설아. 너 나중에 나 성공하면 쥐뿔도 없을 줄 알아."

퍽이나! 에라이!

설아가 침대에 놓여 있는 베개를 들어 태건에게 날렸지만 이미 그는 집 밖을 나간 후였다. 현관문 앞에 덩그러니 남겨진 베개를 주워 든 정후가 씩씩거리며 달려드는 설아를 품에 안아 다독였다.

"더 자러 갑시다."

"안 졸려요. 저 화상 때문에 잠이 확 깼어요."

"그럼 백수 남친이랑 좋은 시간 보내는 건 어떻습니까?"

정후의 말에 언제 화를 냈냐는 듯 설아는 음흉하게 웃으며 그의 품 안에 안겼다.

며칠 후.

설아는 컴퓨터 앞에 앉아 심오한 표정을 지으며 고개를 갸웃거렸다.

안 풀린다, 안 풀려. 왜 이렇게 문장이 엉키는지. 온통 마음에 안 드는 대사들뿐이다. 설아는 머리를 쥐어짰다.

슬럼프인가. 잘 풀리다가도 멈칫하게 되고, 마음이 붕 뜬 것처럼 허공을 갈라 아무것도 안 잡힌다. 윽, 기분 전환이 필요한 시기가 온 건가. 설아는 긴 한숨을 내쉬었다.

윙, 윙. 그 순간 구석에 밀어두었던 휴대폰에서 요란한 진동 소리가 들렸다. 액정을 확인한 설아는 더 큰 한숨을 내쉬었다.

"누나다."

-잘 지내셨습니까? 누님?

어울리지 않게 극존칭을 쓰는 동생의 목소리에 설아는 고개를 끄덕이며 거드름을 피웠다.

"배고픔에 지쳐 쓰러졌다 전해라. 일용할 양식이 거덜 난 지 오래이며, 이곳은 빈민촌과 다름없다 전해라."

-죽지 않고 살아 있는 게 용하다는 답변이옵니다. 누님.

"정 없는 울 엄니. 그나저나 용건은?"

-다음 주에 아버지 생신인 거 알지? 언제쯤 내려올 거야?

벌써 그렇게 됐나. 설아는 컴퓨터 옆에 펼쳐놓은 달력으로 시선을 옮겼다.

"음, 생신 맞춰서 내려갈게."

-그러지 말고 미리 내려와서 한 일주일 있다 가는 건 어떠냐고 물으시는데?

"엄마가? 뭔 바람이 불어서?"

-바람은 무슨. 보고 싶으니까 그러시겠지. 저번 명절에 올라가 놓고 코빼기도 안 비췄잖아.

코빼기도, 라니. 설아는 그동안 본가에 무심했나 싶어 괜히 무안해졌다.

"알았어. 그렇게 하겠다고 전해."

-태건이 형도 챙겨서 같이 와.

"그놈 알게 뭐야?"

-지겹지도 않아? 어째 붙어 있기만 하면 티격태격이냐? 아무튼 요즘 태건이 형도 이래저래 신경 쓸 일 많아서 힘들었을 거야. 오랜만에 다들 뭉쳐 회포를 풀어보자고!

"이래저래 신경 쓸 일이 뭔데? 왜 한풍아 너는 알고 나는 몰라?"

-남자들의 세계에 너무 깊게 파고들지 말게. 아무튼 다음 주에 봅시다.

뚝. 끊어진 전화를 물끄러미 바라보고 있던 설아는 눈썹을 삐죽거렸다.

휴대폰을 한쪽으로 밀어둔 설아는 시끄러운 머릿속을 감당할 자신이 없어 컴퓨터의 전원을 꺼버렸다. 그리고 침대 위에 벌러덩 누워 눈을 감았다.

딩동, 딩동.

잠깐 누워 있다 생각했는데 잠이 든 모양이다. 초인종 소리에 천천히 걸어가 문을 열자 반가운 얼굴이 짠 하고 나타났다. 붉은 장미꽃이 가득 담긴 꽃다발을 들고.

"받으십시오."

내 거예요? 라고 묻는 얼굴에 정후가 고개를 끄덕였다. 설아는 생전 처음 받아보는 꽃다발을 품에 안으며 얼굴을 붉혔다.

"갑자기 웬 꽃다발?"

"그냥. 주고 싶어서."

정후가 배시시 웃는다. 들어오라고 손짓했지만 정후는 고개를 절레절레 흔들었다.

"데이트합시다. 편한 옷 입고 나오십시오."

데이트? 어느새 해가 뉘엿뉘엿 저물고 있는 이 시간에?

게다가 편한 옷이라니. 설아는 그를 바라보았다.

방금 전 TV 속에서 튀어나온 모델처럼 떡 벌어진 어깨와 긴 팔다리, 맵시 좋은 몸매를 자랑하는 이 남자는 슈트를 집어삼킬 듯 멋들어진 차림새를 하고 있었다.

"음? 날씨가 좋습니다. 맛있는 것도 먹고, 드라이브도 갑시다."

"들어와서 기다려요. 시간 걸릴지도 몰라요."

"차에서 기다리겠습니다. 천천히 준비해서 내려오십시오."

정후의 말에 설아는 더 이상 조르지 않았다. 그는 기분 좋은 미소를 띠며 계단을 내려갔고 설아는 정신없이 준비를 시작했다.

딸깍. 준비를 마친 설아가 그의 차에 몸을 실었을 때 정후는 통화 중이었다. 설아는 잠시 그의 모습을 지켜보았다.

일하는 남자가 그렇게 섹시하다던데, 그 말은 정후를 두고 하는 말인가 싶을 정도로 그는 멋졌다. 집중할 때마다 살짝살짝 구겨지는 미간과 고민이 될 때마다 눌러대는 관자놀이. 무어라 중얼거리고 있는 입술과 펜을 든 긴 손가락까지.

설아는 따분한 줄 모르고 넋을 놓은 채 바라보고 있었다.

멋지다. 이 남자가 내 남자라니. 새삼 가슴이 뭉클거렸다.

잠시 후 통화를 끝낸 정후가 설아에게 몸을 돌리며 손을 맞잡았다.

"데이트하자고 해놓고 일만 해서 미안합니다. 이제 다 끝났으니까 출발하겠습니다."

"정후 씨. 우리 뽀뽀 한번 합시다."

쪽. 설아의 입술이 감칠맛 나게 그의 입술 위로 날아들었다.

정후는 갈증을 느끼는 사람처럼 그녀의 목덜미를 낚아채 진한 키스를 나눴다. 그럼에도 불구하고 한없이 부족한 얼굴로 그녀를 바라보던 정후가 아쉬움의 목소리로 말을 이어갔다.

"또 뽀뽀하고 싶으면 미리 말하십시오."

"꾹 참을 테니 걱정 마요."

"애정 표현은 참는 거 아닙니다."

아쉬워하는 그를 알면서도 새침하게 고개를 돌리자 정후가 '치' 하는 소리를 내고서는 차를 출발시켰다. 설아는 그 몰래 키득거렸다.

미리 예약해놓은 식당에서 저녁을 먹고 커피 한 잔을 테이크아웃해 드라이브를 했다. 분위기 좋은 공원을 발견해 손을 잡고 산책도 했다. 혹시나 추울 설아를 위해 정후는 목도리와 담요를 챙겨와 알뜰하게 설아를 보살폈다. 설아는 그의 다정함이 좋았다.

"혹시 이거 좋아합니까?"

불쑥, 설아의 손 앞으로 내민 물건을 물끄러미 바라보았다. 비눗방울이었다. 정후는 배시시 웃는 설아의 모습을 확인하고서 뚜껑을 열었다. 기다란 빨대가 나오더니 정후가 후, 하고 불자 공중에서 흩날렸다.

"예쁘다."

바람을 타고 가볍게 춤을 추는 비눗방울을 바라보고 있으니 아이도 아닌데 괜히 기분이 좋아진다. 설아가 살포시 웃자 정후도 따라 웃었다.

"우리 처음 만난 날, 기억해요?"

"기억합니다. 내가 이상형이 아니라서 싫다 하지 않았습니까?"

"네, 그랬죠. 이렇게 달달한 남자일 줄은 꿈에도 생각 못했어요."

달달한 남자로 만든 게 누군데. 바보.

정후가 속으로 중얼거리며 설아의 머리를 쓰다듬었다.

"사실 정후 씨 이상한 남자인 줄 알았어요. 다짜고짜 계약서부터 쓰자고 하질 않나, 원하는 건 다 사주겠다고 하질 않나. 왜 그랬어요? 편의점 자유이용권, 그거 작은 돈 아니잖아요."

설아의 질문에 정후는 별일 아니라며 비눗방울을 후, 불었다. 또한 번 비눗방울은 공중에서 흩날렸다. 설아는 그것을 지켜보며 묵묵히 기다려주었다.

"믿기 어렵겠지만 어머니 때문이었습니다. 사실 권 여사는 무뚝뚝한 남편과 두 아들 사이에서 늘 외로움을 느끼고 있었습니다. 각자 일에 바빠 집을 등한시했던 세 남자들로 인해 우울증을 앓기도 했습니다."

"권 여사님이요?"

우울증에 걸린 권유리 여사라. 설아는 상상이 가질 않았다. 그렇게 많은 것을 가지고, 많은 것을 누리며 살아가는 사람에게도 우울증이라는 게 생길 수 있구나. 하는 생각이 들 정도였다.

"우울증이라는 거 정말 무서운 겁니다. 하루에도 몇 번씩 심경에 변화가 오는지 감정조절이 잘 안되시더군요. 그래서 자신의 곁을 함께해줄 살가운 며느리가 있었으면 하셨습니다. 어쩌면 든든한 편이 되어줄 사람을 그리워했는지도 모릅니다. 그 적임자로 어릴 때부터 같이 자라온 세연이가 되었던 것이고요."

"……."

"하지만 제 눈에 세연이는 그리 좋은 아내감이, 좋은 며느리감이 아니었던 것 같습니다. 무엇보다 좋아하는 감정이 생기질 않았던 게 가장 문제인지도 모르겠습니다. 어머님의 성화에, 혼기가 찼다는 이유만으로 누군가의 남편이 되어야 한다는 의무감은 정말이지 숨이 막혔습니다. 괴로울 정도로."

견디기 힘든 건 권 여사의 눈빛이었는지도 모른다. 지독히도 외로워하는 그 눈빛, 남편과 아들이 감싸주지 못했던 그 외로움을 누군가에게 보상받고 싶어 하는 그 마음이 더욱 그를 무겁게 했다. 그렇다고 해서 마음에도 없는 여자와 평생을 살아야 한다는 건 자신을 괴롭히는 일이 될 것임을 알아차렸다. 그래서 결단을 내렸다. 시간을 벌기 위해 혹은 정말 내 짝이다, 하는 사람을 만나기 위해 잠시만 권 여사의 관심을 돌려놓고 싶었다.

"하지만 이젠 괜찮습니다."

계약으로 시작된 인연이었지만 이렇게 짝을 찾았으니 그 누구도 슬프지 않은 엔딩이 될 것이다 믿어 의심치 않았다. 무엇보다 정후가 행복해질 것이라는데 자신이 있었다.

"그래서 그 큰 돈을 아무렇지 않게……."

"내 자신을 위해서라면 또한 소중한 사람을 위한 일이라면 돈의 액수는 그리 중요하지 않습니다."

후, 하고 부는 비눗방울이 소중한 사람의 얼굴 위에서 동동 떠다녔다. 아련하고 애절한 느낌이 잔잔하게 몰려들었다.

"그 어떤 것도 아깝지 않을 사람이고, 그 무엇도 대신할 수 없는 사람일 겁니다. 나에게 설아 씨는."

"정후 씨."

"요즘 내 꿈이 뭔지 압니까?"

"……"

"애처가, 좋은 아빠. 그게 내 꿈입니다."

"……"

"단 한 번도 그려본 적 없는 미래입니다. 그런데 설아 씨를 만나면서는 매일 그려보는 미래이기도 합니다. 난 큰 행복을 바라지 않습니다. 이렇게 같이 웃을 수 있고, 함께 있는 동안 서로에게만 집중할 수 있는 것. 그게 내가 그리는 미래이고 행복입니다."

정후는 설아의 손을 잡았다. 그리고 그 손 위에 쪽, 하고 입을 맞췄다.

"설아 씨. 조급해하지 않겠습니다. 설아 씨가 원한다면 그깟 4년, 기다리겠습니다."

"……"

"하지만 잊지는 말아주십시오. 내 미래는 설아 씨와 함께 그려나가고 있다는 것. 다른 여자는 상상조차 할 수 없다는 것."

"정후 씨."

"평생 내가 혼자 살길 원치 않는다면 꼭 내게 오십시오. 바보처럼 들릴지 모르지만 난 언제까지나 기다릴 겁니다."

뭐예요. 기다리겠다는 거예요, 빨리 오라는 거예요? 장난처럼 맞받아치려던 설아는 너무나도 진지한 그의 얼굴에 아무런 대답도 할 수가 없었다. 가슴이 먹먹해져 답답한 느낌이 들 정도로 벅차올랐다.

"그리고 이거."

눈물이 핑 도는 것 같아 설아는 여러 번 눈을 깜빡여야 했다. 그리고 그 순간, 정후가 설아의 손을 잡아당겼다.

"미리 접수 좀 하겠습니다."

왼쪽 네 번째 손가락으로 무언가가 밀고 들어왔다. 설아는 차가운 감촉에 시선을 돌렸다. 반지였다.

정후는 설아의 손가락에 딱 맞는 반지를 바라보며 작게 웃었다. 그리고 남아 있는 다른 하나의 반지를 설아에게 내밀었다.

이유를 묻는 얼굴로 정후를 바라보자 그는 고개를 끄덕일 뿐이었다. 그녀는 잠시 머뭇거리다 그의 손가락에 반지를 끼워주었다.

"연인의 표시라고 해둡니다. 검은 속내를 담은 남자의 욕심이라는 사실은 잠시 잊어두고."

"조급해하지 않겠다면서요? 기다리겠다면서요?"

설아가 눈을 흘기자 정후는 흠흠, 하고 헛기침을 했다. 그러고는 '내일부터 그럴 겁니다'라고 대답했다. 설아는 정후의 넉살에 눈물이 날 정도로 웃었다.

"아 참, 나요. 일주일 정도 본가에 내려가 있을 거예요."

"무슨 일 있습니까?"

"아버지 생신이세요. 겸사겸사 쉬었다 오려고요."

"음……."

어차피 정후에게도 바쁜 한 주가 될 것이다. 그로 인해 설아를 외롭게 하고 싶지 않아 고민하던 찰나기도 했다. 차라리 잘됐다는 생각이 들면서도 일주일이나 떨어져 있어야 한다는 사실이 그다지 마음에 들지 않았다. 언제든 잠시라도 볼 수 있는 거리에 있었다는 게 얼마나 감사한 일인지를 깨달았다. 하지만 어쩌겠는가. 정후는 아쉬운 듯 설아를 품에 끌어안았다.

"알겠습니다. 조심히 잘 다녀오십시오."

"그럴게요."

정후는 헤어지기 싫은 사람처럼 그녀를 한참 동안이나 안고서 놔주지 않았다.

일주일이라는 시간 동안 집을 비워야 하다 보니 제법 짐이 커졌다. 설아는 무거운 캐리어를 끌며 원룸 건물을 빠져나왔다. 버스 터미널에서 만나기로 한 태건이 '여어' 하며 알은체를 해왔다.

"여기가 버스 터미널이냐?"

"데리러 왔으면 감사하다 해야지. 보자마자 투덜거리기는."

무슨 일인지 기분이 좋아 휘파람까지 불고 있는 태건이었다. 설아는 캐리어를 건네며 앞서 걸었다.

"백수 남친은 오늘 바쁜가 봐?"

"백수 아니라니까. 취업준비생!"

"그거나, 그거나. 하여튼."

마침 도착한 택시에 몸을 실은 두 사람은 터미널에 도착했고, 미리 예매해놓은 표를 건네며 버스에 올라탔다.

[버스 탔어요. 잘 다녀올게요.]

구시렁거리는 태건의 목소리를 뒤로한 채 설아는 정후에게 메시지를 보냈다. 그러자 1분도 채 지나지 않아 답장이 날아왔다.

[데려다주고 싶었는데 갑자기 일이 생겨 미안합니다. 대신, 오는 길은 꼭 데리러 가겠습니다.]

[괜찮아요. 아무리 바빠도 끼니 거르지 마요.]

[도착하면 영상통화부터 합시다. 보고 싶습니다.]

못 살아. 사랑꾼 윤정후 씨.

설아의 입꼬리가 활처럼 휘었다.

[생각해보고요.]

[갈수록 다양한 방면에서 끼를 보입니다? 이번에는 밀당입니까?]

[올? 밀당도 알아요? 캬캬캬. 능구렁이 씨, 일 열심히 하고 있어요.]

[여우 씨는 내 생각만 많이 하십시오. 떨어져 있는 일주일 동안 우리의 미래에 대해서 진지하게 생각해보는 것도 잊지 마십시오.]

조급해하지 않는다며? 기다리겠다며? 말끝마다 미래에 대한 이야기를 언급하는 정후 때문에 설아는 자꾸만 웃음이 터졌다.

점잖은 윤정후가 한 여자 때문에 애타하는 사실을 누가 알까? 그 주인공이 설아 본인이라는 것이 가슴을 뛰게 만들었다.

이 남자와의 미래라. 이 남자를 닮은 아이라. 설아는 상상만으로도 설레는 기분이 들었다.

[사랑합니다.]

수줍은 고백. 하지만 그 고백 안에 담겨 있는 진심의 깊이가 너무나도 깊어 설아는 마음이 따뜻해졌다.

"그 반지 뭐냐?"

한참 정후의 생각에 빠져들 때쯤, 태건의 목소리가 불쑥 끼어들었다. 설아는 눈썹을 삐죽이며 손을 감췄다.

"서얼마, 커어~ 프을~ 리잉?"

"잠이나 자!"

"우리 한설아 다 컸네? 남자한테 반지도 받고. 우라질."

우라질은 뭐냐! 설아는 잠든 척 눈을 감았다. 그러자 태건이 집요하게 따라붙었다.

"묵비권을 행사하시겠다?"

"조용히 해. 네 목소리 진짜 크거든?"

"내가 유심히 고민해봤는데, 윤 씨, 정체가 수상해. 백수라면서 비싼 양주를 턱턱 사주질 않나, 정신없어 자세히 기억은 안 나지만 그 오피스텔, 딱 봐도 비싸 보이지 않냐? 게다가 네 손에 있는 이 반지!"

"……."

"예사롭지 않단 말이지. 진짜 백수 맞아?"

날카롭게 묻는 태건의 말에 설아는 어색하게 하품을 했다.

"자는 척하지 마!"

드르렁, 드르렁. 보란듯이 코를 긁자 태건은 씩씩거리면서 의자에 몸을 기댔다. 그러면서도 구시렁구시렁.

두 사람의 고향인 전주 터미널에 도착하자 우아와 풍아가 차를 끌고 와 기다리고 있었다. 덕분에 편하게 고향집에 도착한 설아는 넓은 마당에 서서 고향의 냄새를 만끽했다.

"스메엘!"

내 부모의 집. 그리고 내가 자라왔던 집.

설아는 오랜만에 마음이 편안해지는 걸 느낄 수 있었다.

서울에서의 생활이 불편한 건 아니었지만 돌아와보니 그곳에서는 느끼지 못했던 여유와 편안함이 이곳에 있었음을 깨달았다. 그리고 잠시, 그리운 기억에 눈을 감았다. 날씨는 좋았고 공기마저 산뜻했다. 봄이 오려나 보다.

윙, 윙. 그 순간 주머니에서 느껴지는 진동 소리에 눈을 떴다. 정후였다.

-잘 도착했습니까?

통화 버튼을 누르자 그의 얼굴이 불쑥 튀어나왔다. 아, 영상통화. 그제야 알아차린 설아가 급하게 머리를 정리했다.

"네. 집이에요. 정후 씨는 안 바빠요?"

설아의 물음에도 정후는 답이 없다. 빤히 설아를 바라볼 뿐.

"새삼 나의 우월한 미모에 빠지고 있는 중?"

-화장, 했습니까?

"엇. 어떻게 알았대? 태 나요?"

또 말이 없다. 왜 이래?

-자꾸 예뻐지지 마십시오.

"윽. 닭살. 오늘 점심, 닭고기 먹었어요?"

-어떻게 알았습니까?

놀란 정후의 표정에 설아는 캬캬캬캬, 하고 웃었다.

정후는 그녀의 웃음소리를 듣자 그제야 숨통이 트이는 느낌이었다. 처음엔 이상하게만 느껴졌던 해괴망측한 저 소리. 지금은 귓가에서 아른거려 그립기만 한 소리기도 했다.

-밖에 나와 있습니까? 바람이 부는 것 같은데, 감기 조심하십시오. 곁에서 챙겨주지도 못하는데, 아프면 안 됩니다.

"여기는 날씨가 괜찮아요. 공기도 좋고. 구경할래요?"

설아는 화면을 변환시켜 주변을 비췄다. 높은 산과 지저귀는 새들, 여름이면 졸졸졸 시냇물이 흐르는 한적한 동네였다. 정후는 설아가 있는 곳을 유심히 바라보며 살며시 웃었다.

-그곳에서 태어나고 자란 겁니까?

"네, 좋죠?"

-좋아 보입니다. 나도 함께 있고 싶을 정도로.

정후의 목소리가 낮게 울렸다. 설아는 다시 화면을 변환시켜 그와 눈을 맞췄다.

-그래도 역시, 설아 씨 보는 게 더 좋습니다. 예쁜 우리 여우.

"자꾸 예쁘다고 하지 마요. 버릇 나빠지니까. 콩깍지 벗겨져서 잔소리하는 날 올까 무서워."

-별걱정을 다 합니다. 설마 그러려고?

"안 그런다는 보장이 어딨어요? 시간 지나면 다 똑같지. 특히 남자들!"

-어허잇. 그런 미운 말이 어딨습니까? 멀리 있다고 너무 까붑니다.

정후가 청학동 훈장님처럼 으름장을 놓았다. 설아는 입을 삐죽거리며 웃어 보였다. '정말 느끼해 죽겠어'라는 말을 덧붙이려는 순간, 액정 안으로 누군가가 스멀스멀 기어 들어왔다.

-어?

"혹시 울 언니 남친?"

"아, 뭐야! 안 비켜? 저리 가!"

"안녕하세요. 형부우! 처음 뵙겠습니다. 전 한우아고요. 얘는 한풍아입니다. 짜잔~"

설아는 당황스러운 얼굴로 자신의 양쪽에 서 있는 우아와 풍아를 번갈아 바라봤다.

이것들이 언제? 어어엇? 휴대폰은 왜 가져가?

-반갑습니다.

"끼얏. 우리 형부 목소리 대박, 대박, 대박! 꿀성대 저리 가라심! 울 언니 남친 맞죠? 형부라고 불러도 되는 것도 맞고요?"

-맞습니다. 맘껏 부르십시오.

"엄머, 엄머. 우리 형부 짱 쿨! 쿨내가 진동, 진동! 형부, 안 바쁘시면 놀러 오세요."

"야, 오버하지 마. 너 보고서라도 안 오겠다."

"풍아, 입 닫아라잉?"

액정 위에 떠 있는 정후를 보며 실실대는 우아와 그녀를 말리는 풍아. 두 사람의 모습에 기가 막힌 설아가 앞마당에서 시끄럽게 투닥거렸다.

"내놔, 내놔! 정후 씨, 전화 끊어요. 내가 다시……."

"형부는 이름도 멋지네요! 꺄르륵, 형부! 언제든 열려 있어요. 부담 갖지 말고 놀러 오세요오오!"

"야! 한우풍! 너희들 죽을래? 당장 휴대폰 안 내놔?"

"꺄르륵, 꺄르륵."

한우풍, 이 자식들. 설아는 이를 갈았다. 어느새 휴대폰을 든 채로 사라져버린 두 사람의 모습을 지켜보던 설아는 뒷목을 잡았다.

아오, 하필이면 저것들한테 들켜서.

설아가 이를 악물고 문제의 것들을 잡으러 가려는데 어느덧 실실 웃으며 다가오는 두 사람으로 인해 설아는 가던 걸음을 멈췄다.

"내놔."

어느새 가까워진 두 사람에게 손을 뻗자 이미 통화가 끝났는지 액정은 꺼진 채 손 위에 올려졌다.

"예의 없이 뭐 하는 짓들이야? 이것들이 군기가 빠졌지?"

"흥. 형부랑 통화하는 게 뭐 어때서? 그리고 언니, 너무한다? 애인이 생겼으면 즉각 보고를 해야지이!"

"내가 왜?"

"넘나 멋진 형부를 혼자 독차지하는 건 불공평해! 흥"

"지랄을 해라. 누님, 제가 처리할까요?"

"처리해라."

넵! 풍아가 우아를 질질 끌고 집 안으로 들어갔다. 엉뚱하고 발랄한 두 사람 모습을 보자 정말 집으로 돌아왔구나를 실감하고 있었다. 물론 일주일을 저것들과 어떻게 보낼 것인가에 대한 고민도 함께.

한숨을 푹 쉬며 저들의 입을 틀어막을 방법부터 고민하던 설아는 때 마침 울리는 진동에 휴대폰을 확인했다. 징후의 메시지였다.

[형부라는 소리, 듣기 참 좋습니다.]

이이이잇! 설아는 한통속이 된 이 남자의 메시지를 한참 동안이나 노려보았다.

제 8 조

　북적거리는 연회장 안으로 들어서던 정후는 화려한 내부 모습에 눈살을 구겼다. 내일 있을 취임식을 준비하느라 바쁜 손길들이 여기저기 묻어났으나 요란스럽기 짝이 없는 분위기가 그의 신경을 거슬리게 했다.

　"벽면에 붙어 있는 장식품들, 모조리 다 떼어내십시오. 테이블 위에 있는 요란스러운 장식들도 모두 다 말입니다. 화려하고 시끄러운 것들, 딱 질색입니다."

　정후의 날카로운 목소리에 비서가 고개를 끄덕였다. 곧 담당자가 달려와 그녀의 지시를 전해 받고 분주히 움직였다.

　"내일 취임식에 올 참석 인원들은 어떻게 됩니까?"

　비서는 여전히 내부를 훑고 있는 정후에게 미리 준비해놓은 서류를 내밀었다. 그러자 정후가 그것을 받아 들고 한참을 읽어 내려갔다.

"너무 많습니다. 반드시 참석해야 될 인원들로 다시 구성하십시오."

"하지만 사장님."

"이 자리에 참석하지 않는다고 해서 후일전자의 사장이 바뀐다는 거 모르는 사람 없습니다. 기사로든 뉴스로든 접하게 될 테니 섭섭하게들 생각하지 말라 전하십시오. 그럼에도 불구하고 싫은 소리 하는 사람이 있으면 내게 직접 연결하십시오."

더 이상의 의견은 받지 않겠다는 단호한 모습에 비서는 입을 꾹 다물었다.

연회장에서 올라온 정후는 공모전 2차 프레젠테이션 영상들을 훑어보고 있었다. 술이 떡이 되어 몰골이 보기 흉하던 남자는 생각보다 반듯하고 멀쩡한 모습으로 자신이 준비한 프레젠테이션을 멋지게 해내고 있었다. 디자인에서 느낄 수 있었던 깔끔함과 세련됨이 아주 마음에 드는 모습이었다.

최종 합격 서류에 사인을 하던 정후의 얼굴엔 미소가 가득했다.

"언냐, 온냐, 언니야아."

또 시작이다. 설아는 귀찮은 듯 귀를 파며 하품을 했다. 본가로 내려온 지 3일째. 일주일을 예정하고 내려온 고향에서의 생활이 한우아 때문에 점점 힘겨워진다. 그뿐이겠는가, 모른 척 우아 옆에 앉아서 귀를 쫑긋하고 있는 한풍아. 이놈도 보통내기가 아니다. 도대체 뭘 그렇게 알고 싶은지 잠시도 설아의 근처에서 떨어지질 않는다.

내일만 지나 봐라! 생신 파티 끝나자마자 짐 싸들고 올라가고 만다!

"형부 사진 없어? 있으면 한 번만 보자아. 응?"

"거, 한 번 본다고 닳는 것도 아닌데 너무 아끼십니다, 누님."

"아니면 전화번호 좀 줄래? 형부 목소리 좀 들어보자. 응?"

"거, 한 번 듣는다고 닳는 것도 아닌데 그것도 너무 아끼십니다, 누님."

이런 식이다. 우아는 조르고 풍아는 부추긴다.

"너희들 왜 출근 안 해? 공무원이란 녀석이 이렇게 농땡이 피워도 돼? 그리고 넌 모델 활동 한다면서 뭘 그렇게 먹냐?"

설아가 모르는 척 화제를 돌리며 자리에서 슬쩍 일어났다. 손에 쥔 휴대폰은 놓칠세라 꽉 움켜쥐었다.

"어디 가?"

너희들 없는 곳으로. 설아는 우아의 말을 듣지 못한 척하며 2층으로 걸음을 옮겼다. 다행히 따라올 생각이 없는지 별다른 기척은 느껴지지 않았다.

자유로워진 설아는 2층 테라스로 나가 시원한 공기를 들이마셨다. 서울에선 느껴보지 못했던 맑은 공기에 답답했던 머릿속이 맑아지는 기분이다.

설아는 손에 쥐고 있던 휴대폰을 물끄러미 바라보았다. 정후를 못 본 지 벌써 3일째. 오늘은 바쁜지 연락 한 통 없다. 하긴 취임식이 내일이라고 했으니 바쁠 만도 하지. 설아는 먼저 연락해볼까 하다 그만두었다. 일보다 사랑이 먼저라는 남자가 연락이 없을 때는 그만한 이유가 있으리라. 기다리다 보면 연락이 오겠지 싶어 참기로 했다. 하지만 그 기다림은 오래가지 않았다. 휴대폰이 진동으로 요란하게 울려댔다.

"여보세요?"

-납니다.

정후였다. 평소와는 달리 조금 힘들어 보이는 목소리가 전화기를 타고 들려왔다. 설아는 못내 걱정이 되었다.

"목소리가 영 안 좋네. 많이 바빠요?"

-밥도 못 먹고, 잠도 잘 못잡니다.

"그 정도로요? 하긴 백수로 놀고먹다가 갑자기 일하려니 얼마나 힘들겠어요? 다 커가는 과정이라 생각하고 악착같이 밥 먹고, 악착같이 잠자요."

-이제 나흘 남았습니까?

"뭐가요?"

-돌아오는 날, 말입니다.

아. 설아는 고개를 끄덕이며 '그러네요.'라고 대답했다. 물론 내일 당장 올라가버릴까, 생각 중이긴 하지만.

-내가 꼭 데리러 갈 겁니다.

"나 어린애 아니거든요."

-압니다. 근데도 마음이, 그렇습니다.

설아는 설핏 웃었다.

고작 3일인데도, 남은 날이 고작 4일인데도 저런다. 설아는 가끔 이렇게 떨어져 있는 것도 괜찮지 않을까 싶었다. 정후가 알면 난리가 나겠지만.

"보고 싶어도 좀 참아봐요. 돌아가는 날, 많이 안아줄게요."

……빨리 올라오라고 하면 나 너무 나쁜 놈입니까?

"나쁜 놈이기만 해요? 못된 놈이기도 하지!"

-의외로 힘듭니다. 기다리는 거. 이래서 4년을 어떻게 기다릴지.

기다린다고 한 지가 얼마나 지났다고 벌써부터 힘들대? 설아는 보이지 않는 정후를 향해 눈을 흘겼다. 서울이 이쪽 방향이던가? 하며.

"어린애는 내가 아니라 정후 씨네. 그것도 못 기다릴 거면서 똥폼 다 잡은 거예요? 에라이, 사기꾼!"

-그러게 말입니다. 당장 결혼하자고 조를걸. 괜히 기다린다고 해서. 윽. 쓸데없는 말을 지껄인 내 입술을 마구 때려주십시오.

"내가요?"

-그럼 누가 때립니까? 내 입술, 한설아 씨만 때릴 수 있는 거 아니었습니까?

"뭘로요? 손바닥으로? 주먹으로? 아니면 발가락?"

설아의 말에 정후가 휴, 하고 한숨을 내쉬었다. 그 소리가 금방이라도 바닥을 뚫을 것 같아 설아는 킥킥거리며 웃었다.

"나도 많이 보고 싶으니까 서로 조금만 더 힘내요. 응? 돌아가서 많이많이 사랑합시다."

-집에 안 보낼 겁니다. 돌아오면 품에 넣고 안 꺼내줄 거란 말입니다.

"웃겨. 내가 품에 안길지, 정후 씨가 내 품에 안길지 어떻게 알아요?"

-……주소 부르십시오.

"네?"

-못 참겠습니다. 지금 출발하면 세 시간 정도 걸릴 겁니다. 그리

니까 주소…….

"4일 후에 봅시다. 끊어요, 열일!"

설아 씨, 설아야, 하고 부르는 정후의 목소리가 들렸지만 그녀는 거침없이 종료 버튼을 눌렀다.

귀여워. 가끔 보면 윤정후, 너무 귀엽다.

설아는 한껏 업된 기분으로 한참을 히죽거리며 자리에서 뱅뱅 돌았다. 어지럼증이 느껴지는 이 기분마저 즐거운 것 같았다. 하지만 그것도 잠시, 누군가가 불쑥 하고 눈앞에 나타났다.

"으악!"

쿠당탕탕. 놀라 자빠진 설아가 엄습해오는 통증에 인상을 구길 때쯤 문제의 인물들이 설아의 근처로 다가왔다.

"어머~ 정후 씨잉. 나도 많이 보고 싶으니까 조금만 참아효옹. 사랑해요옹."

우아가 몸을 배배 꼬며 설아의 앞에서 까불어댔다. 그러자 풍아가 고개를 절레절레 흔들며 손으로 턱을 괬다.

"이런 누님의 모습은 신선을 넘어선 해괴망측이다. 24년을 살아온 나에게 이보다 더한 충격이 있을까 싶다."

"어머~ 풍아잉. 너 뭐라고 하는 고야앗. 누나한테 혼나 볼꼬야?"

우아는 설아의 흉내를 낸답시고 혀를 꼬고 애교를 부렸다. 하지만 아무리 생각해도 설아는 우아의 행동이 오바스럽게 느껴졌다.

"야, 한우아. 내가 언제 그랬냐?"

"방금. 2분도 안 지났거든? 울 언냐 안에 닭살, 병아리살이 그득하게 담겨 있을 줄이야. 흥, 혐짤!"

"이게 진짜."

퍽 소리와 함께 우아의 정수리에 혹이 생겼다. 우아가 아프다며 훌쩍였고 풍아가 옆에서 그녀를 다독였다. 설아는 3일치 묵혀 두었던 분노를 담아 때렸던 오른손을 주물거리며 눈썹을 치켜세웠다.

"경고하는데, 아빠 엄마한테 입도 뻥긋 하지 마. 괜한 소리 했다간 탈탈 털릴 줄 알아!"

"……."

"한우, 풍! 대답 안 해?"

"늬예."

"넵!"

우아는 마지못해서, 풍아는 혼이 날까 봐. 억지로 대답을 했다. 하지만 그 다짐은 오래가지 못했다.

다음 날. 생신날에도 쉬지 않고 출근을 하신 부모님 때문에 밤 늦게서야 생신 파티가 시작되었다.

"생신 축하합니다. 생신 축하합니다. 사랑하는 울 아부지! 생신 축하합니다."

와아아. 생신을 맞이한 아버지가 촛불을 후, 하고 불었다. 그 순간 파파팡, 하는 소리와 함께 폭죽이 터지고 박수 소리가 커졌다. 생일 케이크에 불을 붙이느라 꺼두었던 스위치를 켜자 방은 금세 환해졌다.

"야, TV는 왜 켜?"

슬금슬금 걸어가 리모컨으로 TV를 켜는 우아의 행동에 풍아가

빽, 하고 소리를 질렀다.

"곧 있으면 울 오빠 나오는 드라마 한단 말이야! 관심 끄셔. 소리만 좀 줄여놓음 되지."

아이돌인가 어른돌인가. 본업은 가수지만 연기까지 도전하게 되었다던 그 연예인을 떠올렸다. 이름이 강휘율이랬나? 저보다 한참이나 어린데도 오빠란다.

그러거나 말거나 나란히 앉은 아빠와 엄마의 얼굴엔 환한 미소가 가득했다. 장난꾸러기 우아와 풍아도 그 순간만큼은 즐겁게 웃었다. 맞은편에 앉아 있는 태건 역시 흥을 돋우는데 한몫했다.

그들을 바라보던 설아는 입가에 작은 미소가 걸렸다.

따뜻한 집. 유난히도 포근한 공기가 설아의 어깨에 내려앉았다.

"자, 선물!"

선물 증정식이 시작되었다. 우아와 풍아는 멋진 코트와 구두를, 태건은 지갑을 선물했다. 우풍이야 돈을 버는 아이들이니까 그럴 수 있다 치지만, 같은 백수 처지에 박태건은 브랜드 지갑을 사왔다. 배신자. 설아는 선물로 준비한 벨트를 드릴까 말까 고민하고 있었다.

"넌 왜 빈손?"

밉상. 태건이 물어왔다. 그러자 설아가 어색하게 웃었다.

"정말 빈손?"

박태건. 입 좀 다물어라. 응? 지금 드리려고 하잖아!

"저, 이거……."

설아가 숨겨두었던 벨트와 함께 손을 뻗으려는데, 우아 이것이

시한폭탄을 터트렸다.

"언니는 손주를 선물로 준비했대요!"

내 선물은 벨트인데, 손주가 뭐야? 하는 순간 가족들의 시선이 설아에게로 꽂혔다.

응? 손주? 뭐? 소온주우? 이 가시네가!

"무슨 소리냐? 손주라니?"

"한설아, 너 임신했어?"

"그럼 남자 친구가 있었단 말이야?"

"너 이것이 서울에서 글은 안 쓰고 애를 가졌단 말이야? 아이고, 내 팔자야!"

설아의 부모님은 번갈아가며 설아를 다그쳤다. 얼굴이 시뻘게 진 설아가 양손으로 강력하게 의견을 피력하며 주위를 살폈다.

놀란 부모님이 자리에서 동동 뛰며 가슴을 퍽퍽 쳐대는 동안에 도, 태건과 풍아가 놀란 눈으로 설아를 바라보는 동안에도 우아는 여유롭게 케이크를 먹을 뿐이었다.

"잠깐, 잠깐!"

정신없는 소음들이 거실을 채울 때쯤 설아가 목소리를 높여 사 태를 진압시켰다.

"한우아, 너 진짜 터진 입이라고 함부로 말할래? 엄마, 아빠. 거 짓말이에요. 이 가시네가 장난한 거라니까요?"

"아무리 우아가 철이 없다 해도 그런 걸로 장난을 칠 애니? 얘, 너 숨긴다고 해도 숨겨지는 게 아니라는 거 몰라? 이참에 솔직 히……."

"엄마! 아니래도? 야, 한우아. 너 똑비로 말 안 해? 어니서 거짓

말이야. 이게 확!"

설아가 주먹을 들자 우아가 깨갱거렸다.

"아니. 언젠가는 손주를 준비한다는 거지. 뭘 그렇게 발끈하고 그러남?"

우아가 아무렇지 않게 이야기를 하자 부모님은 뒷목을 잡고 주저앉았다. 설아는 우아를 죽일 듯이 노려보았다.

"하지만 애인이 없는 건 아니잖아? 엄마빠! 울 언니, 겁나 멋진 남친 있다?"

이게 진짜! 퍽, 퍽, 퍽! 설아가 우아에게로 주먹을 날렸다.

그렇게 입단속 하랬더니! 이 가시네가! 오늘 너 죽고 나 죽자!

"으악. 때리지 마. 왜~ 왜 때리는데? 나 같으면 그 잘난 남친 동네방네 자랑하겠다!"

"입 안 다물어? 너 오늘 탈탈 털릴 줄 알아!"

"누님, 진정하세요, 진저엉! 누나!"

"너도 똑같아, 이 자식아!"

퍽퍽, 퍽퍽. 구타의 현장은 점점 무르익어갔다.

한참 동안 몸을 푼 설아가 개운하다는 듯 손을 털고 자리에 앉자 부모님의 눈동자 네 개가 설아에게로 박혀들었다.

"정말 애인이 있는 거야?"

"……얼마 안 됐어요."

이왕 이렇게 된 거 어쩌겠는가. 죄를 지은 것도 아닌데, 뭐.

설아는 당당하기로 했다. 툭 하고 내뱉자 부모님의 눈이 커지며 무언의 눈빛을 주고받았다.

"뭐 하는 사람인데?"

설아의 아빠인 중호가 조심스레 물었다. 설아는 잠시 망설였다.

오늘은 그의 취임식이 있는 날이니까 솔직히 말해도 될까.

"취업준비생. 일명 백수요, 아저씨."

윽. 이번엔 박태건이다. 제발 입들 좀 다물 수 없어어?

설아는 아차 싶어 손바닥으로 이마를 짚었다.

"지, 직업이 없어? 몇 살인데?"

"알고 보니 서른둘이던데요."

"서른둘에, 백수?"

설아의 엄마인 박순정이 자리에서 일어나 설아의 등짝을 후려갈겼다.

쌍스러운 욕이 오고 가며 설아의 등짝이 시퍼렇게 멍들어갔다.

"정신 차려! 네가 뭐가 부족해서 나이 많은 남자를 만나? 아니, 왜 백수를 만나, 왜? 끼리끼리 논다 이거야?"

"엄마, 그게 아니고요."

"아니면 뭔데? 당장 헤어져!"

"내 말 좀 들어봐요."

"이게 아주 그냥 세상 물정 모르지, 몰라! 집 안에 틀어박혀서 글만 쓰니까 아무 남자나 만나도 되는 줄 알았어? 당장 헤어져, 너!"

순정의 목소리가 한껏 높아졌다. 설아는 괜히 억울했다.

한우아, 한풍아, 그리고 박태건! 세 사람과 조화를 이루고 있는 이 그림 자체가 얼울하다 설아는 한다한에 나 ㅁㅣ ㄴ ㅣ 밋 밑났나.

"왜 내 말은 들어보지도 않고 다들 뭐라고만 해요? 에라이, 서른 둘에 백수가 어때서?"

에라, 나도 모르겠다!

"나를 제일 많이 사랑해주고 아껴주는 사람이어야 하는 거 아니에요? 돈? 직업? 그래, 그거 중요하죠. 다 알아요. 하지만 제일 중요한 건 날 사랑해주는 마음이에요! 오로지 나만 좋아해주는 그 마음!"

"마음이 평생 가니? 한 5년 같이 살면 시드는 게 마음이야. 사랑이 밥 먹여주냐는 말, 농담 같아? 연애할 땐 절대 몰라. 지금은 콩깍지 씌어 좋아 보이겠지만 결혼은 현실이야!"

엄마의 절규에 설아는 씩씩거렸다.

안다, 아는데. 아니라니까?

"근데 엄마. 언니 남친 엄청 잘생겼어. 목소리도 예술이야."

"야, 한우아!"

"잘생긴 남자들은 무조건 인물값 하게 되어 있어. 그러니까 이 참에 헤어져. 알았어?"

짜증도 이런 짜증이 없다. 설아는 머리를 거칠게 쓸어 올렸다.

일어나자, 일어나. 괜히 앉아 있다가 속만 뒤집혀지니까 일어나자. 께름칙하긴 하지만 나중에 생각하고 서울로 올라가자.

설아는 고개를 들어 오늘의 주인공을 바라봤다. 착잡해 보이는 아빠의 얼굴을 보자 갑자기 눈물이 왈칵 나올 것 같았다.

너희들이 장난으로 던진 돌에 내가, 그리고 아빠가…….

"……그만 일어날게요. 미안해요, 아빠."

설아가 자리에서 일어나 2층으로 올라갔다. 잠시 후 다시 내려온 설아의 손에는 캐리어가 들려 있었다.

"어디 가게?"

"서울. 나 갈래요."

"이 시간에?"

태건이 어둑어둑한 창문 밖을 바라보며 붙잡았지만 설아는 냉정하게 뿌리치고 현관문을 향해 걸어갔다. 신발을 신고 캐리어를 끌고 나가려 하자 우아가 발목을 잡았다.

"언니, 화났엉? 그러지 마. 응?"

"누니임."

반대편 발목은 풍아가 잡고 늘어졌다. 피곤했다.

"놔. 갈 거야."

"그래, 가. 갈 때 가더라도 그놈이랑 헤어져. 알았어?"

엄마의 목소리에 설아가 고개를 휙 돌렸다.

"너무해. 내 말이라도 들어보고 헤어지라 마라 해야 될 거 아냐? 당사자 말은 하나도 안 들어보고 무슨! 엄마가 그 사람 봤어? 그 사람에 대해 뭘 안다고 그렇게 반대만 해요?"

부모 마음이라는 게 그렇다. 알면서도, 그런 걸 알면서도 서러웠다. 하지만 멀쩡한 정후마저 백수 취급 당하는 게 싫었다.

나이가 있으니 돈을 벌어야 하는 건 당연하다. 알기에 자신의 처지가 안쓰러웠다. 잘 나가는 동생들 속에서 무의식중에 느껴야만 했던 박탈감. 그걸 연인과 함께 묶여 나눠야만 한다니.

"그 사람이랑 안 헤어질 거예요! 나 절대로 안 헤어질 거라고요!"

다짐처럼 내뱉는 그 말이 얼마나 부모님의 마음을 아프게 할시 따져 묻지 않아도 안다. 그래도 이건 마지막 자존심이자 연인에 대한 배려라 생각하고 싶었다.

그사이 우풍이들이 달려와 설아를 말렸고 태건 역시 안절부절 못하며 말을 걸어왔지만 설아의 귀엔 들리지 않았다.

"갈게."

냉정하게 내뱉고 대문을 열었다. 하지만 한 발자국도 내딛지 못했다.

"남은 3일, 못 채우고 데리러 왔습니다. 나 나쁜 놈, 못된 놈 해야 될 것 같습니다."

정후였다. 생각지도 못한 등장에 설아는 제자리에 얼어붙었다. 양손 가득 무얼 들고 왔는지, 그의 어깨가 무거워 보였다. 하지만 그런 것 따위 신경 쓸 겨를이 없었다.

설아는 캐리어를 버리듯 내려놓고 정후에게로 안겨들었다.

"흐엉, 정후 씨. 흐엉."

그러고는 목 놓아 울기 시작했다. 정후는 놀란 듯 짐을 내려놓고 설아의 등을 감싸 안았다.

"……괜찮습니다. 괜찮아요."

아무 것도 묻지 않고, 우는 설아를 한참 동안이나 따뜻하게 다독여줄 뿐이다.

중호의 안내로 거실 바닥에 자리를 잡고 앉은 정후는 자신을 바라보는 시선들과 눈을 마주쳤다. 그다지 반가워하지 않아 보이는 설아의 어머님과 자신을 신기하게 바라보는 한우풍 남매, 여전히 심기가 불편해 보이는 태건까지. 정후는 준비해온 선물

들을 앞으로 내밀었다.

"아버님, 생신 축하드립니다. 부족하지만 마음을 담아 준비해보았습니다."

과일 바구니와 한우 세트, 와인과 정장 한 벌이 들어있는 슈트케이스까지. 다들 입이 떡 벌어졌다.

"이, 이런 걸 받아도 될지."

"마음 쓰지 마시고 받아주십시오."

중호는 당황한 얼굴이었다.

정후는 자리에서 벌떡 일어났다.

"소개가 늦었습니다. 설아 씨와 결혼을 전제로 만나고 있는 윤정후라고 합니다. 아버님, 어머님."

정후가 큰 절을 올렸다. 그러자 중호가 순정의 눈치를 살폈다. 그녀는 심드렁한 얼굴로 정후를 빤히 바라볼 뿐이었다. 정후가 절을 하고 자리에 앉자 불퉁거리는 목소리 하나가 툭 튀어나왔다.

"아무리 봐도 수상해, 수상해."

정후가 들고 온 비싸고 좋은 것들. 백수라면서 저런 것들이 어디서 나와? 태건이 입을 삐죽거렸다.

"안 그래도 그쪽……."

"윤정후입니다. 어머님."

"……그래요, 윤 군. 윤 군의 이야기를 하고 있었어요. 두 사람, 결혼을 전제로 만난다니 엄마 된 입장에선 기분이 좀 상하네요."

"그러셨습니까? 예쁘게 키워주신 딸인데, 부모님 입장에서야 섭섭하실 수 있다고 생각합니다. 하지만 이뻐주신 만큼, 너 예쁘게 만나고 있으니 걱정은 내려놓으셔도 될 것 같습니다."

군더더기 없이 깔끔한 정후의 말에 순정은 입을 다물었다.

정후는 자신의 옆에 앉아 훌쩍이고 있는 설아의 손을 잡아주었다. 괜찮냐며 입을 달싹거리는 정후의 모습에 설아는 고개를 끄덕였다.

그 모습을 지켜보던 순정이 고개를 절레절레 흔들었다.

"아무리 그래도 안 돼. 미안하지만 헤어져줬음 좋겠어요."

"어머님."

"내가 좋은 엄마였다고는 말 못해요. 나도 부족함이 많은 사람이라는 걸 아니까, 그래서 난 조금 더 많은 걸 가진 사람에게 설아 시집보내고 싶어요. 욕심이겠지만 그러고 싶어요, 난."

그녀의 말에 정후는 이해한다는 듯 고개를 끄덕였다.

"이해합니다, 어머님. 그러니 제가 더 노력하겠습니다."

"백수라면서요. 어떻게 노력할 건데? 서른둘에 직업이 없다는 건, 그만한 재능도 없다는 거 아니에요? 무슨 노력을 해서 우리 설아 먹여 살릴 건데? 아, 두 번 말하는 것도 입 아파. 그냥 헤어지는 게 좋겠어요."

"엄마!"

설아는 답답했다. 도대체 왜, 왜 저렇게 막무가내야?

"어머님, 그래도……."

"더 들을 말 없으니 그만 돌아가줬으면 좋겠네요."

순정이 자리에서 벌떡 일어났다. 좋은 시간을 방해한 사람은 정후인 것처럼, 그렇게 자리를 피하려 했다.

하지만 그것도 잠시, 놀란 듯한 우아의 목소리가 들려왔다.

"저 사람 혀, 형부 아니에요?"

우아가 TV 화면을 가리키며 입을 떡 벌렸고 태건이 리모컨을 들어 볼륨이 키웠다. 그러자 입만 달싹이던 기자의 목소리가 들려왔다.

-오늘 오전, 후일전자 윤정후 사장의 취임식이 열렸습니다. 윤정후 사장은 후일그룹 윤 회장의 첫째 아들로서 실력과 안목을 갖춘 이 시대 최고의 경영인이라고 할 수 있습니다. 여태껏 보지 못했던 새로운 방식의 기획력을 보이며 경쟁업체들을 긴장시키게 하고 있습니다. 오늘 취임식이 열린 연회장은 250평의 규모를…….

계속 이어지는 내용을 듣던 가족들은 말을 잃었다. 하지만 눈은 바쁘게 움직였다. 뉴스에 떠 있는 정후의 사진과 눈앞에 있는 정후의 모습을 번갈아가며 확인하고 또 확인했다.

"서, 설마. 저기 나오는 윤정후 씨가 정말, 정말 우리 형부?"

"헐. 말도 안 돼. 진짜예요?"

우풍이 묻자 정후는 머쓱하게 웃어 보였다.

하지만 가장 놀란 건 태건이었다.

"후일전자 사장이라고?"

자리에서 벌떡 일어난 태건이 정후에게 손가락질을 하며 소리질렀다.

"거짓말이지? 그럴 리가 없잖아. 취업준비생이라며, 백수라며?"

"오늘 취직했습니다."

태건의 물음에 정후는 장난처럼 웃어 보였다.

틀린 말은 아니지. 백수였던 시절은 가고 이젠 어엿한 흰 기입의 사장이 되었으니, 완벽한 취업 성공이다.

태건이 어이없어하며 뒷목을 잡을 때쯤, 띠링. 주머니에 넣어두었던 휴대폰이 울렸다.

"이게 진짜 말이 된다고? 아니야, 말도 안 돼."

태건은 도착한 메시지의 확인 버튼을 누르며 중얼거렸다.

[안녕하세요. 후일전자 인사과입니다. 박태건 씨는 이번 공모전에서 최종 합격되셨습니다. 이번 프로젝트를 진행하는 기간⋯⋯.]

억. 태건이 놀란 듯 입을 틀어막았다.

"최, 최, 최종 합격. 최종 합격!"

"뭐야? 왜 저래? 오빠 왜 그래?"

우아가 물었지만 태건은 들리지 않는 사람처럼 자리에서 방방 뛰었다. '아저씨, 아주머니!' 하며 두 분에게 안겨들었다.

"최종 합격이래요. 후일전자 기획팀에 내가, 내가 들어가게 됐어요!"

"축하한다, 태건아."

방금 전의 상황은 잊은 사람처럼 모두들 태건의 합격을 축하해 주었다.

"응? 후일전자? 방금 전에 후일전자 사장이, 우리 형부라고 하지 않았어?"

"나도 그렇게 들은 것 같은데."

우풍이들이 한마디씩 거들자 덩실덩실 춤을 추던 태건의 움직임이 딱 멎었다. 쓰윽, 뒤돌아 바라보니 살짝 미소를 머금고 있는 정후가 보였다.

으억, 으악! 내, 내가 무슨 짓을? 야, 박태건. 너 지금까지 무슨 짓을 한 거야?

"사, 사장님. 아이고, 사장님."

상황 파악 끝. 태건은 머리를 바짝 조아리며 정후의 기분을 살폈다. 그런 줄도 모르고 백수니 뭐니 입을 함부로 놀렸다니. 이 조동아리를 도려내야 돼, 아주! 태건은 속으로 끙끙거렸다.

"축하합니다."

그런 태건의 마음을 아는지 모르는지 정후가 악수를 건넸다.

이거, 잡아도 되나? 태건이 눈치를 살피자 정후가 어깨를 으쓱, 했다.

"감사합니다, 사장님. 그런 줄도 모르고 실수를 저질러서 정말 죄송합니다."

이렇게 높은 분이실 줄은, 설마 후일전자 사장님이 되실 줄은 꿈에도 생각 못했던 일입니다. 태건은 머리가 어지러웠다.

정후는 손을 뻗어 긴장하고 있는 태건의 어깨를 다독였다. 그리고 의미심장한 눈빛으로 그를 바라봤다.

"사, 사장님?"

정후가 고개를 끄덕이자 아차 싶었던 태건이 그의 손을 놓고 후다닥 몸을 돌렸다. 여전히 얼이 나가 있는 설아의 부모님 앞으로 걸어간 태건은 두 분의 손을 꼭 잡았다.

"아저씨, 아주머니. 우리 사장님, 아니 설아 남자 친구분이 얼마나 멋진 분인 줄 아세요? 잘생겼지, 돈 잘 벌지. 무엇보다 설아한테 무진장 잘해요. 진짜 일편단심 민들레 저리 가라! 설아는 완전 공주 대접받는다니까요?"

전세역전. 그 말이 딱 맞는 순간이었다.

'백수라며?'

가족들의 시선에 태건은 어색하게 웃으며 분위기를 풀어가려 애썼다.

"남자가 봐도 너~ 무 멋있으니까, 샘이 나서 그랬어요. 하하, 다들 웃어요~ 웃어봐요오. 제발요."

옆에 있던 우풍이들은 재밌는지 낄낄거렸고, 태건은 안절부절 못했다. 잠시 후 주먹을 움켜쥐더니 하늘 높이 양팔을 들어 올렸다.

"사장님과 한설아의 결혼을 강력 추천합니다아!"

구슬픈 외침에 우풍은 배꼽을 잡고 쓰러졌고, 정후는 말없이 미소를 띠웠다. 설아는 정후가 인정받은 것 같은 기분에 울적했던 기분이 한결 가시는 듯 했으나 잔뜩 굳어져 풀어질 줄 모르는 순정의 표정에 다시 마음이 욱씬거렸다.

집안 분위기는 냉랭했다.

정후가 더 이상 취업준비생이 아니라 한 기업의 사장이 되었다는데도, 베이비니 뭐니 우아의 농담이 정말 해프닝이었다는 것을 확인했는데도 순정은 정후를 받아들이지 않았다.

아버지의 생신 파티가 지나고 며칠이 지났음에도 설아는 서울로 돌아가지 못했고 매일매일 일이 끝나자마자 전주로 내려오는 정후는 문전 박대를 당했다.

왜 이렇게까지 해야 되냐고 묻는 설아의 말을 묵살한 건 순정이었다. 그럴 때마다 설아의 가슴은 타들어갔다. 일이 많아 힘들어하는 정후가 하루가 멀다 하고 전주와 서울을 오가는 것 역시 쉽지 않은 일이라는 걸 가족들 모두 알고 있었지만 순정의 강경한 의견을 반박하고 나설 사람이 아무도 없었다.

결국 참다 참다 화가 난 설아가 안방을 박차고 들어갔다.

"왜 그러는데요? 왜? 왜? 정후 씨가 무슨 잘못을 했는데, 이유도 없이 문전 박대를 당해야 해요?"

"설아야."

오래 참았다 싶었다. 하지만 어릴 때부터 화를 내는 일이 거의 없던 설아가 이렇게까지 목소리를 높일 줄은 생각지도 못했다. 중호의 얼굴엔 당황스러운 빛이 감돌았다. 그러거나 말거나 이불을 목까지 끌어올린 순정은 말이 없다.

"얘기 좀 해요. 엄마!"

"난 할 얘기 없으니까 나가."

"속 시원하게 말 좀 해보라고요! 왜 그러는데? 왜? 왜 무작정 안된다고만 하는 건데?"

"싫으니까."

"뭐가요? 도대체 뭐가?"

"나가. 말하기도 싫어."

일방적인 대답이었다. '싫다, 싫다' 그게 다였다. 어떠한 이유도 설명도 없이 무조건 싫다만 연발했다. 답답함에 눈물이 치솟았다.

"너무 일방적이잖아. 적어도 설명은 해줘야 저 사람도 덜 억울할 거 아니에요? 알잖아, 전주랑 서울이 그렇게 가까운 거리가 아니라는 걸. 최소 왕복 다섯 시간이야, 엄마. 저 사람도 직장인이고, 일하는 사람이라고요. 그런데 하루에 다섯 시간을 고속도로 위에 있어. 말이 돼? 그게 말이 되냐고."

"오지 말라고 해."

"대체!"

속이 타들어갔다. 늦은 시각, 정후는 일을 마치면 내려와 대문 앞에 서 있었다. 그냥 그렇게 한 시간 정도 서 있다가 다시 서울로 올라갔다. 그게 며칠째 반복되는 그의 일상이었다.

안쓰러움에 설아가 문밖을 나서려고만 하면 순정의 잔소리가 들려왔다. 더불어 나가면 방을 빼고 고향으로 내려오게 해서 다시는 저 남자를 못 만나게 하겠다는 엄포까지 들려왔다.

괜히 하는 소리겠지, 싶어 제멋대로 행동했다가 그날 정후는 찬물 세례를 받아야 했다. 그럼에도 불구하고 정후는 불평 한마디 없었다.

그리고 다음 날인 오늘, 또 그가 찾아왔다. 감기에 걸렸는지 기침하는 소리가 반복적으로 들려 설아의 가슴을 애태웠다. 그러다 결국 참지 못하고 안방으로 쫓아온 것이다.

"한설아. 주제를 알아야지. 분수에 맞게 살아야 행복한 거야. 저 남자, 지금은 너 좋다고 하지? 몇 년 안 가. 아니? 몇 년이라도 가면 다행이다. 저렇게 대단한 남자 만나는 거, 행복한 거 아니야 이 가시나야. 제발 정신 좀 차려!"

씩씩거리는 설아의 귓가에 신랄한 순정의 목소리가 들려왔다. 그 소리가 얼마나 날카로운지 설아는 이를 악물어야만 했다.

"엄마, 정말 나쁘다."

"……."

"나 여태껏 살면서 아무것도 욕심낸 적 없어. 일 때문에 바쁜 두

분이 해야 될 일 어린 내가 다 하면서도 불평 불만 한 적 없어. 나보다 훨씬 잘나가는 동생들 보면서 질투한 적도 없다고. 그렇다고 해서, 매일 멍청하게 웃고만 있진 않았어. 난 왜 이럴까, 난 왜 항상 바보처럼 뒤에만 있을까 하면서 가슴을 쳤어. 그게 얼마나 아팠는 줄 알아요? 그래도 울고 있는 날 발견하면 엄마 아빠도 마음 아플까 봐 웃었어. 나라고 정신 나간 애처럼 항상 실실거리고 싶었는 줄 알아요?"

"……."

처음으로 욕심내어보고 싶은 사람이 생겼다. 그 어릴 적, 늘 뒤에만 서 있어야 했던 못난 첫째 한설아에게도 선물 같은 사람이 찾아왔다. 잘난 거 하나 없는 한설아에게 잘 커왔다고, 넌 그만한 가치가 있는 사람이라고 다독여주는 사람이 다가왔다.

오버스러울 정도로 무지막지하게 살아가는 대책없는 나를 오롯이 사랑으로 봐주는 사람이 곁에 있어주겠다 했다. 그런데 엄마는 그의 진실한 마음엔 관심도 없이 무작정 문전 박대만 한다. 설아는 그게 속이 상했다. 첫째지만 늘 기대에 부응하지 못했던 자신 때문에 정후마저도 상처 입히는 것만 같아 가슴이 먹먹했다.

"내겐 소중한 사람이야. 엄마가 상처내면 안 되는 사람이라고."

엄마가 무슨 생각을 하는 것인지 얼추 알 수 있다. 무엇 때문에 밀어내려는지, 어느 정도 이해도 된다. 하지만 이건 아니다. 무작정 그를 밀어내기만 하는 건 예의가 아니었다.

"한 번쯤은 저 사람 말도 들어봐 줘. 그 후에도 아니다 싶으년 진짜 아닌 거겠지. 그러니 저 사람, 오롯이 한번 봐줘요."

"……잘 거야. 가."

"엄마."

설아의 말에도 그녀는 움직일 생각이 없어 보였다. 작게 고개를 좌우로 젓는 아버지의 모습에 설아는 긴 한숨을 내쉬고 안방을 빠져나갔다.

남겨진 두 사람은 말이 없다. 그렇게 불이 꺼지고 잠이 드는가 싶었다.

새벽 1시. 이젠 서울로 올라가야 한다. 오늘도 설아를 보지 못하고 돌아서야 한다는 것이 못내 마음에 걸렸다. 휴대폰도 뺏겼는지 통화조차 할 수 없는 상황이라는 게 정후를 더욱 힘들게 했다. 자신도 자신이지만 혼자서 견뎌내야 할 것들이 미안해져 정후는 괜히 코끝이 찡했다.

보고싶다.

끝내 입 밖으로 내뱉을 수 없는 말을 그녀의 창가에 속삭이며 뒤돌아섰다. 내일 다시 오더라도, 오늘은 이만 돌아가자.

아쉬운 발걸음을 돌리려던 순간 딸깍, 하는 소리가 들렸다.

정후는 뒤를 돌아보았다. 그곳에 순정이 서 있었다.

"어머님."

정후가 취임했던 날. 뉴스를 보시던 그녀의 표정을 잊을 수가 없다. 차갑다 못해 싸늘한 시선. 더욱더 함께 둘 수 없다는 의지가 담긴 그 눈빛이 아직도 그녀에게 담겨 있었다.

"아직은 밤공기가 많이 찹니다."

봄이 되기에는 아직 이른 계절인 듯 차가운 바람이 두 사람을 에워싸고 있었다. 정후는 입고 있던 재킷을 벗어 그녀의 어깨에 덮어주고서는 한 걸음 물러섰다.

"왜 아직도 안 가요? 이 정도 했으면 안 올 줄 알았는데."

"죄송합니다."

정후는 고개를 숙였다. 정후와 설아에게도 힘든 시간이지만 부모님 역시도 즐겁지만은 않을 것이다. 매일 늦은 시간만 되면 찾아오는 낯선 이의 방문이 얼마나 불편하고 마음이 쓰일지 생각만으로도 충분히 이해가 되었다.

"불편하실 줄은 알지만 도무지 이곳에 오지 않으면 잠이 오질 않아서. 죄송합니다."

거듭 죄송함을 이야기하는 정후의 얼굴을 물끄러미 바라보던 그녀는 길게 한숨을 내쉬었다. 며칠 사이에 그의 얼굴이 핼쑥해져 있었기 때문이다.

"따라와요."

그의 말이라도 들어보라는 딸아이의 말이 귓가에 맴돌아 잠을 잘 수가 없었다. 이미 한참이나 늦어버린 시간이기에 돌아갔을 거란 생각이 들어 바람이라도 쐬려고 옷도 추스르지 못하고 나왔다. 그런데, 그가 아직도 문 앞에 서 있었다.

어떤 수를 써서라도 결론을 내야겠다 싶어 정후를 데리고 집 근처에 있는 큰 정자로 걸음을 옮겼다. 신발을 벗고 앉는 어머님의 모습에 정후 역시 뒤를 따랐다. 잠시 어색한 침묵이 흐르고 긴 한숨을 두어 번 내쉰 그녀가 말을 꺼냈다.

"설아는 매사에 당당하고 구김이 없는 아이에요. 이럴 때부터 궂은 일 하나에도 투덜거리는 일이 없고, 힘들고 아플지언정 자신보다 남을 먼저 배려하는 착한 아이였죠. 철없는 동생들을 안아주고 다독이는 일도 모두 설아의 몫이었어요. 돈 버느라 바쁜 부모님을 대신해 엄마 노릇까지 하며 의젓하게 자란 아이이기도 했죠."

"……."

"그래서인지 나도, 남편도 설아에게 의지하며 살아왔던 것 같아요. 설아만 있으면 걱정할 게 없었거든요. 그만큼 그 아이는 우리에게 자식 이상의 존재이기도 해요. 그런데 우리 설아가 작가라는 꿈을 갖게 되면서 조금씩 힘들어하더군요."

정후는 그녀의 말을 경청했다.

"두 동생들은 어린 나이에 직업을 갖고 자기 일을 하면서 돈을 벌기 시작했는데, 설아는 스물여섯이 되도록 돈 한 푼을 못 버니 그게 불효라고 생각했나 봐요. 갑자기 분가를 하겠다고 선언하고 나가더니 본가에는 자주 오지 않더군요. 제 딴에는 가족들 앞에 서는 게 부끄러웠던 모양이에요."

예전에 태건에게서 들었던 말이 떠올랐다. 그때의 그 말이 지금 그녀의 말과 오버랩되면서 설아의 모습이 마음에 걸렸다. 어떤 상황에서도 굴하지 않던 그녀에게 딱 한 가지 그늘이 있다면 그건 바로 현실에 대한 죄책감이었다. 꿈을 좇는다는 게, 원하는 목표를 위해 달려가는 게 뭐 그리 창피한 일이겠는가 하겠지만 현실은 다르다. 스물여섯. 그것도 여자의 현실이라면 충분히 감당하기 버거운 일일 수 있다.

"떠올려보면 나는 좋은 엄마는 아니었어요. 설아의 말을 경청하는 엄마도, 설아의 마음을 이해해주는 엄마도 아니었어요. 그래서 신랑감만은 그런 설아를 풍족하게 해줄 수 있는, 부족함 없이 이해해줄 수 있는 남자였으면 했어요."

정후는 고개를 끄덕였다. 그럴 만도 하다. 이 세상 모든 엄마들은 다 똑같다. 좋은 짝을 만나 고생하지 않는 것. 현실에 시달리지 않고 억지로 타협하며 살아가지 않는 것. 그런 사람을 만나기를 누구나 바라는 법이다. 설아 엄마라고 다를까.

게다가 서른둘에 직업이 없는 남자를 만난다는 소리를 들었으니, 그 얼마나 억장이 무너졌을까 싶다. 충분히 이해할 수 있기에 정후는 그녀의 말이 섭섭하지 않았다.

"그렇다고 해서 윤 군처럼 넘치는 사람을 만나기를 바랐던 것도 아니에요. 그냥 조금, 아주 조금만 더 나은 사람이기를 바라요. 후일전자 사장이라고 했죠? 게다가 후일그룹 맏아들이라고."

"그렇습니다."

"……그쪽 사람들이 어떻게 사는지 난 몰라요. 하지만 적어도 평범하진 않을 것 같단 생각이 드네요."

"다르지 않습니다, 어머님."

"아니, 그건 그쪽 생각이고요. 난 우리 설아가 벅찬 집안의 며느리가 되어 기죽고 사는 거 싫어요. 끼리끼리 만난다는 말이 있죠? 비슷비슷한 사람들끼리 만나야 힘들지 않아요. 격차가 커도 너무 커요. 윤 군이랑 우리 설아, 시간이 지나면 분명 그 문제로 힘들어질 거예요."

그녀는 단호했다. 말도 시선도, 어느 하나 양보해줄 기세가 아니었다. 정후는 날몰래 신음을 내뱉었다.

철옹성 같은 그녀의 마음을 어떻게 녹여야 할지가 고민이었다. 막무가내로 두드린다고 열릴 문도 아니고, 그렇다고 마냥 기다릴 마음도 되지 못했다.

4년이라고 했던가, 기다리기로 한 시간이? 어쩌면 더 길어질 지도 모른다. 지금도 설아에 대한 간절함이 목구멍까지 차올라 있는데, 그 이상이라니. 생각하기도 싫었다.

"그런 걱정이라면 하지 않으셔도 됩니다. 제가 설아 씨에게 든든한 버팀목이 되어주겠습니다. 이젠 제게 기대 살 수 있도록 하겠습니다."

"이봐요, 윤 군. 윤 군은 가진 게 많잖아요. 더 좋은 여자, 만날 수 있잖아요."

"어머님."

"나도 알아요. 설아가 보통 여자들이랑 다르다는 거. 똑 부러지게 굴어서 사람 마음 애타게 하는 것도 알고요. 근데 그건 잠시라니까요? 시간 지나면, 저 모습이 익숙해지면 지겨워지는 거예요. 연애 때 좋아하던 모습이 결혼하면 별거 아닌 게 되고, 그게 싸움의 원인이 되기도 해요."

감정이 격해질 대로 격해진 그녀의 목소리에 정후는 한 발자국 물러나기로 한다. 따져 묻고 달려들수록 그녀는 더욱 화를 낼 것이다. 정후는 그녀의 화가 조금이라도 누그러질 수 있도록 기다리기로 했다.

"설아, 절대 윤 군 짝 못 돼요."

설아 엄마가 자리에서 벌떡 일어나자 정후가 걸쳐주었던 재킷이 바닥으로 툭, 떨어졌다. 정후의 마음도 함께 바닥으로 떨어지는 기분이 들었다. 헤어진다는 것. 설아를 두고 멀리 가야 한다는 것. 이런 기분일까. 정후의 마음이 다급해졌다.

"저에게 많은 걸 가졌다고 하셨죠? 부정하지 않겠습니다. 누구나 그렇게 저를 판단하곤 하니까요. 하지만 어머님, 보이는 게 다가 아닐 때도 있습니다."

"······."

"설아 씨를 만날 때마다 전 많은 걸 배우고 깨닫습니다. 설아 씨의 올곧음, 당당함, 배려심 등, 저에게 없는 것을 너무나도 많이 갖고 있는 사람입니다."

"······."

"부족한 게 많은 건 접니다, 어머님. 그런 저를 가득 채워주는 것은 설아 씨고요. 그래서 제가 설아 씨를 너무 간절히 원합니다. 이대로 놓쳤다가는 제가 죽을 것 같아 그렇습니다, 어머님."

정후의 말에 순정이 뒤돌아섰다. 처음과 달리 그의 목소리가 조금씩 떨리고 있었기 때문일까. 순정의 표정이 조금씩 흔들렸다.

"부족한 게 있다면 서로 채워가면 될 것이라 생각합니다. 풍족한 삶이 필요하다면 그건 제가 해낼 몫일 것이고, 그런 저를 온전케 해주는 것은 설아 씨의 몫일 것입니다. 어렵지 않습니다. 힘들지도, 괴롭지도 않을 겁니다. 얼마 되지 않은 시간이지만 저희는 서로를 사랑하고 있고 앞으로도 변함없을 겁니다. 설령 설아 씨의 마음이 변한다 해도 제가 잘할 겁니다. 그러니 어머님. 설아 씨, 저 주십시오."

"유 군,"

"그리고 믿어주십시오. 무슨 일이 있어도 저, 한설아 안 놓을 겁니다. 어머님이 반대하셔도, 설아 씨가 싫다고 해도 저, 설아 씨 옆에서 안 떨어질 겁니다. 무슨 수를 써서라도 설아 씨 마음 놓치지 않을 겁니다, 어머님."

털썩. 정후는 무릎을 꿇었다. 그는 필사적이었다.

"윤 군, 제발 이러지 말아요."

"지금 당장 허락하시는 게 힘드시다면 지켜봐주십시오. 제가 어떤 사람인지, 설아 씨를 맡겨도 괜찮은 사람인지 지켜만 봐주십시오. 제발, 그것만이라도 양보해주십시오."

정후의 목소리가 떨려왔다. 그 떨림에 얼마만큼의 진심이 묻어 있는지 가늠할 수 없었다. 하지만 확실한 건, 그는 절박했다. 설아를 원하는 그 마음이 너무나 간절해서 옆에 서 있는 그녀마저 덜덜 떨릴 지경이었다. 그녀는 정후를 물끄러미 바라보았다.

무슨 일이 있어도 딸아이를 지키겠다는 이 남자를, 무슨 일이 있어도 잘하겠다는 이 남자의 마음이 대쪽 같은 그녀의 마음을 흔들리게 하고 있었다.

서울로 돌아온 정후는 벽에 걸린 시계로 시선을 돌렸다. 벌써 새벽 5시가 다 되어가는 시간이었다. 피로감과 무력함이 느껴지는 몸을 침대에 뉘이며 눈을 감았다.

어릴 적부터 정후는 누리지 못한 게 하나도 없었다. 갖고 싶은 걸 갖고, 하고 싶은 일을 하며 마음껏 자유롭게 살아왔다. 모두가 부러워하는 삶을 살아오면서 그 삶이 참으로 편리하다는 것을 배웠고, 그 편리함을 이용해 늘 높은 곳에 있었다.

그리고 그건 그가 가진 배경만으로 이루어진 것은 아니었다. 누구보다 뚜렷한 목표와 열정, 그리고 노력이 그 배경에 더욱 힘을 실어줬을 뿐이다. 하지만 오늘은 그의 32년간의 삶이 참 보잘것없다는 생각이 들었다.

정후는 팔을 들어 눈을 가렸다. 아무것도 보고 싶지 않았다. 아무것도 듣고 싶지 않았다. 답답하고 괴로웠다. 한설아를 얻는 일이 이렇게 힘들 줄이야. 이렇게 오랜 시간 떨어져 있게 될 줄 알았더라면 생신이라 하더라도 보내지 말걸. 이기적인 생각까지 들었다. 그만큼 정후는 지쳐 있었고, 마음에 수많은 상처가 자리 잡아가고 있었다.

목소리라도 들을 수 있다면, 잠시라도 좋으니 그 온기를 느낄 수만 있다면. 정후는 아련한 기억 속의 설아를 수없이 떠올렸다.

"한설아, 자냐?"

어젯밤, 울며 잠들었는지 겨우 눈을 뜬 설아는 퉁퉁 부어 무게감이 느껴지는 눈을 쓸어내렸다. 그마저도 귀찮은지 한숨을 내쉬며 이불을 턱까지 끌어올렸다. 하지만 그것은 잠깐이었다. 이불을 확 걷어가는 태건의 행동에 설아는 짜증이 일었다.

"귀찮게 하지 말고 가."

"며칠째 집에만 처박혀 있냐? 무슨 중고딩도 아니고."

"신경 꺼."

"가끔 보면 엄청 애 같은 구석이 있어. 솔직히 말해서 어머님이 문 앞에서 지키고 계신 것도 아닌데, 왜 혼자 이러고 있는데? 그렇게 울고불고할 거면 당장 서울로 올라기든기."

그럴 수 있을 리 없다. 정후가 걱정되고 안쓰럽지만 부모님의 마음을 돌리지 못한 채 무작정 떠나는 일은 또 다른 이의 가슴에 상처를 입히는 일이 될 테니까. 설아는 이러지도 저러지도 못하는 이 상황이 너무나도 힘겹게 느껴졌다.

"심심하지 않냐? 쇼핑이나 하러 가자."

"내가 왜?"

"아시다시피 제가 후일전자 기획팀으로 출근을 하게 돼서요. 다음 주부터인데 입을 옷이 마땅치 않네요. 같이 가시죠?"

태건이 차 키를 들고 흔들었다. 설아는 못 이기는 척 일어나 그와 함께 동행하기로 했다.

시내에 도착하자마자 옷가게를 휩쓸고 다니는 태건 때문에 설아는 따분하게 하품을 했다. 무슨 사내자식이 입고 벗고, 또 입고 벗고 하는지, 한 시간이 훌쩍 지났는데도 여전히 쇼핑 중이다. 설아는 물끄러미 남성복 매장을 둘러보다 한눈에 들어오는 예쁜 니트 하나를 손에 들었다.

그레이빛이 감도는 헨리넥 니트였다. 세련되면서 고급스러운 디자인의 니트는 자연스러우면서도 예쁜 핏이 잘 살아 있었다. 게다가 신축성이 좋아 활동하기 편하고, 무엇보다 따뜻해 보였다. 와이셔츠 위에 입으면 예쁘겠단 생각이 들어 이리 보고 또 저리 보았다. 이 치수가 맞으려나.

"그거, 사게?"

"음. 그럴까 하고."

"선물?"

"응."

태건이 실실거렸다. 짜식, 말은 그렇게 해도 취직 선물 사주려나 보네? 라는 말이 목구멍까지 넘어왔지만 꾹 참기로 한다. 이럴 땐 모르는 척해야지! 하며 휘파람까지 불며 한쪽으로 사라졌다.

설아는 거울 앞에 서서 한참 동안이나 옷을 들여다보았다.

괜찮을까. 매번 비싸고 좋은 옷만 입던데, 이런 옷을 사줘도 창피해하지 않을까 하는 우려가 먼저 되었다. 하지만 사주고 싶었다. 좋은 옷은 아니지만 내 눈에 예쁜 옷. 정후를 생각하며 고른, 내 마음이 담긴 옷을.

결심을 한 설아는 쿨하게 계산을 했다. 생각했던 것보다 훨씬 비싸서 조금 놀랐지만 아깝지 않았다. 그동안 정후에게 받은 것들에 비하면 정말 별거 아닌 돈일 테니까.

설아는 소중하게 쇼핑백을 품에 안으며 정후를 떠올렸다.

보고 싶다. 고향으로 내려온 지 보름이 되어가고, 그를 보지 못한 게 열흘이다. 화가 나고 힘들었던 시간들은 이미 지나갔다. 아련하고 걱정스러운 마음이 더 커진 지금은 오로지 그가 그리울 뿐이었다.

설아는 옷을 사서 신이 난 태건에게 다가갔다.

"휴대폰 좀 줘봐. 문자 하나만 쓰자."

"네 건 어딨어?"

"뺏겼어."

나이 스물여섯에 휴대폰을 뺏겼다. 이건 정말 말도 안 되는, 부당하고도 웃긴 일이었다. 그러면서도 다시 되돌려달라 떼를 쓰지 못하는 것은 아마도 이럴 때의 습관이 남아 있기 때문은 아닐까,

싶어 가슴이 쓰라렸다.

"건당 천 원."

퍽.

설아는 헛소리를 하는 태건의 등을 시원하게 때려준 후 그의 손에 들린 휴대폰을 빼앗았다. 그리고 짧은 메시지를 적은 후 발송을 눌렀다.

제 9 조

하루 종일 태건에게 이끌려 쇼핑을 다녔다. 포기, 라는 말이 절로 나올 정도로 그는 집요하게 저녁까지 쇼핑을 했다.

제발 좀 집에 가자는 말에도 아랑곳하지 않던 녀석을 버리듯 내팽겨쳐놓고 버스를 탔다. 온몸이 천근만근 무거웠다. 배가 고프다 못해 쓰렸고 눈을 삼으면 잠이 들 것만 같았다.

겨우겨우 정신줄을 붙잡고 정류장에 내렸을 때, 주위는 어두웠다.

터벅터벅, 힘없는 걸음을 옮기는데 빵- 하는 소리가 뒤쪽에서 들렸다. 천천히 고개를 돌리자 앞에 선 차의 창문이 내려갔다.

"딸, 어디 갔다 와?"

중호였다. 그리고 그 옆엔 순정이 앉아 있었다.

"태건이가 쇼핑한다고 해서 따라갔다 왔어요."

"피곤했겠네. 박태건 쇼핑 실력 알아줘야 하잖아?"

이미 경험해봤다는 듯 고개를 절레절레 흔드는 중호가 차에 타라는 손짓을 해왔다. 설아는 순정의 눈초리가 어색했지만 피곤함에 지쳐 차에 몸을 실었다.

"시내까지 나왔으면 서점에 놀러 오지 그랬어?"

설아는 입을 꾹 다물었다. 옷가게와 서점은 겨우 몇 블록 차이였다. 조금만 걸어가면 보이는 커다란 시내의 상징, 그게 부모님의 서점이었다. 할아버지의 할아버지 때부터 이어온 서점이 이제는 명물이 되고 그 지역의 중심이 되어 있었다. 그러면서도 설아는 가지 못했다. 기분이 상해 있는 순정의 얼굴을 볼 자신이 없어서.

"다음에요. 오늘은 좀 피곤해요."

"그럴 만도 하지. 몸보신 좀 해야 되는 거 아냐?"

"제가 하는 게 뭐 있어서 몸보신까지 해요? 두 분이나 잘 챙겨 드세요."

걱정 반 우려 반의 목소리가 흘러나오자 중호는 백미러를 통해 딸의 얼굴을 살폈다. 순정의 살벌한 분위기에 딸아이는 기가 죽어 있었다. 안쓰러웠다.

집에 도착하기까지 그 어떤 대화도 오고 가지 않았다. 주차를 하고 현관문 앞까지 서는 데도 한참이 걸렸다. 누가 먼저 앞서지도 뒷서지도 못해 그냥 그렇게 무뚝뚝하게 걷기만 했다.

잠시 후 제일 앞에 선 중호가 현관문을 열고 들어갔다. 아니 들어가려 하다 걸음을 멈췄다. 뒤에 서 있던 두 여자는 무슨 일이 있나 싶어 발걸음을 재촉했다.

활짝 열려진 문, 그리고 우뚝 서 있는 중호. 잠시 후.

"다녀오셨습니까?"

생각지도 못한 남자의 등장에 세 사람의 눈이 커졌다.

"정후 씨?"

정후였다. 그것도 앞치마를 입은 윤정후.

설아는 이게 꿈인지 생시인지 몰라 한참이나 눈을 비볐다.

"오랜만에 뵙겠습니다. 어머님, 아버님."

"아, 윤 군."

그나마 살갑게 대하던 중호가 정후의 손을 잡으며 순정의 눈치를 살폈다. 순정은 무뚝뚝한 표정 그대로 그를 바라보고 있을 뿐이었다.

"음. 시장하시죠? 손 씻고 오십시오. 식사 준비 끝나갑니다."

이게 다 무슨 소리야? 세 사람은 발이 땅에 붙은 사람처럼 가만히 서 있기만 했다. 그 틈을 타 우풍이들이 세 사람의 어깨를 잡아 욕실로 끌고 갔다.

"줄 서서 사이좋게들 씻고 나오세요!"

우아의 말에 중호가 먼저 들어가 손을 씻었고, 그 다음엔 순정, 마지막엔 설아의 차례였다. 세 사람은 우풍이의 손길에 의해 식탁 의자에 앉혀졌다. 식탁엔 정후가 준비한 것으로 보이는 음식이 가득 메우고 있었다.

"이게 다 뭐예요?"

설아가 묻자 풍아가 빠르게 대답했다.

"딱 보면 몰라? 이건 샤브샤브, 이건 낙지호롱이, 이건 전복, 그리고 마지막으로 제일 중요한 건!"

"소오주!"

짜자잔. 우풍이들이 소주를 흔들었다. 착, 착, 착. 마치 미리 짜 놓은 군무처럼 각을 잡아 세팅을 하며 빠른 손놀림으로 움직였 다.

잠시 후 지글지글, 보글보글 하는 소리가 들렸고 식사는 시작되 었다. 여전히 앞치마를 입은 정후의 모습은 황당할 정도로 어색했 지만 보면 볼수록 꽤 괜찮은 그림이기도 했다. 설아는 그 모습에 피식, 하고 웃어버렸다. 조금 야윈 얼굴이었지만, 조금 힘들어하는 얼굴이었지만 그도 웃고 있었다. 언제 불호령이 떨어질지 모르는 조마조마한 순간에도 그는 최선을 다해 음식을 나눠 부모님 앞에 놓아드렸다.

"제가 한 잔씩 드려도 될까요?"

정후가 묻자 설아의 아빠가 기분 좋게 잔을 내밀었다.

졸졸졸, 소주잔으로 들어가는 소주의 소리가 얼마나 맑고 청아 한지. 다들 군침을 삼켰다.

"어머님도."

다음은 순정에게로 손을 뻗었다. 가족들은 일순 긴장했다. 싫다! 하고 잔을 치우면 어쩌지, 하는 조바심이 일었지만 다행히 그녀는 잔을 들었다.

"다음은 설아 씨. 그리고 우아, 풍아."

어느새 친해졌는지 우풍이들을 편하게 부른다. 본 적 없는 친근 함이 세 사람 사이에 흘렀고 설아는 정후의 친화력에 박수를 쳐주 고 싶었다. 잠시 후 건배를 제의한 아빠의 말에 다 함께 술잔을 비 웠다. 알코올 알레르기가 있다는 정후마저도.

"엇. 술, 마셔도 돼요?"

"쉿."

이미 술은 그의 목구멍으로 넘어간 후였고, 그는 혹시라도 분위기가 깨질까 봐 걱정인 사람처럼 고개를 절레절레 흔들었다.

한 잔, 두 잔 오고 가는 술잔 속에 음식은 어느새 바닥을 보였고 다들 배가 부르고 취기가 오르자 조금씩 나른한 모습을 보였다.

"한우풍, 괜찮냐? 들어가서 자!"

진작에 식탁 위에 머리를 박고 쓰러진 우풍이들은 대답이 없다. 그사이 정후가 부모님의 잔에 술을 채웠다. 짠, 그리고 꿀꺽.

말끔하게 비워진 술잔을 내려놓은 순정이 정후를 바라봤다. 알코올 알레르기가 있는 줄 모르는 순정은 정후의 얼굴이 시뻘게진 것을 보고 안쓰러운 듯 닫고 있던 입을 열었다.

"문전 박대하는 사람들, 뭐가 예뻐서 이런 일을 해? 이렇게 해서라도 점수 따고 싶었던 거야?"

"별다른 의미 없습니다. 그냥, 수고하신 부모님께 따뜻한 밥 한 끼 대접하고 싶었을 뿐입니다."

"……."

"아버님, 어머님. 오늘 하루도 수고 많으셨습니다."

정후의 말에 두 사람은 어떠한 대답도 할 수 없었다.

따뜻한 밥 한 끼, 수고하셨다는 그 한마디가 두 사람의 마음을 진하게 울렸다. 순정은 말없이 술을 마셨다.

"윤 군, 참 대단한 사람일세. 자식들도 하기 힘든 생각을 어찌 자네가 하다 말이가. 고맙네, 고맙네."

맛있는 저녁 한 끼를 차려준 것도 고맙지만, 그 마음이 예쁘고 감사해 중호의 눈시울이 붉어졌다.

"어머님, 식사는 입에 맞으셨습니까? 제 멋대로 어머님의 주방을 써서 혼이 날까, 조금 걱정하고 있습니다."

"……잘 먹었어요."

그녀의 말에 정후는 기분 좋게 웃었다. 점수를 노린 일은 아니었지만 적어도 미움을 받진 않게 되어 다행인 얼굴이었다.

"아버님, 어머님. 설아 씨와 떨어져 있는 동안 진지하게 생각해 봤습니다. 사실 저는 생각만큼 많은 걸 가진 사람도, 많은 걸 누린 사람도 되지 못합니다. 일에서는 어떨지 몰라도 사람을 상대하는 일, 진심으로 누군가에게 다가가는 일들이 참 서툴고 어려웠습니다. 그래서 설아 씨와의 만남이 생소했습니다."

"……."

"그런데 어느 순간 뒤돌아보니 설아 씨에게 푹 빠져 있었습니다. 설아 씨는 매력적인 사람입니다. 주변의 사람들에게 긍정의 에너지를 주고, 그들을 웃게 만들어줍니다. 한편이 되어 응원을 해주고, 그 속에서 자신은 한없이 빛이 나곤 합니다."

"정후 씨."

"고마워할 사람은, 앞으로 더욱 잘해야 할 사람은 접니다. 아버님, 어머님. 부족함을 채워줄 사람은 오직 설아 씨기에 저는 빚을 진 사람처럼 그 빛을 좇을 겁니다. 그러니 제발, 제가 살아갈 수 있도록 저를 허락해주십시오."

정후는 고개를 푹 숙였다. 한참 동안이나 떨군 고개는 간절의 의미와 사정의 의미를 동시에 지니고 있었다. 그 모습에 중호가 자리에서 일어났다. 야속한 부인의 행동에 알게 모르게 속이 상했던 중호는 스스로가 술김에라도 그녀를 다그칠까, 그로 인해 그녀가 상처를 입을까 싶어 겁이 났다. 설아만큼이나 순정 역시 속앓이를 하고 있음을, 그 마음이 부모이기에 이해할 수 있는 것임을 알기에 지금은 그녀를 위해 자리를 비켜주는 게 나을 것이다.

어차피 모든 결정을 내려야 할 사람은 순정이라는 걸 알기에.

방으로 사라진 남편을 물끄러미 바라보던 순정 역시 자리에서 일어났다.

"잘 먹었어요."

설아는 고개를 숙이고 있는 정후가 안타까워 그에게로 달려갔다. 가까이에서 본 그는 온몸이 불타오를 듯 벌게 있었고, 군데군데 뾰루지 같은 것들이 솟아올랐다. 알러지 반응이 시작된 모양이다. 설아가 안쓰러운 듯 그를 바라보았다.

"약국에 다녀올게요. 좀 쉬고 있어요, 네?"

"……상비약이 가방에 있습니다. 그걸 좀…….."

설아는 긴 한숨을 내쉬었다. 약을 챙겨 올 정도면 처음부터 이 자리에서 술을 마실 작정이었다는 거다. 도대체가! 속이 부글부글 타오르는 것을 겨우 억누르며 설아는 그의 가방이 있을 곳을 유추해 걸음을 옮겼다.

뒤돌아선 채로 움직임이 없던 순정이 정후에게로 시선을 돌렸다.

"무슨 일이에요? 어디 안 좋아요?"

"죄송합니다."

점점 더 벌게지는 몸과 두드러기 같은 것들이 목을 타고 오르자 정후는 손바닥으로 그것을 가리며 신음했다. 그 모습에 순정이 놀라 입을 다물지 못했다. 마침 설아가 약을 찾아왔다. 정후는 그것을 받아 겨우 물과 함께 삼켰다.

"괜찮아요?"

"곧 괜찮아질 겁니다. 그러니 걱정 마십시오."

힘이 든 건 본인인데 그 와중에도 손을 뻗어 설아의 머리를 쓰다듬는다. 걱정 말라고, 난 괜찮다고 다독이는 것 같았다.

"바보. 진짜, 정후 씨 바보예요."

설아가 울먹거리자 그것을 지켜보고 있던 순정은 이를 악물었다. 그 짧은 순간, 별의별 생각이 다 오고 갔기 때문이다.

"어머님. 잠시만 쉬었다 가겠습니다. 불편하시더라도……."

"그 몸을 해서 다시 서울로 가겠다고? 말도 안 되는 소리 하지 마요. 설아, 너는 작은 방에 이불 깔아놓고 윤 군 눕혀. 불편하지 않으면 자고 가요. 괜히 졸음운전이라도 할까 걱정되니까."

차디찬 그녀의 목소리와는 달리 눈빛에는 걱정스러움이 묻어 있었다. 정후는 안도의 한숨을 내쉬었다. 사실 쫓겨나도 운전을 해서 집에 갈 상황이 못 되었다. 근처에 숙박업소를 잡거나 아니면 차에서 쪽잠을 잘 생각이었다. 그런데 뜻밖의 제안에 정후는 힘겹게 대답했다.

"감사합니다, 어머님."

그녀는 긴 한숨을 내쉬며 술에 취해 널부러져 있는 남매에게로 시선을 돌렸다. 화풀이하듯 그들에게 달려가 등짝을 후려갈기자 깜짝 놀란 남매가 벌떡 자리에서 일어났다.

무슨 일이에요? 네? 놀란 눈으로 묻자 순정이 무뚝뚝한 목소리로 자리에서 일어났다.

"한우풍, 설거지해."

"네?"

"깨끗하게 해. 알았어?"

"네에."

아닌 밤중에 홍두깨다. 어리둥절한 우풍이들이 상황을 파악하기도 전에 앞치마와 고무장갑이 손에 들려져 있었다.

방으로 들어간 엄마의 뒷모습을 확인한 설아가 정후를 부축해 거실로 나왔다. 소파에 겨우 몸을 기댄 정후는 불편한 숨을 나눠 뱉었다.

"정말 괜찮아요?"

"음. 아까보다 낫습니다."

"어휴, 퇴근하면 집에 가서 좀 쉴 것이지, 언제 와서 이런 걸 또 준비했어요? 고마운데 속상해요."

"보고 싶다는 메시지를 받고 가만있을 수가 있나."

태건의 휴대폰을 빼앗아 보냈던 메시지의 힘이 이렇게 클 줄이야.

"말했잖습니까. 나, 열심히 할 거라고. 그러니까 설아 씨도 한눈팔지 말고 나한테 시집을 생각이나 하십시오."

"또 그 소리!"

"나중에 4년 못 채우겠다고 떼써도 안 봐줄 겁니다. 그러니까 오랄 때 오십시오."

"흥!"

설아가 흥, 하며 투덜거렸다. 하지만 그것도 잠시, 두 사람은 오랜만의 재회에 빠져 있었다. 집 안이라서 스킨십은 할 수 없었지만 맞잡은 두 손에서 그리움이 잔뜩 묻어났다.

잠시 후 설아가 화장실을 간 사이 설거지를 마친 남매가 터벅터벅 거실로 걸어나왔다. 술 냄새가 진동을 하는 것을 보니 아직 술이 덜 깬 모양이었다. 그런 두 사람을 바라보던 정후는 여전히 몸이 불편해 인상을 구겼지만 최대한 내색하지 않으려 애를 쓰며 수고한 동생들의 어깨를 토닥여주었다. 그러고는 아무렇지 않은 척 바지 뒷주머니에서 지갑을 꺼내 들더니 흠흠, 하고 목소리를 가다듬었다.

"오늘 수고한 한우야, 한풍아!"

"넵!"

정후의 말에 우풍이가 고개를 들었다. 그러자 그들의 눈앞에 노란색의 지폐가 흔들렸다.

"헉! 용돈?"

"애정을 하사한다."

"대박, 형부!"

"대박, 형님!"

한 장도 아니고 두 장도 아닌, 제법 두툼한 두께의 용돈이 손에 올려지자 우풍이들은 방금 전 술에 취해 있던 사실을 잊은 사람처럼 꺄르륵 웃어댔다. 그러고는 마치 지원군이라도 된 양 두 팔을 공중에서 끌어당기며 파이팅을 외쳤다.

정후는 그 모습에 설핏 미소를 지으며 피곤과 알레르기 반응으로 안 아픈 곳이 없는 온몸을 소파에 기댔다.

꺄르륵, 꺄르륵. 쉴 새 없이 웃음소리와 농담이 오고 가며 정다운 분위기를 이어가던 중 우아가 갑자기 놀란 듯 소리쳤다.

"혀, 형부."

우아의 말에 정후의 얼굴로 시선을 돌린 풍아의 입이 떡 벌어졌다.

"혀, 형님. 코, 코피가."

"음?"

"코피 나요! 쌍코피!"

주르륵. 그의 코에서 피가 흘렀다.

코 밑을 닦자 붉은 액체가 손에 묻어나왔다. 그 모습을 지켜보던 우풍이들은 반강제로 그를 눕혔다. 그러고는 뭘를 하려는지 요란스럽게 움직였다. 그 모습에 정후는 웃음이 터졌다.

취임 전후로 처리해야 될 일이 산더미였다. 눈을 감는 시간이 아까울 정도로 밀린 일이 많아 몇 주 전부터 잠을 줄여오던 정후였다. 그러던 중 하루에 몇 시간씩 운전을 하며 서울과 전주를 오갔고 눈 붙일 틈도 없이 일을 하다 보니 피곤이 누적된 모양이다. 정후는 부산스러운 움직임을 뒤로한 채 눈을 감았다.

"무슨 일이야?"

목이 말라 물을 마시러 나온 순정이 정신없이 무언가를 찾는 우풍이들을 바라보며 말을 걸었다.

"연고 어딨는 줄 아세요? 밴드는?"

"그건 왜?"

"아니 글쎄, 얼마나 피곤했는지 형님이 코피를 흘리지 뭐예요? 그냥 코피도 아니고 무려 쌍코피!"

풍아의 말에 순정은 소파 위에 앉아 있는 정후에게로 시선을 옮겼다. 이렇게 시끄러운데도 잠이 들어 있는 걸 보니 어지간히 피곤한 모양이다. 손수건으로 지혈을 하던 것도 잊은 채 그는 꾸벅꾸벅 졸고 있었다. 그녀는 시끄럽게 왔다 갔다거리는 우풍이들의 등짝을 때렸다.

"으이고, 철없는 것들아. 코피 났는데 연고랑 밴드는 왜 찾아? 그리고 좀 조용히들 걷지 못해?"

엄마의 불호령에 우풍이들은 발꿈치를 세우며 종종종 걷기 시작했다. 그러고는 더 혼이 날까 싶어 후다닥 방으로 사라져버렸다. 남겨진 순정은 잠들어 있는 정후를 어떻게 해야 할지 몰라 한참을 망설였다.

"정후 씨, 정후 씨."

새벽 5시. 설아는 소파에 잠들어 있는 정후를 깨웠다.

알코올 알레르기는 약을 먹어서인지 빠르게 사라졌다. 처음처럼 말끔해진 모습에 설아는 안도하며 그를 불렀다.

"음."

피곤한지 정신을 차리지 못하는 정후의 모습이 안쓰러워 견딜 수가 없었다.

"피곤하죠?"

"……조금."

아니라고 말할까 하다 그마저도 설아의 마음을 아프게 할까 싶어 차라리 솔직하게 대답을 했다. 그러자 설아가 손을 뻗어 정후의 머리를 쓰다듬어주었다.

참 좋다. 그동안에 쌓인 피로가 싹 날아가버리는 기분이었다. 정후는 잠시라도 설아를 더 보기 위해 몸을 일으켜 세웠다. 그러자 두꺼운 이불이 스르륵 밀려났다.

"설아 씨가 덮어준 겁니까?"

"아뇨. 처음부터 덮고 있던데요?"

우풍이 녀석들인가. 정후는 피곤함에 아우성치는 몸을 의식하지 않으려 애를 썼다.

"몇 십니까?"

"벌써 다섯 시예요. 출근해야 되죠?"

"네. 오늘 아침에 회의가 있어서, 얼른 출발해야 할 것 같습니다."

여전히 온기가 남아 있는 이불을 밀어내기가 이토록 어려울 줄이야. 하지만 어쩌겠는가. 정후는 남은 미련을 지우며 씩씩하게 일어나 짐을 챙겼다. 서울로 올라가 씻고 출근하려면 빠듯한 시간이라 조바심이 일었다. 그럼에도 불구하고 손과 발의 움직임이 둔하다. 떠나기 싫은 사람처럼.

"어차피 곧 올라갈 거니까 이제 그만 와요. 응? 피곤해하는 거 못 보겠어."

현관문 앞에 선 정후에게 설아는 부탁조로 말했다. 하지만 정후는 단호하게 고개를 저었다.

"데리러 오겠다고 약속하지 않았습니까? 꼭 설아 씨 데리고 함께 올라갈 겁니다."

"고집불통. 이럴 때 보면 진짜 고집쟁이야."

설아가 툴툴거리자 정후는 그 모습마저 예뻐 피식, 하고 웃었다. 그리고 그 모습에 빛이를 끔에 인있다.

"어머님이 그러시는 거, 너무 야속하게 생각하지 마십시오."

"……."

"지금의 일들은 시간이 흐르고 나면 아주 사소한 과거에 불과해질 겁니다. 그러니 설아 씨가 먼저 어머님의 마음을 헤아려주십시오."

정적이 흐르는 공간에서 정후의 목소리는 메아리처럼 가슴속에 파고들었다. 속삭이듯 심란한 마음을 달래주는 그의 말에 설아는 어느새 고개를 끄덕이고 있었다.

'착합니다'라는 중얼거림과 함께 설아의 이마에 정후의 입술이 내려앉았다.

"이 예쁜 얼굴이 하루 종일 아른거립니다. 뭘 하고 있는지, 밥은 먹었는지, 매 순간이 궁금합니다."

"흥. 푹 빠졌네, 푹 빠졌어."

"윤정후가 한설아한테 빠져 팔푼이가 되었다는 소문이 파다한데, 그걸 이제 알았단 말입니까?"

"웃겨. 하여튼 갈수록 능구렁이."

"쿡쿡. 밥 잘 챙겨 먹고 있으십시오. 잠도 푹 자고, 좋은 공기도 마시고. 이따 만납시다."

"오늘 또 올 거예요?"

설아의 물음에 정후는 빠르게 주변을 살핀 후 그녀의 입술 위에 쪽 하고 뽀뽀를 했다. 진한 입맞춤을 할 수 없다는 게 너무나 아쉬운 지금이었지만 정후는 더 이상 욕심내지 않았다.

"이제 그만 물어보십시오. 설아 씨가 여기 있는 한 오늘도, 내일도, 그 다음 날도 올 겁니다."

그래야 나도 숨을 쉴 거 아닙니까, 라는 말을 중얼거리는 것 같았지만 설아는 모른 척 웃어 보였다.

정후는 시계를 들여다보았다. 벌써 한참이나 지나 있는 시간이 야속해 작은 한숨을 내쉬었다.

"나오지 마십시오. 아직 아침, 저녁은 춥습니다."

"싫어요. 대문까지 따라갈래. 가는 거 보고 싶어."

"두고 가기 싫어질 것 같아 그렇습니다."

"정후 씨."

"응? 나 더 늦으면 지각입니다."

"……알았어요. 어서 가요."

떠나기 싫고, 아쉽다는 듯한 눈빛이 설아에게로 쏟아졌다. 정후는 떨어지지 않는 발길을 억지로 떼며 현관문을 열었다.

"아 참, 이거요!"

설아는 미리 준비해놓았던 쇼핑백을 정후에게 내밀었다. 그러자 정후가 말없이 그녀를 바라봤다.

"그냥, 정후 씨 생각나서 하나 샀어요."

어색한 듯 얼굴을 붉히며 손만 쭉 내민다.

"고맙습니다."

"뭔 줄 알고 고맙대요? 정말 별거 아니니까 기대는 하지 말아요."

"바보. 가끔 보면 한설아는 정말 바봅니다."

"내가 왜요?"

왜긴. 내 생각나서 샀다는데, 그게 무엇이든 좋지 않을 수 있겠는가. 정후는 입 밖으로 삐져나오려는 웃음을 서우 참아냈다.

"다녀오겠습니다."

"운전 조심해요. 알았지?"

"사랑한다고 말해주면."

"이제 엎드려서 절받는 기술까지 있네?"

"지금은 서 있는데?"

못 살아. 이젠 말장난으로도 못 이기겠다.

설아는 피식 웃으며 그의 목에 매달려 입을 맞추고 귓가에 사랑한다 속삭였다. 그러자 정후의 입에서 끙, 하는 소리가 흘러나왔다.

헤어지기 싫어, 싫어, 싫어.

어린아이처럼 투정을 부리고 싶어 하는 얼굴이었다. 하지만 정후는 끝내 그 말을 꺼내지 않았다. 두고 가는 사람이나 남은 사람이나 같은 마음임이 분명하고, 그 마음을 곱씹을 때마다 헤어져야만 하는 상황에 더욱 기분이 좋지 않을 것 같아서였다.

정후는 마지막으로 손을 흔들어주고서는 집을 나섰다.

설아는 2층으로 올라가 창문을 열었다. 그의 차는 점점 멀어졌다.

서울에 도착하자마자 오피스텔로 간 정후는 출근 준비를 서둘렀다. 회의 시간까지는 채 30분도 남아 있지 않았다. 미리 회의 내용을 훑어놓길 잘했다란 생각이 들 정도로 그는 시간에 쫓기고 있었다. 정후는 씻고 옷을 갈아입었다. 필요한 서류를 챙겨 가방을 들고 집을 나서려는데 문득 설아가 챙겨준 쇼핑백이 눈에 밟혔다. 정후는 다시 들어와 쇼핑백을 열어 안에 들어 있는 그녀의 선물을 꺼내들었다. 그레이톤의 니트였다.

정후는 그 옷을 들고 잠시 고민하는 듯하다 입고 있던 재킷을 벗고 와이셔츠 위에 니트를 끼워 입었다. 알 수 없는 만족스러움이 입가에 퍼졌다. 정후는 재킷을 입지 않고 손에 든 채로 집을 빠져나갔다.

회사에 도착하자마자 회의에 들어간 정후는 두 시간이 훌쩍 지나서야 사장실로 돌아올 수 있었다.

"어이, 윤 사장."

문을 열고 들어가자마자 들리는 목소리에 고개를 돌리자 권 여사가 소파에 앉아 있었다. 티타임을 즐기기라도 하는 듯 여유로운 모습이었다.

"오셨습니까?"

털썩. 정후는 반가워할 틈도 없이 쓰러지듯 의자에 몸을 실었다. 피곤함이 몰려들었지만 해야 할 일이 많아 숨 돌릴 틈이 없다는 게 그를 더욱 압박하고 있었다. 그 모습을 바라보던 권 여사가 천천히 일어나 그의 앞으로 걸어왔다.

"어머, 얼굴이 반쪽이 됐네. 요즘 너무 무리하는 거 아니니?"

"한창 바쁜 시즌이라 그렇습니다."

"아무리 그래도 그렇지. 어머, 얘. 너 코피 난다."

또? 정후는 책상 위의 티슈를 뽑아 코를 틀어막았다.

"밥은 제때 먹고 다니는 거야?"

음. 그러고 보니 설아의 집에서 저녁을 두 끼 해결한 거 외에는 딱히 기억나는 게 없다. 점심시간이 돼도 빠른 퇴근을 위해 일을 몰아쳐 했기 때문에 배고픔을 느낄 여유조차 없었다. 그래서인지요 며칠 정후의 컨디션은 말이 아니었다.

"취임식 전부터 고생한 건 알고 있었다만, 그 후로는 칼퇴근한
다던데. 무슨 일 있니?"

"별일 아닙니다."

"……설아, 때문이구나?"

권 여사가 눈을 가늘게 떴다.

비서의 이야기로 정후는 피곤에 절은 얼굴로 출근을 해서 퇴근
하는 순간까지 일만 한다고 했다. 그리고 퇴근 시간이 되면 미련
없이 자리를 박차고 나간다는 말도 덧붙였다.

빤했다. 무슨 일이 있고, 그건 설아와 관련된 일일 것이다. 32년
을 키워온 아들인데 그 정도 눈치채지 못하랴.

"왜? 설아가 너랑 결혼 안 해준다고 하든?"

"그런 거 아닙니다."

"아니면 설아 집에서 너, 반대하니?"

"……."

오호라. 권 여사의 눈썹이 삐죽거렸다.

"얼마나 반대가 심하기에 우리 아들 얼굴이 이렇게 상해? 장모
되실 분이 한 성격 하시나 봐?"

어머니만 하실까요. 라는 말을 붙이려다 꾹 참았다. 권 여사는
권 여사대로, 순정은 순정대로 스타일은 달랐지만 분명 한 성깔씩
하시는 분들임은 틀림없었다. 정후는 피곤함에 눈을 감았다.

"아무리 그래도 이게 뭐니? 평생 안 흘리던 코피를 다 흘리고.
얼굴은 반쪽에다 피죽도 못 먹은 사람처럼 눈이 퀭하네. 너, 본판
이 아무리 잘났기로서니 관리 안 하면 금방 훅 간다는 거 몰라?"

안 하는 게 아니라 할 시간이 없습니다. 어머니.

정후는 괜한 실랑이가 될 것 같아 입을 꾹 다물었다.

"도대체 윤정후, 어디가 맘에 안 드신다니? 키 크지, 잘생겼지, 성격 좋지, 집안 좋지. 빠지는 게 뭐 있는데?"

"언제는 하자 많은 놈이라고 하지 않으셨습니까?"

"그건 내 눈에야 그렇지."

보통은 어미 눈에 제일 예쁜 게 자식이지 않습니까?

정후는 권 여사의 말에 피식 웃고 말았다.

"나이가 마음에 안 드셨나? 너 설아랑 여섯 살 차이지?"

"......"

"하긴 한창 예쁠 나이인데 유부녀 월드로 보내고 싶으시겠어? 암, 그렇고말고. 게다가 우리 설아, 얼마나 예쁘고 참하니? 좋은 신부를 얻기 위해 네가 더 노력해야겠다."

"결론은, 그겁니까?"

"당연하지. 남자가 잘해야 돼, 남자가!"

권 여사는 코를 벌렁거리며 열변을 토했다.

"연애할 때는 좋아 죽더니만 결혼하고 나니 입을 싹 닫지 뭐야? 한시도 떨어지기 싫어 갔던 길을 다시 돌아오던 때도 있었는데, 이젠 알아서 찾아오란다. 기가 막혀서. 아주 웃겨들. 화장실들어갈 때 다르고 나올 때 다르다더니. 그거 딱 남자를 두고 하는 말이야!"

"정확히는 아버지를 두고 하시는 말, 아닙니까?"

"흥. 아들도 아는고만, 왜 본인만 몰라?"

"섭섭한 게 많으셨던 모양입니다."

"그러니까 처음에 잘해줬으면 끝까지 잘해줘. 여자 마음은 다 똑같아. 끝까지 변함없이 사랑해주는 거, 나이가 들어도 이 여자가 최고다 하는 거, 그게 제일이야. 알아들어?"

권 여사의 말에 정후는 고개를 끄덕였다.

나이가 든다는 것. 둘만의 사랑에도 세월이 흘러간다는 것.

두근거리던 것들이 익숙해지고, 익숙해진 것들이 무뎌지는 것. 그것이 앞으로 우리들의 모습이 될까 싶어 정후는 약간의 쏠쏠함을 느껴야만 했다. 본인도, 설아도 사람인지라 어찌 늘 설레고 두근거리기만 하겠는가. 하지만 현실에 안주하지 않는 것, 이 사람이 내 사람이 되었다고 한들 긴장을 늦추지 않는 것.

그게 평생 연애하듯 사랑하는 방법이지 않을까 싶었다.

"최선을 다하는 것은 좋지만 뭐든 적당히 해야 하는 법이다. 사랑도 체력이 있어야 하는 거야. 네 몸이 피곤하고 정신이 탁해지면 사랑도 별거 없다. 만사 귀찮아진다고. 그러니 릴렉스 하도록 해라. 아들."

"하루빨리 설아를 며느리로 데려오고 싶으셨던 거 아닙니까?"

"그 마음은 여전해. 앞으로도 그럴 거고. 하지만 내 아들이 이 모양 이 꼴이 되는 건 마음 아픈 일이기도 해. 왜? 넌 내 아들이니까."

권 여사가 툭 하고 내뱉는 말에 정후의 눈이 커졌다.

순정이 설아를 생각하듯, 권 여사 역시 자식에 대한 사랑이 남다르다는 것을 오늘에서야 알아차렸다. 그동안 이런저런 핑계로 가족들에게 소홀했던 자신을 깨닫게 된다.

"……점심 약속, 있으십니까?"

"없어."

"그럼 오늘 저랑 데이트하는 건 어떻습니까?"

"너랑 데이트했다가 윤 회장 질투에 얼마나 시달릴지 안 봐도 빤해. 그러니 난 윤 회장이랑 점심 먹을 거야."

곧 죽어도 남편이 최고란 말이다. 정후는 기분 좋게 웃어 보였다. 아무리 툴툴거리고 섭섭한 마음을 표현해도 부부는 부부다. 함께한 세월이 오래되었음에도 불구하고 두 분은 여전히 투닥거렸다. 그건 감정이 살아 있음을 의미한다. 보기 좋았다. 자식들에게 얽매여 살지 않고 두 사람만의 미래를 함께 나눠가는 모습이.

"여보세요? 나 오늘 점심 한가한데 윤 회장은 별일 있어요? 아, 됐어. 나도 차 타고 왔는데 뭘 데리러 와? 아, 됐다니까? 어잇, 이 사람 좀 봐?"

어느새 윤 회장과 통화 중인 권 여사는 싫다고 투덜대면서도 얼굴엔 한없이 행복한 미소를 달고 있었다. 곧 호호, 하는 소리가 나더니 권 여사는 뒤돌아서 사장실의 문을 열었다. 그리고 남아 있는 손을 들어 정후에게 흔들었다.

"두 분, 데이트 잘 하십시오."

정후가 성큼성큼 걸어가 권 여사를 배웅했고 통화를 끝낸 그녀는 방싯 웃으며 정후의 어깨를 털어주었다.

"애쓰렴, 윤 사장."

"조심히 들어가십시오."

"아 참, 옷 잘 어울린다?"

말을 덧붙이고 권 여사는 우아한 걸음을 내딛었다. 잠시 후 뒷모습이 사라질 때까지 사리를 시키던 정후는 사장실의 문을 낱고 방 한편에 놓여 있는 거울로 걸어가 자신의 모습을 비춰보았다.

"그럼, 누가 선물해준 건데."

어깨가 으쓱거렸다. 어느새 피곤함은 사라진 지 오래인 듯 즐거운 미소를 짓던 정후는 휴대폰을 꺼내 들었다.

정후를 보내고 잠이 들었던 설아는 모두가 출근하고 난 뒤에야 일어나 집 안을 거닐었다. 몇 시간 전까지만 해도 그가 있었던 공간에 몸을 뉘이며 그를 떠올렸다.

설마설마 문자 메시지 하나에 이렇게 달려와 일을 만들 줄은 꿈에도 생각하지 못했다. 미안한 마음이 들면서도 고맙고 또 고마웠다.

잠시 생각에 빠져 있던 순간 띠리링, 하는 소리가 울렸다. 소파 옆 협탁 안에서 울리는 소리에 그것을 열자 설아의 휴대폰이 눈에 들어왔다. 반가운 친구를 만난 것처럼 다급하게 메시지를 확인했다.

"큭큭. 못 살아. 이젠 셀카까지."

설아가 선물해준 옷을 입고 찍은 사진 한 장.

[잘 어울린다고 칭찬받았습니다. 센스, 인정. 근데 이 메시지를 언제 볼 수 있으려나?]

설아는 한참이나 그 사진을 바라보았다.

기분이 묘했다. 그를 위해 산 옷이 생각했던 것보다 훨씬 잘 어울리자 마치 대단한 일을 해낸 것처럼 뿌듯했다. 작은 선물이지만 좋아하며 금세 입고 출근한 정후가 고맙기까지 했다.

[패션의 완성은 얼굴이라던데. 누구 애인인지 몰라도 참 잘생겼네.]

장난처럼 답장을 하자 늘 그렇듯 1분도 되지 않아 메시지가 도착했다.

[그거 압니까? 나 여자한테 선물 처음 받아봅니다.]

[거짓말. 정말, 처음이라고?]

[사랑하는 여자한테. 라는 게 빠졌군요.]

[능구렁이.]

[능구렁이라는 말, 들으면 들을수록 정감 갑니다. 인간미 느껴진다고나 할까. 마치 사랑을 속삭여주는 것 같습니다.]

설아가 눈을 삐죽거렸다. 날이 갈수록 뻔뻔해져, 아주!

[사랑해, 라는 말 대신 능글능글, 어때요?]

[그럼 난 여우여우. 이렇게 대답하면 됩니까?]

"풉. 캬캬캬캬캬."

설아가 배꼽을 잡고 뒤집어졌다.

능글능글, 여우여우. 이게 무슨 말장난이야? 정말 유치해. 유치해 죽겠어. 근데 왜 이렇게 재밌지. 설아는 찔끔, 하고 나온 눈물을 닦으며 실실거렸다.

[가끔 보면 되게 귀여운 거 알아요? 나이에 안 맞게 베리 큐트해.]

[참지 말고 입술을 내미십시오. 귀여울 땐 입술 박치기 먼저 하는 겁니다. 오케이?]

[기분이다. 오케이.]

[조금만 놀고 있으십시오. 최대한 빨리 일 끝내고 가겠습니다.

설아야, 여우여우해.]

큭큭큭. 설아는 한참을 웃었다. 떨어져 있어도, 이렇게나 행복하다니. 그의 센스 있는 문자에 설아는 하루 종일 기분이 좋을 것만 같았다.

딸각.

"음?"

문자 메시지에 정신이 팔려 있던 설아가 현관문이 열리는 소리에 뒤를 돌아봤다. 양손에 무거운 걸 잔뜩 들고 있는 순정이 서 있었다.

"어? 이 시간에……."

"손 씻고 와서 엄마 좀 도와."

할 말을 끝낸 순정이 휙 하고 돌아섰다. 설아는 어리둥절한 표정으로 뒤를 따랐다. 손을 씻고 주방으로 들어가자 장을 봐오셨는지 식탁에 재료들이 한가득이었다.

"무슨 날이야? 이게 다 뭐야?"

"일단 콩나물부터 다듬어."

"응? 아, 네."

설아는 순정이 건넨 콩나물 바구니를 받아 들고 식탁 의자에 앉았고 순정은 바쁜 듯 주방을 누비며 손을 놀렸다.

"윤 군, 장어 좋아하니?"

그 순간, 순정의 말에 설아는 들고 있던 콩나물을 떨어뜨렸다.

"정후 씨? 아, 아마도?"

"사귀는 사이라면서 그것도 몰라?"

"……."

손질된 장어가 설아의 눈에 들어왔다. 그럼 저게…….

"닭도 한 마리 잡았는데, 산닭이라 질길지 모르겠다."

설아는 뽀얀 자태를 뽐내고 있는 닭에게로 눈을 돌렸다.

그럼 저것도……. 놀란 눈으로 입을 떡 벌린 채 어리둥절해하고 있을 때쯤, 다정한 목소리가 들려왔다.

"설아야. 엄마와 아빠도 너희 두 사람처럼 열정적으로 타올랐을 때가 있었어. 서로가 아니면 죽을 것 같던 시절 역시 왜 없었겠니. 하지만 삶이라는 게 그래. 지켜야 할 것들이 많아질수록 마음의 무게는 무거워지고, 그 무게를 감당하기 위해 두 사람이 나눠야 할 고통들이 계속 이어지면 사랑, 그까짓 것은 거추장스러운 감정에 불과하단다."

"……."

"이겨내야지, 서로를 위해 노력해야지 하다가도 현실에 부딪치면 다 부질없는 게 되어버려. 그런 시기는 남녀 사이에 꼭 한 번쯤 오게 돼. 너희에게도 예외는 아니겠지. 하지만 적어도 윤 군이라면 힘들어하는 너를 놓고 뒤돌아서진 않을 것 같더라. 소리치는 너를 외면하진 않을 것 같더라."

"엄마?

힘들 텐데, 피곤할 텐데, 혹여나 설아가 걱정할까 끝까지 꺼내지 않던 그 말. 누구보다 설아를 믿고 응원해주던 그 눈빛. 누구보다 다정하게 설아를 다독이던 그 손길. 떨어지기 싫어 아쉬워하면서도 끝끝내 돌아설 수밖에 없던 그 마음.

새벽녘 두 사람의 모습을 멀리서 지켜보던 순정의 마음은 한없이 무너져 내렸다. 미안해서, 혹은 기뻐서.

"사람이라는 게 없으면 없는 대로, 넘치면 넘치는 대로 이기적이기 마련이야. 많은 걸 가진 사람일수록 우스워 보이는 것도 많을 텐데 윤 군은 그렇지 않더라."

"……."

"사람 귀한 줄을 알고, 그 사람을 지키기 위해 필사적일 줄도 알더라. 윤 군이라면 설아, 너를 끝까지 안아줄 수 있겠다 싶었어."

부족한 부모를 만나 떵떵거리며 살게 하진 못했지만 설아는 너무나도 귀한, 그들의 딸이었다. 그 아이의 가치를 알아주고 아껴주는 남자를 만나는 게 쉬운 일일까? 아니 절대 아닐 것이다. 아무런 조건을 따지지 않고 사람 그 자체를 사랑하고 이해해주는 남자는 흔치 않을 것이다.

순정은 처음으로 그의 진심을 믿어보기로 했다.

"하지만 딱 거기까지야. 엄마가 해줄 수 있는 마음은."

"……."

"시간이 지나 두 사람이 헤어질 수도 있고, 결혼을 하게 될 수도 있겠지만 그 모든 것은 너에게 맡길게. 똑똑한 내 딸이니 좋은 결정을 내릴 거라 믿는다."

"엄마……."

"콩나물에 눈물 들어가면 짜. 그러니까 울지 마, 이것아."

순정의 말에 설아는 들고 있던 콩나물을 내팽개치듯 던져놓고 뒤돌아 요리를 하고 있는 그녀를 끌어안았다. 순정 역시 설아처럼 울고 있는지 턱 밑으로 물기가 뚝뚝 떨어졌다.

"엄마, 미안해. 아직도 내가 어려서, 엄마의 마음을 이해하지 못했어. 미안해."

"부모 마음 이해하면 그게 자식이겠니? 다 그런 거다. 엄마도 어릴 땐 그랬어. 부모 마음 이해할 때쯤 되니 이미 돌아가셨다는 게 서글프지만."

"엄마……."

설아는 오열했다. 엄마의 마음을 이해해주지 못한 미안함과, 엄마의 엄마를 떠올리게 한 괴로움이 뒤섞여 설아를 울게 했다. 가슴이 저릿하고 마음 한구석이 크게 울렁거리는 느낌. 울컥하고 튀어나올 것 같은 것들이 한데 뭉쳐 서럽게 엉키는 느낌. 두 사람은 한참을 부둥켜안고 울었다.

-어디라고 했습니까?

"정후 씨 집이요. 벌써 세 번째 말하는 거거든요? 빨리 와요. 나 배고파."

-서울, 올라왔습니까?

"좀 전에요. 기다리려다가 보고 싶어서 먼저 왔지."

-혼자서?

"그럼 누구랑 와요? 박태건이라도 달고 올 걸 그랬나?"

설아는 순정이 싸준 음식들을 식탁 위에 풀어놓았다.

일도 나가지 않고 하루 종일 음식을 만들어준 순정은 요리가 완성되자마자 서울로 가라며 설아의 등을 떠밀었다. 더 이상 애먼 사람 힘들게 하지 말라면서. 설아는 가족들에게 인사도 하지 못하고 버스에 올라타야만 했다.

-데리러 간다니까. 말 진짜 안 듣습니다.

"잔소리하면 나 간다?"

-한 발자국도 움직이지 마십시오.

"나에겐 움직일 자유가 있다!"

-까불지 마십시오.

"까불 자유도 있다!"

-기다려. 지금 갑니다.

기다리고 말고는 내 자유다! 를 외치려는데 이미 끊어져버린 전화기에선 뚜뚜뚜, 소리를 내고 있었다. 운전 조심하라는 말은 하지도 못했는데 끊기다니.

설아는 기분 좋게 저녁상을 차렸다.

그로부터 10분 후, 현관문이 벌컥 열렸다.

"왔어요?"

신발장 앞에 서 그대로 얼어붙은 정후는 멍하니 주방에서 움직이고 있는 설아를 바라봤다.

"정말, 설아 씹니까?"

"그럼 눈앞에 있는 나는 누구?"

설아의 장난에 정후는 신발을 벗고 가방을 멀리 던져버렸다. 주방으로 성큼성큼 걸어가며 재킷도 벗었다. 어느새 두 사람의 거리가 가까워지자 정후는 손을 뻗어 설아를 품에 넣었다.

"으앗! 왜 이래요?"

놀란 설아가 발버둥 쳤지만 정후는 그녀를 더욱 세게 끌어안을 뿐이다.

"정후 씨?"

"……"

"정후야."

"까붑니다."

"정후 오빠."

"음?"

결국 오빠 소리에 굴복하고 만 정후가 품 안의 설아를 꺼내고는 한없이 사랑스러운 눈으로 그녀를 바라봤다.

예쁘다, 예뻐. 그의 눈에서 하트가 쏟아져 나오는 것 같았다. 설아는 부끄러운 마음에 몸을 배배 꼬며 그의 입술에 입을 맞췄다.

"나 오니까 좋아요?"

끄덕. 정후는 고개를 끄덕였다.

"얼마나?"

"말로 표현이 될 리 없잖습니까."

"그럼요?"

"원한다면 몸으로……."

설아가 눈을 흘기자 정후가 하하하, 하고 웃었다. 오랜만에 듣는 호탕한 웃음소리에 설아는 마음이 편해지는 걸 느낄 수 있었다.

"배고프지 않아요? 이거, 엄마가 다 만들어줬어요. 정후 씨 먹이라고."

"정말입니까?"

이걸 다? 식탁 위로 시선을 돌린 정후의 입이 떡 벌어졌다.

닭백숙에 장어구이, 더덕과 갖가지 반찬들은 그의 건강을 염려한 식단임이 분명했다. 정후는 가슴이 벅차오르는 걸 느껴야만 했다.

"어머님이 허락해주신 겁니까?"

"허락이라기보다……."

"됐습니다. 그거면 충분합니다."

정후는 냉큼 식탁 위에 앉아 차려놓은 음식들과 함께 밥 두 공기를 싹싹 비웠다.

얼마나 꿀맛이던가. 세상에서 이보다 더 달콤하고 행복한 식사가 있을까.

"애썼어요. 정후 씨."

설아가 손을 뻗어 그의 머리를 쓰다듬어주었다. 기분 좋은 나른함이 그에게 퍼졌다.

"배도 부르고, 우리 잡시다."

"네?"

그리고 덥석. 설아의 손을 잡아당겼다.

갑작스러운 정후의 행동에 '난 아직 준비가 안 됐다고요!'를 외치면서도 설아는 못 이기는 척 그를 따랐다.

침실로 들어온 정후는 설아를 침대 위에 앉혀두었다.

"빠르게 씻고 오겠습니다. 아, 혹시나 지루할 것 같으면 같이……?"

설아는 고개를 절레절레 흔들었다. 정후의 집에 도착해 미리 씻었기 때문이다. 그의 기대에 부응하지 못해 미안한 마음이 들 때쯤 어느새 욕실로 사라져버린 정후의 모습에 웃음이 터졌다.

설아는 침대 위에 벌러덩 누웠다. 그리고 정후의 침실을 둘러보았다. 언제 봐도 깔끔하고 심플한 침실은 온기라고는 찾아볼 수 없을 만큼 정이 느껴지지 않았었다. 하지만 언젠가부터 이곳은 달라졌다. 웃음이 넘치고, 사랑이 넘쳤다. 그 어느 곳보다 훨씬 따뜻하고 포근한 그 공간에서 설아는 편안함을 느꼈다.

"설아 씨?"

씻고 나온 정후는 침대 위에 잠들어 있는 설아에게로 시선을 돌렸다. 고된 하루였는지 그녀는 고른 숨소리를 내며 새근새근 잠들어 있었다. 정후는 천천히 다가가 목과 허벅지에 팔을 넣어 그녀를 들어 올렸다. 편한 자세를 취해준 후 그녀의 곁에 누워 팔베개를 해주었다.

"……."

그녀가 누워 있는 그의 팔 한쪽에서 열이 피었다. 그것은 욕망의 열도, 마찰에 의한 열도 아니었다. 텅 비어 있던 그를 온전히 채워주었다는 것에서 오는 만족감이었다.

"돌아와줘서 고맙습니다."

그녀는 알까. 언제쯤 데려올 수 있을까, 막연하기만 했던 시간들이었다는 것을. 혹시나 돌아오지 못하게 되면 어쩌나 싶은 걱정의 시간들이었다는 것을. 하지만 그녀는 돌아왔다. 언젠가는 내 편이 되어줄 든든한 지원자들을 등에 업고.

정후는 세상을 다 가진 사람처럼 흐뭇하게 웃었다.

"사랑합니다. 설아야."

들었다면 둘 중 하나만 해요! 라고 눈을 흘겼을 설아겠지? 그 모습도 마냥 예쁠 정후였겠고.

이젠 앞으로 매일매일 두고두고 볼 모습이니 오늘은 양보하기로 한다. 정후는 혹시나 설아가 잠결에라도 품에서 떨어질까 그녀를 더욱 깅하게 끌이인았다. 그리지 슬슬 깜이 몰러왔다.

오늘은 아마 좋은 꿈을 꿀 것만 같다.

설아는 살며시 눈을 떴다. 밝은 햇살이 쏟아지듯 방 한구석에서 반짝이고 있었다. 천천히 고개를 돌리자 팔베개를 해준 채 잠들어 있는 그가 보였다. 피곤했는지 곯아떨어져 있는 남자의 모습은 당장에라도 깨우고 싶을 만큼 새근새근, 아기처럼 잠들어 있었다. 설아는 손을 뻗어 그의 머리카락을 쓰다듬어주려다 멈추었다. 마음과 달리 곤히 자는 그를 깨우지 말아야 할 것 같았기 때문이다. 그는 평안해 보였고, 평온해 보였다. 설아는 그런 그의 모습을 한참 동안이나 바라보았다.

어쩜 자는 모습마저도 이렇게 핸섬할까.

표정이 없을 땐 한없이 매섭고 날카로운 사람이 능구렁이처럼 농담을 하고, 그 농담에 웃고, 사랑을 속삭여준다. 같은 사람이 맞는 걸까. 속으로 질문해본다. 너무나 다른 두 모습의 얼굴이 겹쳐지지 않아 웃음이 터졌다.

사람들은 알까, 이 남자가 사실은 사랑하는 여자라면 자존심이고 뭐고 다 집어던지는 순정파라는 걸. 전혀 그렇게 생기지 않은 얼굴로 낯간지러운 농담도 서슴지 않는다는 걸. 욕심이 많고 질투가 많지만 사랑하는 마음이 더 큰 남자라는 걸.

설아는 결국 참지 못하고 손을 뻗었다. 흐트러지듯 제멋대로 굴고 있는 그의 머리카락은 개구쟁이처럼 그녀를 유혹했다. 참을 수 없는 유혹에 굴복하고 만 설아는 손가락 사이사이로 빠져나가는 그의 머릿결을 느끼며 나른한 기분으로 웃어 보였다.

어쩌다가 이런 모습마저도 좋아지게 된 걸까. 푹 빠져 헤어 나올 수 없게 된 걸까. 설아는 한참을 생각했다.

전생에 나라를 구했나 보지, 뭐. 스스로에게 대답하며 웃는 것도 잠시. 설아는 문득 잠들어 있는 정후에게 묻고 싶었다.

'당신은 왜 내게 이렇게 필사적이에요?'

그럼 정후는 뭐라고 대답할까?

좋아하니까, 사랑하니까, 라고?

글쎄. 조금 더 능청스러운 대답이 돌아올지도 모른다.

'처음이니까.'

우린 서로에게 처음이니까. 이렇게 홀리듯 빠져 있는 시간도, 넋을 놓고 바라보고 있는 이 모든 순간도, 우린 서로에게 처음이니까. 그렇기 때문에 더욱 절실하고 필사적인 것이 아닐까.

서툴러서, 감정을 조절하는 게 익숙하지 않아서, 우린 서로에게 모든 걸 다 털어주고 싶은 걸까.

정답은 없겠지. 하지만 시간이 흘러 처음과 같지 않는 순간이 온다면 견뎌낼 수 있을까. 그때는 아프다는 표현으로 끝이 나지 않을 것 같아 잠시 두려워졌다.

"끝이 없을 순 없을까."

모든 순서는 처음, 중간, 끝. 정해진 수순을 밟아가는 것이 인생일 테니, 언젠가 두 사람에게도 어떤 식으로의 끝은 오게 될 것이다.

하지만 두렵지 않았다. 커져버린 사랑만큼 서로를 향한 마음 역시 더욱 단단해졌고, 더욱 성숙해졌기에. 앞으로도 함께 성장해 나갈 것이기에.

설아는 문득 지금 이 상황이 로맨스 소설의 한 장면처럼 느껴졌다. 어리숙하고 모난 두 사람이 만나 다양한 감정과 감각을 공유하는 것. 그것들은 서로에게 기쁨이 되고 위안이 된다. 그러면서 우린 행복해진다.

마치 한 편의 소설 속 해피엔딩을 본 것만 같은 기분에 마음이 뭉클해졌다.

설아는 잠들어 있는 그의 눈과 코, 입술을 하나씩 훑어보았다. 눈을 감더라도 잊혀지지 않게끔 공들여 보고 또 봤다.

나라를 하나만 구한 게 아닌가 보네, 라는 농담과 함께 편안한 웃음이 절로 지어졌다.

'당신을 사랑하게 돼서 참 다행이에요.'

당신이라서, 윤정후라서.

가끔 한 번씩 스스로에게 물었다. 후일그룹의 맏아들인 윤정후가 아닌, 빈털터리의 윤정후라도 사랑하게 되었을까?

"그랬을 것 같아요."

오로지 한설아만 보이는 윤정후의 눈빛에, 오로지 한설아만 담는 윤정후의 가슴에 반해 두근거렸을 것 같다. 따스한 손을 내밀면 잡을 수밖에 없었을 것 같다. 아무것도 필요하지 않았다. 이 사람만 있다면, 든든하게 믿음을 주는 이 남자만 있으면 그 어떤 것이 두려울소냐 싶었다.

"사랑해요."

그 정의를, 그 의미를 묻는다면 설아는 쉽사리 대답할 수 없을지 모른다. 하지만 말하지 않아도 알 수 있는 그의 모든 것이 깊은 사랑을 담고 있기에 설아는 그거면 되었지 싶다.

잠결에 뒤척이던 정후는 옆에서 자고 있을 설아를 품 안으로 천천히 끌어당겼다. 잠에서 깬 게 아닐까 싶어 그의 얼굴을 살폈지만 그는 여전히 잠들어 있었다. 혹여 어디로라도 사라졌을까 자면서도 그녀를 그리워하는 남자였다. 설아는 그런 그가 좋아 모른 척 품 안으로 안겨버렸다. 따뜻했다.

설아는 눈을 감았다. 잠이 들어도, 들지 않아도 행복한 순간이 될 것 같아서.

"설아 씨, 설아야. 여우여우."

어딘가에서 들리는 달콤한 목소리에 설아는 귀를 쫑긋 세웠다. 잠시 후 그 귓가로 야릇하면서도 뜨거운 숨결이 느껴졌다. 설아는 몸을 꼬며 도망가는 척했다. 하지만 도망가게 놔줄 남자가 아니라는 걸 알기에 뻗어오는 손길을 거부하진 않았다.

"잘 잤습니까?"

물어오는 한마디에 설아는 고개를 절레절레 흔들었다.

"아뇨. 옆에서 잠자는 사람이 너무 시끄럽게 코를 고는 바람에 한숨도 못 잤어요."

투덜투덜. 마음에도 없는 말을 지어내며 투덜거리자 눈앞의 남자는 자못 심각한 표정으로 설아를 내려다봤다.

"그렇게 말하기엔 베개가 너무 축축한 거 아닙니까? 도대체 침을 얼마나 흘리며 밤을 새운 겁니까?"

"뭐라고요?"

"아, 침이 아니고 땀일 수도 있겠군요. 발끈하지 마십시오. 진짜 같습니다."

"윤정후 씨."

"어쨌건 뽀뽀나 한번 합시다."

쪽. 그리고 쪽쪽. 그도 부족해 쪽쪽쪽쪽쪽.

침대 위에서 울리는 그 소리가 얼마나 감칠맛 나고 야릇한지, 침이 꿀꺽 넘어간다. 설아와 정후는 잠시 눈을 맞췄다.

"왜 매번 뽀뽀 한번 합시다, 이래요? 그냥 하면 되지."

"위험해서 그렇습니다."

"뭐가요?"

"내가."

"정후 씨가?"

말없이 훅, 하고 입을 맞추면 마음이 주체가 되질 않으니까. 언제 어디서든 사람들의 시선 따위 무시한 채 입을 맞추고 싶을 테니까. 안고 싶을 테니까. 놓아주고 싶지 않을 테니까.

"하지만 지금은 위험해도 괜찮지 않겠습니까?"

"누구 맘대로?"

"내 맘대로."

아, 제발 속삭이지 말아주세요. 라는 말이 절로 나올까 싶어 설아는 입을 꾹 다물었다. 이 남자, 혼잣말처럼 속삭이는 목소리의 높낮이마저 설아의 애간장을 와르르 녹게 만들었다. 무한 긍정을 이끌어내는 그 한마디에 설아는 다가오는 정후의 입술에서 도망갈 핑계를 찾지 못했다. 어쩌겠는가. 좋아 죽겠는걸.

정후는 오랫동안 설아의 입술에 공을 들였다. 설아의 입술을 살짝 벌려 그 사이로 자신의 도톰한 아랫입술을 밀어 넣은 채 설아의 윗입술을 장난처럼 깨물었다. 혹여나 아플까 혀로 입 안을 쓸어주는 일도 놓치지 않았다. 느긋하게 설아의 입술을 맛보던 그는 예고도 없이 불쑥, 설아의 입 안을 뚫고 들어갔다. 그러자 용광로처럼 두 사람의 입술이 뜨겁게 엉켜 타오르기 시작했다.

설아가 손을 뻗어 그의 목덜미를 감싼 것을 시작으로 정후의 움직임은 빨라졌다. 급한 마음을 릴렉스시키기 위해 무던히도 애를 써봤지만 의지대로 될 리 없었다. 입술과 손이 바쁘게 그녀를 훑고 지나갔다. 방 안의 공기가 순식간에 달궈졌다.

오로지 두 사람만 알아들을 수 있는 야릇한 소리들이 공중으로 떠다녔다. 굳이 사랑한다 속삭이지 않아도 알 수 있는 최고의 표현이었다. 정후는 굶주린 사자처럼 설아를 놓아주지 않았다.

"그만, 그만요."

시작은 늘 천천히, 여유롭게. 하지만 미칠 것 같은 자극으로 그녀를 몰아세우고 나서야 끝이 났다. 정후는 늘 애가 탔고 목이 말랐다. 설아를 갖고 또 갖고도 늘 욕심이 났고 안달이 났다. 정후는 그녀를 품에서 내려놓으며 젖은 머리카락을 쓸어 올렸다.

"도대체가 지치질 않아요. 으."

매번 하는 소리인 것 같지만 맞붙을 때마다 놀랍다. 도무지 한 번으로 끝나는 법이 없고, 쉬는 틈 역시 길지 않다. 그런데도 지치지 않고 달려들어 설아를 품에서 놓질 않는다. 지금처럼.

이미 체력은 바닥으로 떨어져 손가락 하나 까닥할 수가 없는데 정후는 여전히 쌩쌩한 사람처럼 설아의 가슴을 지분거렸다.

찰싹. 설아는 더 이상 견뎌낼 수가 없을 것 같아 정후의 손을 매몰차게 때려주었다. 그러자 정후가 아쉬운 듯 설아의 목에 입을 맞추며 투덜거렸다.

"나도 내가 짐승 같다고 느낄 때가 있습니다. 하지만 어쩌겠습니까. 설아 씨민 보면 이렇게 되는데."

"그런 말로 꼬셔도 안 넘어가요. 더 이상 절대 안 할 거야."

정말? 이라고 물어오는 그의 표정에 설아는 큰 눈을 동그랗게 뜨며 다가오지 말라 엄포를 놓았다. 하지만 정후는 전혀 들어줄 마음이 없는 사람처럼 어깨를 으쓱거리고서는 설아의 볼을 꼬집어 주었다.

"그럼 조금만 쉽시다."

"뭐야, 뭐야. 더 안 한다니까? 다가오기만 해봐요!"

"다가가면?"

"도망갈 거예요."

"잡으러 가면?"

"안 잡혀요!"

"자신 있습니까?"

"당연하지! 나 달리기 엄청 잘해요!"

알고 있다. 공원에서 미친 듯이 달리던 설아의 모습이 떠오른 정후는 목젖이 보여라 한참을 웃었다.

"압니다. 하지만 내 앞에서는 소용없을 겁니다."

"잘난 척하는 거예요?"

"아니, 겁내는 겁니다. 그래도 도망가기 전에 묶어두고 안 놔줄 거니까. 나, 설아 씨 없이 못 삽니다."

"흥? 그건 정후 씨 사정이지요!"

"그러니 내 사정 좀 잘 봐주십시오."

정후의 눈이 살포시 감겼다가 떠졌다. 애잔한 표정을 연출하려는 행동이었는지 모르겠지만 의도가 어쨌거나 설아는 말도 안 되는 상황에서 잔잔한 감동의 물결을 느끼고 있었다.

"하는 거 봐서요."

좋으면서 괜히 툴툴거리게 된다. 마음은 도망갈 생각도 없으면서 자꾸만 밀어내고, 당기는 일이 재밌게 느껴진다. 밀고 당긴다고 튕겨나갈 정후가 아니라는 것을 알기에 설아의 거드름은 하늘을 찔렀다.

하지만 정후는 그런 설아가 마냥 사랑스럽다.

"설아야."

"음?"

"평생 이렇게 같이 잠들고 같이 깨면 안 됩니까?"

또 어떤 장난을 치려나 싶어 그를 노려봤던 것도 잠시, 진지한 정후의 말에 설아는 할 말을 잃은 사람처럼 눈만 꿈벅거렸다.

"사실 이 말이 가볍게 느껴질까 혹은 너무 자주 해 지겨워질까 걱정이 됩니다. 그래서 아껴두고 싶은데도 자꾸만 튀어나옵니다. 4년을 기다리겠다고 한 건 납니다. 하지만 기다리고 싶지 않아졌습니다."

"흥, 뻥쟁이였어요?"

"설아 씨랑 떨어져 있던 시간들이 이렇게 외로울 거라고는 상상도 못했습니다."

"그래서 못 참고 전주로 왔던 거고요?"

"네. 내가 이렇게 인내심이 없는 남자인 줄 몰랐습니다. 실망한다고 해도 할 말은 없지만 그렇습니다. 내가."

그러고는 한설아가 없는 삶이 답답하고 숨이 막힙니다. 라는 말을 덧붙였다. 설아는 순간 의기양양해지는 기분과 동시에 괜한 미인함이 느껴졌다. 설이는 팔을 뻗어 툭툭 쳤다. 그러자 정후가 피식 웃더니 설아가 건넨 팔베개에 머리를 기댔다. 모양새가 좀 우스꽝스럽지만 기분은 나쁘지 않았다.

"사실 내 마음도 그래요. 정후 씨만큼이나 원하고 있는 미래기도 해요. 하지만…… 조금만 기다려줄래요?"

무엇이 되든 정후와 어깨를 나란히 할 순 없겠지만 조금은 멋진 여자가 될 때까지. 적어도 당당하게 나를 소개할 수 있을 만큼만 멋져지면 그땐 내가 먼저 조를지 몰라요.

"조금만, 기다리면 됩니까?"

"네. 오래 걸리지 않도록 최선을 다할게요. 그러니 우리 조금만 더 연애해요."

"……."

"응? 아주 조금만요."

"알겠습니다. 대신 아주 조금입니다. 다음에 고백할 땐 무조건 오케이 하는 겁니다."

"치. 이래놓고 내일 결혼하자고 할 거 아니죠?"

"설아 씨도 내 마음과 같다 했으니 그거면 충분합니다. 이제 진짜 편하게 기다릴 수 있을 것 같습니다."

같은 미래를 그리고 있고, 자신만큼이나 조바심을 내고 있다는 걸 알았으니 그거면 됐다 싶다. 일방적인 마음이 아니라서, 혹은 함께할 남자로 충분한가에 대한 의구심이 들어서가 아니라면 된 거다. 정후는 설아가 말하지 못한 부분까지도 다 알아들은 사람처럼 고개를 끄덕였다.

누구나 사랑하는 사람 앞에서는 당당하고 멋져지고 싶은 거니까. 그러기 위해서 설아에겐 시간이 필요할 것이고, 그 시간을 기다려주는 것, 이해해주는 것은 정후의 몫이 될 것이다.

"협상이 타결되었으니 마지막으로 도장을 찍읍시다."

"음? 도장이요? 뭐, 이런 것도 계약서 써야 돼요?"

"집중하십시오. 지금부터 계약서 쓸 겁니다."

쪽. 시작합니다. 쪽쪽.

그가 말한 계약서의 형태가 분명해질수록 설아는 당했다는 걸 알아차렸지만 이미 늦은 후였다. 그가 주는 쾌락의 물결에 휩쓸려 버렸기 때문이다.

끝 나 지 않 은 이 야 기 ㅣ

설아는 오랜만에 컴퓨터 앞에 앉아 있었다.

미리 연재 지연의 공지를 띄운 터라 별일 없었겠지 하고 들어간 사이트에서는 다음 편을 기다리는 독자들의 독촉 글들이 눈에 띄었다. 작가로서 제일 뿌듯하면서 미안한 순간이었다. 하나하나 정성들여 읽고 답글까지 단 설아는 미리 써놓은 다음 편의 이야기를 업로드하고 창을 끄려 했다. 하지만 평소 열어볼 일이 없었던 쪽지함에서 불이 번쩍이는 걸 알아차렸다.

설아는 그것을 클릭해 한참을 읽어 내려갔다. 그리고 삐죽삐죽 삐져나오는 웃음을 참으며 키보드를 두드리고는 컴퓨터의 전원을 껐다.

저녁 약속이 있는 날이라 설아는 퇴근 시간에 맞춰 후일전자 본사로 걸음을 옮겼다. 기다리면 데리러 오겠다는 그의 말을 싸그리

무시하고 무작정 찾아온 길이었다.

"와, 장난 아니다."

누가 후일전자 아니랄까 봐, 본사는 정말이지 어마어마했다. 설아는 입이 떡 벌어진 채로 1층 로비를 둘러보았다. 럭셔리함이 뚝뚝 묻어나면서도 차분하고 생동감이 느껴지는 곳이었다.

"누굴 찾아오셨습니까?"

주변을 둘러보고 있는데 데스크 안내 직원이 걸어와 물었다. 설아는 잠시 망설이며 손목시계를 바라보았다. 아직 30분이라는 시간이 남아 있으니 굳이 그를 찾을 필요가 있나 싶었다.

"음. 윤정후 사장님을 찾아오긴 했는데요."

일단 물었으니 답하는 것이 인지상정. 설아가 대답하자 안내 직원은 태 나지 않게 설아를 훑어보았다.

긴 머리를 하나로 높이 묶고 티셔츠에 청바지, 운동화를 신은 모습이었다. 게다가 얼굴은 20대 초반으로 보일 정도로 어린 외모. 안내 직원은 고개를 끄덕이며 사무적인 미소를 지어 보였다.

"약속은 하고 오셨습니까?"

"음. 아마도요? 근데 아직 약속 시간이 남아서 로비에서 기다리고 싶은데. 괜찮을까요?"

"네, 괜찮습니다."

"혹시나 엇갈릴까 봐 그러는데요. 한 30분 후에 전화 한 통 넣어 주실래요? 이름은 한설아고요. 로비에서 기다린다고."

"알겠습니다."

누굴까, 하는 눈빛이었지만 더 이상 묻진 않았다.

설아는 로비 한쪽에 마련되어 있는 쉼터로 걸어가 앉았다. 폭신

한 것에 길들여져 있는 몸은 쉼터에 마련된 소파에 기대자마자 편안한 느낌에 만족하고 있었다.

잠시 앉아 있었을까, 옆에 직원으로 보이는 여자 둘이 자리에 앉았다. 별 관심이 없어 휴대폰으로 시선을 돌리려는데 여자들의 목소리가 설아의 귓가로 정확히 파고들었다.

"나 오늘 아침에 출근하는데 사장님이랑 마주쳤잖아! 안녕하세요. 하고 인사하니까 네, 좋은 아침입니다. 하면서 손을 척 드시는데!"

"헐!"

"코피 팡, 터지는 줄 알았잖아. 아니, 방싯 웃어주신 것도 아닌데! 정말 무표정한 얼굴로 인사를 받아주셨는데도 온몸이 찌릿거리는 거 있지? 대박. 왜 아직 혼자실까?"

혼자 아닌데요. '제가 그 사장님 애인인데요' 하려다 설아는 분위기를 깨고 싶지 않아 괜히 흠흠거렸다.

스멀스멀 올라오는 미소를 떨치려 애쓰는데 앞쪽에서 들리는 익숙한 목소리에 설아가 고개를 들었다. 그러자 반가운 얼굴이 눈에 들어왔다.

"박태건이! 아, 맞아. 너 여기 기획팀에 출근한다고 했지?"

"설마 나 보고 싶어서 여기까지 온 거? 이러지 말게. 사장님이 아시면……."

"쉿!"

설아는 벌떡 일어나 태건의 입을 틀어막았다. 그러자 테이블에 앉아 있던 두 명의 여자가 설아와 태건을 바라보았다. 다행히 못 들었는지 두 사람은 자리에서 일어나 사라져버렸다.

"주댕이 단속 잘해라? 괜한 쓸데없는 소리 하지 말고."

"틀린 말도 아닌데 뭐? 잘하면 후일전자 사모님이 되실 분이잖아, 너!"

"시끄러!"

퍽. 설아가 태건의 뒤통수를 가격하자 태건이 우씨, 하고 달려들었다. 또다, 또. 아무리 생각해도 두 사람의 관계는 베스트 프렌드라 쓰고 철천지원수라 읽으면 딱인 모습이었다.

씩씩거리며 불꽃이 튀는 눈빛을 주고받던 찰나 설아의 엉덩이 쪽에서 진동이 느껴졌다. 손을 뻗어 휴대폰을 꺼내 들자 모르는 번호가 떠다녔다. 설아는 별 생각 없이 전화를 받았다.

"여보세요?"

-안녕하세요. 쪽지 드렸었던 별빛출판사입니다. 써라 작가님 맞으시죠?

헉. 설아가 놀란 듯 입을 떡 벌렸다.

"아, 네네! 제가 써라 맞습니다."

설아는 태건을 뒤로한 채 테이블 가장 안쪽으로 걸어가 자리를 잡았다. 그리고 무슨 말이라도 새어 나갈까 입을 손으로 가리며 통화를 이어갔다.

"네. 아니요, 아직. 네? 아, 그럼요! 당연하죠. 네, 네. 캬캬캬. 그럼 내일 뵙겠습니다. 네!"

"뭔 일이냐?"

설아는 통화가 끊긴 휴대폰을 하늘로 들어 올리며 절을 하듯 몇 번이고 고개를 숙였다. 마치 높은 사람이라도 되는 양 신처럼 받드는 모양새에 피식, 히고 웃어버린 태건은 설아에게 다가가 귓가에 속삭였다. 그러자 설아가 놀란 듯 '으악!' 소리를 내며 한 걸음 물러섰다.

"뭐냐고."

"네가 알 바, 흐흐흥, 아니거든? 흐흐, 흐흥."

설아는 자꾸만 삐져나오는 웃음을 참을 수가 없어 결국 입을 틀어막아야 했다.

"흐흐흥? 뭔가 있어, 수상한데?"

"알 거 없, 흐흐흥. 흐흐흥. 캬캬캬캬캬."

"로또라도 맞았냐? 그러지 않고서야 애 얼굴이."

"태건아. 박태건! 태건아아아아아!"

결국 주체할 수 없는 기쁨에 설아는 태건을 와락 안아버렸다. 그러자 얼떨떨해진 태건은 자리에서 방방 뛰는 설아의 움직임에 맞춰 자신도 따라 뛰었다. '나 지금 뭐 하는 거야?' 수차례 스스로에게 묻고 있었지만 마음과 다르게 그녀의 몸은 본능적인 움직임에 따를 뿐이었다.

"뭔 일이냐고."

"누나가, 누나가 드디어!"

"누나 같은 소리 하지 말고. 팩트만 말해. 팩트만!"

"드디어 내가, 드디어! 작……."

"설아 씨?"

그 순간, 뒤에서 들려오는 목소리에 설아가 말을 멈춘 채 고개를 들었다.

"앗, 정후 씨!"

주머니에 두 손을 꽂은 채, 상당히 기분이 나쁜 얼굴로 두 사람을 바라보고 있던 정후는 성큼성큼 다가와 매정하게 두 사람 사이를 갈라놔주었다.

"사, 사장님. 안녕하십니까. 이건 말이죠, 오해입니다."

"오해?"

"저흰 동성 친구나 다름없습니다!"

언제는 좋아한다며? 얼마나 급한지 앞뒷말을 싹둑 자른 채 결론만 말하는 태건이 귀여워 피식 웃어버렸다. 그는 필사적이었다. 이제 겨우 한 달 다닌 회사인데, 사장의 심기를 거슬려 잘리고 싶지 않다는 얼굴이었다. 정후는 아무런 말 없이 고개를 까딱거렸다. 그러자 태건은 두 주먹을 불끈 쥐고 충성을 다한다는 얼굴로 고개를 숙이고서는 꽁무니가 빠지게 달려갔다. 잠시 후 엘리베이터 안으로 사라진 태건은 기획2팀으로 복귀해 회사에 뼈를 묻을 것처럼 열심히 일에 집중했다.

"언제 온 겁니까?"

태건이 사라지고 난 자리에 잠깐의 침묵이 흘렀지만 그걸 먼저 깬 것은 정후였다.

"정후 씨 보러 왔죠. 오늘 저녁 같이 먹자면서요. 내가 데리러 왔어요."

"근데 왜, 박태건 씨와 함께 있습니까?"

"아, 그게. 우연히 마주쳤어요."

"우연히 마주친 것까지는 그렇다 치더라도, 방금 전 상황은……."

해명을 바라는 눈빛이었다. 하지만 쉽게 납득시킬 수 있는 눈빛도 아니었다. 설아는 멋쩍은 듯 머리를 긁적였다.

"니도 모르게. 하하."

어색하게 웃자 정후가 팔짱을 끼며 집요하게 바라보았다. 설아는 힐끔 주변을 살폈다. 어느새 후일전자 윤정후 사장과 20대의 여자가 대치하고 있는 상황을 주의 깊게 바라보고 있는 시선들이 느껴졌다. 설아는 한 걸음 물러섰다.

방금 전 출판사에서 계약을 하자는 전화가 왔었노라 말을 해야 할지 말아야 할지 고민이 되었다. 아직 정식으로 계약서를 쓴 게 아니기에 조심스러웠고, 계약을 한다고 해도 책이 나오기까지는 한참 뒤의 일일 것임을 알기 때문이다. 설아는 잠시 고민하다 고백의 시기를 조금 늦추기로 했다.

"음. 나에게 아주 좋은 일이 생길 것 같아요. 더불어 정후 씨에게도."

책을 출간하게 되면 정식으로 '작가'라는 이름을 달 수 있으니 그 후로는 백수가 아니라 작가 한설아가 된다. 그러면 그가 내민 손을 잡는 게 덜 미안해지지 않을까. 라는 생각이 들어 가슴이 벅차올랐다.

"하지만 아직 확실한 건 아니에요. 그래서 말하기가 좀 성급한 것 같기도 하고."

"……."

"확실해지면 제일 먼저 말해줄게요. 음?"

정후는 물끄러미 설아를 바라봤다.

약속 시간까지는 20분이나 남아 있었지만 정후는 마음이 급했다. 하루 종일 눈앞에서 아른거리는 설아에게로 달려가고 싶은 마음이 굴뚝같았다. 조금만 참자, 하고 기다리려는데 설아가 로비에 있다는 비서의 말을 전해 들은 정후는 참을 수가 없었다. 자리에서 벌떡 일어나 사장실에서 내려오는 그 짧은 순간이 너무나 길고 답답하게 느껴졌다.

1층에 내리자마자 정후의 눈은 설아를 찾고 있었다. 멀리서 봐도 알 수 있는 설아의 모습. 하지만 그녀는 혼자가 아니었다.

태건과 무슨 말을 중얼거리며 태격거리더니 전화가 온 모양인지 통화에 집중했다. 정후는 그 모습을 물끄러미 바라보았다.

평범한 옷을 입었음에도 불구하고 늘씬한 몸매가 한눈에 들어왔다. 그뿐이겠는가, 20대의 설아에게는 생기가 넘실거렸다. 파릇파릇하고 손대면 톡 하고 터질 것만 같은 싱그러움이 군데군데 묻어 있었다. 정후는 새삼 자신이 어린 여자와 연애를 하고 있다는 사실을 떠올렸다. 만족감이 피어오르는 동시에 불안감이 더해졌다. 그건 마음에 대한, 확신에 대한 불안감이 아니었다. 저렇게 예쁘고 아름다운 여자를 바라볼 많은 남자들의 시선이 불쾌하고 싫었다. 빨리 자신만의 품에 가둬버리고 싶어 걸음이 빨라졌다. 그 순간 설아가 태건을 와락 안았다. 정후의 눈썹이 삐죽거렸다.

정후는 두 사람을 빠르게 떼어놓았다. 질투심에 몸이 이글이글 타올랐다. 이렇게 사람이 많은 곳에서 남녀의 포옹이라니! 오늘 두 사람을 본 사람들이라면 설아를 태건의 여자로 입방아 찧지 않겠는가. 그게 싫었다. 설아는 소문 속에서도 진실 속에서도 정후의 여자여야만 했다. 정후는 설아의 손목을 덥썩 잡아당겼다. 그러자 그 힘에 설아가 정후의 품 안으로 폭 안겨들었다.

"정후 씨."

하지만 설아는 안긴 지 몇 초 되지도 않아 빠르게 그의 품을 빠져나왔다. 그리고 주변을 살폈다.

"사람들이 봐요!"

"보면, 안 됩니까?"

"당연하죠! 후일전자 사장님께서 로비에서 뭐 하는 거예요?"

"연애합니다. 왜, 난 연애하면 안 됩니까?"

"소문이라도 나면 어쩌려고요?"

"틀린 소문도 아니지 않습니까? 제발 널리 널리 퍼트려줬으면 좋겠습니다."

그러고는 덥썩, 설아의 어깨를 끌어당겼다. 그것만으로도 온몸이 불타올라 얼굴이 시뻘게진 설아인데 그 틈을 이용해 그녀의 입술에 쪽, 하고 뽀뽀까지 하는 정후였다.

"미쳤어, 미쳤어!"

"이제 알았습니까?"

쿡, 하고 웃는다. 이 뻔뻔한 남자!

정후가 그녀의 어깨를 안고 걷자 설아는 양손으로 눈을 가리며 쥐구멍에 숨듯 정후의 품 안에 파고들었다. 그러면서도 빨리 여길 떠야 돼! 라고 울부짖고 있었다. 하지만 정후는 그럴 생각이 없는 모양이었다.

"안녕하십니까, 사장님."

이 목소리는? 제길, 안내데스크다.

"잘 보십시오. 내 애인입니다. 결혼할 사람이기도 하니, 이 사람이 여길 오거든 1초도 망설이지 말고 사장실로 올려 보내십시오. 알겠습니까?"

"아, 네, 사장님!"

"갑시다. 저기도 인사할 사람이 있으니."

"아잇, 진짜아!"

설아는 그의 품을 박차듯 빠져나와 냅다 로비를 달려 나갔다.

정후는 그 자리에 서서 멀어지는 설아를 바라보았다. 뛰어가는 그녀의 뒷모습에서 '창피해, 창피해' 하는 목소리가 들리는 것 같아 웃음이 터졌다. 정후는 건물 밖으로 나가 구석에 숨어 있는 설아의 모습을 눈으로 찾아낸 후 천천히 발걸음을 옮겼다.

꺅꺅거리며 정후와 설아에 대한 이야기들을 만들어내느라 정신이 없는 직원들의 시선과 속닥임을 온몸으로 느끼며 진심으로 즐거워하는 미소를 지었다. 아, 이게 세상을 다 가진 느낌이구나. 라는 과장된 기쁨을 만끽하며.

끝나지 않은 이야기 2

설아는 어제의 약속을 떠올리며 긴장된 얼굴로 앉아 있었다. 살면서 이렇게까지 떨려본 적이 있을까, 싶을 정도로 상기된 설아는 긴장의 숨을 나눠 쉬며 진정하려 애를 썼다. 하지만 시끄럽게 뛰어대는 심장은 멈출 줄을 몰랐다.

설아는 앞에 놓인 물 잔을 들어 시원하게 들이마셨다.

약속 시간까지 남은 시간은 10분.

후덜덜! 손아, 발아. 제발 진정해!

짧게 울린 휴대폰을 들어 올리는데 설아의 손이 덜덜 떨렸다.

[점심 같이 먹자니까, 왜 퇴짜 놓고 그럽니까?]

정후의 메시지였다. 오랜만에 점심 약속이 없으니 잠깐이라도 얼굴을 보자며 데이트를 신청해온 그였지만 설아는 이미 선약이 있었다. 어제 통화를 마친 별빛출판사의 담당자와 만나기로 한 것이었다.

[ㅁ] 안해요……. 담에 만ㄴ나요. 이ㄸㄸ따 전화학게요.]

후덜덜. 제발 진정하라니까. 손모가지 너! 수전증 있냐?

따져 묻듯 손을 노려봤지만 이미 오타가 남발한 메시지는 전송 완료된 후였다. 초조한 사람처럼 주변을 훑어보았다. 아직 담당자는 도착을 하지 않은 건지 조용했다. 그사이 길고 굵은 진동이 테이블 위에서 반복적으로 울렸다.

"나예요. 이따 전화한대도."

-술, 마시고 있는 겁니까?

"에? 갑자기 무슨 술?"

-어딘가에서 본 적 있습니다. 술 취하면 저렇게 오타가 난다고 하던데. 혹시 낮술 합니까? 설아야?

이 남자가 정말! 한 가지만 하래도. 꼭 저런다, 저래.

그러고 보니 뭔가 의미심장한 이야기를 할 때마다 존댓말로 묻고 반말로 이름을 부른다. 이제 슬슬 그의 의도를 파악할 때쯤이 되자 설아는 당황하지 않았다.

"안 마십니다. 정후야."

-어쭈. 가끔 보면 우리 설아 많이 큰 것 같습니다. 심심할 때마다 툭툭, '정후야' 하고 부르던데.

"그러면 안 돼? 정후 씨도 설아야, 라고 부르잖아요."

-안 됩니다. 오빠를 붙이든 씨를 붙이든. 그것도 싫으면 자기야, 여보야. 뭐 그런 걸로 바꿔보십시오.

"괜찮습니다. 정후님."

-지, 1초 정도는 생각하리고 하지 않았습니끼?

욕심쟁이 윤정후. 누가 그 검은 속을 모를 줄 알고? 설아는 능구렁이처럼 내뱉는 정후의 말에 피식 웃었다.

-그건 그렇고. 어딥니까?

"안 알려줘요. 알려주면 찾아올 것 같아."

-차인 사람이 무슨 자존심으로 거길 찾아갑니까? 걱정하지 말고 말하십시오.

"싫은데에~? 알고 싶지이? 궁금하지?"

-어허. 부쩍 까불지.

정색이 섞인 목소리가 들려왔지만 설아는 하나도 겁나지 않았다. 그 목소리 안에도 애정이 듬뿍 담겨져 있었기에. 까분다며 혼을 낼 것처럼 굴면서도 편안하게, 친근하게 장난치는 설아를 아낌없이 사랑해주었다.

-그러다가 한 번 크게 혼나는 날 옵니다. 조심하십시오.

"어머나, 넘나 무서운 것! 나 엄청 쫄았음!"

-말 돌리지 말고. 어디냐고.

"여기요? 여기……."

"안녕하세요? 혹시 써라님 맞으신지."

"아!"

정후와 통화를 하느라 자신이 왜 이 자리에 나와 있는지 싸그리 잊어버리고 말았다. 수전증을 의심하던 손은 너무나도 멀쩡하게 휴대폰을 들고 있었고, 시끄럽게 뛰어대던 심장도 어느새 진정을 한 후였다. 정후와의 통화가 이렇게나 자신을 진정시킨다는 것에 놀랐던 것도 잠시, 설아는 끊기지 않은 전화기에 속삭였다.

"내가 이따 전화할게요."

-한설아!

정후의 목소리가 들렸지만 설아는 빠르게 종료 버튼을 눌렀다.

"인사가 늦었습니다. 별빛출판사의 서문현입니다."

"안녕하세요. 한설아입니다."

현이 건넨 명함을 받으며 설아가 자신을 소개했다.

"편하게 앉아서 얘기하시죠. 아, 식사는 하셨나요?"

"아직이요."

"그럼 밥부터 먹을까요? 어떤 거 좋아하세요?"

점심시간이라고 해도 굳이 식사까지 할 필요가 있나 싶었지만 싹싹하게 말을 걸어오는 현의 호의를 거절할 이유는 없었다.

"갑자기 연락드려서 당황하시진 않으셨나요?"

"아, 네. 이런 경험이 없어서인지 상황이 조금 얼떨떨하네요. 게다가 다른 곳도 아니고 별빛출판사라니."

대한민국에서 다섯 손가락 안에 드는 큰 규모의 출판사였다. 장르에 대한 구분이 없이 많은 책을 출간하고 관리하는, 체계적인 출판사였기 때문에 많은 작가들이 관심을 갖는 곳이기도 했다. 그런 곳에서 출간 제의가 들어오다니. 설아는 꿈만 같았다.

"좋게 봐주셔서 감사합니다. 저 역시 영광입니다. 써라 작가님과 이야기를 나눌 수 있게 되어서요. 예전에 쿵떡찰떡 연애 지침서라는 소설을 쓰신 적 있으시죠?"

"엇, 어떻게 아세요?"

생각시도 못한 현의 말에 설아의 눈이 커졌다. 이게 왜 이야기하는 것이지만 늘 품에 안고 다녔던, 설아가 매일 읊어대던 그 책이 바로 '쿵떡찰떡 연애 지침서'라는 이름을 달고 있는 책이었다. 오로지 한 사이트에서만 연재가 되었고 워낙 인기가 없어 독자들로 하여금 관심을 받지 못했던 글이기도 했다. 하지만 설아에게는 처녀작이었기에 누구보다 소중한 작품이었다. 혼자서라도 소장하고자 600장 가까이 되는 글을 일일이 출력해 책으로 묶었었다. 이 세상에 단 하나뿐인, 그녀만의 첫 작이었다. 근데 그걸 서문현이 알고 있었다.

"제가 써라 작가님, 팬이거든요."

"네에?"

"이번에 연재하고 계신 소설을 읽으면서 좀 놀랐어요. 첫 작에서 보았던 작가님의 문체가 조금 달라졌다는 생각이 들었거든요. 게다가 흐름이라든지, 감정 처리에 깊이가 묻어나고 깔끔하게 마무리되는 점 역시 놀라웠어요. 짧은 시간 동안 정말 많이 성장하셨다는 생각이 들었거든요. 아, 혹시 실례가 되진 않으신지."

"아, 아니에요."

설아는 둔기로 뒤통수를 내려 맞은 것과 같은 충격을 받고 있었다. 얼떨떨하고 당황스럽지만 기뻤다. 누군가가 자신의 작품을 알아주고 좋아해주고 있었다니. 인기가 없어 외면당했던 자신의 글이. 설아는 가슴 한 편이 뭉글거렸다.

"식사가 나왔네요. 일단 드세요."

그 순간 주문한 음식이 테이블 위에 올려졌다. 설아는 배가 고프지 않았다. 너무나 기뻐서, 너무 좋아서 오히려 음식을 먹으면

체할 것만 같았다. 진정이 되지 않고 가슴이 떨렸다. 이런 기분, 처음이었다.

식사 시간이 끝나고 후식으로 커피가 나오자 본격적인 이야기가 진행되었다.

"일단 전화가 간략하게 말씀드렸듯이 현재 연재하시는 글을 종이책으로 출간하고 싶어요. 저희 별빛출판사와 함께해주셨으면 하는 바람입니다."

현은 사람 좋은 얼굴로 웃으며 미리 준비해놓았던 계약서를 설아에게 내밀었다. 설아는 손을 뻗어 그 계약서를 받아들었다.

"천천히 읽어보시고 결정해주시면 돼요. 정직하게 쓰인 계약서라 자부합니다."

현의 말에 설아는 미소를 띠우며 계약서를 읽어 내려가기 시작했다. 글은 써봤지만 출판에 대한 계약은 처음이기에 어려운 말투성이였다. 그때마다 현은 물어보는 설아의 말에 친절히 대답해주었다.

"인세를, 이렇게나 많이 주신다고요?"

"저희 출판사가 다른 곳에 비해 작가님들께 인세를 많이 드리는 건 사실입니다. 하지만 누구보다 수고하시는 작가님들께 이 정도의 인세밖에 못 드리는 것은 죄송할 따름이죠. 작가님은 편안하게 작업만 하세요. 나머지는 저희가 다 알아서 서포트 해드리겠습니다."

설아는 방금 전 현의 말이 고백처럼 들렸다. 사랑을 속삭이는 말 외에 이렇게 달콤한 말이 있을까, 고민이 될 정도였다. 설아는 말없이 미소를 지었다.

집으로 돌아온 설아는 녹초가 된 얼굴로 침대에 쓰러졌다. 잠시

동안 미동도 없던 설아는 고개만 돌려 집 안에 대충 던져놓은 가방으로 시선을 옮겼다. 삐죽, 하고 가방 위로 삐져나온 서류 봉투가 눈에 들어왔다. 그 안에는 계약서가 들어 있었다. 핑크 펄이 자글자글 박힌 도장으로 직접 찍어 계약이 성사된 계약서 말이다. 꿈에 그리던 상황이었는데 뭔가 얼떨떨하고 믿기지가 않는다. 어찌되었건 계약을 했다. 그리고 몇 달 안에 책이 나온다. 말도 안 돼. 정말 내가 이 말도 안 되는 계약을 해버렸단 말인가.

"흐흥, 흐흐흥."

어이없고 황당한데 웃음이 나온다. 흐흐흥, 흐흐흥. 끝도 없이 코웃음이 치고 올라온다. 설아는 이불에 얼굴을 파묻었다.

가슴이 벅찼다. 그동안의 마음고생을 한 번에 위로 받은 기분이었다. 계약을 하고 인세를 받는 과정이 중요한 게 아니었다. 누군가가 나의 글을 알아봐주고 관심을 가져주었다는 것. 지금의 글을 존중하고 이해해준다는 것. 그게 너무나도 기뻤다.

"그래. 이제 꽃길 걸을 때도 됐어!"

꽃다운 26세. 작가의 길을 걷기 위해 얼마나 오랫동안 마음 고생했던가. 이제 새로운 시작이다. 무엇보다 자신의 작품을 잘 이해해주고 알아주는 담당자를 만났으니 설아의 앞길은 탄탄대로일 것이다.

"흐흥, 흐흐흐흥."

설아는 자리에서 벌떡 일어났다. 콧노래를 흥얼거리며 전신거울 앞으로 걸어가 몸을 요리 조리 비춰보았다.

"암 쏘핫, 난 너무 예뻐효오오."

엉덩이를 흔들거리며 손가락으로 양 볼을 쿡쿡 찔렀다. 바람도 넣어보고 푸우, 귀여운 표정도 지어 보였다.

"예뻐, 예뻐. 오오~ 굿굿! 캬캬캬캬캬."

설아는 거울 속에 비친 작가 써라님의 모습을 보며 행복하게 웃었다. 자, 이제 열심히 달리는 일만 남았다. 멋진 결실을 맺어 윤정후, 그대에게 근사하게 고백하리라! 딱 기다려라!

한참 동안이나 거울 앞에서, 소파 위에서, 주방을 왔다 갔다 거리며 실실거리던 설아는 요란하게 울리는 벨소리를 찾아 걸음을 옮겼다. 그러고는 뜨악, 입을 떡 벌렸다.

윤정후! 정후 씨! 윽. 난 죽었다.

"정후 씨?"

이따 전화한다고 해놓고서 몇 시간 내내 감감무소식. 설아는 혼자만의 기쁨에 취해 그를 잠시 잊고 있었다. 설아는 급하게 전화를 받아 정후의 말을 기다렸다.

[어딥니까?]

오 마이 갓. 살벌하다. 목소리가 정말 살벌하다.

"집입니다요."

[내가 들어갈까, 아니면 설아 씨가 나올까.]

"음. 정후 씨가 들어올래요?"

[문 여십시오.]

후다닥. 설아는 달려가 현관문을 벌컥 열었다. 이미 기다리고 있었으면서 왜 물어봐? 라는 말이 툭 하고 튀어나갈 뻔했지만 정후의 살벌한 표정을 보자 설아는 어색하게 웃을 뿐이었다.

"왔어요?"

싱큼. 정후는 설아의 말에 대답도 하지 않은 채 집 안으로 들어가버렸다. 설아는 문을 달으며 그의 뒤를 졸래졸래 쫓았다.

"정후 씨. 정후 오빠야~"

"……."

"화났어요?"

화라기보다 토라졌다는 표현이 맞는 것 같은 정후의 표정에 설아는 마른침을 꿀꺽 삼켰다.

"왜 연락이 안 됩니까?"

낮게 울리는 그의 목소리와 굳어 있는 표정에 설아는 몸 둘 바를 몰랐다. 이렇게 정색을 하는 정후의 모습은 처음 보기 때문이다.

"걱정, 했어요?"

"말이라고 합니까?"

"에이. 이렇게 밖이 훤한데, 무슨 걱정."

"한설아."

"넵!"

"연락이 왜 안 됐는지부터 말하십시오. 게다가 통화 끊을 때 남자 목소리를 들은 것 같은데, 나의 데이트 신청도 거절하고 만난 그 남자에 대해서도 명확하게 설명하십시오."

털썩, 정후는 소파에 몸을 실으며 자리를 꼬았다. 왕좌에 앉은 것 같은 정후를 보며 설아는 새삼 그의 우월한 다리 길이에 놀라고 있었다. 훈남 서문현은 저리 가고 없었다. 아, 역시 울 정후 오빠가 최고라우! 소리라도 지르고 싶은 심정이었지만 분위기 파악이 시급했다.

"질투쟁이. 고새 질투했구나."

설아가 방싯 웃으며 정후의 옆자리로 걸음을 옮겼다. 정후의 눈빛이 따끔했지만 철판을 깔기로 마음먹었다.

"우웅? 나 보고 싶어서 마구 마구 안달이 났었겨요? 우리 옵빠아?"

기분이 좋으니 혀도 말랑말랑 잘 꼬였다. 내 안에 숨겨진 여시 같은 설아를 꺼내 정후 앞에서 실실거렸지만 그는 미동조차 없었다. 뜨악, 무섭다. 이 남자 정색하고 바라보니 무진장 무섭다.

"이잉, 그런 얼굴은 넘나 무섭잖아요. 응? 그렇지 않아, 옵빠?"

정적……. 애교를 부린 설아의 행동이 무안할 정도로 침묵이 흘렀다. 그리고 설아는 깨달았다. 오빠라는 소리로도 이 상황은 풀리지 않을 것이란 것을.

"일단 먼저 사과할게요. 연락하겠다고 해놓고 깜빡 잊어버렸어요. 내가 잘못한 거니까 정중히 고개 숙여 사과할게요!"

"그리고?"

그제야 정후의 입이 트였다. 여전히 새초롬하게 입을 쭉 내밀어 토라져 있었지만 말이다.

"음. 다른 남자와 있었던 일은 노코멘트 하고 싶은데 이해해주려나?"

"……."

안 된다는 뜻이로군.

"어제 얘기했죠? 내게 좋은 일이 생길 것 같다고. 그 일을 진행하는데 있어 도움을 주실 분을 만났어요."

"내가 설아 씨에게 도움을 줄 순 없는 겁니까?"

이미 정후 씨에게 많은 도움을 받고 있다는 거 모르쥬? 하지

만 이번은 기다려주기로 했으니 일단 한 번 믿어보는 건 어때
요?"

"……."

"나 못 믿어요?"

설아의 말에 정후는 고개를 절레절레 흔들었다. 처음부터 끝까
지 설아를 못 믿은 적은 한 번도 없었다. 설아를 제외한 모든 사람
들을 믿지 못한다면 모를까.

"그럼 이번 한 번만 눈 감아줘요. 맹세코 정후 씨가 걱정할 일
없을 거고, 누구보다 나와 정후 씨를 위한 일이니까."

"……."

"응? 정후 씨이."

설아가 잠시의 망설임도 없이 정후의 귓가에 속삭이자 잔뜩 굳
어 있던 그의 몸이 움찔했다.

안 돼, 안 돼. 이 참에 남자와 연관된 모든 것을 끊어내야 돼! 정
신 차려 윤정후! 라고 채찍질하며 마음을 다잡아 보았다. 하지만
그것도 잠시.

"우리 자기, 자꾸 이럴 거예요? 이러면 나 섭섭해할지 몰라."

"방금, 뭐라고 했습니까?"

"음? 섭섭하다고?"

"그거 전에."

"자꾸 이럴 거냐고?"

"아니, 그 전에."

"기억이 잘 안 나네?"

능청을 피우는 설아의 허리를 단박에 잡아 끈 정후가 도망가지

못하게 설아를 자신의 허벅지 위에 앉혔다. 그러자 설아가 몸을 배배 꼬며 양팔로 그의 목을 감쌌다.

"내가 무슨 말을 했을까아?"

"그러지 말고 다시 한 번 말해보십시오."

"하면요?"

"모른 척, 넘어가겠습니다."

"정말?"

끄덕. 절대 한 입 가지고 두 말 하는 남자 아닙니다. 열렬하게 타오르는 눈빛으로 설아를 바라보는 정후의 모습에 그녀는 피식 웃으며 그의 입술에 입을 맞췄다.

"자기야."

"윽."

"어? 왜 그래요?"

"가슴이."

"가슴이?"

"터질 것 같아서."

"에에?"

정후의 과장된 액션에 설아가 배꼽을 잡고 웃었다.

"괜찮아요?"

"안 괜찮습니다."

"어머, 그럼 그만해야겠다. 우리 정후 씨 아프면 큰일 나니까."

"평생 안 괜찮아도 됩니다. 그러니까."

"그러니까?"

"한 번 더 듭시다."

큭큭큭, 설아는 결국 뒤로 넘어가듯 웃어재꼈다. 하지만 정후는 진지하다 못해 살벌한 얼굴로 설아의 다음 말을 기다렸다.

"이왕 듣는 김에 자기보다 더 진한 걸로 부탁합니다."

"그게 뭔데?"

"잘 생각해보십시오."

"생각이 잘 안 난대도?"

"생각나게 해드릴까?"

설아는 엉덩이에서 느껴지는 묵직한 느낌에 움찔했다.

이 남자가 정말! 시도 때도 없이!

"아이, 진짜아!"

못살아, 정말! 밉지 않게 눈을 흘기자 정후는 그녀의 어깨에 입을 맞추며 한참 동안이나 머물렀다.

"뭐 해요?"

"딴생각합니다."

"왜?"

"한설아, 잡아먹을 것 같아서."

"왜 안 잡아먹는데?"

"미우니까."

설아의 말에 대답하는 정후의 입에서 뜨거운 입김이 흘러나왔다.

"나 미워?"

설아가 토라진 듯 내뱉자 정후가 숙이고 있던 고개를 번쩍 들었다.

"그래. 밉다."

"오오? 말이 짧다?"

"어쩔래?"

"오오?"

"오오는 무슨. 나 갈 겁니다. 비키십시오."

정후는 자신의 위에서 놀고 있던 설아의 허리를 번쩍 들어 소파에 앉혀주었다. 그러고는 미련 없는 사람처럼 일어나 현관문을 향해 걸어갔다. 설아는 쫄래쫄래 그를 따라가며 실실 웃었다.

"정말 가게요?"

"갑니다."

"나 혼자 두고?"

"……갈 겁니다."

그래놓고 왜 가만히 서 있으세요? 노는 손으로 신발 신으시지요. 정후는 간다면서 가기 싫은 사람처럼 굴고 있었다.

후훗, 사랑스러운 이 남자를 어떻게 하면 좋아?

"조심히 가요. 운전 살살하고."

"난폭 운전계의 한 획을 그을 겁니다."

"왜?"

"미우니까!"

끝까지 밉단다. 뭐가 저렇게 정후의 마음을 토라지게 했을까? 설아는 다 알면서도 자꾸만 놀리고 싶어졌다.

"뉴스에서 만나지 않길 바라요."

휙. 설아의 말에 정후가 돌아섰다. 그러고는 거친 숨을 내쉬었다.

"한설아."

"불렀어요?"

"……됐다. 진짜 갑니다."

이번에는 진짜인지 신발까지 신고서 현관문을 벌컥 열었다. 당장에라도 뛰쳐나갈 것처럼 구는 정후의 모습에 설아는 손을 흔들며 방싯 웃었다. 이제 좀 달래줘야 할 타이밍인가?

"미리 잘 자요. 예비 서방~ 니임."

닭살이 오소소 돋는 게 느껴졌지만 언젠가는 분명 서방님이 되실 분이니 틀린 말도 아니지 않은가? 그렇게 위안 삼으며 열린 현관문 사이로 정후를 밀어내고 문을 닫으려 했다. 하지만 밖에서 확하고 당겨지는 어마어마한 힘에 설아는 균형을 잃고 앞으로 고꾸라졌다. 다행히 정후가 빠르게 설아를 끌어안았다.

"가지 말라고 붙잡는 겁니까?"

네? 아니요, 전혀.

"이렇게까지 붙잡을 줄은. 설아 씨 마음, 다 알았습니다."

"아니, 정후 씨가……."

"들어갑시다. 예비 서방님이 피곤하신 관계로 오늘은 빨리 좀 쉬어야겠습니다."

"집에 가서 쉬어요!"

"이제 여기도 내 집 아닙니까? 뭐, 예비 내 집, 이라고 합시다."

능구렁이, 능구렁이.

정후는 설아를 일으켜 세워주고서 혹시라도 쫓아낼까 후다닥 집 안으로 들어가버렸다. 설아는 기가 막혀 헛웃음을 흘렸다.

"제발 한 캐릭터로 정착하렸죠?"

"예비 서방님으로?"

"가, 가! 정후 씨 집으로 썩 사라져버려요!"

기분 맞춰주려다가 된통 뒤집어쓴 기분이다.

가라는 설아의 말에도 침대 위에 벌러덩 누워 실실거리던 정후는 마음이 다 풀린 사람처럼 밤새 설아를 품에서 놓아주지 않았다. '내가 예비 서방님이면, 그대는 예비 마누란가?'라는 느끼한 대사도 서슴지 않았다.

새벽에 눈을 뜬 정후는 혹시라도 설아가 깰까 조심스레 자리에서 일어났다. 출근만 아니라면 하루 종일 옆에 누워 있고 싶은 심정이었다. 잠들어 있는 설아를 한참이나 바라보던 정후는 아쉬움이 잔뜩 묻어 있는 얼굴로 조심히 발걸음을 옮겨 설아의 집을 빠져나왔다.

차가운 공기가 정후의 뺨을 때렸지만 기분은 상쾌했다. 어젯밤, 설아와 연락이 안 되는 몇 시간 동안 정후는 조바심이 나 견딜 수가 없었다. 위치 추적이라도 해야 되나, 라는 생각이 들 정도로 정후는 걱정의 한계를 넘어섰다. 가면 갈수록, 시간이 흐르면 흐를수록 설아에게 빠져 정신을 못 차리는 기분이었다. 정후는 그게 좋았다. 앞으로도, 영영 설아에게 빠져 팔푼이처럼 살고 싶은 심정이었다.

"참 신기해."

별의별 윤정후를 다 만나고 있다. 32년을 살아오면서 단 한 번도 만나본 적 없던 모습들을 설아를 통해 직접 느끼고 있다.

누군가를 사랑하는 일, 질투심에 온몸이 타들어갈 것 같은 일, 보고 싶어 안달을 내는 일, 결혼해달라 매일매일 조르고 싶은 일, 안고 있는데도 욕심이 나고 없으면 허전함에 미칠 것 같은 일. 모두 정후에게 없었던 일들이었다.

그래서일까. 나도 몰랐던 나를 꺼내주는 설아이기에, 사람 냄새 나게 해주는 설아이기에 놓치고 싶지 않은 걸까.

생각만으로도 가슴이 벅차오르는 정후는 어젯밤 놀라서 툭 하고 떨어질 것 같았던 심장을 부여잡으며 웃었다.

자기, 서방님. 이런 사소한 말들이 왜 이렇게 온몸을 간질이게 하는지. 별거 아닌 호칭일지 모르는데도 하루 종일 바보처럼 웃게 만들었다.

좋다, 연애라는 거.

한설아와 하는 연애라서 더 좋은가.

이렇게 가슴 콩닥이고 설레게 하는 여자는 한설아가 처음입니다.

평생 함께하고 싶은 사람, 곁에 두고 떨어지고 싶지 않은 유일한 한 사람. 한설아.

정후는 기분 좋은 웃음을 입가에 달며 살며시 눈을 감았다.

사랑해, 언제까지나.

흔하디흔한 말이지만 그의 진심을 표현할 수 있는 유일한 말이기에 정후의 가슴이 마구 뛰었다.

에 필 로 그 I

　드디어 오늘, 오늘이었다. 기다리고 기다리던 그날!

　설아는 아침부터 일찍 일어나 외출 준비를 마쳤다. 그리고 오픈 시간에 맞춰 1등으로 들어가 그것의 위치를 찾기 위해 두리번거렸다.

　두근두근. 설아는 떨리는 심장을 부여잡으며 목적지를 향해 천천히 걸음을 옮겼다.

　설마 있을까? 없을까? 있을 것 같아, 없으면 어쩌지? 한참을 고민하고 또 고민했다. 하지만 오늘만을 간절히 기다려온 날이었기에 설아는 망설이지 않기로 했다. 고요한 발라드가 흐르는 그곳에서 그녀의 걸음은 유난히도 씩씩하게 느껴졌다.

　잠시 후 목적지에 도착한 설아는 가지런히 꽂혀 있는 그것들 앞에서 긴장의 한숨을 내뱉으며 빠르게 무언가를 찾기 시작했다. 혹시라도 놓칠세라 손가락으로 일일이 찍어가며 물건을 찾았다. 그리고 마침내.

"흡!"

원하는 것을 발견한 설아는 놀란 듯 입을 틀어막았다. 조금만 늦었더라면 이 조용한 곳에서 환호성을 질러 이상한 사람 취급을 받았을 것이다. 반가움과 놀라움의 환호성을 꾹 참으며 설아는 천천히 그것으로 손을 뻗어 품에 넣었다. 그럴 리 없음에도 불구하고 그것의 결은 부드럽고 따뜻했다.

"9천 원입니다."

직원의 목소리가 유난히도 상냥하게 느껴졌다. 설아는 준비해 둔 돈을 꺼내 직원에게 건넸고, 그녀는 방싯 웃으며 그것을 봉투에 넣어주었다.

"감사합니다."

푸흡. 자꾸만 웃음이 터져 나올 것만 같다. 미친 사람처럼 히죽거리게 되고 자꾸만 엉덩이가 들썩들썩 춤을 출 것만 같다. 하지만 진정해야 한다. 아무렇지 않은 척 우아하게 걸어나가자.

설아는 건네받은 봉투를 들고 유유히 그곳을 빠져나왔다.

버스 정류장에 앉아서도 힐끔힐끔 가방에 넣어둔 봉투 속 물건을 바라보았다. 혹시라도 없어질까, 떨어질까 마음이 불안했다. 꺼내서 확인하기를 몇 번. 결국 참지 못하고 물건을 꺼냈다. 예쁘게 포장되어 있는 랩핑을 뜯어내자 그것은 챠르륵, 우아한 자태를 뽐냈다.

"흠, 북 스멜, 마이 북 스멜."

제 것이기에 유난히도 향기가 나는 걸까. 설아는 향긋한 종이의 냄새에 빠져 킁킁거리고는 잘빠진 표지로 시선을 돌렸다.

예쁘다. 정말 예쁘다. 고심 끝에 고른 책의 표지는 봄의 분위기를 잘 담고 있었다. 보기만 해도 설레는 느낌.

설아는 결심했다는 듯 휴대폰을 꺼내 들었다. 그러고는 책과 함께 셀카를 찍기 시작했다. 찰칵, 찰칵. 셀카라 부르고 인증샷이라 읽는다.

작가 모드샷, 독자 모드샷, 감격의 오열샷, 시크한 차도북샷. 버스가 몇 대 지나가는데도, 많은 사람들이 힐끔힐끔 바라보아도 열심히 찍는다. 그리고 마침내 원하는 사진들을 추린 설아는 몇몇의 사람들에게 사진을 발송하고 자리에서 일어났다.

버스에 몸을 싣고 오는 내내 몇 달 동안의 노고가 그대로 담겨져 있는 자신의 첫 책을 천천히 읽어 내려갔다. 한 글자, 한 글자 정성을 다해 읽은 설아는 버스에서 내려 집까지 걸어오는 내내 독서 모드를 풀지 않았다. 그러다 문득 휴대폰을 꺼내 들었다.

문자 메시지가 10통이나 들어와 있었다.

[웬일! 진짜 책이 나오긴 나왔네? 대박, 작가님 한 푸셨네요.]

[쩐다, 온냐! 한턱 쏴야 되는 거 아님? 나는 샤브샤브 좋아효.]

[누님, 정말이지 존경스럽습니다. 샤브샤브에 고기 추가 좋아요.]

이것들이 진짜.

설아는 툴툴거리면서도 미소를 잃지 않았다.

[우리 딸, 고생 많았다.]

아빠의 문자에도 감동.

[느니여 백수 틸풀이네. 이제 웅든 안 보내줘도 되기? 수고했다.]

농담처럼 살가운 엄마의 문자에도 감동.

근데 문제는.

[축하합니다.]

달랑 다섯 글자만 남겨놓은 정후의 메시지를 본 순간 설아는 가던 길을 멈추었다.

"끝? 정말 이게 끝?"

남은 메시지를 다 읽어봤지만 더 이상 정후의 것은 없었다.

"군기가 빠졌어, 군기가."

설아는 못마땅한 얼굴로 정후의 메시지를 노려보았다.

누구보다 칭찬과 격려를 아끼지 않았던 그였기에 가장 먼저 축하의 전화를 해줄 줄 알았는데, 달랑 한 줄짜리 메시지가 다였다. 심지어 우풍이와 태건이의 메시지보다도 성의가 없다. 설아는 자못 섭섭한 얼굴로 터벅터벅 발걸음을 옮겼다.

"혹시?"

이래놓고 깜짝 이벤트를 준비하는 거 아냐? 로맨스 소설에서 보면 딱, 이 순간 나타날 때가 됐단 말이지. 으흥.

설아는 옷매무새를 가다듬고서는 천천히 원룸 앞까지 걸어갔다. 아직까지 조용한 것으로 보아 집 안에서 서프라이즈를 준비하고 있나 보다.

"룰루 랄라."

절로 콧노래가 흥얼거려졌다. 그러면서 어떤 표정으로 놀란 척해줘야 할지 고민도 되었다.

"이렇게? 아님 이렇게?"

어머나! 하며 입을 틀어막아볼까? 아니면 오열하며 울어야 하나? 아잉, 몰라. 정후의 스케일상 흔하게 넘어갈 리는 없고, 그렇다면? 사실 채 가늠도 되지 않는다. 설아는 아주 천천히 203호 앞까지 걸어갔다. 그리고 초인종을 눌렀다. 딩동.

"아차."

설아는 깜짝 놀라 부리나케 1층으로 뛰어 내려갔다. 그러고는 머리를 쥐어박으며 인상을 썼다.

바보 아냐? 왜 내 집에 들어가면서 초인종을 눌러? 누가 봐도 눈치챈 것 같잖아, 이 멍충아! 도대체 머리는 뒀다 어디다 써? 한참을 다그친 설아는 기척이 없는 2층을 올려다보았다.

"놀랐나?"

생각지도 못한 초인종 소리에 놀라서 안 나와 보나? 문득 그런 생각이 들었다. 당황할 법도 하지. 내 자신도 이렇게 황당한데, 그대는 어떻겠어요? 낄낄.

한참 동안 낄낄거리던 설아는 다시 한 번 옷매무새를 가다듬고 203호 앞에 걸어가 열쇠로 문을 땄다. 긴장되는 순간, 심호흡을 한 번 내뱉고서는 문을 벌컥 열었다.

"어머, 정후 씨!"

그리고 놀란 듯 준비된 대사를 내뱉었다.

이쯤 되면 폭죽이 터지고 시끄러운 환호성과 함께 꽃다발이 눈앞에 다가와야 하는데. 하며 살며시 눈을 치켜떴다.

"뭐, 뭐야?"

근데 없다. 아무것도.

설아는 황당한 얼굴로 휑하니 비어져 있는, 나갈 때와 전혀 다른 바가 없는 자신이 집 안을 훑어부았다 에이, 설마 나 김칫국 마신 거니? 그럴 리가 없잖아. 급하게 신발을 벗고 들어온 설아는 침실로 달려갔다. 없네. 이불을 들춰봐도 없다.

주방으로 달려간 설아는 냉장고의 문을 열었다. 없네. 세탁실로 걸어가 세탁기의 문을 열었다. 없네. 다시 거실로 나온 설아는 화장실로 눈을 돌렸다. 거기구나? 흐흐흐, 의미심장한 미소를 띄운 설아가 화장실의 문을 벌컥 열었다.

"여기 있을 줄 알았…… 없네."

없다. 없어! 아무 데도 없다! 윤정후도 없고, 서프라이즈도 없다. 그럼 뭐야 도대체? 도대체 뭐냐고!

설아는 가방을 뒤져 휴대폰을 꺼내 들었다. 그 순간까지도 정후의 메시지나 전화는 없었다. 정말 그게 다야? 결국 참고 참았던 울화가 치밀어 올랐다. 기대하라고 한 적도 없고, 혼자서 김칫국 마신 상황이지만 뭔가 억울하고 서운했다.

설아는 당장에 정후의 번호를 꾹꾹 눌러 전화를 걸었다.

-설아 씨.

"정후 씨, 어쩜 이럴 수가 있어요?"

-내가 다시 전화하겠습니다. 지금 조금 바쁘군요.

"뭐……."

뚝. 끊겼다. 뭐? 끊겼어?

바빠? 바쁘다고? 우이씨! 어떻게 이럴 수가 있어!

설아는 서러움에 모든 걸 다 내팽개치고서는 침대로 달려가 대자로 엎어져버렸다.

"누가 바쁜 거 몰라? 모르냐고!"

최근 야심차게 준비하고 있던 후일전자의 'Art'가 출시되면서 엄청난 인기몰이를 하고 있는 중이었다. 박태건이 제안서를 썼고, 그 과정에 참여해 시너지 효과를 불러일으켜 대박이 났다는 그 Art.

놀라운 실행력과 추진력으로 소비자들의 마음을 얻어냈다며 후일전자의 사장 윤정후에 대한 미래 지향성인 기사들이 하루에도 수십 개씩 쏟아져 나오고 있었다.

덕분에 잠도 줄여가며 바쁘게 일을 하고 있다는 것을 안다. 하지만 일하는 이유는 사랑하는 사람을 위해서라며? 사랑이 가장 중요하다며? 흥, 다 뻥이었어!

설아는 다 알면서도 자꾸만 심통이 났다. 대단한 걸 바라는 게 아니었다. 축하한다는 짧은 메시지도 좋지만 잘했다고 안아주길, 잘했다고 쓰다듬어주길, 잘했다고 웃어주길 바랐을 뿐인데.

딱딱한 메시지의 내용은 형식적인 인사인 것 같아 섭섭했다.

"가만두나 봐!"

이 책이 어떤 책인데? 나 자신으로부터 떳떳하고 당당해져 부끄럽지 않은 윤정후의 여자가 되고 싶어 더욱 필사적이었던 책이었다. 그뿐이겠는가. 만나면, 만나면 꼭 먼저 해주고 싶었던 말이 있었다. 그런데 들을 사람은 준비가 되어 있지 않은 모양이다.

"이를 어쩌지."

사실 설아는 오늘을 위해 모든 준비를 끝낸 상태였다. 그동안 기다려주었을 정후의 마음에 보답하기 위해 멋진 꽃다발 대신 붉은 빛의 속옷도 짝을 맞춰 입었고, 날개 달린 천사처럼 보이기 위해 화이트톤의 원피스도 준비해두었다.

그리고 가장 중요한 것, 그것 역시 설아의 손에 들려 있었다.

설아는 잠시 고민을 했다. 바쁜 남자 친구에게 민폐가 되고 싶진 않지만 몇 날 며칠 준비해주었던 고백이 물거품이 될까 걱정이 되었다.

"몰라, 이판사판이다."

다른 여자들은 어떻게 하나. 고민하던 것도 잠시, 한설아는 한설아 스타일대로! 밀어붙여보기로 했다.

한편, 피곤한 몸을 이끌고 오피스텔 앞에 도착한 정후는 아무리 연락을 해도 전화를 받지 않는 설아가 걱정이 되었다. 하루종일 휘몰아치는 일을 겨우 마무리 짓자마자 설아에게 전화를 걸었지만 돌아오는 답은 없었다. 정후는 퇴근을 하자마자 설아의 집으로 방향을 틀었다. 하지만 그사이 '집에 와도 나 없으니까 찾지 마요. 내일 보는 게 좋겠어요'라는 문자 메시지만 남겨져 있었다.

정후는 메시지를 확인하자마자 전화를 걸었지만 역시나 설아의 목소리는 들리지 않았다. 답답함에 한 번 더 전화를 걸어봤지만 이젠 아예 꺼놓은 건지 신호음이 울리지도 않고 끊어졌다. 정후는 길게 한숨을 내쉬었다.

바빠도 너무 바쁜 일상이었다. 밥 먹을 시간도, 화장실 갈 시간도 없을 정도로 바빴다. 그러나 그 와중에도 그사이를 비집고 설아가 툭툭 튀어나왔다. 맑게 웃는 설아, 입을 삐죽이는 설아, 심통 난 설아, 음흉한 설아. 그리고 사랑을 속삭이는 예쁜 설아의 모습이 자꾸만 아른거리곤 했다. 보고 싶은 마음은 매한가지인데, 달려갈 수 없다는 게 마음이 쓰였다. 게다가 오늘은 설아에게 중요한 날이지 않은가. 정후의 마음이 무거웠다.

삐리릭. 한참을 망설이던 정후는 도어록의 비밀번호를 누르고 문을 열어 집 안으로 걸음을 옮겼다.

"불을 켜두었던가?"

그럴 리가 없다. 무슨 일이지. 설마?

정후가 신발과 가방을 버리듯 내팽개치고서는 누군가를 애타게 찾았다.

"설아 씨?"

이 집의 비밀번호를 아는 사람은 정후와 설아, 단둘뿐이었다. 보안이 철저한 곳이라 도둑이 들 가능성이 0퍼센트에 가까웠으니 분명 설아일 것이다. 정후는 침실 문을 벌컥 열었다. 그리고 걸음을 멈췄다.

어두컴컴한 방 안 구석에서 작은 촛불이 빛나고 있었다.

"출간 축하합니다. 출간 축하합니다. 자랑스런 한설아. 출간 축하합니다. 와아아아아."

반가운 목소리가 들려오자 정후는 피식 웃고 말았다.

좋은 날인데 축하도 안 해주냐 시위하는 것 같아 그 모습이 너무나도 귀엽게 느껴졌다.

"설아 씨. 축하합니다."

"엎드려 절받는 한설아~ 출간 축하합니드아!"

"다했습니까? 일단 촛불부터."

설아가 준비하고, 설아가 노래를 부르고, 설아가 촛불을 끄고 박수까지 쳤다. 정후는 자꾸만 터져 나오는 웃음을 참으며 방의 불을 켰다.

"한설아, 고새를 못 참고……."

불을 켜고 돌아서려는데 코앞에 다가와 있는 설아의 모습에 정후는 깜짝 놀라 한 걸음 물러섰다. 가까워도 너무 가까운 거리. 조금만 늦었더라면 부딪쳐 누구 한 사람은 넘어지고 말았을 것이다. 그 정도로 가까운 거리에 서서 설아는 묘한 표정을 짓고 있었다.

"화났습니까?"

"화난 것 같아요?"

음? 정후가 설아의 표정을 살폈다. 글쎄, 화가 난 것 같진 않은데.

"삐졌습니까?"

"삐진 것 같아요?"

음, 글쎄. 삐진 것 같지도 않고. 그럼?

"나 지금 엄청 진지해요."

"그렇긴 한 것 같은데."

뭔가 심오하다. 진지하다고 하기엔 2퍼센트 정도 부족한 얼굴이었지만 정후는 내색하지 않았다. 설아는 손에 든 케이크를 내려놓고서는 반대편으로 터벅터벅 걸어갔다. 그사이 정후는 설아의 움직임을 살폈다.

'바바리 코트?'

그러고 보니 설아는 집 안에서 코트를 입고 있었다. 에어컨이 빵빵하게 돌아가서 더울 리 없었지만 코트를 입기에 밖의 날씨 너무나도 무더웠다. 근데 설아는, 어? 게다가 집 안에서 웬 구두?

머리부터 발끝까지 설아를 바라보던 정후는 다가온 그녀의 기척에 고개를 들었다. 어라, 가까이에서 보니 화장도 꽤 짙다.

뭐지? 어딜 다녀온 건가?

"윤정후 씨, 이거요."

불쑥. 정후의 앞으로 건넨 그것으로 시선을 돌렸다. 손때조차, 먼지조차 묻지 않은 책 한 권이었다. 정후는 그것이 설아의 것임을 알아차렸다.

"예쁘군요."

정말 그랬다. 책의 표지를 보고 예쁘다, 라는 말이 나올 줄은. 하지만 예뻤다. 내 여자의 첫 책이라 더 그럴까. 하고 웃음이 나왔다.

정후는 손을 뻗어 설아의 머리를 쓰다듬어주었다. '고생 많았습니다'라는 말을 덧붙이며. 설아는 금세 눈시울이 붉어졌다. 그 한마디에 모든 것이 다 녹아내리는 기분이었다. 누구보다 인정받고 싶었고, 누구보다 떳떳하고 싶었던 순간. 바로 지금이었다.

"손 줘봐요."

설아의 말에 정후는 손을 내밀었다. 늘 설아를 응원해주고 다독여주던 크고 따뜻한 그 손. 설아는 그의 손을 뒤집어 손바닥을 천장으로 향하게 만들었다. 그러고는 코트에서 무언가를 꺼내더니 순식간에 정후의 손바닥을 점령했다.

약간의 간지러움이 느껴질 때쯤 설아의 손이 멀어졌다. 정후는 손바닥 위에 사인펜으로 휘갈겨져 있는 그녀의 이름을 한참이나 들여다보았다.

"내 첫 사인을 윤정후 씨에게 바칠게요."

"······."

"남들은 유난스럽다 할지 몰라도 내게 늘 꿈꿔왔던 순간이에요. 늘 간절히 소망했었어요. 근데 윤정후 씨를 만나고, 당신의 고백을 받아들이기 위해 더욱 애타게 오늘을 기다렸던 것 같아요."

인생에서 단 한 번의 꿈. 훌륭한, 대단한 작가보다는 독자들의 기억에 남는 작가가 되고 싶었던 소박한 꿈. 그것이 이루어졌다. 이젠 한 남자의 여자로서 꿈을 이룬 당당한 사람이 되고 싶었다. 누구보다 힘이 되어준, 누구보다 오랜 시간을 기다려준 이 남자에게 꼭 마음을 전하고 싶었다.

"결혼해줘요."

"……."

"이제 윤정후 씨, 당신 아내로 살고 싶어요."

다 이뤘으니까. 여자로서, 작가로서. 원하는 꿈을 이뤘으니 마지막으로 남은 인생을 윤정후의 아내로서 살고 싶었다.

"나만의 남자 주인공이 되어줄래요?"

와락. 마지막 고백을 듣는 순간 정후가 거칠게 설아를 끌어안았다. 너무나도 듣고 싶었던 그 고백, 너무나도 기다렸던 그 대답. 정후는 심장이 터져버릴 것만 같았다.

"대답, 안 해줄 거예요?"

정후는 입을 뗄 수가 없었다. 오래 기다렸던 설아의 말이었기에 단숨에 대답이 흘러나올 줄 알았는데 의외로 입이 딱 다물어지고 말았다.

"이 남자 좀 봐?"

그러자 설아가 툴툴거리며 그의 품 안에서 빠져나오려 했다. 하지만 정후가 그런 설아를 놓아주지 않았다.

"무슨 프러포즈가 이렇습니까?"

"거참, 케이크에 반지라도 넣어둘 걸 그랬어요? 아니면 무릎이라도 꿇고 결혼해달라고 할걸 그랬나?"

"기억에 남는 프러포즈 못 받으면 평생 서럽다던데."

그거 여자 대사 아니에요? 정후의 말에 설아가 피식 웃었다. 그러고는 그의 가슴을 팍, 하고 밀어냈다.

"한설아를 뭘로 보고? 윤정후 씨가 뭘 기대하든 그 이상인 여자가 나라고요."

짜잔. 그 순간 설아가 입고 있던 코트를 확 벗어젖혔다. 그러자 정후의 입이 떡 벌어졌다.

"서, 설아야."

"이래도 서러울 거예요?"

평범한 화이트톤의 원피스인데 뭔가 야하다. 푹 파인 가슴 부분을 레이스로 감춰 움직일 때마다 묘하게 벌어져 그를 유혹했다. 그뿐인가. 금방이라도 속옷이 보일 것처럼 짧은 치마는 살짝만 들춰도 숨겨둔 언덕에 닿을 것만 같았다.

으르렁. 크르렁. 정후의 코에서 뜨거운 콧김이 마구 쏟아져 나왔다. 그 모습에 설아는 터져 나오는 웃음을 참지 못했다.

"짐승. 하여튼 능구렁이!"

"이리 와."

"싫은데?"

설아가 신은 구두를 벗지도 않은 채 요염하게 한 걸음씩 물러섰다. 그러자 늘씬한 다리가 한없이 그를 유혹하고 있었다. 정후는 참지 못하고 설아를 쫓아갔다. 그럴수록 설아는 더욱 멀어졌지만.

"내가, 음. 인내심이 많은 남자가, 아닐지도 모릅니다."

"그래서요?"

"당장, 이리 와."

싫어, 싫어. 하고 도망가면서도 급하게 멀어지지 않는다. 애간장이 녹을 만큼 달콤한 설아의 유혹을 한 손으로 낚아챈 정후가 그녀의 목에 입술을 파묻었다.

"정후 씨."

"음?"

이미 설아의 향에 취해 정신을 반쯤 잃고 있는 그였다. 그런 그의 급한 손길을 받으며 설아는 행복하게 웃었다.

"서재 책상에 있던 그 종이, 내 선물이에요?"

"……."

"음? 내 거 맞아?"

"그새를 못 참고."

정후의 못마땅한 말에 설아는 킥킥 웃어버렸다.

우연히 들어간 그의 서재 위에는 설계도가 있었다. 무슨 집을 새로 짓는 것인지, 꽤나 구체적인 그림들이 그려져 있었다. 한눈에 봐도 멋지고 근사한 집. 넓고 아늑한 집.

'나는 언제 이런 집에서 살아보나' 하며 돌아서려는 순간 '한설아 작업실'이라는 글씨가 눈에 띄어 가던 길을 멈추었다. 설아는 손을 뻗어 그 정체가 불분명했던 설계도를 훑어보았다. 그러곤 입이 떡 벌어졌다.

'우리 두 사람의'로 시작되는 그 방들의 이름을 본 순간 이것이 정후가 그리는 두 사람의 미래라는 것을 알아차렸다. 그리고 설아의 작업실에 얼마나 많은 공을 들이고 있는지 역시 한눈에 알아볼 수 있었다.

이 바보. 제일 큰 방을 작업실로 만들면 어쩌자는 거야. 투덜거렸지만 설아의 눈시울은 붉어졌다.

정후가 얼마나 자신과의 미래를 소중하게 여기고 있고 간절히 기다리고 있는지를 알아버린 순간, 그에 대한 섭섭함은 저 멀리로 날아가버린 후였다.

이렇게나 사랑하는데, 이렇게나 가슴이 저릿한데.

멋진 여자가 되기 위해, 스스로 떳떳한 여자가 되기 위해 절실하게 기다렸던 출간일이었다. 그렇기에 그걸 핑계 삼아서라도 그에게 그녀의 마음을 전해야겠다, 결심했었다.

"사랑해요."

"나 역시."

"앞으로도 사랑해줄 거예요?"

"늘, 변함없이."

"바보 윤정후. 코 낀 줄도 모르고."

피식. 정후가 살며시 웃으며 그녀를 품에 안았다.

"그래서 결론이 뭔데. 나랑 결혼 한다고, 안 한다고?"

설아의 조바심 나는 질문 공격이 이어지자 정후의 눈빛이 단박에 뜨거워졌다.

"진작부터 내 대답은 하나였습니다. 예스, 무조건 예스!"

말뿐만 아닌 행동으로, 그것도 무척이나 격렬하게 대답해주는 정후 덕분에 설아의 입에서 캬캬캬캬캬. 하는 웃음소리가 쏟아져 나왔다.

에 필 로 그 2

설아는 늘 그렇듯 같은 시간, 같은 자리에 앉아 있었다.

남편은 출근하고, 아이는 유치원에 간 시각. 설아에겐 일을 하기
딱 좋은 시간이었다. 늘 그렇듯 컴퓨터를 켜 연재 중인 사이트에
접속했다.

어젯밤, 새로운 글을 올리고 잠들어버려 댓글을 확인하지 못했
기 때문이다. 설아는 700개가 넘는 댓글을 하나도 빼놓지 않고 읽
어 내려갔다.

그러다 문득 유난히도 공격적인 댓글 하나에 설아가 피식, 하고
웃어버렸다. 그러고는 곁에 두었던 휴대폰을 들어 익숙한 번호를
눌렀다.

-설아니?

"아뇨. 써라요."

-어머, 작가님이시구나?

"오늘 아침에 댓글 확인했어요."

설아는 모니터로 시선을 돌리며 작게 미소 지었다.

[시원 씨의 결혼을 반대해요! 아무리 여자 주인공이라지만 결혼은 안 돼! 나의 시원 씨가 뭐가 아까워서 저런 여자랑 결혼을 하죠? 써라 작가님! 1대 1로 얼굴 좀 봅시다! -우아한 시어머니.]

닉네임까지도 우아한 시어머니가 진짜 설아의 시어머니일 줄은 꿈에도 모를 것이다. 몇 권의 책을 내고 나서부터 시어머니는 작가 써라의 팬이 되었다. 연재하는 글을 찾아보고 댓글을 남기며 함께 울고 웃어주었다.

-다음 편은 어떻게 되니? 정말 시원 씨가, 그 망할 계집애랑 결혼을 하는 거야? 말도 안 돼. 이대로 시원 씨를 보낼 수 없어!

아침부터 우아한 고함 소리가 들려왔다. 설아는 자꾸만 터져 나오려는 웃음을 참지 못하고 목젖이 보일 때까지 크게 웃었다.

20대든, 30대든, 40대든 상관없다. 로맨스라는 것. 그건 언제 어디서든 가슴 떨리는 감정이니까. 세월이 흘렀다 해서 그 감정마저 흘러가버리는 건 아니니까.

단 한 사람에게 평생 여자이고 싶은 그 마음, 그 사랑을 알기에 독자 시어머니의 마음까지도 이해할 수 있었다.

"해피엔딩! 그러기 위해서는 어머님이 양보해주셔야겠는데요?"

작가 써라의 글은 늘 수순처럼 해피엔딩으로 끝이 나곤 했다. 우여곡절 끝에 갈등을 이겨낸 주인공들은 행복해야 할 의미가 있으니까, 그럴 만한 가치가 있으니까. 무엇보다 그들의 행복을 통해 그 글을 쓰는 설아가 행복해지니까.

-좋아. 시원 씨는 이대로 보내드리지! 다음 남자 주인공의 이름은 뭐니? 난 개인적으로 민 씨가 좋던데. 생각 있니?

"캬캬캬캬. 독자님 의견은 잘 기억해두겠습니다!"

-여자 주인공은 유리, 어때?

그러면 평생 로맨스 소설의 여자 주인공이 되어보는 게 소원이었어. 라는 수줍은 고백을 덧붙였다. 설아는 흔쾌히 그러겠노라 대답했다.

전화를 끊고 나른해진 몸을 의자에 기댄 설아는 자신의 공간을 훑어보았다. 첫 책을 출간한 날, 정후에게 프러포즈를 한 그날.

그의 서재에서 발견한 종이 속의 모습이 그대로 눈앞에 펼쳐져 있었다. 여러 개의 책장 속에 가득한 책 냄새를 맡으며 자유롭게 글을 쓸 수 있는 곳. 꿈에 그리던 곳이기도 했다.

윙, 윙. 눈을 감고 잠시 쉬고 있던 설아는 울리는 진동 소리에 휴대폰을 꺼내 들었다.

-언니!

우아였다.

"깜짝이야. 애 떨어질 뻔했네."

-배 속의 우리 예쁜 조카님도 안녕하신가?

"안녕 못하실 뻔했잖아."

-앗, 미안! 그건 그렇고 사인본 어떻게 됐어? 택배로 보냈어?

"아직 못 받았니? 어제 보냈는데."

-왜 이렇게 안 와? 엇! 왔다, 왔어! 우리 서점의 보물, 로맨스 소

설계의 베스트셀러, 써라님의 사인이 담긴 책이다. 우와우!

우아의 호들갑에 설아는 피식 웃으며 볼록하게 튀어나온 배를 쓰다듬었다. 첫 아이를 낳고 딱 3년 만에 다시 가진 아이였다.

설아는 의자에서 일어나 서재를 빠져나왔다. 목이 말랐기 때문이다.

-작가 써라님께서 이렇게 승승장구하실 줄은 꿈에도 몰랐다. 한 턱, 두 턱, 턱턱턱! 쏴라, 쏴!

"시끄러. 애 둘 키우는 데 돈이 얼마나 많이 들어가는 줄 알아?"

-거, 사모님께서 그런 말 하는 거 무진장 안 어울리거든요.

사모님은 무슨. 익숙해지지 않는 사모님 소리에 설아는 어색하게 웃으며 전화를 끊었다. 그리고 잠시 후 짧은 진동이 느껴졌다.

월요일 아침부터 정신이 없구만.

투덜거리며 휴대폰을 열자 메시지 하나가 도착해 있었다.

[데이트합시다.]

정후였다.

[갑자기 무슨 데이트?]

[원래 데이트는 갑자기, 일 때가 제일 재밌는 겁니다.]

[이쁘게 입어요? 섹시하게 입어요? 귀엽게 입어요?]

[유부녀답게.]

유부녀답게는 뭐야? 펑퍼짐한 바지에 축 늘어진 티셔츠, 슬리퍼 질질 끌고 나가면 되는 건가? 싶어 고개를 갸웃거렸다.

설아는 약속 시간보다 일찍 집에서 나왔다. 운전하는 일이 버거워질 정도로 배가 많이 불러 있었지만 오랜만에 외출에 신이 났다.

어느 정도 달리자 익숙한 골목이 눈에 들어왔다. 외제차와 어울리지 않는 그 작은 동네. 커다랄 것이라고는 하나도 없던 그 동네 편의점 앞에 차를 세웠다.

딸랑, 주차를 하고 편의점 안으로 들어온 설아는 익숙하게 컵라면을 집어 들었다. 더불어 삼각김밥과 김치까지 들고 계산대 위에 올려놓았다.

"3800원입니다."

설아는 천 원짜리 네 장을 건네주며 방싯 웃었다.

"200원은 너 가져."

"네?"

"팁."

아, 예에. 알바생이 떨떠름하게 웃어 보였다.

설아는 나무젓가락을 챙겨 편의점 앞 테이블에 앉았다. 공기가 참 좋다. 바람 냄새도, 바람 소리도 다 좋다. 오랜만에 느껴보는 평온한 느낌에 설아는 4분을 기다리기도 한다. 모락모락 피어오르며 꼬들꼬들하게 익을 라면을 상상하며 눈을 감았다.

"아, 도대체 왜 이렇게 쫓아다니면서 사람을 귀찮게 해?"

"오빠, 한 번만요. 한 번만 만나주면 안 돼요?"

채 1분도 지나지 않아 시끄러운 소리가 설아의 귓속에 파고들었다. 설아는 한쪽 눈을 살며시 뜨며 눈앞에서 벌어지고 있는 상황을 주시했다.

"싫다니까! 난 너 싫어! 어린애 딱 질색이라고!"

"나도 내년이면 성인이에요! 그러니까 제발 나 좀 봐줘요, 네?"

오호라. 설아는 늘 가지고 다니던 수첩과 펜을 꺼내 무언가를 열심히 적기 시작했다. 잠시 후 그들의 싸움이 절정에 다다를 때쯤 설아는 휴대폰을 꺼내 사진을 찍었다. 그 순간 '웃어요, 스마일'이라는 소리가 들리자 싸움을 하던 남자가 설아 쪽으로 시선을 돌렸다.

"뭐야? 당신 지금 우리 찍는 거야?"

아이고, 맙소사. 설아는 당황스러운 표정을 지으며 하하, 웃었다. 그러자 남자가 성큼 다가와 손을 내밀었다.

"내놔요."

"뭘?"

"휴대폰. 당신 지금 우리 찍은 거잖아."

남자의 당당한 요구에 설아는 무조건 몸을 이끌고 자리에서 일어났다. 그러고는 남자의 코앞까지 걸어가 고개를 치켜세웠다.

"내가 보기엔 그쪽도 저 여자 마음에 들어 하는 눈친데 말야."

"뭐, 뭐요?"

"혹시 금단의 사랑, 뭐 이런 거라 망설이는 거야? 들어보니 여자 쪽이 미성년자?"

"신경 꺼요!"

나도 그러고 싶은데, 이놈의 오지랖이 가만있질 못한다니까.

설아는 들고 있던 휴대폰을 몇 번 터치하더니 화면 가득 글자가 가득한 무언가를 띄워 남자 앞에 들이밀었다.

"여기 262페이지를 보면, 그쪽이 결국은 저 여자에게 마음을 주는 장면이 나와. 그리고 후회하지. 아프게 밀어내지 말걸, 모진 말하지 말걸."

"뭐, 뭐예요, 지금?"

세상이 좋아져 이젠 무겁게 책을 들고 다닐 필요가 없어졌다. 이북(e-book)으로도 언제 어디서든 읽을 수 있으니까.

"그러니까 지금 너무 밀어내지 말라고. 나중엔 결국 다 돌아오게 된다니까? 저 애가 마음 변해서 그쪽 싫다고 하면 어쩔 거야?"

"그럴 리가 없어요!"

설아의 말에 뒤쪽에서 잠자코 있던 여자가 달려와 남자에게 매달렸다.

"난 오빠뿐이에요. 절대 변하지 않을 거라고요!"

여자의 말에 설아가 쯧쯧, 거리며 휴대폰을 조작해 다른 페이지를 펼쳤다.

"열렬히 사랑하던 초심이 점점 흔들리기 시작하는 320페이지! 남자는 여자를 좋아한다는 걸 깨닫고 찾아가는데, 여자는 기가 막힌 타이밍에 남자의 손을 놓게 되지. 그리고 새로운 갈등이 시작되는데."

"가, 갈등이요?"

"라이벌의 등장!"

헙. 남자가 자신도 모르게 손을 들어 입을 틀어막았다.

라이벌, 라이벌? 생각지도 못한 연적의 등장이라니.

"힘들어하는 여자를 다독여주다 둘은 사랑에 빠지게 되고."

"아니에요! 절대 그럴 리 없어요!"

"입술을 나누고, 그 이후는, 므흣."

뭐, 뭐야, 저 징그러운 웃음은? 남자의 얼굴이 한껏 일그러졌다.

"여기까지. 결과가 궁금하거든 유료 결제하시길."

설아는 어느새 익어 퉁퉁 불어버렸을 라면을 떠올리고서 발걸음을 돌렸다. 얼마 되지 않은 거리임에도 불구하고 유난히도 멀게 느껴졌다. 아, 퉁퉁 불은 라면 맛없는데.

"거기 서시죠?"

근데 끝이 아닌가 보다. 날카로운 남자의 목소리에 설아가 살며시 고개를 돌렸다.

"사람 마음을 쑥대밭으로 만들어놓고 어딜 가요? 몇 페이지가 어쩌고 저째? 당신 정체가 뭐야? 그리고 아까 찍은 사진 좀 보자는데 어딜 내빼?"

"무슨 말을 그렇게 섭섭하게 해? 내빼긴 어딜 내빼. 원래의 자리로 돌아가는 거지. 저기 말야, 저기."

설아는 앉아 있던 테이블을 가리켰다. 그렇지만 남자는 웃을 기분이 아닌지 눈을 부라렸다.

"그러니까 가기 전에 휴대폰 내놓으라고! 성질부리기 전에!"

안 되겠다. 그냥 넘어갈 분위기가 아니다. 설아는 갑자기 공중에 손을 뻗고서는 고함을 질렀다. 그러자 놀란 두 사람이 한 발자국 물러서며 설아의 손끝으로 시선을 돌렸다.

"뭐, 뭐야?"

시선이 분산된 순간을 틈타 설아가 '튀어!'라는 소리와 함께 미친듯이 골목으로 달리기 시작했다. 하지만 만삭의 임산부의 달리기가 그리 빠를 리 없었다. 헉헉거리며 몇 걸음 뛰지 못하고 멈춰 서자 무시무시한 남자의 고함소리가 뒤에서 들리는 것 같았다.

"젠장, 이 짓도 못해먹겠네."

나이를 먹고, 아가씨가 아줌마가 되고 나니 영 못할 짓이다 싶다. 설아가 포기 상태로 두 손을 허공에 들고 항복을 외치려던 순간, 누군가가 불쑥 나타나 설아의 손목을 잡아당겨 골목 어딘가로 몸을 숨겨주었다.

"아씨! 어딨어?"

남겨진 남자의 울화 섞인 목소리가 들려왔지만 설아는 입이 틀어막혀 숨소리조차 내지 못했다. 잠시 후 골목 끝에서 남자의 목소리가 사라지자 자신의 입을 막고 있던 손이 사라졌다.

"숨 차 죽는 줄 알았네!"

"그러기에 왜 또 그런 일을 합니까?"

"정후 씨?"

"제발 조심하라고 몇 번을 말합니까? 이 동네, 예전처럼 살기 좋은 동네 아닙니다."

예전처럼. 그 말에 설아는 코끝이 찡했다. 그러고 보니 벌써 몇 년 전이다. 허름했던 원룸에서 살던 설아가 남자 잘 만나 사모님 소리 들으며 살게 된 것이. 나름 신분 상승의 길을 걷고 있는 설아는 눈앞의 로또 같은 남자를 주시했다.

"처음에 우리 만났을 때 기억나요?"

"내가 당신 이상형이 아니라고 했던 말까지도, 아주 생생합니다."

"결국 나에게 빠지게 될 거라는 말도?"

"……억울하지만 그 역시 생생합니다."

정말 그랬다. 시간이 많이 흘러 이제는 두 아이의 부모가 된 두 사람인데, 어제 일처럼 생생했다.

이 여자와 계약 관계가 되고 싶어 얼마나 많은 스트레스를 받았던가. 캬캬캬캬, 하는 소리가 얼마나 오랫동안 자신의 귓가에서 머물렀던가. 예측 불허, 통통 튀어 다니는 공처럼 이리 튀고 저리 튀고 하던 이 여자를 손에 넣기까지 얼마나 많은 일이 있었던가.

새삼 기분이 이상해진 정후는 털썩, 하고 바닥에 앉아버렸다.

"처음에 설아 씨는 정말 이상한 사람이었습니다. 꾀죄죄하고 능청스럽고 뻔뻔하고. 말썽, 그 자체인 여자였습니다."

"뭐라고요?"

"캬캬캬캬, 하고 웃질 않나. 아무 데서나 잘 먹고 잘 자질 않나. 무턱대고 용감하질 않나, 시덥잖은 것은 쿨하게 무시하질 않나. 정말 뭐 이런 여자가 다 있지, 싶었습니다."

당돌하게 단추를 풀던 모습으로 자신을 놀라게 하던 여자는 막상 키스 한 번에 도망가버렸다. 늦은 밤 그녀를 잡기 위해 공원을 뛰어갔던 일, 그로 인해 다리가 후덜거리고 심장이 터질 것 같았던 일. 하나도 잊지 않고 기억하고 있었다.

"처음 몰골을 떠올리면, 아휴. 여기까지만 하겠습니다."

"처음이 뭐! 뭐요?"

그걸 말로 해? 머리도 안 감고, 후줄근한 옷을 입은 채 터벅터벅 걸어오던 한설아를 잊을 수 있을 리가 없다. 동네 거지들도 친구하겠다, 할 정도로 꾀죄죄하던 모습을 또 떠올리라고? 정후는 고개를 절레절레 흔들었다.

"잊고 싶은 기억은 훌훌 털어버리는 걸로."

"이 남자가 정말?"

정후는 손을 번쩍 들어 다가오는 설아의 주먹을 피하기 위해 벌떡 일어났다. 당장이라도 도망갈 태세를 취하자 설아가 무거운 몸을 일으키며 낑낑거렸다.

"임산부 배려, 그런 거 몰라요? 확 그냥."

의외로 터프한 구석까지 있으십니다, 마누라님.

정후는 어린아이처럼 웃으며 설아의 볼을 꼬집었다.

"막상 또 화내니까 귀여운가 보지?"

"착각입니다. 아프라고 꼬집은 건데."

정후는 뒷걸음질 치며 설아의 눈치를 살폈다.

"윤정후! 거기 서, 거기 안 서?"

"서면? 서면 어떻게 할 겁니까?"

"어쩌긴 뭘 어째? 먼지 날 때까지 맞는 거지!"

"어허이. 남편 배려, 그런 거 모릅니까? 하늘 같은 서방님께 무슨 경거망동입니까?"

날이 갈수록 능구렁이 레벨이 높아지는 정후의 언변에 설아가 씩씩거렸다. 저 입을 틀어막든가 해야지!

"진정하고 데이트합시다, 응? 날씨도 좋은데 화만 내지 말고."

"화나게 한 게 누군데?"

"난 아니지 않을까?"

"윤정후, 당신 진짜!"

도망가던 정후가 후다닥 달려와 설아의 뺨을 두 손으로 감싸 안더니 갑자기 쪽, 쪽. 소리를 낸다.

"당신, 이라는 소리. 참 듣기 좋은 거 알지?"

"진짜 뜬금없네. 저리 비켜요!"

정후는 투덜거리는 설아가 마냥 귀여웠다. 어쩜 이 여자는, 나이를 먹어도 이렇게 예쁘지. 어쩜 이렇게 귀엽고 사랑스럽지.

"오래오래 나랑 삽시다."

"생각해보고요. 요즘 정후 씨 똥배 나와서 좀 그래요."

"똥배? 어딜 봐서? 어? 어딜 봐서?"

"거, 뱃살부심 부리지 말고요. 비켜주시죠?"

"오호라. 살 만큼 살았다 이거지. 한설아, 딱 기다리십시오."

"기다리면 어쩔 건데요?"

눈을 흘기는 설아의 모습을 정후는 그대로 따라 했다. 그러자 설아가 팔짱을 끼며 코웃음을 쳤다. 해보자고?

"똥배가 나와도, 머리가 벗겨져도 평생 같이 살자는 계약서 챙겨올 겁니다."

"유치해. 아직도 계약서 타령이에요?"

"그것만큼 확실한 게 어딨습니까? 공증까지 받을 거니까 단단히 마음의 준비 하십시오."

"웃겨! 유치해!"

설아가 정후의 가슴팍을 주먹으로 때렸다. 그 힘이 얼마나 좋은지 정후가 캑캑거렸다. 그러거나 말거나 설아의 힘이 더 세지자 정후는 더 이상 버티지 못하고 설아를 품에 안았다. 겨우 멈춰진 주먹질에 정후는 설아 몰래 안도의 한숨을 쉬었다.

"평생 같이 살자는 계약서부터 씁시다."

"누구 맘대로? 흥, 난 자유 연애 주의예요."

"빌어먹을 소리 하지 말고."

"지금 욕했어요?"

"미안합니다."

"이제 막 욕하고 그러는 거예요? 숨겨왔던 나의 아름다운 육두문자 세계로 초대해도 되고, 막 그래요?"

"일단 계약서부터 쓰고."

"그놈의 계약서! 어른들 말씀 틀린 거 하나도 없어. 계약할 땐 신중했어야 돼! 내가 어쩌자고 이 남자랑 계약을 시작해서는!"

"후회한들 소용 있을까. 이미 애가 둘인데."

정후는 뻔뻔하게 웃으며 설아의 배를 쓰다듬었다.

"아, 찬란했던 나의 인생이여, 안녕. 아듀우."

"예쁜 우리 설아. 계약서 쓸 거지?"

"뭐 줄 건데요?"

"음?"

"나 이제 비싼 몸이에요. 편의점 자유이용권, 그런 걸로는 택도 없어. 적어도 백화점 자유이용권 정도는 돼야 할지도 몰라."

"그것보다 더 좋은 거 주면 안 됩니까?"

"뭔데요? 설마 나의 사랑, 마이 러어브으. 막 이런 거 아니죠?"

"의외로 똑똑하다니까."

"우씨, 안 해! 안 해!"

설아의 절규가 골목길을 가득 메웠지만 정후는 아랑곳하지 않는 듯 하하, 하고 웃었다. 결국 하하로 시작된 웃음은 캬캬캬로 끝나며 두 사람은 함께 웃었다.

"자, 이제 진짜 데이트하러 갑시다. 음?"

해가 저물고 서로의 어깨를 껴안은 두 사람의 뒷모습은 유난히도 따뜻하고 행복해 보였다.

-마침-

작가 후기

"이 책을 읽고 가장 먼저 떠오른 생각은?"

연재 때부터 시작된 궁금증은 지금까지도 계속되고 있습니다.

작가 후기를 읽고 계신 독자님들이라면 아마 한설아라는 캐릭터를 극복한, 인내의 독자님이 아닐까 생각해봅니다. (캬캬).

'한설아'를 그려내는 일은 생각보다 어렵지 않았습니다.

뭐랄까, 잠재되어 있는 똘끼(?)를 마음껏 풀어보자는 생각이었고 나름 현실에 대한 저의 반항 심리랄까. 한마디로 정의가 되지 않습니다만, 어찌 되었건 한 번쯤은 이렇게 살아보고 싶단 생각으로 만들어낸 캐릭터입니다.

책을 읽으시면서 '현실성 없다. 진짜 또라이 아냐?'라는 생각이 드셨다면 성공한 작품이라 할 수 있겠습니다.

하지만 설아는 정말 열정적인 여자입니다. 그 어떤 상황에서도 굴하지 않는 무대포적인 성격이지만 상대를 배려할 줄 아는 따뜻한 마음의 소유자이기도 합니다. 모든 것이 서툴고 부족하지만 그 속에서 해결책을 찾는 똑똑한 구석도 있고, 반면 의외로 소심하고 여린, 사랑받는 일을 행복해할 줄 알고 사랑하는 일에도 열심인 그런 여자였습니다. 지금 생각하니 단순 돌끼로 정의 내리기 어려운, 매력의 설아였네요.

'윤정후'라는 캐릭터는 반전의 인물이라고 할 수 있습니다.

초반에는 정신없이 휘몰아치는 설아에게 휘둘려 희생양(?)처럼 느껴지셨지만 사실 윤정후의 매력은 후반부부터 시작됩니다. 능청스럽고 닭살스러운, 그러면서도 진지하고 매사 진심인 진국의 남자가 바로 윤정후입니다.(스릉흔드.)

심심할 때쯤 툭툭 튀어오르는 태건이와 우풍이 남매, 그들의 입담과 분위기를 떠올리며 피식, 웃어봅니다. 따뜻했던 권 여사와 가족들, 그 누구보다 사랑을 느끼게 했던 설아의 가족들.

모두가 함께여서 『계쑵』은 더욱 유쾌하지 않았나 싶습니다.

『계쑵』은 유난히 많은 사랑을 받았던 작품입니다. 기쁨과 동시에 말 못할 고통도 따랐던 작품이기도 하지만요. 하지만 독자님들께는 '즐겁고 유쾌한' 감정으로 기억되길 바랍니다. 우울할 때 혹은 기분 전환이 필요할 때쯤 떠올리는, 큰 의미를 부여하지 않아도 늘 기억에 남는, 그런 책이길 바랍니다.

이제 진짜 떠나보내려니 마음이 이상합니다. 작가 후기를 쓸 때마다 느껴야 하는 것이라면 다음번에는 후기를 뺄까, 할 정도로.

『계쑵』을 함께해주신 나의 르브님들! 힘들다고 투정부리는 저에게 힘이 되어주시는 든든한 지원군이자 훈장님 같으신 르브님들. 그 중에서도 저의 1호 팬이자 열렬한 애정꾼 원르브 수민님, 감사하고 또 감사하고 막무가내로 감사하고 마구마구 고맙습니다. (캬캬캬) 항상 믿고 응원해주는 가족들, 늘 잘한다고 어깨를 다독여주시는 담당자님. 그대들이 함께 만들어간 『계쑵』이라고 해도 과언이 아닙니다. 사랑합니다.

천방지축, 막무가내 한설아가 봄 햇살처럼 따뜻하고 포용력 있는 윤정후를 만나 점점 성장해가고 그 안에서 두 사람이 행복해하는 모습을 보며 제 마음 역시 늘 '봄'이었습니다.
독자님들의 마음도 사시사철 봄 같으시길.

2016년 6월의 어느 날, 초절정진서방 올림.